LA NUIT ITALIENNE

10, place des Cinq-Martyrs-du-Lycée-Buffon
75015 Paris – France
www.editionscharleston.fr

ISBN : 978-2-36812-635-6

Maquette : Patrick Leleux PAO

Pour suivre notre actualité, rejoignez-nous sur Facebook (Editions.Charleston), sur Twitter (@LillyCharleston) et sur Instagram (@LillyCharleston) !

Charleston s'engage pour une fabrication éco-responsable !
Amoureux des livres, nous sommes soucieux de l'impact de notre passion et choisissons nos imprimeurs avec la plus grande attention pour que nos ouvrages soient imprimés sur du papier issu de forêts gérées durablement.

Nicole Fabre

LA NUIT ITALIENNE

Roman

JC Lattès

À mes enfants, Rémi et Lisa, pour qu'ils sachent
être vigilants afin de rester libres.

« C’est la nuit qu’il est beau de croire à la lumière. »

Edmond Rostand

« Chiusi in quelle mura io e i miei compagni avevamo
la forte convinzione di essere fra i pochi
uomini liberi in Italia. »

« Enfermés dans ces murs, mes compagnons
et moi avions la forte conviction d’être parmi
les rares hommes libres d’Italie. »

Vittorio Foa

1.

1924

Rome, chambre des députés, 30 mai

« Pour le saccage de la maison de Francesco Saverio Nitti, via Alessandro Farnese, par un groupe fasciste, je demande l'invalidation des élections du 6 avril et le retrait de tous les députés fascistes.

« Pour l'agression du député libéral Giovanni Amendola, frappé au visage et à la nuque à coups de *manganello*[1], près de son domicile de la via di Porta Pinciana, par une bande de squadristes[2], je demande l'invalidation de tous les députés fascistes.

---

1. Gourdin.

2. Membres d'escouades fascistes organisant des « expéditions punitives » à coups de matraques et d'huile de ricin dans les campagnes et les banlieues « rouges ». Intégrés à la Milice du parti, ils deviennent la garde prétorienne du PNF.

« Pour les blessures infligées au député unitaire Nino Mazzoni, au siège du journal *La Giustizia*, à Milan, par le responsable fasciste de Brescia, Augusto Turati, je demande l'invalidation de tous les députés fascistes.

« Pour avoir contraint, toujours à coups de *manganello*, le candidat populaire Pasculli à se retirer des élections, à Andria, je demande l'invalidation de tous les députés fascistes. »

La voix est claire et les mots claquent en dépit des huées qu'ils provoquent. Le député socialiste unitaire Giacomo Matteotti reprend son souffle et fouille la salle des yeux, obligeant Salandra, Orlando et d'autres « figures » ayant pactisé avec les fascistes pour conserver leur siège à détourner les leurs. Impitoyable, il poursuit :

« Pour les antifascistes auxquels la Milice a barré l'accès aux bureaux de vote, pour ceux contraints de s'exiler ou battus à mort, pour l'incendie des journaux d'opposition et pour la disparition de certains bulletins de vote, je demande l'invalidation de tous les députés fascistes ainsi que le remplacement, à la tête de la police, du fasciste De Bono. »

À cette dernière requête, les protestations se transforment en cris de fureur, puis en injures, surtout de la part de Giunta qui, la lèvre mauvaise, au nom des squadristes du Parlement, réfute toutes les accusations.

Matteotti passe un doigt entre son col blanc et son cou en sueur. Cette heure et demie passée à dénoncer, preuves à l'appui, les pressions subies par les partis rivaux de la *Listone* victorieuse l'a épuisé.

Par pudeur, il en a exclu les violences et sévices qu'il a lui-même endurés, le 12 mars, d'une bande squadriste. Ses prunelles claires parcourent la salle où siègent désormais 275 députés fascistes. Mussolini peut être satisfait de la campagne de terreur menée dans toute l'Italie par ses *ras*[1] : la *Listone* vient de l'emporter avec 66 % des suffrages, soit la majorité absolue.

Soudain, des voix s'élèvent des rangs de l'opposition pour appuyer la révolte de Matteotti. Parmi elles, celles de ses collègues socialistes Modigliani et Gonzales, du républicain Facchinetti, du populaire Gronchi et surtout du libéral Giovanni Amendola, chef de l'opposition constitutionnelle qui prend la parole en dernier. Tous le soutiennent en dépit de la virulence de Giunta et des poings levés de ses amis en chemises noires. L'ambiance est explosive. Des députés bondissent de leur siège et en viennent aux mains.

Jurant avec l'excitation générale, bras croisés, lèvres serrées, blême, Benito Mussolini fixe en silence celui qui vient d'oser prononcer ce long réquisitoire contre lui et ses partisans fascistes et qu'il surnomme « le socialiste millionnaire ». Que cet homme beau, élégant et riche, qui se targue d'un idéal de gauche, veuille lui donner des leçons, à lui, l'ancien pauvre, le rend fou. Jamais il n'aurait dû lui permettre d'arriver jusque-là.

---

1. Chefs. Les principaux lieutenants du Duce étaient appelés ainsi en référence aux chefs de guerre éthiopiens.

Malgré la bagarre qui fait rage dans l'hémicycle, Matteotti achève son discours. Il promet, lors de la prochaine séance, des révélations sur les liens entre la franc-maçonnerie et le Parti National Fasciste ainsi que sur les malversations de certains de ses dirigeants. Puis il quitte sa place. La violence est si palpable dans la houle qu'il soulève sur son passage qu'il se demande s'il va atteindre la porte sans être attaqué par les « chiens de garde » de Mussolini. En passant près de ce dernier, leurs regards se croisent. Aucun ne baisse les yeux.

Devant le palais de Montecitorio, échauffés par cette séance terminée en foire d'empoigne, les députés fascistes veulent encore en découdre avec leurs adversaires et les défient du geste et de la voix. Mussolini tente de les calmer. Mais Giunta, hors de lui, ne renonce pas et excite les autres contre l'homme qui a osé s'en prendre à eux.

— Pas ici ! jette Mussolini, si violemment que l'autre s'interrompt enfin. Pas ici ! répète-t-il plus bas, indiquant le photographe de presse qui approche.

D'un signe, il donne l'ordre à ses partisans de se disperser. Ils s'exécutent, non sans un dernier regard vers Matteotti et quelques-uns de ses compagnons socialistes qui font bloc autour de lui. Voyant les fascistes s'éloigner, Giovanni Cosattini soupire, soulagé.

En l'étreignant pour prendre congé, Matteotti laisse tomber :

— Maintenant, préparez-vous à faire mon oraison funèbre.

* * *

10 juin, centre de Rome

Les arbres frémissaient sur le *Lungotevere* en cette fin d'après midi. Il faisait doux et Ulla, la gouvernante allemande, prenait son temps pour ramener de l'institution privée les filles du notaire Pietro Diacalone. Comme chaque jour, à la demande de la *signora*, elle avait récupéré au passage Ottavia, la fille de Rosetta, la cuisinière, qui, elle, fréquentait la *scuola media*[1] publique.

En marchant, Ulla sortit d'un petit sac une poignée de miettes et la lança aux pigeons. Ses longs bras maigres traçaient dans l'air des arabesques sans grâce ; une dolence soudaine lui rappelait que l'été approchait et qu'elle n'avait pas vingt-cinq ans. Devant, les petites poursuivaient leur chemin en bavardant, leur cartable à la main.

Les filles du notaire ne se ressemblaient ni physiquement, ni moralement. Sept ans qu'Ulla leur apprenait les bonnes manières en allemand, langue dans laquelle elles devaient exclusivement s'adresser à elle.

Giulia, l'aînée des Diacalone, âgée de treize ans, s'avérait la plus douée. Pourtant, Ulla ne l'aimait pas. Impossible d'obtenir quoi que ce fût de cette enfant rebelle à toute forme de discipline. Valeria, sa cadette d'un an, se montrait plus souple et savait faire oublier sous des sourires son allemand laborieux et sa réflexion limitée.

1. Équivalent du collège en France, fréquenté par des enfants de onze à quatorze ans.

Loin des pensées de la gouvernante dont elle oubliait fréquemment la présence, Giulia balaya d'un revers de main les boucles brunes qui retombaient sur ses yeux noirs. Aux dires de son grand-père, elle ressemblait davantage à un griffon exubérant qu'à ses lisses parents. À cette heure, son ruban ne serrait plus que quelques mèches et sa robe semblait être passée sous un tram.

Tandis que sa blonde sœur, à la tresse encore impeccable, rapportait à une Ottavia médusée la façon dont elle avait soustrait à sœur Regina durant la récréation le corrigé de la dictée, Giulia rongeait distraitement un ongle taché d'encre violette. Elle non plus n'était pas pressée de s'enfermer dans l'appartement.

— Si on jouait au jeu des couleurs ?

Valeria acquiesça et se tourna vers Ottavia.

— Donne-m'en une !

— C'est pas parce que je suis la plus jeune que ça doit toujours être moi ! s'insurgea Ottavia, jolie petite rousse au visage constellé de taches de son.

— Je me fiche de tes onze ans ! asséna Valeria qui n'en avait qu'un de plus. Tu dois faire ce que je t'ordonne.

Giulia s'arrêta net. Elle ne supportait pas la façon dont Valeria ne cessait d'écraser la petite. De constitution fragile, ne pouvant plus compter sur un père mort durant la guerre, à Caporetto, Ottavia était à protéger.

— Tu n'as aucun ordre à lui donner, tu entends ! Ottavia est comme notre sœur !

— Une sœur des pauvres alors ! Elle porte ma vieille robe !

Voyant les larmes envahir les prunelles dorées d'Ottavia, Giulia bondit et empoigna le col de dentelle de sa cadette, resté jusque-là immaculé.

— Une robe qui t'allait comme un sac et dans laquelle elle est beaucoup plus belle que toi ! Tu voulais une couleur ! Je te la donne : bleu comme tes yeux de garce et ta langue de vipère quand je t'aurai étranglée, sale peste !

Valeria roula des pupilles effarées. Habituée à planter des poignards dans le dos, les explosions de son aînée la paniquaient.

— Ulla ! *Zu hilfe*[1] !

— *Mein Gott*[2] ! Elles se battent encore !

La décence l'empêchant de courir, Ulla rejoignit les combattantes en quelques enjambées.

— C'est encore toi qui as commencé, Giulia ! jeta-t-elle en allemand, en les séparant. Tu veux que ta mère te ramène chez le père Giovanni pour qu'il chasse le démon de ta tête ?

— Il est là le démon ! protesta Giulia dans la même langue, désignant Valeria qui prenait l'expression d'un ange martyrisé.

— *Ruhe*[3] ! intima Ulla.

— *Ja ! Ruhe ! Ordnung !* se rebella Giulia.

Puis, dans un français que leur apprenait sœur Martine au collège :

— *Toujours la paix, la discipline ! Retourne à Berlin manger tes patates et fiche-moi la, la « ruhe » !*

---

1. À l'aide !
2. Mon Dieu !
3. La paix !

Le visage rose d'Ulla vira à l'écarlate. Ses yeux parurent plus pâles, son nez, plus long.

— *Was hast du gesagt ? Was*[1] *?*

Ottavia qui n'apprenait ni l'allemand ni le français ne comprit goutte mais les traits déformés de la gouvernante étaient parlants.

— Ulla, laisse-la ! la supplia-t-elle en italien. C'est pas de sa faute !

— Jamais de sa faute !

Mais Giulia n'écoutait plus. Un peu plus loin, une Lancia qui avançait lentement venait de s'arrêter le long du trottoir. Deux hommes en jaillirent et abordèrent un passant vêtu d'un élégant costume. Il parut refuser de les suivre. Le saisissant par le bras, ils tentèrent de l'entraîner de force.

L'autre joua si fortement des coudes pour se dégager que l'un de ses agresseurs se retrouva à terre. Jaillissant de la voiture, un troisième individu bondit sur celui qui résistait et le frappa violemment au visage avec quelque chose de métallique autour de son poing. Sonnée, la face en sang, la victime trouva encore le courage et la force de se débattre.

Mais les autres avaient pour eux le nombre. Sans plus se soucier d'être remarqués, ils empoignèrent le malheureux par le revers de son veston et le jetèrent dans le véhicule qui démarra en trombe alors que le dernier agresseur était encore sur le marchepied. À l'intérieur, tandis qu'ils s'éloignaient, la lutte continuait.

La scène avait été fulgurante et nul n'y avait prêté attention. À l'exception d'un vieillard assis sur un banc qui nota quelque chose sur un coin de journal,

---

1. Qu'as-tu dit ?

et de Giulia qui vit nettement le captif jeter un papier par terre avant d'être emmené. Elle se précipita. Il s'agissait d'une carte de chemin de fer. « Giacomo Matteotti », lut-elle, avant de la glisser dans sa poche.

Elle n'en dit mot à Ulla et ses compagnes qui se demandaient ce qu'elle faisait et attendit le retour de son père pour frapper à son bureau.

Dès qu'il lut le nom, Pietro blêmit. Sous le regard effaré de sa fille aînée, il déchira la carte :

— N'en parle à personne, tu as compris ? Surtout pas à ton grand-père. Tu n'as rien vu. Et cette carte n'a jamais existé.

Stupéfaite, Giulia secoua la tête et voulut protester. Mais l'homme aux cheveux grisonnants dont le visage oblong paraissait jaune sous la lampe leva la main pour lui imposer silence. L'acajou du bureau de la bibliothèque parut plus sombre à la fillette. L'odeur des meubles cirés lui donnait soudain la nausée. Excepté dans la cuisine, royaume de la grosse et rassurante Rosetta, l'appartement entier empestait l'encaustique.

Pietro s'accroupit auprès de sa fille et détacha ses mots :

— Il faut que tu apprennes à te taire, Giulia. Dans notre famille, on ne parle pas. Jamais.

* * *

Deux mois plus tard, aux environs de Rome

Giulia commença à tirer doucement sur un fil échappé d'une broderie de la nappe. Ces repas dominicaux ponctués de conversations ronronnantes la mettaient à la torture. Les dimanches se succédaient mais les convives restaient les mêmes : ses parents, sa sœur, l'oncle Costanzo, responsable financier dans une banque romaine, Marta, son envahissante épouse, sœur du notaire, et Flavio, leur fils de quinze ans, qui s'empiffrait sans se soucier de la graisse qui lui mangeait les joues. Heureusement, Emilio, le grand-père qui vivait chez Giulia, mettait de la couleur. Il y allait toujours de sa note discordante, de son verbe clair et percutant, craint de tous.

Les doigts occupés à déliter la nappe, Giulia oublia son potage. Il n'y avait que sa mère pour continuer à commander un bouillon de viande brûlant par cette chaleur. Même avec des courgettes et des oignons en tranches, cela ne donnait pas envie. Sitôt avalé, sitôt transpiré. C'eût été si bon de mordre dans une tomate fraîche...

La jeune fille suivit des yeux un rayon de soleil qui traversait la salle à manger pour achever sa course sur un siège marron et vert, comme un suicide. Les armoires, la lourde table en noyer, la vitrine aux photos jaunies, le piano noir et poussiéreux, rien dans cette pièce n'évoquait l'été. Giulia se résigna au supplice. Si elle aimait les journées passées à courir la campagne, elle détestait cette maison familiale aux teintes fanées. Trop sombre. Trop étouffante. Trop tout. C'était un crime de ne pas déjeuner sur la terrasse ombragée d'une vigne grimpante ; dessus, les raisins mûrissaient. Il était midi et les hautes herbes devaient être brûlantes sous la lumière blanche.

La jeune fille effleura ses seins sous la robe légère et retint un juron. Elle ne se trompait pas. Ils poussaient. Et puis, il y avait ces règles survenues quelques semaines auparavant dont sa mère prenait prétexte pour tenter de lui faire observer un maintien plus digne.

Peine perdue. Sitôt assise, Giulia ressentait des démangeaisons dans ses jambes de sauterelle. Il lui fallait courir. Cette taille qui refusait de se marquer lui rappelait qu'elle restait une enfant. Cependant... elle devait s'avouer que le bel Adriano, le fils des voisins avec lequel elle jouait parfois au tennis, lui plaisait bien.

Sous le regard réprobateur de sa mère, elle rendit à Rosetta son assiette à potage pleine. On attendait le plat de viande. Giulia sortit la petite pièce de monnaie préparée à cet effet et patienta : pile, c'était l'escalope au marsala avec les petits pois au jus, face, le rôti de bœuf en gelée garni de haricots verts. Si elle gagnait, elle irait proposer à Adriano une baignade dans la rivière. Sous son talon, la pièce stoppa sur pile.

Perdu ! Consternée qu'on lui commandât toujours le même menu, le dimanche, Rosetta, la cuisinière, s'avançait avec un plat de rôti de bœuf aux haricots verts. La fillette fit la grimace. Elle en avait assez de ces bouillons et de ces légumes de carême. D'où sa mère tenait-elle qu'il fallait manger ça en plein été pour bien digérer ? Canicule ou pas, Giulia, elle, adorait les pâtes fraîches et la divine sauce tomate de Rosetta recouverte de parmesan : pour ce « plat de pauvre impossible à manger proprement » l'enfant aurait subi, ce jour-là, deux messes de Pâques sans broncher. Elle réfléchit et mesura sa pensée : même pour les pâtes de Rosetta, deux messes lui paraissaient beaucoup. « Une, oui », soupira-t-elle en son for intérieur quand l'assiette lui revint avec la tranche de bœuf à laquelle même le sel était interdit : mauvais pour la santé.

Face à elle, sa sœur découpait délicatement la sienne, sous l'œil approbateur de Chiara, leur mère. Celle-ci, toujours très droite sur sa chaise, tourna son col blanc serti de perles vers sa fille aînée. Une fois de plus, ses yeux bruns étirés vers les tempes se plissèrent, lui ôtant toute beauté. Le tour de l'assiette de Giulia était déjà poisseux. Sans s'en soucier, celle-ci continuait discrètement à déliter la nappe.

Emilio profita du concert de mastication pour placer son pavé :

— À qui fera-t-on croire que ce fils de pute de Mussolini n'a pas ordonné l'assassinat de Matteotti ? Ça ne lui avait pas suffi de le faire bastonner par ces vauriens de squadristes, il fallait qu'il le tue !

Chiara, sa fille, avala de travers et se mit à tousser. Impitoyable, son père reprit :

— Tu t'étrangles avec quoi ? Il n'y a pas d'os ! Alors, Pietro, que penses-tu de ce crime ? C'est un crime, non ? On a bien retrouvé du sang sur son veston ? Pauvre socialiste ! Vous avez raison d'être fascistes avec Costanzo ! C'est plus prudent par les temps qui courent !

— Et plus intelligent, Emilio, sauf votre respect ! ne put se contenir Costanzo dont le gros visage s'était empourpré sous l'insinuation. Ce Mussolini fait barrage aux bolcheviks et on lui doit un retour à l'ordre dans le pays.

— À coups de *manganello* et d'huile de ricin ! Tu as déjà tâté du *manganello* sur ton gros cul, Costanzo ?

— Père ! gémit Chiara.

Avec des doigts tremblants de colère, Costanzo rétablit la longue mèche noire gominée sensée masquer son crâne dégarni. Une fois de plus, il s'était laissé prendre aux provocations de ce vieux fou.

Emilio jubilait. Il exécrait ce gras banquier aux costumes clairs et à la chevalière ostentatoire qui incarnait trop bien cette bourgeoisie d'affaires à laquelle on devait l'arrivée des fascistes au pouvoir. Pourtant, le vieil homme avait cru lui aussi en Mussolini lorsque celui-ci était socialiste et combattait l'injustice. Comme lui, il avait enseigné dans une école de village et désiré que les choses changent dans cette pauvre Italie. Mais jamais Emilio n'eût songé que cela s'achèverait dans un tel climat de violence et que l'ancien leader de gauche laisserait battre à mort par ses hommes de main ses premiers compagnons de lutte. On lui assenait que tout cela survenait à cause de la guerre, de cette victoire mutilée par le traité de Versailles qui avait humilié le pays et fait jeter des pierres aux soldats qui rentraient ; que ces hommes, par dépit, par désespoir, s'étaient tournés vers le fascisme. Mais pour Emilio, cela n'excusait pas la terreur qu'instauraient ces chemises noires sans foi ni loi.

Son gendre se racla la gorge pour évacuer ce sujet dérangeant. Le vieillard fit mine de ne rien remarquer. Celui-là non plus, il ne le supportait pas : avec son absence d'odeur et de couleur, il était peut-être pire que ce gros jambon de Costanzo ! Quel charme sa fille Chiara avait-elle pu trouver à cet insipide notaire, de dix ans son aîné ? Pour le suivre, elle avait quitté cette belle maison au cœur de la campagne qui n'était plus ouverte qu'une fois l'an, en été, pour aller s'enfermer dans un sinistre appartement de Rome.

Emilio s'en voulait d'avoir accepté de les rejoindre à la mort de sa femme. Partager le toit de ces deux êtres, aussi gais et chaleureux qu'un couple de carpes, lui mettait le sang en ébullition.

— Giacomo Matteotti ? Ils l'ont assassiné ?

Tous se tournèrent stupéfaits vers Giulia qui avait parlé dans un souffle. Elle regardait son père, des questions plein les yeux. Mais Pietro, qui intérieurement maudissait son beau-père, la fixa d'une telle façon qu'elle se tut.

Chiara reposa ses couverts. Après son père, voilà que sa fille s'y mettait. Que se mêlait-elle de politique à son âge ? À croire que le vieil homme lui avait glissé la pièce pour qu'elle en rajoutât.

— Giulia, que veux-tu faire plus tard ? demanda Marta, pour alléger l'atmosphère.

— Menteuse, comme papa ! lui retourna l'enfant, soutenant le regard meurtrier de celui qui l'avait réduite au silence.

Oubliant son calme légendaire, sous les exclamations horrifiées des convives et le rire étouffé du grand-père, Pietro bondit de son siège et désigna la porte à sa fille aînée :

— Dans ta chambre ! Tout de suite ! Jusqu'à ce soir !

Giulia sortit le plus dignement possible, gravit deux à deux les marches inégales et rabattit la porte de son antre derrière elle. La révolte lui dévorait le cœur. À part Emilio, elle les détestait tous, ces hypocrites ! Elle ignorait qui était ce Matteotti mais il avait été agressé sous ses yeux, et si son père avait prévenu la police, il ne serait peut-être pas mort.

Se détournant de la tapisserie couverte de pervenches délavées, elle s'assit devant sa coiffeuse et s'empara de ses pastels. D'une main rageuse, elle commença par Pietro, son père qui à cette heure lui faisait honte, insista sur sa maigreur, ses traits sans expression : un notaire auquel on confiait ses secrets et qui du silence avait fini par faire sa religion jusqu'à se taire devant un crime. Prenant une autre page, elle s'attaqua à sa mère, la respectabilité incarnée : jamais un faux pli sur ses jupes sombres. Aucune mèche hors du chignon blond cendré. Des mains blanches qui ne savaient ni caresser ni étreindre. Le contraire de son père, le vieil Emilio, le facécieux Emilio qui avec Rosetta, la cuisinière, étaient les deux seules personnes chaleureuses de cette maison.

Longtemps, l'enfant dessina. Son tracé habile lui permettait d'évacuer tout ce qu'elle gardait dans la gorge et qui l'étouffait. La famille entière y passa, même Ulla, partie comme chaque année passer les vacances d'été chez elle, en Allemagne.

Soudain, le soleil se posa sur sa main, comme une invite.

En bas, ils achevaient de prendre le café dans un silence tendu. Seul Emilio s'amusait à écraser bruyamment les mouches sous son verre à liqueur, juste pour le plaisir de voir sursauter Marta qui somnolait dans son double menton. Il ignorait pourquoi la petite avait traité son père de la sorte mais la scène l'avait mis en joie. Il l'aimait de plus en plus, cette graine de rebelle, sa Giulia. Rien à voir avec Chiara.

Comment, lui, avait-il pu engendrer une fille aussi morne ? À croire que sa défunte épouse l'avait cocufié avec ce sacristain qui l'entreprenait souvent à la sortie de la messe. Un autre fils de pute, celui-là, avec sa mine de cierge éteint.

Poussant à l'extrême dans le registre de la sainteté, Valeria demanda l'autorisation de sortir de table. D'une main distraite, son père la lui accorda. Flanquée de son cousin Flavio, Valeria se précipita dans les escaliers et écouta à la porte de sa sœur. Aucun bruit. Doucement, elle tourna la poignée et entra.

La fenêtre était ouverte. Giulia avait disparu.

Valeria frissonna de plaisir. La punition de son aînée allait lourdement s'aggraver. Dans son dos, Flavio poussa un cri.

Il brandissait les dessins abandonnés sur la coiffeuse. Reconnaissables : Pietro, les mains sur les oreilles, les yeux fermés ; Valeria, en poupée au col de dentelle, au sourire méchant. Fou de colère, Flavio montra l'une des feuilles : dessus, ses parents vêtus de billets de banque portaient une croix autour du cou et traînaient un cochon par la laisse... qui n'était autre que lui.

— Elle me le paiera !

Giulia n'entendit pas son cri. En contrebas de la maison, près du grand saule, elle nageait à perdre haleine, nue, dans la rivière aux galets blancs. Quoi qu'ils fassent, ils ne lui prendraient ni le soleil ni l'été. Et si son père pouvait la faire taire, il ne l'empêcherait pas de se souvenir de ce qu'elle avait vu.

* * *

Au même moment, au palais Chigi,
siège de la présidence du Conseil

Navarra déposa le verre de lait sur le bureau et sortit.

Mussolini écouta décroître les pas de son fidèle *cameriere*. Il n'avait jamais remarqué à quel point tout résonnait dans ce palais. Sans doute était-ce dû à l'inhabituel silence. Une nouvelle langue de feu lui brûla l'estomac. La douleur le cassa sur son siège. Son costume sombre, son col dur lui étaient un silice. Deux mois qu'il en allait ainsi. Depuis, l'enchaînement des événements tenait du cauchemar.

Une fois de plus, Mussolini se maudit d'avoir confié cette mission d'intimidation à ces têtes brûlées de la *tcheka*[1] : Dumini et ses acolytes avaient la lame plus rapide que la réflexion. Si encore ils s'étaient montrés discrets ! Mais ces imbéciles avaient enlevé Matteotti en pleine ville, sous les yeux d'un vieillard qui avait pensé à noter le numéro d'immatriculation de leur Lancia. Un échec sur toute la ligne puisque, en apprenant la disparition du leader socialiste, les députés hostiles aux fascistes avaient décidé de boycotter les séances de la Chambre tant que ne seraient pas dissous la Milice et les organes de répression.

1. Nom donné – en référence à la police politique russe – par Mussolini au noyau initial de la police politique destiné à « accomplir les actes qu'imposeraient les nécessités politiques du gouvernement et du parti fasciste ».

Il se leva et tenta de respirer lentement pour atténuer la souffrance. Il crèverait par ce ventre qui, ces temps-ci, comme un baromètre de son état nerveux, ne tolérait plus rien.

Par la fenêtre, il aperçut un groupe d'hommes qui stationnait dans la rue. Des journalistes ? Des agresseurs préparant une incursion dans le palais ? Si cela advenait, il n'aurait que ses pistolets pour se défendre car, à part quelques fidèles, le vide s'était fait autour de lui. L'émotion soulevée dans le pays par la découverte du corps de Matteotti avait fait place nette.

Mussolini se demanda à nouveau s'il devait poursuivre son mandat. Le roi continuait à le soutenir mais la vague de violence qui à Naples venait d'opposer ses partisans à leurs adversaires gagnait Rome et remontait vers le nord de l'Italie.

Le téléphone le fit sursauter. C'était Margherita Sarfatti, sa maîtresse depuis plus de dix ans. À son intelligence, à ses relations, à son opiniâtreté, à son soutien de chaque instant, il devait en partie d'occuper cette place de président du Conseil.

— Je ne vais pas bien Vela ! lui avoua-t-il en réponse en sa question. Mes ennemis sont sur le point de gagner ; ils ont l'opinion pour eux. Et les faits.

— Reste calme ! le tempéra la voix au bout du fil. Surtout garde tes nerfs et n'écoute pas ceux qui te conseillent la manière forte. Cela achèverait de t'aliéner le pays.

— Je n'ai pas ordonné sa mort, Vela.

— Pour le peuple, tu es responsable. Si tu ordonnes des représailles contre ceux qui t'accablent, tu signeras ta perte.

À peine eut-il raccroché qu'Italo Balbo fit une irruption fracassante dans le bureau sans se faire annoncer. À grandes enjambées, l'ancien *ras* de Ferrare, surnommé *Pizzo di Ferro*[1], en raison de son collier de barbe, fonça vers le bureau, l'œil flamboyant, la mèche brune sur le front. Il émanait de ce personnage aux traits sensuels une énergie qui suscitait la crainte.

Ange ou démon ? Même Mussolini se le demandait. Balbo ne craignait ni Dieu ni Diable, ce qui faisait de ce fidèle entre tous un homme redoutable. C'était pourtant lui qu'il venait de choisir pour remplacer De Bono, trop discrédité, à la tête de la Milice.

— Qu'attends-tu pour faire fusiller ce *cornuto* de Dumini et les autres ? attaqua-t-il sans préambule. Les faire arrêter ne suffit pas à calmer l'opinion ! Donne leur tête à tes détracteurs et qu'on en finisse ! Mes hommes viennent de subir des insultes dans le quartier du Trastevere, certains ont même reçu des pierres ! Leur imposer de ne pas répondre à ces provocations est impossible !

Mussolini cogna du poing sur la table. Balbo avait le don de provoquer sa fureur en quelques secondes :

— À quoi ça sert que je te donne la Milice si tu ne sais pas la tenir ? Que veux-tu ? Que j'ordonne un bain de sang ? Ici ? À Rome ? Tu n'es pas à Ferrare et la terreur ne règlera pas tout !

Son corps trapu tendu par-dessus la table dégageait une violence qui eût découragé quiconque. Pas Italo.

---

1. Bouc de fer.

— Tu n'as rien compris, Benito ! Nos ennemis ne plient que devant les coups ! Donne du mou et il y aura un carnage ! Avec le *manganello* et l'huile de ricin, ils se calmeront ! À Florence, Ferrare, Arezzo, Bologne, des milliers de chemises noires se rassemblent déjà ! On n'a pas fait la chasse aux communistes et aux socialistes, puis la Marche sur Rome, pour se faire lyncher par des députés et des journaux de gauche ! Je t'en prie, écoute-moi : jette-leur la charogne qu'ils réclament, fais fusiller ces abrutis de la *tcheka*, montre l'exécution à la presse et laisse-nous, ensuite, remettre de l'ordre à notre façon !

Mussolini serra les mâchoires pour ne pas hurler. Le spasme qui broyait son ventre lui coupa la respiration. La gorgée de lait lui fit l'effet d'un acide. Il grimaça et reprit dans un souffle :

— Pour la dernière fois, Italo, NON ! J'ai fait en sorte qu'on rende la vie impossible aux pires d'entre eux, comme ce bolchevik de Gobetti ! Aller plus loin m'aliénerait les députés non fascistes de notre majorité ! Je ne peux pas me le permettre ! On a assez d'ennemis sur le dos !

Les yeux noirs de Balbo prirent un éclat métallique.

Instinctivement, Mussolini glissa la main vers son tiroir. Celui qui avait été de tous ses combats suivit son geste et secoua la tête.

— Tu n'auras jamais rien à craindre de moi, Benito. Je te défendrai jusqu'au bout. Grandi et Farinacci ont réuni 50 000 chemises noires à Bologne. Dans nos fiefs, nous pouvons tous en rassembler autant et faire taire les rebelles. Nous n'avons qu'un mot à dire. Et que tu le veuilles ou non, si les agressions contre notre camp continuent, nous réagirons ! Soit tu les laisses te manger, soit tu les manges. Mais pour nous, le choix est fait.

2.

1927

Un bandeau sur l'œil, son perroquet sur l'épaule, John Silver se rapprochait en traînant sa jambe de bois. Sous sa main, la porte grinça... Le cœur de l'enfant s'emballa... Il respirait trop fort... Le pirate allait l'entendre, le découvri...

Assise sous un pin, captivée par son roman, Giulia ne sentait plus l'air coupant de cette fin novembre. Elle adorait Stevenson et relisait pour la deuxième fois *L'Île au trésor*. Elle l'avait juste oublié suffisamment pour se laisser de nouveau emporter par la peur, les alizés, sur ce bateau pourri fendant une eau turquoise. Barils de rhum, viandes boucanées, odeurs puissantes de crasse et de vieux cuir, sourires balafrés, regards cruels... Cet horizon du bout du monde, elle l'imaginait aux couleurs de Gauguin : une palette violente, une lumière crue, des ombres courtes sur un sable brûlant, une chaleur qui plongeait même les criminels dans l'indolence. Son goût pour la peinture impressionniste y trouvait son compte.

— Giulia ! Giuuulia !

Le navire pirate, les îles luxuriantes s'évanouirent.

Le froid revint. L'adolescente referma son livre d'un claquement sec.

Autour d'elle, les enfants brandissaient toujours leur fusil factice, sous les cris martiaux de leur instructeur, fiers de marcher au pas. Ils portaient la tenue des *Balillà*[1] : chemises noires, culotte courte vert bronze, fez et large ceinture. Plus loin, dirigés par un homme en tenue de milicien, des *Avanguardisti,* eux aussi en uniforme, s'entraînaient à courir en chantant. Parmi eux, Giulia reconnut son cousin Flavio qui peinait, pourpre et ruisselant, gêné par son embonpoint.

La pierre siffle, résonne le nom
Du garçon de Portori,
Et l'intrépide Balillà
Se dresse, géant dominant l'Histoire...

---

1. Œuvre nationale *Balillà,* ONB : association officielle de la jeunesse fasciste. De quatre à huit ans, les enfants font partie des fils de la Louve. Dès huit ans, les garçons entrent dans les *Balillà* et les filles, dans les Petites Italiennes. À quatorze ans, les garçons deviennent des *Avanguardisti* ; les filles, des Jeunes Italiennes et cela, jusqu'à dix-huit ans où tous intégreront les Jeunesses fascistes.

Giulia s'éloigna sans pouvoir tout à fait échapper aux voix fluettes qui venaient d'entonner l'hymne des *Balillà.*

En raison des manifestations prévues la semaine suivante, une agitation frénétique s'était emparée du camp. Fêtes et commémorations se succédaient à un tel rythme qu'il y avait de quoi s'y perdre. Sans parler des visites officielles au cours desquelles il fallait montrer la vigueur de la jeunesse fasciste.

Un garçon d'une quinzaine d'années manqua tomber d'un poteau en tentant de réajuster une banderole rédigée d'une main maladroite et tendue par des liens de fortune. Tout était de bric et de broc dans ces camps qui géraient les loisirs de la jeunesse italienne. Créés l'année précédente dans tout le pays sur ordre du gouvernement, ils fonctionnaient grâce aux bonnes volontés. Les compétences, elles, faisaient souvent défaut. L'État n'avait pas eu le temps de former des professeurs capables d'enseigner à la jeunesse, dans les règles de l'art, les vertus de courage et d'endurance de l'idéal fasciste.

Aussi, en attendant de fonder une école qui façonnât ces maîtres, on trouvait de tout parmi les membres de l'encadrement : d'anciens *Arditi*[1] de la guerre aux instituteurs, en passant par de vieux champions de sport. Les meilleurs étaient réservés aux *Avanguardisti,* considérés comme les guerriers de demain. À eux de briller dans la boxe, l'escrime, le tir ou la natation. Les filles, elles, devaient se contenter de ceux qui restaient ; en général, pas les plus qualifiés.

---

1. Combattants des unités d'élite.

Giulia se demanda une fois de plus ce qu'elle faisait ici. Elle détestait l'ambiance martiale des lieux. À seize ans, elle aimait la peinture, les livres et nager dans les rivières à s'en faire éclater les poumons. Elle savait occuper ses samedis et ses dimanches et en aucun cas elle ne se serait trouvée là si ses parents ne l'y avaient forcée. Hélas, son père suivait scrupuleusement les directives de Mussolini qui avait, deux ans plus tôt, étouffé la révolte soulevée par l'assassinat de Matteotti en imposant la dictature. Il en était résulté une vague d'attentats contre sa personne, suivis de terribles représailles.

La situation mettait en rage le vieil Emilio. Il ne cessait de brandir sous le nez de son gendre et de l'oncle Costanzo les multiples exemples illustrant la mort de la démocratie : comme ces lois Rocco, instituées deux ans plus tôt, qui interdisaient la grève et n'autorisaient plus que le syndicat fasciste. Sans parler des pressions exercées sur les journalistes. Cela allait jusqu'à la fermeture du quotidien si les propos tenus étaient jugés subversifs.

Quant aux prisons, elles étaient remplies d'opposants qui n'avaient pas eu le temps de s'exiler en France. Et il fallait faire confiance à l'OVRA[1] récemment créée pour les traquer jusqu'au dernier !

La dernière innovation du régime avait mis le grand-père dans une colère terrible. Celui qu'on n'appelait plus que le Duce[2] avait décidé de s'attaquer à la formation physique et idéologique de la

---

1. Organisation de vigilance et de répression de l'antifascisme : police politique.

2. Le guide.

jeunesse... Et cet endoctrinement sur une matière aussi malléable que les enfants, l'ancien instituteur ne l'acceptait pas. D'autant plus que « sa » Giulia était concernée.

Comme chaque fois qu'elle songeait à ses parents, un étau enserra la poitrine de l'adolescente. Le rire, le printemps, les fleurs, toute référence au beau ou au bon paraissait indécente en leur présence. Sans Emilio, elle se fût jugée anormale d'aimer autant les jolis mots et le soleil sur sa peau.

— Giuliaaa !

Sa sœur se rapprochait. Se relevant, Giulia rabattit sa jupe que le vent soulevait sur ses formes de femme et resserra autour d'elle la cape noire des Jeunes Italiennes.

Elle détestait la courbe marquée de ses hanches, de sa taille, cette poitrine agressive qui l'obligeait à réajuster sans cesse ses chemisiers et attirait sur elle l'attention des hommes, son visage trop fin, aux pommettes trop hautes, sa bouche trop ourlée, ses cheveux trop bouclés qui ne paraissaient jamais coiffés. Ce décalage dérangeant entre un corps déjà épanoui et ses seize ans sans expérience la rendait gauche dans ses gestes et sa démarche et lui faisait multiplier les gaffes.

Était-ce à cause de cela que les garçons lui parlaient autrement ? Depuis qu'elle avait vu Adriano, son ami d'enfance, tourner au cramoisi en la regardant nager, elle n'osait plus lui proposer de se baigner avec elle dans la rivière. Aussi se repliait-elle le plus souvent sur ses livres et ses dessins.

— Giulia ! Ça fait une heure qu'on te cherche !

Sa sœur arrivait avec une autre adolescente. Valeria, à la silhouette encore indécise, n'avait pas les soucis de son aînée. La tresse toujours aussi blonde sous le bonnet fasciste, le geste mesuré, elle ne faisait jamais tache, ne bousculait aucune convenance. Toutefois, elle restait un serpent, de ceux qu'on ne voit pas venir. En reconnaissant Claretta Petacci en sa compagnie, Giulia soupira, résignée. L'amie de sa sœur était douce mais entrait en transe à la seule évocation du Duce. Elle avait fini par épancher sa passion dans une longue lettre qu'elle lui avait envoyée suite aux attentats dont il venait d'être la cible. Forte de l'aimable réponse de son dieu, Claretta se croyait investie, au sein de ce camp, de la mission sacrée de chanter sa gloire.

Elle brandit un papier sous le nez de Giulia :

— Quelle chance ! C'est ton nom qui a été tiré au sort pour remettre le bouquet à notre Duce, le jour de la fête !

L'interpellée blêmit :

— Je n'avais pas mis mon nom dans l'urne !

— Moi si ! se rengorgea Valeria. Pour doubler les chances de la famille. Et j'ai bien fait !

— De quel droit ? Tu sais que j'ai horreur de ce genre de choses !

— Tu as refusé de t'inscrire à la compétition de natation alors que tu nages comme une truite ! Tu ne veux pas entendre parler de celle de gymnastique ! Mais qu'est-ce qui t'intéresse à la fin ?

— La paix ! Juste la paix ! J'aime nager et jouer au tennis quand j'en ai envie ! Ça ne m'intéresse pas de me mesurer aux autres, tu peux comprendre ça ?

— Mais là, il s'agit du Duce ! intervint Claretta, outrée. Tu devrais être honorée ! Peut-être même qu'il t'embrassera !

— Je me moque d'être embrassée par Mussolini ou par le pape ! Je n'irai pas ! Quant à toi, Valeria, je t'interdis de faire les choses à ma place, tu entends ?

L'autre lui adressa un regard mauvais mais baissa vite la garde. Elle craignait toujours autant les colères de Giulia, ce qui ne l'empêchait pas de continuer à les susciter. La peau blanche de Claretta se couperosa sous l'effet de l'indignation. Plus trace de douceur sur son visage. Avec un peu plus de jugement, elle eût abdiqué.

— Comment oses-tu parler ainsi de notre Duce ?

Giulia retint un juron bien senti. Être sourde. Ne plus entendre cette poupée brune au regard égaré qui semblait habitée par les feux de l'Olympe. Elle désigna à Claretta la grande photo de Mussolini, près de l'entrée du camp.

— Il est à moitié chauve et il a l'âge d'être ton père, le Duce ! Sa fille Edda est plus vieille que toi ! Jusqu'à quand vas-tu nous en rebattre les oreilles, de ton barbon ?

L'autre suffoqua. Valeria ne savait plus où se mettre. La dispute avait attiré l'attention de quelques instructeurs.

— Qu'est-ce qui se passe ? s'enquit l'un d'eux qui traînait la jambe, souffrant visiblement de la goutte.

Claretta allait parler mais Giulia la devança. Bizarrement, elle eut l'impression de s'adresser à John Silver, le pirate boiteux de son livre.

— Elle veut un baiser du Duce et c'est moi qui ai été tirée au sort. S'il vous plaît, offrez-lui ma place ou elle va faire des convulsions !

Cramoisie, mortifiée, Claretta battit en retraite.

— Ton nom et le sien ? demanda l'homme.

— Giulia Diacalone et le sien...

— Diacalone ? Tu t'es bien inscrite pour le saut en hauteur, n'est-ce pas ?

Giulia avait totalement oublié ! Devant obligatoirement participer au moins à une activité sportive dans le cadre de cette organisation, elle avait choisi celle qui serait le plus rapidement expédiée.

— Je suis ton entraîneur, poursuivit l'homme, en claudiquant vers elle. Qu'est-ce que tu attends pour te mettre en tenue ?

Interloquée, Giulia tenta d'étouffer la crise qui montait. En vain. Son rire explosa. Quel professeur lui aurait-on attribué si elle avait choisi le tir à l'arc ? Un aveugle ?

Lorsqu'elles rentrèrent, à pied, en fin de journée, avec Ottavia, la fille de la cuisinière, Giulia n'était pas calmée. Ayant pris son accès d'hilarité pour de la moquerie, l'instructeur voulait en référer au père de la coupable. Elle aurait droit à un nouveau sermon sur le respect dû à autrui : elle ne les comptait plus.

Heureusement, le départ de Ulla, retournée vivre en pays teuton quelques mois auparavant, lui avait donné une bouffée d'oxygène. Ses élèves connaissant aussi bien l'allemand que leur langue maternelle et sachant se tenir en société, la jeune femme avait jugé sa mission remplie. Du moins, avec Valeria. Concernant l'aînée, Ulla n'avait pas caché aux parents que la deuxième partie du programme resterait bâclée. Giulia semblait née pour choquer. Et le mal paraissait incurable.

L'humidité alourdissait leur cape et rendait les rues glissantes. La lumière baissait vite en cette fin d'automne et les Romains se hâtaient. Giulia pressait l'allure, heureuse d'entendre dans son dos sa sœur s'essouffler. Bien plus élancée que sa cadette, elle prenait ce soir-là un plaisir sadique à faire de grandes enjambées : tandis qu'elle faisait un pas, l'autre en faisait deux, mais Valeria se serait fait hacher menu plutôt que de protester. Ottavia, quant à elle, courait à côté de l'aînée des Diacalone avec l'aisance d'un elfe. Avec ses cheveux roux en bas des reins, ses taches de son et ses yeux dorés qui irradiaient la joie de vivre, la fille de Rosetta était jolie malgré sa maigreur d'adolescente. Elle adorait fréquenter ces camps de *Balillà* et ressortait radieuse de ces journées en plein air. Confinée dans la cuisine, derrière ses fourneaux, sa mère n'avait guère de temps à lui consacrer.

Giulia ne s'arrêta qu'au bas de l'immeuble pour acheter le quotidien du dimanche à son grand-père. Elle était la seule à y penser. Depuis quelque temps, celui-ci l'inquiétait. Il semblait moins enclin à saboter les repas dominicaux par ses remarques explosives et se contentait souvent de simples regards de dégoût à l'encontre de son gendre ou de l'oncle Costanzo. Enfin, ses siestes s'étiraient parfois jusqu'au crépuscule et il restait de plus en plus longtemps confiné dans sa chambre.

La concierge, qui sortait les poubelles, adressa un regard vague aux deux sœurs. De peur que son estomac rouille, comme elle le prétendait, elle ne buvait que du vin. Et elle avait souvent soif. À cette heure, le sol tanguait et il lui arrivait fréquemment de se cogner aux murs en regagnant sa loge.

L'aînée ne chercha pas à appeler l'ascenseur et attaqua les trois étages à pied. Elle était claustrophobe et cet engin qui se bloquait une fois sur deux la paniquait. Beaucoup moins sportive qu'elle le donnait à croire, Valeria appuya sur le bouton et attendit. Il y eut quelques mètres plus haut un grincement sinistre, puis le silence. En panne, une fois de plus ! Résignée, elle emboîta le pas à sa sœur.

Giulia aimait gravir les escaliers. Derrière chaque porte, elle imaginait des vies, des habitudes. Les indices collectés sur chaque locataire finissaient par constituer des histoires assez cohérentes. Comme un symbole hiérarchique, le niveau social des habitants de l'immeuble augmentait avec les étages. Les deux étages inférieurs étaient occupés par des gens modestes. Les deux derniers, aux plafonds plus hauts, aux larges fenêtres et au sol de marbre, par des familles bourgeoises comme celle de Giulia.

Au premier, de l'appartement des Petronelli s'échappait une forte odeur de maquereaux frits, odeur que dégageaient en permanence les vêtements de leurs enfants. Était-ce lié ? Les jumeaux Petronelli, âgés de treize ans, étaient champions de natation. En face, de la porte du vieux couple Marconi s'exhalait l'habituel fumet de bouillon de poireau. Ils devaient le prendre en silence, en mâchonnant les petits morceaux de pomme de terre, sourds comme deux pots fêlés. Sans cela, ils n'eussent pas supporté une seule journée leur horloge qui ponctuait chaque heure d'un bang assourdissant.

En arrivant au deuxième, les adolescentes furent accueillies par des bruits de vaisselle cassée, assortis de cris. Cela provenait de chez les Lovisolo. Le couple se déchirait avec une admirable constance sous l'œil atone de leur unique fierté : Gino, leur fils, grand ami de Flavio, le cousin de Giulia et de Valeria. Ce dernier lui faisait faire ses quatre volontés dans son groupe d'*Avanguardisti*. Le front bas, l'œil bovin, le corps massif, bien lancé, Gino faisait mal. C'est ce qu'aimait Flavio qui n'avait plus qu'à lui indiquer les cibles. L'oncle Costanzo n'appréciait pas le garçon. Non en raison de sa stupidité manifeste mais parce qu'il était de condition modeste. Un jour, en allant porter des médicaments à la mère du garçon, vraisemblablement battue par son époux, Giulia avait vu, au-dessus du lit conjugal, la photo du Duce côtoyant celles d'un Christ en Croix et d'une Madone. Le père de Gino ne ratait pas une occasion d'enfiler la chemises noires. La Milice l'utilisait lors d'opérations de représailles contre des antifascistes.

De l'autre côté du palier, l'appartement était vide depuis le départ des Rossi. Pour la naissance de leur septième enfant, ils venaient d'obtenir un appartement dans les *palazzine*, les nouveaux immeubles que faisait ériger le gouvernement. Celui-ci octroyait beaucoup d'avantages aux familles nombreuses.

Giulia parvint au troisième étage sans l'ombre d'un essoufflement. Là, le sol de marbre était recouvert d'un tapis pour étouffer les pas. En vis-à-vis de l'appartement des Diacalone, la plaque de cuivre du dentiste conservait son mystère. Derrière régnait en permanence le silence. Le praticien était aussi souriant qu'une armoire métallique et Giulia redoutait d'avoir un jour affaire à ses instruments.

Elle poussa la porte de chez elle. Sans prendre le temps de goûter, sa sœur fila vers le salon rejoindre leurs parents. Elle passait au rapport. Dans quelques minutes, ils sauraient tout sur la dernière incartade de leur fille aînée. Haussant les épaules, celle-ci gagna la seule pièce qu'elle aimait.

Sur le coin de la cuisinière, une soupe mijotait doucement. À côté, dans le vieux fauteuil en vannerie de Rosetta, le grand-père de Giulia somnolait, la main posée sur le chat tigré endormi sur ses genoux. Emilio aussi préférait de loin la cuisine au salon. Les couvercles soulevés avec fracas ne le dérangeaient pas. Au contraire : ici, tout vivait.

Difficile de croire que la forte Rosetta, aux bras de lutteuse et aux joues lustrées, ait pu engendrer un être aussi gracile qu'Ottavia. À l'en croire, celle-ci ressemblait à son défunt père, fluet personnage soufflé par le premier obus tombé sur son camp.

Il faisait chaud, cela sentait bon, chaque casserole était rangée le long du mur ; une atmosphère qui réconfortait toujours Giulia. Sur la nappe à gros carreaux rouges et blancs, Rosetta avait disposé tasses, tartines et confitures. Déjà, Ottavia s'installait. Giulia ressentit un pincement au cœur en regardant son grand-père. Le menton perdait son dessin énergique. Le visage s'affaissait. Jusqu'aux épaules qui se voûtaient. Aucun doute, il faiblissait. Une peur panique envahit l'adolescente. Pas Emilio !

Alerté par une sorte de sixième sens, le vieil homme ouvrit les yeux. Devant sa petite fille qui tenait son journal, un sourire remodela ses traits. Giulia se gourmanda. Il n'était pas malade. Elle n'avait aucune raison de s'angoisser ainsi.

— Alors, comment ça s'est passé avec ces *stronzi*[1] de fascistes ?

Tandis que Rosetta lui servait du lait chaud, Giulia résuma sa journée. Le rire puissant de son grand-père envahit la cuisine.

— Père ! Félicite-la, puisque tu y es !

Ottavia resta la bouche pleine, sa tartine en l'air. La mère de Giulia, qu'ils n'avaient pas entendue venir, se tenait dans l'encadrement de la porte. Ses lèvres pincées aux commissures lui donnaient en permanence l'air d'une veuve en quête de condoléances. Elle fixait sa fille avec une telle dureté qu'on avait du mal à imaginer qu'elle l'avait portée dans son ventre.

— Ton père veut te parler dès que tu auras terminé ton goûter.

Elle tourna les talons.

— Garce de Valeria ! rumina Giulia en reprenant sa tasse.

— Prends ton temps pour essuyer la tempête, conseilla Emilio avec philosophie en dépliant son quotidien. Ça leur permettra de dégorger leur bile et de se calmer.

Le silence revint et le léger bouillonnement de la marmite reprit le dessus.

La voix de Giulia se détacha. Très calme.

1. Étrons, excréments.

— Qu'ils le veuillent ou non, je n'irai plus chez les *Balillà* ! Ils ne pourront pas m'y forcer ! J'en ai assez de cette mascarade.

— Allons ! Allons, Giulia ! la gronda gentiment Rosetta en touillant sa soupe. C'est une bonne chose que nous offre le Duce ! Regarde le mal qu'il se donne pour assurer des loisirs à la jeunesse ! Elle est mieux dans ces camps qu'à traîner dans les rues !

Giulia se mordit les lèvres. Elle aimait trop la cuisinière pour répliquer. Le grand-père leva les yeux par-dessus ses lunettes mais se tut pour la même raison. Il attendit que Rosetta sortît servir le café au salon, aidée par Ottavia, pour parler.

— Il faut que tu comprennes certaines choses, ma petite fille. Tu vis dans un milieu sinistre mais protégé et notre pays sort d'une période noire. Parce qu'elle a grandi le ventre vide, dans sa campagne, Rosetta a une échelle de valeurs différente de la nôtre. On peut vivre sans liberté – elle-même ne l'a jamais connue –, pas sans pain.

Il prit le temps de laisser ses paroles faire leur chemin dans l'esprit de Giulia avant de poursuivre :

— Mussolini promet un avenir meilleur et le peuple a envie d'y croire. Rosetta rêve pour sa fille de ce qu'elle-même n'a pas eu. Ils sont nombreux à caresser cet espoir pour leurs enfants. Qui peut leur en vouloir ?

Les traits du vieillard se durcirent.

— En revanche, reprit-il, et dans sa voix grondait la colère, ceux qui sont nés le cul dans de la soie, qui savent ce qui se passe et qui, par lâcheté et par confort, ne réagissent pas, sont impardonnables.

— Comme mon père ?

Emilio garda un moment le silence. Il pesait chaque mot.

— En ce moment, en Italie, des millions d'hommes agissent comme ton père. On ne peut même pas les affronter pour la bonne raison qu'ils se taisent. Je n'ai plus l'âge des grands emportements et mes coups de gueule passent pour du radotage. C'est aussi bien. La mort m'évitera de voir la suite et de détourner les yeux. Mais toi, tu devras regarder. Il faudra que tu le fasses.

— C'est maintenant que je veux que tout ça s'arrête !

Le vieil homme passa une main lasse dans ses cheveux blancs. Ses traits émaciés accusaient la fatigue. Une soudaine fragilité. Giulia eut cette fois la certitude qu'il n'irait pas loin. La pudeur l'empêcha de se jeter à ses genoux et de le serrer contre elle. Avec Rosetta et Ottavia, il était sa seule vraie famille. C'est lui qui lui demanda d'approcher. Il prit son bras et la contraignit à s'asseoir auprès de lui.

— Tu n'as que seize ans, Giulia. Vois, comprends mais surtout ne t'oppose pas par tes actes. Pas encore. Aujourd'hui, tu perdrais. Attends d'être adulte pour les combattre.

3.

1929

Valeria et Marcello traversèrent la nef sous les applaudissements.

La mariée de dix-sept ans était radieuse sous la couronne de lys qui retenait son voile. Sa robe fluide masquait son corps plat et son absence de poitrine. À travers le gant de dentelle qui atteignait son coude, elle serrait avec fierté le bras de celui qu'elle venait d'épouser. Depuis des mois, elle préparait ce jour, brodant son trousseau et courant les magasins pour poser le décor de son futur appartement.

Ses parents se rengorgeaient. Ils ne rêvaient meilleur parti pour leur fille préférée. Marcello était le gendre idéal. Cadre dans la banque de l'oncle Costanzo qui s'était chargé de le présenter à sa nièce, il s'y préparait un bel avenir. Toujours poli, respectueux des convenances, il s'habillait de tons neutres, détestait le bruit et les excès en tous genres. Mince après avoir sans doute été malingre, le teint pâle, le cheveu châtain, l'œil inexpressif, le sourire rare, Giulia le trouvait insipide et ne supportait pas son éternelle odeur de savonnette. Une netteté qui devait rassurer les clients : quelqu'un de si propre au-dehors l'était forcément au-dedans. Avec un époux pareil, Valeria se préparait une vie feutrée, en demi-teinte, dans la continuité d'une enfance à peine quittée. À voir son sourire, elle n'en avait pas conscience et les mises en garde de son aînée étaient prises pour de la jalousie.

Giulia dégagea pour la troisième fois l'ourlet de sa robe de satin pêche du talon de sa tante. Si le ridicule tuait, elle allait mourir ce jour-là pour avoir refusé d'essayer cette horrible tenue de demoiselle d'honneur surchargée de fleurs blanches, choisie par sa sœur. Pour prix de sa mauvaise tête, elle devrait en supporter toute la journée la coupe trop étroite et les boutons qui se défaisaient à hauteur des seins au moindre mouvement brusque. L'impression de ressembler à une grosse mortadelle ne quittait pas la jeune fille. Enfin, en guise d'estocade, Valeria lui avait choisi des chaussures à talons, de même couleur, qui, aidées d'un chapeau susceptible d'abriter deux têtes, l'obligeait à marcher voûtée pour rester à hauteur du cavalier boutonneux dont on l'avait affublée et qui était le frère du marié.

En surplombant la marée de couvre-chefs, elle atteignit le parvis de l'église. Là, elle s'arrêta net, provoquant une bousculade dans son dos : une haie d'honneur en chemises noires, dressée dans un impeccable salut fasciste, ouvrait le chemin aux mariés jusqu'au bas des marches. Flavio avait mobilisé ses compagnons de la Milice pour faire une surprise à Valeria. Celle-ci, rose de plaisir, lui adressa un sourire ravi. Giulia chercha des yeux ses parents. Ils ne semblaient pas étonnés et affichaient un air satisfait. Sous leur regard scandalisé, elle fit demi-tour et sortit par la chapelle attenante.

Il lui semblait entendre son grand-père fulminer. En mourant quelques mois auparavant, Emilio lui avait brisé le cœur. Devant un tel spectacle, il aurait traité son gendre de tous les noms. D'autant que cela se passait devant l'église du village où il était né, où il avait convolé et dont il venait de franchir une dernière fois le seuil. Par respect pour lui et pour ses idées, les parents de Giulia auraient dû empêcher cette parade fasciste.

— Même le jour du mariage de ta sœur, il faut que tu te fasses remarquer, que tu nous mortifies ! siffla sa mère, sans cesser de sourire aux invités, dès qu'elles se retrouvèrent côte à côte.

Giulia se retint de répliquer. Oubliant son cavalier, elle s'engouffra dans l'une des voitures louées pour la circonstance.

On était au cœur de l'été et le repas devait avoir lieu dans la maison de campagne des Diacalone où l'on avait aligné de longues tables sur la terrasse. En arrivant, le malaise de Giulia s'accentua. Comme elle, Emilio n'aurait pas apprécié de voir sa demeure investie par ce cocktail d'ecclésiastiques et de fascistes.

Avec les accords du Latran signés au printemps, Mussolini avait réconcilié l'Église et l'État, se gagnant ainsi la totale adhésion des catholiques. Résultat : lors des élections qui avaient suivi, il avait remporté un succès sans précédent. Jamais le consensus autour de sa personne n'avait été tel. Et alors que le reste de l'Europe plongeait dans une terrible crise économique, l'Italie chantait *Giovinezza*[1]. Toutefois, le passif entre les chemises noires et les robes violettes était loin d'être réglé par de simples accords. Et la façon dont ils se frôlaient sur cette terrasse en se guettant du coin de l'œil rappelait la danse guerrière de la mangouste et du serpent.

Giulia préféra les oublier. Elle eût aimé pouvoir agir de même avec sa famille installée à la table centrale derrière des gerbes de fleurs. Un tableau parfait, avec au centre les mariés qui ne cessaient de se lever pour s'adresser aux uns et aux autres, prenant garde de n'oublier personne.

Résignée à subir cette journée comme une purge, Giulia s'installa à sa place, indiquée par un petit carton à son nom.

Des rires gras fusèrent de la table où Flavio venait de rejoindre ses amis à chemises noires. Avec eux, il semblait plus à l'aise que dans la banque où son père l'avait encouragé à entrer. Frapper, marcher au pas dans un bel uniforme s'avérait beaucoup plus dans ses cordes que l'analyse de colonnes de chiffres. Son géniteur n'avait pas insisté. Flavio se ferait une situation chez les fascistes. Il était bien noté et prenait rapidement du galon. Quant à la banque, Costanzo tenait son poulain : Marcello, l'époux de Valeria, le remplacerait certainement à

1. Hymne fasciste.

la tête de la direction financière quand l'heure de la retraite viendrait. Tout était bien ainsi.

Très vite du côté des fascistes, commencèrent à jaillir les remarques grivoises. Chacun y allait de son exploit avec les femmes. Flavio ne se souciait pas de les faire baisser d'un ton ou changer de registre. La Milice avait tous les droits. La mère de Giulia pinçait les lèvres et les prêtres lançaient des regards réprobateurs.

Avec sa mère, Ottavia régentait le service et n'était pas à la fête. Elles veillaient à tout et suivaient avec inquiétude les évolutions maladroites des femmes du village engagées pour la circonstance. La fille de Rosetta n'avait pas pu poursuivre ses études et, faute de mieux, venait d'accepter de travailler dans la maison de l'oncle Costanzo et de son épouse.

Giulia intercepta un regard de Flavio à l'adresse d'Ottavia qui lui déplut. Il suivait les déplacements de la silhouette gracile avec une attention particulière. Lorsqu'elle passa près d'eux, il glissa quelques mots à Gino, toujours voisin des Diacalone dans l'immeuble romain. Devenu un jeune homme au corps lourd, d'une force physique et d'une lenteur d'esprit impressionnantes, il avait suivi Flavio dans la Milice. Lui aussi se mit à fixer la fille de Rosetta qui était bien trop occupée pour s'en apercevoir. Giulia se promit de mettre, dès que possible, son amie en garde contre ces deux-là. D'autant qu'Ottavia allait vivre désormais sous le même toit que Flavio.

— Alors, Giulia, quand comptes-tu imiter ta sœur et te marier ?

Chiara maudit la sottise de sa belle-sœur, qui noyait, ce jour-là, ses bourrelets de graisse sous une cascade de dentelles noires. Tout ce qu'elle voulait, c'était que sa fille aînée les dispense d'un nouvel éclat. Et alors que celle-ci semblait enfin se tenir tranquille, voilà que la stupide épouse de Costanzo la provoquait.

— Bientôt, très bientôt, ma tante, répondit poliment Giulia avec un grand sourire. Dès que Stradivarius aura conçu un nouveau violon.

— Stradivarius ? Qui est cet homme ? Et pourquoi un violon ?

Négligeant sa mère qui la foudroyait des yeux, Giulia soulagea Rosetta du plat qu'elle tentait de poser sur la table parmi les amoncellements de viandes. Lorsqu'elle vit le contenu du récipient, de surprise, la jeune fille manqua le lâcher : même en une telle occasion, sa mère s'était débrouillée pour ajouter au menu ses petits pois au jus.

— J'adore ces légumes, dit son cavalier pour engager la conversation. En voulez-vous ?

Giulia refusa ses *piselli*[1] et le regarda se servir d'un air déprimé. Tout chez lui s'avérait rédhibitoire : de la racine grasse de ses cheveux à son sourire semblable à une excuse, sans parler de sa conversation. Il avait, en outre, le défaut de se trouver au mauvais endroit au mauvais moment. Elle se pencha vers lui. Aussitôt, l'autre rougit, content d'avoir enfin attiré l'attention de cette fille superbe.

— Vous aimez la mortadelle ?

---

1. Petits pois.

Le regard interloqué de l'autre encouragea Guilia à poursuivre :

— Moi, ce qui me plaît dedans, ce sont les bouts de gras. J'aime les manger avec les doigts. Pas vous ? Vous la trouvez comment, ma robe ?

Le malheureux afficha une telle perplexité que Giulia eut pitié et le laissa à ses légumes.

Comme on amenait le gâteau, elle prétexta une migraine qui soulagea ses parents de sa présence et gagna sa chambre. Dès qu'elle eut tourné la clé, elle arracha son chapeau et, en une minute, saccagea le savant édifice de boucles qu'elle portait dessous. Puis, ce fut le tour de la robe qui perdit une à une ses fleurs grotesques avant de glisser sur le sol, suivie des bas et de toute sa lingerie. Quand elle fut nue, elle poussa un soupir de soulagement avant de se jeter sur son lit et d'enfouir son visage dans l'oreiller. Son grand-père lui manquait ce jour-là encore plus que d'ordinaire. Elle menait depuis quelques semaines une bataille sévère pour emporter l'adhésion de ses parents, concernant son avenir. Lui l'eût soutenue.

Elle venait d'achever son cycle scolaire et voulait entamer des études d'histoire de l'art. De la couleur au milieu de tout ce noir, elle n'aspirait qu'à cela. Mais son père ne l'entendait pas ainsi. À son sens, étudier la vie de peintres ou de sculpteurs ne menait à rien. Le droit était la voie royale, celle qu'il voulait qu'elle empruntât, ce à quoi Giulia se refusait obstinément.

Peu à peu, la jeune fille sombra dans le sommeil.

Des éclats de voix la réveillèrent. Elle mit quelques instants à rassembler ses idées. Combien de temps avait-elle dormi ? D'en bas montait l'écho d'une musique. On devait danser.

Qui avait hurlé ? Un nouveau cri. C'était une femme. S'ensuivit un bruit de lutte. Il provenait de la chambre de sa sœur. Giulia sauta dans ce qui restait de sa robe et se précipita, pieds nus, dans le couloir. La porte de Valeria n'était pas fermée à clé. Elle la poussa... Ces jambes fines qui battaient l'air, cette chevelure rousse, ces bras que les deux hommes cherchaient à immobiliser sur le lit.

Ottavia !

Gino la maintenait et Flavio se couchait déjà sur elle en défaisant son pantalon. La jeune fille mordit la main qui la bâillonnait.

— Sale garce ! jura Flavio en grimaçant. Tu vas te laisser faire, oui ? Bon sang, Gino, tiens-la !

— Lâchez-la ! hurla Giulia.

Mais les deux chemises noires n'entendaient plus rien. Ils voulaient cette fille. Et Flavio comptait bien se servir le premier. Tandis que Gino bloquait Ottavia, son ami la gifla si fort que Giulia eut l'impression d'en ressentir l'impact. Elle se jeta sur la main qui allait de nouveau frapper et la tordit violemment.

— Lâche-la ou j'ouvre la fenêtre et je les ameute tous !

La douleur fit vaciller Flavio. Il leva sur sa cousine un regard terrible. Son visage était rouge de désir contrarié. Sa chemise déchirée au col portait des traces de lutte. Il mit une seconde avant de reconnaître Giulia. Celle-ci en profita pour arracher Ottavia des griffes de ses agresseurs et la poussa vers la porte. Gino n'osa s'y opposer.

— Tu n'avais pas à te mêler de ça ! jeta Flavio, massant sa main tordue.

La fureur étouffa Giulia. Elle déglutit à plusieurs reprises avant de retrouver sa voix :

— Si tu approches encore d'Ottavia, je préviens ton père et le mien ! Et je la fais témoigner.

Le rire de Flavio déclencha celui de Gino.

— Pauvre folle ! Ta boniche ne témoignera jamais contre le fils de ses futurs maîtres ! Quant à toi, qui te croirait ? Regarde-toi ! Tu n'es même pas capable de rester une journée comme aujourd'hui, correctement vêtue ! Ton père ne sait plus quoi faire de toi !

Giulia empoigna le haut de sa robe et fit mine de la déchirer.

— Si tu ne jures pas immédiatement sur ton putain d'insigne fasciste de la laisser tranquille, je descends à moitié nue et je dis que Gino a tenté de me violer pendant que tu me tenais ! Ce sera ta parole contre la mienne et en bas, il y a une kyrielle de prêtres. Crois-moi, je me fiche bien de provoquer un scandale !

Il sut qu'elle en était capable. Gino le sentit également et le poussa du coude. Flavio s'exécuta du bout des lèvres. Mais il ne put contenir son fiel.

— J'appartiens à la Milice. Tu n'as pas bien compris ce que ça signifie ! Même l'armée ne peut rien contre nous ! Prends garde de ne jamais avoir affaire à nos services.

* * *

Sillonnée par les premiers trams, des charrettes à bras, d'autres attelées, quelques voitures et des dizaines de gens à vélos, encore engourdis, Rome s'éveillait. Un matin frais et brumeux que le soleil boudait. Il avait plu la veille et la rue brillait de flaques inégales.

Devant l'immeuble, la concierge, encore à jeûn mais jamais tout à fait remise de l'alcool de la veille, balayait sans conviction l'eau vers le caniveau. Elle salua Giulia et son père d'un hochement de tête machinal. L'œil hardi et beaucoup plus vif, le laitier sourit à la jeune fille en déposant sa caisse de bouteilles devant la grande porte.

« Tout sur l'Académie d'Italie[1], avec la liste des élus ! Tout sur la nouvelle création du Duce ! »

Le notaire refusa d'un geste sec le journal que lui proposait un petit vendeur chargé d'une pile de quotidiens en équilibre instable. Lèvres serrées, il attaqua le pavé d'un pas pressé. Il n'avait rien dit à Guilia sur l'objet de cette escapade matinale sinon de mettre une tenue discrète et correcte. Elle avait failli lui rétorquer qu'elle ne sortait jamais avec des rubans rouges dans les cheveux ni des bas rayés. Mais à quoi bon ! Quand l'avait-elle vu rire pour la dernière fois ? Elle n'arrivait pas à s'en souvenir.

---

1. Créée à des fins de propagande en octobre 1929, avec une intervention directe de l'État dans le domaine de la culture, elle comptait soixante académiciens répartis en quatre sections : sciences morales et histoire ; sciences physiques, mathématiques et naturelles ; lettres et beaux-arts.

Depuis un mois, entre elle et lui, la guerre faisait rage. Un conflit ponctué de répits silencieux et d'éclats de colère. Tel un rite, les disputes clôturaient les repas et, en apportant le dessert, Rosetta secouait la tête d'un air désolé. Ottavia venait de partir pour s'occuper de la maison du *signore* Costanzo et voir Giulia, qu'elle aimait comme une fille, si malheureuse, la minait. Celle-ci finissait par appréhender de s'asseoir à table mais persistait dans sa décision : ce serait l'histoire de l'art ou rien.

Son père ne l'entendait pas ainsi et s'enlisait dans son désir de la voir étudier le droit. Elle lui opposait sa faim des courbes et des couleurs, exacerbée par la lecture des ouvrages de Vittorio Manelli. Ce spécialiste de la peinture des XIXe et XXe siècles était l'un des plus éminents professeurs d'histoire de l'art de l'université de Rome et Giulia rêvait de suivre son enseignement. Mais les parents de la jeune fille restaient sourds à son enthousiasme et l'interrompaient avec des mots tels que « raison », « devoir », qui lui donnaient une sensation d'asphyxie et augmentaient son angoisse. On était en octobre et les cours de Manelli débuteraient sous peu. Sans elle.

Seules certitudes : elle ne passerait pas l'hiver enfermée dans ce salon d'un brun sinistre en compagnie de sa mère, à broder son trousseau comme l'avait fait sa sœur, et ne se raccrocherait pas non plus au mariage dont la propagande vantait les vertus dans l'espoir de repeupler le pays. Plutôt mourir que de se laisser engrosser par un époux fasciste pour soulager ses parents de sa présence. Si la situation devenait intolérable, il ne tenait qu'à eux d'y mettre un terme. Ils avaient leur cygne en la personne de

Valeria dont ils pouvaient parler sans risque avec leurs relations autour d'une tasse de café. Quant à Giulia, elle acceptait le rôle du vilain canard pourvu qu'on lui permît de suivre la direction de son choix.

Un dialogue de sourds. Et puis, soudain, la veille, son père lui avait demandé de se tenir prête le lendemain matin à la première heure, sans explication. Giulia n'avait rien demandé. Elle verrait bien.

Cela faisait une demi-heure qu'ils marchaient. Son éternel feutre beige enfoncé sur le crâne et un manteau de même ton flottant sur ses épaules, le notaire ne cessait de sortir sa montre en regardant la rue par-dessus ses lunettes. Cette sortie l'agaçait. D'ordinaire, à cette heure, il se trouvait déjà à son étude.

L'itinéraire surprit Giulia. Pourquoi se dirigeait-on vers le Capitole ? Depuis que Mussolini avait décidé de rendre à Rome son « antique splendeur », la colline, aux mains des démolisseurs et des archéologues, n'était plus qu'un chantier périlleux à franchir. Il en allait de même des Forums et du quartier Argentina.

Le Duce avait été clair. Des pans entiers des parties médiévale et Renaissance de la cité devaient disparaître ; tous ceux bâtis sur les vestiges antiques qu'on voulait « libérer » de « l'offense des siècles ». Sans grandes précisions sur l'aménagement ultérieur prévu dans ces zones « nettoyées », la destruction massive avait commencé.

— Michele Luigi est architecte, énonça soudain son père. Il travaille avec Munoz et Corrado Ricci, les deux archéologues chargés des démolitions. C'est lui que nous allons rencontrer.

Giulia resta sans voix. Où voulait-il en venir ? Sachant qu'il détestait être interrompu, elle attendit.

— Il enseigne l'architecture romaine à l'université, poursuivit-il, en jetant un nouveau coup d'œil à sa montre. Marcello l'a pour client à la banque. Sans lui, je n'aurais pu t'inscrire. Le bruit fait autour de la création de l'Académie d'Italie semble multiplier les vocations inutiles : les cours d'histoire de l'art sont saturés. En attendant de dire ta gratitude à ton beau-frère qui a parlé pour toi, tu vas pouvoir remercier Michele Luigi de t'avoir glissée dans les effectifs.

Devinant la question muette de sa fille, il précisa :

— C'est dans cette université que professe Vittorio Manelli. Il est responsable de la première année.

Giulia s'arrêta au milieu de la rue. Elle avait gagné ! Elle eut envie de sauter au cou de son père et de l'embrasser. Le visage fermé de ce dernier l'en dissuada. Il aurait très mal pris de telles effusions, surtout en pleine ville. Le regard excédé qu'il tourna vers elle acheva de la refroidir. Il rendait les armes pour avoir la paix, non pour répondre au souhait profond de sa fille. Giulia prit une longue inspiration. L'air frais de ce matin si différent des autres la rasséréna. Peu importaient les motivations de ses parents : l'essentiel tenait dans son but qui était atteint. Elle allait faire ce qu'elle désirait le plus au monde. Rien d'autre ne comptait.

Un casque sur la tête, un plan en main, Michele Luigi donnait des indications à l'un des chefs de travaux. Autour d'eux, armés de pics, de pelles et de pioches, des dizaines d'ouvriers abattaient les murs des maisons. Certaines, à demi éventrées, laissaient voir des lambeaux de vie : un évier, les restes d'un carrelage. Rien que des matériaux vétustes. Les gens qui avaient vécu là étaient pauvres. Mais Giulia, qui avait plusieurs fois traversé ces quartiers lorsqu'ils étaient debout, y avait perçu une humanité qui semblait rendre la misère supportable. Il n'en subsistait rien dans le paysage apocalyptique qu'elle découvrait ce jour-là. Les lieux ne dégageaient plus qu'une impression d'angoisse et de désolation. La jeune fille ressentit un malaise en voyant l'un des hommes jeter parmi les gravats une poupée mutilée.

Un peu plus loin, adossé à un arbre, un jeune homme dessinait sur une grande feuille, prenant apparemment pour modèle le chantier en cours.

Le notaire aborda l'architecte et lui présenta sa fille. Celui-ci ne cacha pas qu'il avait mieux à faire que discuter.

— Je suis très pris et n'ai pas un instant à vous consacrer.

— Bien sûr, bien sûr, concéda le notaire, soulagé de pouvoir repartir aussitôt. Nous voulions seulement vous remercier pour votre intervention.

— Où sont partis les habitants de ces maisons ? s'inquiéta Giulia, obsédée par la vision de la poupée.

Son père maîtrisa mal un geste d'impatience. Que venait-elle s'inquiéter de cela, maintenant ? La question ne sembla pas gêner l'architecte. Au contraire.

— Le Duce, attaqua-t-il en souriant, les a immédiatement relogés dans l'Agro Romano[1]. Ils n'ont

1. Anciens marais asséchés de la périphérie romaine ; terre de malaria et de moustiques, « assainie », sans arbres, battue par les vents. Mussolini y avait fait construire des *borgate*, cités d'urgence pour loger les milliers de Romains, la plupart très pauvres, chassés de chez eux par les plans de démolition.

aucune raison de regretter leurs masures croulantes alors qu'on leur a offert des habitations neuves. L'ampleur des travaux que nous avons entrepris nécessitait une telle dépense...

Oubliant que le temps lui était compté, il se lança dans un monologue étourdissant, entrecoupé d'ordres et de mises en garde à l'attention des travailleurs qu'il ne cessait de surveiller. De toute évidence, il aimait argumenter, démontrer, convaincre. Peu importait l'auditoire pourvu qu'il y en eût un.

— Pour nous, architectes de l'ère fasciste, expliqua-t-il, l'Histoire digne d'intérêt s'arrête en 476 après J.-C., au sac de Rome. Remettre au jour temples, amphithéâtres, cirques, thermes et palais qui ont célébré la gloire des césars est notre dessein. Et nous n'hésiterons pas à raser des centaines de maisons, s'il le faut...

Giulia l'écoutait, sidérée. Pourquoi une telle admiration de l'Antiquité ? Toutes les époques qui avaient fait du beau leur idéal méritaient, à son sens, le respect. Qu'un architecte reprît à son compte les propos primaires de Mussolini la choquait. Elle se garda de le montrer. Son père eût été trop heureux de constater sa déception. Pour lui, tous ces gens liés au milieu de l'art étaient incohérents. Et ce Michele Luigi illustrait à merveille son postulat.

Prenant le silence de ses interlocuteurs pour de l'intérêt et oubliant son manque de temps, ce dernier voulut les entraîner vers une section des fouilles où des vestiges venaient d'être mis au jour. Le notaire jeta à sa fille un regard vindicatif. Que ne s'était-elle tue, une fois de plus !

Celle-ci se préoccupait plutôt de la « promenade » qui les attendait sur ce terrain accidenté et pour laquelle elle n'était vraiment pas « convenablement » vêtue. Intuition qui se vérifia dès les premiers pas. Les pluies de la veille ayant rendu le sol glissant, elle dut d'emblée disputer ses talons à la boue. Ce qui devait arriver, arriva : sur une passerelle de planches, l'une de ses semelles, nappée de terre, dérapa. La jeune fille se retrouva assise au milieu du chantier, un mètre plus bas, sa jupe étroite déchirée à hauteur de la cuisse. Les ouvriers s'arrêtèrent de travailler, distraits par le joli spectacle. Quant à son père et à l'architecte, ils poursuivirent leur chemin sans avoir remarqué sa chute ni son absence.

Une poigne solide arracha Giulia à sa honte et la remit sur ses pieds. Elle grimaça. En tombant, son genou avait violemment heurté une planche. L'homme qui la considérait d'un air goguenard n'était autre que le jeune dessinateur aperçu tantôt.

— Raté pour un film de propagande, ils auraient coupé, mais jolie pirouette !

Giulia passa une main rageuse sur sa jupe souillée et leva la tête vers son sauveur. C'était trop facile de se moquer d'elle.

Les yeux verts et le sourire haut pétillaient d'une telle malice que sa colère s'évanouit. Il ne devait guère être plus âgé qu'elle. Son allure de chat maigre, sa tignasse châtain blond, mal peignée, sa veste élimée, tout dans son allure trahissait une pauvreté insouciante du lendemain. Une main sur le cœur, son carton à dessin sous le bras, il s'inclina :

— Silvio, princesse, peintre de mon état, pour vous servir.

Oubliant sa jupe ouverte et la boue qui la maculait jusqu'aux coudes, Giulia lui retourna son sourire. Il le reçut en plein visage et, bras en croix, s'effondra sur le dos, prenant soin, toutefois, de protéger son carton à dessin. Cette créature aux boucles brunes mal serrées en chignon, aux pommettes hautes et aux yeux noirs étirés vers les tempes ne ressemblait à nulle autre. Sa jupe grise et sage de citadine de bonne famille ajoutait à l'insolite avec sa fente impromptue qui découvrait sa longue cuisse. Giulia ne remarqua pas l'examen dont elle était l'objet. Elle le considérait sans comprendre.

— Puis-je savoir ce qui vous a pris ?

— C'est de votre faute, *signorina* ! Vous êtes belle à tomber par terre !

D'un bond agile, il se rétablit et désigna sa tenue aussi sale que celle de Giulia.

— Maintenant, on est à égalité.

La jeune fille éclata de rire. Ce garçon complètement fou était une trouée de ciel bleu dans toute cette grisaille.

— Que dessiniez-vous tantôt ?

Il ouvrit son carton et lui tendit le croquis. D'un fusain habile, il avait figuré un immense rapace qui balayait de ses ailes le paysage environnant.

— L'aigle et le chaos, présenta-t-il.

— Pourquoi l'aigle ?

Le sourire du jeune homme se fit grinçant.

— L'empire des césars, princesse ! Pour retrouver son parfum de gloire, le Duce s'apprête à mettre Rome en pièces. Il n'est qu'à voir autour de nous !

Entendant son père et l'architecte revenir, la jeune fille se retourna. Quand elle reporta son attention sur Silvio, il avait disparu. Sa déception fut vive. Elle ne connaissait que son prénom et ne lui avait même pas indiqué le sien. Restait le dessin qu'il n'avait pas repris. Et l'espoir que ses autres professeurs fussent différents de ce Michele Luigi. Vittorio Manelli, lui, ne la décevrait pas.

* * *

Assise au troisième rang, Giulia mordillait son crayon en attendant l'arrivée de leur premier professeur. Pourquoi avait-elle l'impression de jouer sa vie ? Autour d'elle, les autres se montraient moins fébriles. Peut-être n'avaient-ils point dû batailler avec leurs parents pour se retrouver là.

Son père n'avait pas menti quant aux effectifs. À croire que ceux qui ne donnaient pas dans le goût de la démonstration de force en s'engageant dans la Milice versaient dans l'art. Il ne restait pas un siège libre dans la salle de classe. La température y était à peine supportable. Nul ne s'inquiétait d'ouvrir les fenêtres. Giulia fut tentée de le faire mais craignit quelque dommage intempestif dont elle avait le secret. Ce n'était pas le moment de se coincer un doigt dans une embrasure ou de provoquer une envolée de papier. Elle se résigna à avoir chaud.

Sa voisine, une petite blonde, patientait calmement. Giulia admira ses doigts minces aux ongles roses. De ses cheveux lisses coupés à hauteur d'épaules à son corsage blanc, toute sa personne donnait une impression de netteté. Elle tourna la tête et Giulia fut frappée par le contraste entre la gravité de ses yeux bruns et sa frimousse d'enfant. Son sourire franc lui plut d'emblée.

— Je m'appelle Sofia. Et toi ?

Giulia se présenta à son tour mais ne put en dire davantage.

— *Dio Santo !* On se croirait dans un four ! Bien cuits mes petits pains ?

L'homme qui les interpellait de façon si cavalière emplit d'un coup la classe de sa présence. Il fonça vers l'une des fenêtres qu'il ouvrit en grand et, pivotant du talon, fit face aux élèves.

— Vittorio Manelli. Je suis votre professeur principal.

Giulia s'était construit un portrait tout autre du personnage. L'esthète myope et éthéré aux cheveux rares et grisonnants de son imaginaire s'avérait aux antipodes de celui-ci. Rien d'un doux rêveur dans ce regard pénétrant d'un noir brillant. Le visage acéré au menton volontaire, l'arête étroite du nez, le rictus aux commissures des lèvres, la vivacité du mouvement, le cheveu sombre et dru, à peine argenté aux tempes, dénotaient un caractère trempé, bien ancré dans le présent. Le col blanc et le costume sombre achevaient de rendre le personnage intimidant.

Manelli les dévisagea un à un, puis commença à arpenter l'estrade, mains dans le dos, en silence. Décontenancés, les étudiants le regardaient faire. En marchant, l'homme fixait ses chaussures lustrées. Le manège dura cinq bonnes minutes. Enfin, il releva la tête et, lorsqu'il parla, il parut s'adresser à chacun.

— Je pourrais vous poser la question d'usage : pour vous qu'est-ce que l'histoire de l'art ? Vous vous tortureriez l'esprit pour trouver une réponse intelligente qui fasse bonne impression et on perdrait du temps. Toi, par exemple, le grand maigre à la petite houppe, qu'est-ce que tu dirais ?

Il avait employé le tutoiement antique, cher aux fascistes. L'interpellé, qui devait rougir même quand on lui demandait l'heure, devint écarlate et rentra la tête dans son cou. Au prix d'un effort évident, il bredouilla quelque chose d'incompréhensible.

— Vous voyez ! triompha Manelli, prenant l'auditoire à témoin.

Giulia ne songeait plus à torturer son crayon. Le décalage entre les ouvrages délicats qu'elle avait lus et celui qui les avait écrits était sidérant. Elle le soupçonna d'avoir ciblé le plus timide de la classe.

Quelqu'un frappa à la porte d'une façon décidée. Sans attendre d'y être invité, un jeune homme arborant l'insigne des GUF[1] entra. Il devait avoir vingt-deux ou vingt-trois ans, se trouvait certainement en fin de cycle et affichait une assurance ostentatoire. Manelli se rembrunit.

— Je n'ai pas dit « entrez », que je sache, articula-t-il comme s'il s'adressait à un être débile.

Il rouvrit la porte et lui indiqua la sortie d'un geste. L'étudiant ne se troubla pas.

— Je n'en ai que pour un court instant, *dottore*, assura-t-il avec un sourire à la limite de la provocation.

---

1. Groupes universitaires fascistes « encadrant » la jeunesse universitaire.

— Encore plus court que tu l'imagines, mon garçon. Ici, on fait de l'histoire de l'art, pas de la politique. Dehors !

Sans s'émouvoir, l'autre lança aux élèves :

— Réunion en salle 113, après ce cours.

Avant de sortir, il jeta à Manelli un regard de défi. Celui-ci rabattit violemment la porte sur l'intrus. Son visage restait calme mais Giulia vit l'une de ses mains trembler. Il inspira comme avant une apnée et commença :

— Prenez note : « art », du latin *ars, artis,* ne prend le sens qu'on lui connaît qu'au XIXe siècle...

Il entreprit un étourdissant exposé historique qui dura près d'une heure. Soudain, il s'arrêta. Et survola du regard son auditoire.

— Ça y est ? Vous vous êtes bien ankylosé la main et l'esprit ? Combien de pages avez-vous noircies ? Cinq, six ? Bien ! Les inquiets seront rassurés. On peut maintenant commencer parce que tout ce que je vous ai dit jusque-là ne sert à rien. Ne retenez de ce cours qu'une chose : l'histoire de l'art est celle d'une quête à travers l'espace et le temps dont le sens dépend d'un contexte précis. Vers quoi tendait l'artiste ? Quelles étaient alors les notions du beau et du laid ? Certainement pas les nôtres. Si vous prenez cette évidence pour postulat, vous comprendrez que donner une notion de valeur aux époques tient de l'hérésie. Nos goûts, ceux de notre siècle et, surtout, de notre contexte constituent un prisme déformant au travers duquel il ne faut surtout pas apprécier le passé.

Les jeunes gens l'écoutaient, médusés. Que signifiait ce déroutant discours ?

Manelli sourit :

— Un exemple : vous n'aimeriez pas une cuisine au miel, saturée d'épices ? Eh bien, pour les notables de l'Antiquité, cela représentait le fin du fin. À la place, vous leur auriez servi un plat de macaronis au parmesan, ils vous auraient peut-être fait bouffer par leurs lions ! Cela dit, ils ne connaissaient pas encore la *pasta*, les pauvres !

Giulia posa son crayon et considéra l'énergumène. La façon dont Manelli leur présentait sa matière s'avérait pour le moins atypique.

Le professeur prit une mine résignée qui lui seyait fort mal et poursuivit :

— Sous l'influence de la toute récente et admirable Académie d'Italie – il appuya sur le mot « admirable » –, les têtes pensantes de notre enseignement ont jugé bon d'emboîter le pas aux plus hautes instances de notre pays qui vénèrent l'architecture antique. Jules César et Auguste redeviennent à la mode. De même que leurs temples et leurs forums qu'on veut à toute force exhumer et marier à notre *glorieuse* époque. Le miel aux épices et la tomate dans une unique sauce qu'on nous demande, à nous, professeurs, de vous faire avaler ! À vous d'accepter le plat tel quel... ou d'en ôter les ingrédients qui vous paraissent indigestes. Cela s'appelle le sens critique. On ne peut pas vous reprocher d'en avoir.

À l'issue du cours, dans les regards se lisait un flottement ravi. Giulia laissa la classe se vider. Si elle se taisait, elle n'en dormirait pas de la nuit. Embarrassée par son audace et plus gauche que jamais, elle s'avança vers Manelli qui rangeait ses affaires.

— J'ai beaucoup apprécié, *dottore*, lâcha-t-elle avec une netteté qui la surprit, votre analyse culinaire et votre définition du sens critique. Mais vous oubliez un peu vite qu'avec les *Balillà*, puis les *Avanguardisti*, il y a des années qu'on nous dénature le goût et qu'on nous contraint à regarder au travers de ce prisme qui vous déplaît tant. Nous mettons les pieds dans un domaine dont nous ignorons tout ou presque. Si vous ne nous aidez pas à faire le tri, seuls, nous n'y parviendrons pas.

L'historien la considéra en silence puis il boucla sa serviette de cuir et sortit.

Giulia s'effondra sur le premier bureau, sonnée comme un boxeur qui a pris un coup. Le Vittorio Manelli qu'elle avait lu avec tant de passion ne pouvait s'en tenir à ce numéro de cirque.

— Tu viens avec nous ?

Sofia lui souriait gentiment depuis le seuil. Encore troublée, Giulia ne comprit pas tout de suite.

— Où ça ?

— Salle 113.

— Jamais !

Le mot avait jailli avec une violence non contrôlée. Le visage contrit de Sofia lui en fit prendre conscience.

— Excuse-moi mais j'ai eu tout mon saoul de propagande. J'ai dû lutter contre mes parents pour ne pas intégrer les Jeunes Femmes fascistes. Ce n'est pas pour me faire enrôler par les GUF. Autant que je sache, cet organisme ne fait pas partie de notre programme.

— Ils veulent juste une adhésion, la raisonna Sofia. Ça ne nous coûte rien. Après, ils nous laisseront tranquilles.

— Ils se passeront de la mienne, c'est tout.

Devant son visage fermé, Sofia renonça.

— À demain.

Giulia rajusta son petit chapeau et quitta l'enceinte de l'université avec la sensation de fuir un univers hostile, sensation dérangeante après l'âpre lutte qu'elle avait menée pour y accéder.

Dès la première avenue, un vent acide plaqua ses vêtements et manqua lui arracher son chapeau. Immobile, devant la station du tram, elle fut rapidement transie. Elle détestait l'automne, les jours qui raccourcissaient, le soleil anémique. Cette saison la rendait morose et lui ôtait ses forces.

Cela datait de l'année 1924, de ce jour de juin où son père l'avait contrainte à se taire pour la carte de chemin de fer de Matteotti. En le voyant la détruire, elle avait compris que le monde des grands était trouble et compliqué. Une impression fugace, comme une brûlure vite oubliée mais qui continuait à creuser sous la peau, sans qu'on la voie. Dès lors, elle était devenue sensible aux atmosphères, à la qualité des silences, aux tensions et aux saisons qui les alourdissaient ou les allégeaient selon leur lumière. La nouvelle de l'assassinat du député avait achevé de lui faire quitter l'enfance. Depuis, elle se réveillait souvent les poings serrés, juste au moment où elle s'apprêtait à remettre cette carte aux autorités. Jamais elle n'y parvenait.

Elle regarda passer les gens. Ils n'avaient l'air ni plus heureux ni plus malheureux qu'avant. Tous vaquaient à leurs occupations avec le souci du quotidien. Que n'était-elle comme eux ! Comme Sofia et ces millions d'autres qui se laissaient entraîner par le flux sans se poser de questions ! Que ne trouvait-elle confortable la façon dont le Duce, ce « guide », décidait pour tous !

Elle en voulut soudain à son grand-père de les avoir quittés. Il lui manquait tellement ! Le médecin n'avait pu déterminer la cause du décès. On avait retrouvé un matin le vieil Emilio raidi dans son lit. Pour Giulia, il était mort étouffé par sa colère à l'encontre de ce monde qu'il ne reconnaissait plus. Et l'ombre de sourire qu'il gardait semblait un adieu joyeux à ceux qui avaient assombri ses dernières années. Désormais, il était libre. Et elle, terriblement orpheline.

Le malaise étreignit si fort la jeune fille que l'attente du tram lui devint insupportable. Elle décida de rentrer à pied.

« Des châtaignes ! Qui veut mes châtaignes rôties ? »

Elles sentaient bon. En les secouant dans la poêle trouée, le vendeur se réchauffait les mains au-dessus du brasero. Il liquidait à la sauvette son maigre stock et souriait sous les bienfaits de la chaleur. Comme lui, ils étaient des milliers, à Rome et dans toute l'Italie, à survivre de petits boulots : aujourd'hui rôtisseur de châtaignes, demain cireur de chaussures. L'un d'eux, un jour, s'était fait houspiller sous les yeux de Giulia parce qu'il n'avait que du cirage noir. Pas les moyens d'avoir d'autres couleurs.

Elle n'avait pas faim mais acheta le plus grand cornet et l'attaqua sans attendre. Les doigts noircis par l'écorce brûlante, elle décortiquait les fruits qu'elle se mit à engloutir à une allure vertigineuse : une punition délicieuse qu'elle s'infligea jusqu'au bout et qui ne tarda pas à produire ses effets. Quand elle franchit la porte de l'immeuble, son estomac semblait avoir pris une place énorme dans son corps. Faisant une entorse à son habitude, elle appela l'ascenseur. Une fois de plus, en panne ! Elle dut se résigner à emprunter l'escalier.

Telle une première lame au sortir d'un port, elle reçut de plein fouet l'odeur de poisson frit émanant de chez les Petronelli. Le bouillon de poireau des vieux Marconi n'arrangea rien. Ses semelles paraissaient de plomb. Elle défit le premier bouton qui fermait sa jupe à la taille. Aucun soulagement ! Elle tenta de bloquer sa respiration et partit à l'assaut de la deuxième volée de marches. Arrivée sur le palier, à la limite de l'asphyxie, elle prit une longue goulée d'air où se mêlaient poisson et poireau. Elle avait oublié combien les odeurs prenaient corps en s'élevant.

Faisant appel au peu de courage qui lui restait, elle releva le bas de son vêtement et gravit le dernier étage presque en courant. Son estomac remontait maintenant dans sa gorge. Que lui avait-il pris d'avaler, d'un coup, deux livres de châtaignes ! Une seule chose pouvait encore la sauver : l'infecte magnésie bismurée de Rosetta. Ce remède permettait de digérer des briques.

Dès le seuil, elle reconnut la voix de fausset que prenait sa sœur depuis qu'elle était en puissance d'un époux à la carrière prometteuse. Un méchant picotement irrita la gorge de Giulia et l'empêcha de fuir d'un pas égyptien vers sa chambre.

Sa mère apparut dans le vestibule et sembla soulagée de la voir.

— Tu vas pouvoir remercier Marcello d'avoir intercédé pour t'obtenir l'inscription à l'université. Ton père ne devrait plus tarder à nous rejoindre. Tu nous raconteras cette première journée.

Giulia hocha la tête, les lèvres serrées sur son haut-le-cœur. Le plomb gagnait à présent tous ses membres. Mais dans son ventre, la tempête faisait rage.

Investie de son nouveau statut de femme enceinte à laquelle on devait des égards, sa sœur resta assise en la voyant entrer. C'était à Giulia de s'incliner vers elle pour l'embrasser. Périlleux exercice ! Pour l'heure, c'était l'aînée et non la cadette qui souffrait d'un abdomen distendu. La première se pencha et effleura des lèvres les cheveux blonds de la seconde. Toujours aussi poli, Marcello se leva et étreignit sa belle-sœur avec la mesure qui seyait à leur degré de parenté par alliance. « Aussi lisse et froid qu'une sole », songea Giulia qui avait évité de respirer son odeur de savonnette.

Devant l'ordre muet du regard de sa mère, elle se souvint qu'elle devait le remercier. Pour cela, il lui fallait desserrer les mâchoires. Suppliant le ciel pour qu'un dieu existât et vînt à son secours, elle ouvrit la bouche.

Le jet atteignit de plein fouet le veston de Marcello.

Giulia vit dans un brouillard l'air hébété de son beau-frère contemplant sa tenue souillée, les yeux exorbités de Valeria. Le cri horrifié de leur mère. Le sol se mit à tanguer : un pont de navire sur une mer en furie. La fauteuse de trouble pria pour que les flots l'engloutissent et s'écroula sur le tapis chinois.

* * *

1. Pour éviter de se rendre la vie impossible, elle ne se livrerait pas à une critique systématique de l'enseignement qu'on recevait ici et n'en prendrait que le meilleur.

2. Elle cesserait de se montrer désagréable chaque fois qu'on voudrait la persuader du contraire de ce qu'elle pensait et resterait aimable et souriante.

3. Elle ne combattrait plus ses angoisses par une boulimie qui la faisait vomir sur des gens qu'elle n'aimait pas.

4. Elle oublierait qu'elle avait trop de seins et une allure de walkyrie même quand elle portait des jupes grises ou bleu marine pour accepter que des étudiants de son groupe l'approchent uniquement parce qu'ils la trouvaient sympathique.

5. Elle ne s'isolerait plus des autres...

— Que t'a fait cette malheureuse fleur oubliée par l'hiver pour que tu la persécutes ainsi ?

Giulia, qui venait d'arracher le cinquième pétale, sursauta. Le jeune homme arrivé silencieusement derrière elle sauta par-dessus le banc et s'assit à ses côtés. D'un signe imperceptible, il intima à Sofia, qui lisait près de son amie, de s'éloigner. Celle-ci hésita. Un nouveau regard de l'étudiant balaya ses réticences.

— On se retrouve au cours, dit-elle en refermant son livre.

Giulia n'eut pas le temps de protester. Elle s'éloignait déjà. En reconnaissant l'arrivant, elle s'était raidie. Il s'agissait du responsable des GUF qui avait fait incursion dans le premier cours de Manelli. Cela faisait quelques jours qu'elle le retrouvait sur son chemin. Mais il ne l'avait pas encore abordée. Se rappelant ses résolutions, elle décida de lui faire bonne figure.

Il lui sourit. Nulle trace de l'arrogance affichée envers le professeur. Ses yeux myosotis, ourlés de longs cils noirs, rendaient son regard presque féminin. Mais cette impression était démentie par son corps trapu et ses poils drus jusque sur ses mains. Il se savait beau et en jouait.

Giulia se raidit et lâcha nerveusement la fleur. Jusqu'à présent, ses seuls contacts avec les hommes s'étaient bornés à un baiser sur la bouche volé par un adolescent de son camp d'*Avanguardisti*. Cela datait de deux ans et, pour prix de son geste, l'audacieux avait reçu une gifle qui lui avait mis la tête à l'envers.

— Pour répondre à ta question muette, *Bella* Giulia, ironisa l'autre, mon nom est Giorgio et, si tout va bien, je fais ici ma dernière année.

Le voyant se rapprocher, Giulia oublia ses intentions premières et s'écarta d'autant.

— Je ne t'ai rien demandé et je ne t'ai pas davantage indiqué mon prénom. Mais je vois que tu as pris tes renseignements.

L'autre éclata de rire, découvrant des dents éblouissantes.

— Crois-tu que le loup cherche à te dévorer, *bella* ? Comme tu le juges mal ! Il veut juste savoir pourquoi tu refuses de rallier le troupeau. À part quelques âmes perdues qui ont adhéré aux FUCI[1], toutes les première année nous ont rejoints.

---

1. Organisme étudiant dépendant de l'action catholique.

Ce Giorgio passait soudain aussi mal que les châtaignes. Giulia retrouva sa maîtrise.

— Des âmes perdues ? Parce qu'on risque l'enfer de Dante si on ne marche pas vers ta lumière ? *Dio*, quelle modestie !

L'autre accusa le trait. Il se ressaisit vite, conscient d'être observé de loin par quelques-uns de ses « lieutenants ». « L'égarée », remarquablement tentante, méritait un peu de patience.

— Sais-tu, *bellezza*, ce que dit le Duce ? « La masse n'est qu'un troupeau de moutons tant qu'elle n'est pas organisée. » Et nous, l'élite de demain, sommes destinés à mener ce troupeau. Le savoir et la force, voilà ce qu'incarne la jeunesse fasciste. Et avec toi, j'ajouterai la beauté. Adhère aux...

— Incarnez sans moi le savoir et la force et laissez-moi mariner dans ma médiocrité ! Maintenant, si tu veux me parler de ton savoir en peinture ou en architecture, ce sera avec plaisir.

D'un geste trop rapide pour qu'elle pût le prévoir, Giorgio écarta la mèche rebelle qui gênait la vision de Giulia et se leva.

— Tu vas te sentir très seule, ici.

* * *

En ce frileux début d'année, le *Campo de' Fiori* mettait du temps à se remplir. L'hiver n'était pas seul en cause. La crise économique qui frappait l'Europe depuis le krach de Wall Street venait d'atteindre l'Italie. Le travail devenait plus rare et la baisse de fréquentation des marchés trahissait un manque d'argent dans la population.

Giulia faisait souvent un détour pour le seul plaisir de traverser celui-ci. Michel-Ange avait habité le quartier et, à son époque, on y vendait les mêmes fleurs, les mêmes fruits. Ce matin-là, l'étudiante était trop fébrile pour savourer la beauté de la place. Ses examens trimestriels venaient de commencer et son manque d'enthousiasme envers les sujets traités durant les premiers mois se caractérisait par un travail médiocre. Cela tiendrait du miracle si elle obtenait la moyenne. Ses résultats la minaient moins que ce à quoi elle les devait.

Comme l'architecte Michele Luigi, beaucoup d'enseignants se pliaient au « consensus », passant à la loupe l'art italien au détriment des courants étrangers. Les pressions exercées par les ultras du régime, comme le hiérarque Farinacci qui jouait la carte de l'autarcie culturelle, y étaient pour beaucoup. Margherita Sarfatti, journaliste et maîtresse de Mussolini, très versée dans les arts et partisane de l'ouverture, perdait du terrain face à eux.

Cet enseignement réducteur révoltait Giulia. Jamais elle n'aurait pensé que l'État fasciste interviendrait pour imposer son idéologie dans un domaine aussi éloigné de la politique que l'histoire de l'art. Elle avait cherché un écho à sa colère auprès de ses camarades de classe. Ils s'étaient montrés surpris qu'elle remît en question leur enseignement. Refusant de s'en tenir à cet échec, elle avait soulevé le problème directement avec Manelli, son professeur principal. Il avait coupé court : les artistes non cités ne faisaient pas partie du programme imposé par le ministère de l'Éducation publique, voilà tout.

Voilà tout ! Se retrancher derrières des directives n'allait pas dans le sens de son premier discours.

Giulia manqua choir dans un trou d'égout dont on avait ôté la plaque et se rattrapa de justesse à un poteau qui limitait une zone d'excavation. Encore et toujours des travaux ! Rome n'était plus qu'un énorme chantier.

Elle revint à l'objet de son ressentiment : Manelli ! C'était à cause de ses livres qu'elle avait mené cette âpre lutte pour rejoindre l'université. Et il l'avait trahie. Elle se détestait de s'être tue devant ce fanfaron qui avait poussé au départ ses élèves à l'audace, pour leur faire subir ensuite des cours d'un académisme mortel : lui-même bâillait parfois, comme pour narguer son auditoire. Giulia s'apprêtait, ce jour-là, à passer une épreuve avec lui et se sentait nerveuse. La façon dont il l'avait déçue lui était insupportable. Instinctivement, elle ralentit le pas.

La seule réelle note de couleur dans ce corps enseignant s'apellait Petronia Gimelli. Cette vieille fille au visage ingrat, avec ses lunettes en équilibre sur son long nez, était une inconditionnelle du poète Marinetti, le chantre du futurisme[1], connu pour sa nostalgie des débuts révolutionnaires du fascisme. Elle rapportait en classe les objets les plus loufoques sortis des ateliers de ses amis peintres et architectes. Cela allait du chapeau polychrome à néon au vêtement sonore.

---

1. Mouvement culturel et artistique d'avant-garde, tourné vers les progrès technologiques et la révolution des formes, et se caractérisant par une abstraction fortement chromatique et ludique.

Écartelés entre cette adepte forcenée de l'expérimentation et de la nouveauté et ceux qui prônaient un retour à la tradition, les étudiants cherchaient un équilibre dans l'incohérence.

Seule la bibliothèque universitaire ne décevait pas Giulia. Elle avait eu la surprise d'y découvrir un grand nombre d'ouvrages sur les différents courants picturaux et architecturaux qui traversaient alors l'Europe. Elle se forgeait grâce à eux ses propres bases. Une documentaliste lui avait appris que Petronia Gimelli et surtout Manelli étaient à l'origine de ces acquisitions...

Transi près de son banc de fruits et légumes, un marchand soufflait sur le café brûlant acheté au bar d'en face. En voyant arriver cette grande et jolie fille brune, chargée de livres et de cahiers, il eut un sourire appréciateur. Devant l'étal, une silhouette familière choisissait des fruits.

— Ottavia ! Comment vas-tu ?

L'interpellée lâcha son panier et étreignit son amie d'enfance. Cela faisait quelque temps qu'elles ne s'étaient pas vues et Giulia fut frappée par les traits tirés de la fille de Rosetta. Celle-ci paraissait plus frêle que d'ordinaire et des cernes mauves soulignaient ses yeux dorés. On voyait qu'elle avait mal dormi.

— Bien ! répondit-elle avec un sourire contraint. Comme tu le vois, je fais des achats pour la table de ton oncle.

Elle paya ses pommes et toutes deux s'éloignèrent. Ottavia se montrait peu diserte. Giulia fronça les sourcils. Elle n'avait pas le temps de prendre des détours.

— Flavio a recommencé à t'embêter, c'est ça ? Je sais qu'il va s'installer à Rome et qu'il revient souvent ces temps-ci.

Ottavia accentua son sourire jusqu'à le rendre naturel.

— Que vas-tu imaginer ! Ton cousin reste encore basé à Milan quelques semaines. Il y est, paraît-il, bien vu par les chefs de la Milice. Il ne prendra son poste ici qu'au printemps.

D'un geste de la main, Giulia la contraignit à s'arrêter et à la regarder.

— Dis-moi la vérité.

— Tout va bien, je t'assure. Il faut que je rentre. Et toi, tu vas te mettre en retard pour tes cours si tu continues.

Elle effleura la joue de son amie et s'esquiva, ombre fragile dans le matin naissant. Giulia s'en voulait de l'avoir négligée. Ses débuts difficiles à l'université n'excusaient pas tout.

Sitôt après le mariage de Valeria, Flavio avait été muté à Milan. Il ne revenait à Rome que rarement et Ottavia assurait à Giulia qu'il ne l'avait plus importunée. Elle paraissait heureuse au service de l'oncle Costanzo. L'épouse de ce dernier était sotte mais pas méchante et elle ne la surchargeait pas de travail. Et voilà que Flavio revenait. Au lieu de prendre un logement indépendant, il avait décidé, par confort, de réintégrer l'appartement familial.

Giulia se promit de mener son enquête.

Elle franchissait l'entrée de l'université quand la sonnerie annonçant le début des cours retentit. Elle fonça vers le bâtiment où avait lieu son examen.

— Alors, beau spécimen, dois-je me mettre à genoux devant toi pour que tu adhères aux GUF ? Oh, s'il te plaît, *signorina*, rejoins-nous !

Une fois de plus, Giorgio avait surgi dans son dos. Les étudiants qui se regroupaient devant les salles de cours s'esclaffèrent.

— Et mon pied, tu veux qu'il rejoigne ton cul ? lança Manelli qui arrivait. Allez, va jouer ailleurs ! Tes petits camarades ont à faire !

Devant le sujet qu'il inscrivit au tableau, la colère submergea Giulia : *Art figuratif italien et fascisme.* C'en était trop ! D'une plume rageuse, elle nota sur sa feuille : « Autres sujets possibles au cas où vous seriez en manque d'inspiration :

— Le noir dans l'art fasciste.

— L'art au service du fascisme.

— Les représentations picturales du Duce.

— La place du Duce dans l'art ; celle de sa famille, de son chien.

— Le miel et les épices dans l'art fasciste.

— Existe-t-il en Italie une forme d'art libre de toute idéologie politique et de tout "programme culturel" ? »

Sous l'œil inquiet de Sofia, elle se leva, jeta sa copie sur le bureau du professeur et claqua la porte. Ses pas la portèrent jusqu'à la bibliothèque universitaire. Là, elle s'effondra sur le premier siège et resta prostrée.

Le temps passa sans qu'elle s'en rendît compte.

Le dessin au fusain qui apparut soudain sur la table devant elle la fit sursauter.

— Je me doutais que tu te trouvais là ! Si tu le veux bien, *signorina*, tu vas répondre à la dernière de tes questions. Tu bénéficies du même temps que les autres étudiants pour le faire. Bien entendu, interdiction de compulser la documentation ici présente. J'ai donné des consignes en ce sens à la bibliothécaire assise là-bas, celle qui est derrière son bureau. Tu lui remettras ta copie qu'elle me transmettra. Bon travail !

Avant que Giulia ait pu réagir, Manelli était parti. Quel était le dernier sujet qu'elle avait proposé dans ce moment de fureur rouge qui l'avait traversée ? Il lui revint d'un coup en regardant le dessin. Si un Italien en était l'auteur, on pouvait dire qu'il existait encore dans ce pays un art détaché de toute idéologie politique.

Aucune signature. Ce n'était point l'œuvre académique d'un novecentiste, ni celle déstructurée d'un futuriste. Depuis une terrasse romaine, la vue plongeait sur la fontaine d'une place comme il en existait des dizaines dans la ville. Un univers urbain, simple et sobre, terriblement vivant en dépit de l'absence de couleurs. Un trait qui rappelait à Giulia l'influence marginale de Soutine, de Modigliani, de Chagall, tout en gardant une identité expressive propre. Sans savoir pourquoi, le style lui parut familier. Elle était certaine d'avoir déjà vu quelque chose de cet artiste.

Sortant porte-plume et encrier, elle commença à rédiger d'une main fébrile.

* * *

Une suée... Puis une amélioration... Difficile de garder les yeux ouverts... Quelques gorgées de bouillon de poule... La fièvre encore... La chemise trempée... Le visage grave du médecin, celui de sa mère... La main fraîche et rude de Rosetta sur son front brûlant, son regard inquiet... Une autre suée... Un autre bol de bouillon de poule...

Le troisième jour, Giulia s'éveilla avec une bienfaisante sensation de fraîcheur. Elle allait mieux. Rosetta entra sur ces entrefaites et sourit en la voyant consciente.

— J'ai passé la soirée à égrener mon rosaire pour toi. Et te voilà sur le chemin de la guérison ! Une belle fièvre que tu nous as faite là ! A-t-on idée de se mettre dans un état pareil pour des examens ! Qui est Chagall ? Et ce Soutine ? Tu les appelais dans ton sommeil : des amis ?

En parlant, elle battait l'oreiller de Giulia, le redressait, arrangeait ses couvertures. Une mère n'eût point fait mieux : la sienne n'avait même pas pris son pouls.

La jeune fille eut un faible sourire.

— Ma note me dira s'ils sont des amis.

— En parlant d'amis, une certaine Sofia est passée hier prendre de tes nouvelles et te remettre l'enveloppe qui est sur ta table de nuit. Elle paraît bien gentille, cette jeune fille ! Que dirais-tu d'un beau blanc de poulet dans ton bouillon ? Encore deux jours et tu sortais de là maigre comme un coucou ! Et le froid quand on n'a plus de carne, il te traverse de part en part.

Giulia hocha la tête machinalement et s'empara de la grande enveloppe. Un billet en glissa. Le contenu la surprit. La sage Sofia lui apprenait qu'elle fréquentait depuis quelques jours Ugo, ami et « lieutenant » de Giorgio. Lors d'un pique-nique à la campagne organisé par les GUF, ils avaient échangé leur premier baiser. Ces confidences l'agacèrent. Qu'est-ce que cela pouvait lui faire que Sofia sortît avec Ugo ou l'un des gibbons du zoo de Rome ! Un petit examen de conscience lui fit reconnaître que toutes ces sorties dont elle se trouvait exclue pour avoir refusé de prendre sa carte des GUF l'irritaient prodigieusement. Giorgio l'avait prévenue que, en agissant ainsi, elle s'isolerait. Les GUF avaient leurs propres équipes de sport, ils mettaient en place toutes sortes d'activités, se retrouvaient dans une salle qui leur était dévolue, et même hors de l'université. Souvent, lorsque Sofia les rejoignait et riait avec eux, Giulia se prenait à l'envier. Mais pour rien au monde elle ne l'eût reconnu. Sa volonté de ne pas adhérer à cet organisme demeurait intacte.

La suite du message la fit sourire. Ne voyant plus Giulia, Giorgio avait demandé de ses nouvelles. Pour Sofia, le beau responsable des GUF qui comptait nombre d'admiratrices avait une attirance pour celle qu'il surnommait « la rebelle ».

Giulia replongea sous les draps. Était-il normal de ne rien ressentir pour Giorgio ou d'autres étudiants séduisants de l'université ? Quand vibrerait-elle enfin pour quelqu'un ? Pourquoi se montrait-elle si difficile ? Elle aurait aimé qu'un garçon la surprît, s'amusât des mêmes choses qu'elle. Et Giorgio, malgré ses dérapages, ne répondait pas à son attente.

Ce Silvio, rencontré sur le chantier de Michele Luigi, lui revint en mémoire. Il l'avait prise à contre-pied et fait vraiment rire. Mais leur rencontre avait été si brève qu'elle n'était même pas sûre de le reconnaître si elle le recroisait un jour.

En se tournant vers sa table de nuit, elle tomba en arrêt devant son reflet blême et émacié dans le miroir. Le cou démesuré qui émergeait de sa chemise blanche aurait inspiré Modigliani. Ses nattes ressemblaient à de l'étoupe et elle-même se fit l'effet d'une sorcière sortie d'un conte maudit. Elle rabattit la glace. Les choses étaient bien faites. Avec sa tête, mieux valait qu'elle évitât de s'éprendre de quiconque.

Un second papier s'échappa alors de l'enveloppe. Sa copie !

L'appréciation du professeur écrite en rouge la laissa interdite. La sueur inonda son front. Elle l'essuya d'une main rageuse. Hors de question de se laisser reprendre par la fièvre pour cet homme qui méritait l'asile psychiatrique ! Elle repoussa les draps et le repas qu'apportait Rosetta, et se leva en dépit des récriminations de la cuisinière.

La chambre se mit à valser. Le front baigné d'une sueur froide, Giulia dut se retenir à la commode pour ne pas tomber. Elle inspira pour apaiser la nausée qui montait. Sa faiblesse ne l'empêcherait pas de réagir.

Il était temps de mettre fin à cette comédie.

— 0 et 20 ? Pourriez-vous m'expliquer, *dottore,* ce que ça signifie ?

Elle l'avait attendu plus d'une heure devant la porte de sortie des enseignants pour lui demander des comptes malgré ses jambes flageolantes.

— Tiens ! Une ressuscitée !

Et Manelli continua son chemin en coupant par les pelouses. Rassemblant le peu de forces qui lui restait, Giulia lui emboîta le pas, la rage au cœur. Le professeur n'en tint pas compte. Le manège dura sur une centaine de mètres. Comprenant qu'elle n'abandonnerait pas, il lâcha sa mallette, avec un soupir.

— *Madre mia*, tu vas me poursuivre jusque chez moi, dis ?

— Jusqu'aux *gabinetti*, s'il le faut ! Mais je veux ma réponse !

Elle lui faisait face, l'œil noir, étincelant, les pommettes cerclées de rouge, le visage amaigri : aussi gauche qu'un coq sur de la glace.

— Et que fais-tu du respect dû à tes professeurs ? Où te crois-tu ? Je pourrais te faire exclure de l'université pour un tel manquement !

— 0 et 20, répéta Giulia.

Avec la fureur, sa voix donnait dans les aigus.

— Qu'est-ce qui me vaut deux notes alors que les autres n'en ont eu qu'une ? Et pourquoi aussi extrêmes ? Le miel et les épices, hein ? Le libre arbitre ! Je n'ai jamais vu un pareil hypocrite ! Vous êtes pire que les fascistes !

Manelli l'empoigna par le bras et l'entraîna vers les arbres, au fond du parc.

— *Stupida ragazza*[1] *!* Vas-tu enfin te taire ? Tu veux l'OVRA chez toi, ce soir ? Tes notes, c'est simple : 0 pour ta sortie en claquant la porte parce que je ne peux pas laisser passer cela ! 20 parce

1. Stupide jeune fille.

que ton analyse effectuée à la bibliothèque était brillantissime ! Ce qui te vaut un 10 de moyenne !

— Brillantissime ? J'ai bien entendu ?

Manelli crut qu'elle allait battre des mains et resta médusé par ce passage sans transition de la fureur à l'exaltation. Sa colère retomba.

— Écoute fillette. Je ne veux pas te donner de faux espoirs. Ta copie corrigée par la plupart de mes collègues ne t'aurait pas valu cinq points. Tu ne retrouveras pas l'auteur de ce dessin exposé à Rome dans une galerie réputée. En ce moment, toute l'Italie ou presque adhère aux vues du régime et à ses goûts classiques et peu de professeurs font exception par crainte des délations.

Il leva la main, devinant par quel argument elle allait l'interrompre.

— Oublie Petronia et les futuristes ! Les temps du fascisme révolutionnaire, dont ils persistent à rester les chantres, sont révolus. Le pouvoir prône un retour à l'ordre et les écarte de plus en plus. Si tu désires étudier librement l'histoire de l'art, va à Paris. Ici, tout est truqué par la politique et la marginalité n'est pas une position confortable.

— De qui était ce dessin ? demanda Giulia.

Manelli émit un nouveau soupir. Cette fille ne renonçait jamais.

— Viens demain via Cavour vers midi et tu le sauras. Je t'attendrai en haut de la rue.

* * *

— Ta sœur vient déjeuner et tu pars ?

— Je ne pouvais pas deviner ! Valeria nous rejoint d'habitude le dimanche et nous sommes samedi. C'est pour cette raison que j'ai accepté l'invitation des GUF. Avec père, vous vouliez que je participe aux activités de la jeunesse universitaire fasciste. Tu devrais être contente ! Nous comptons pique-niquer et visiter ensuite une exposition de Sironi. Rien de répréhensible !

— Pique-niquer ? Dans cette robe bleue ? Avec tes plus belles bottines et ce minuscule béret ? Par ce froid ? À te voir, on croirait que tu te rends à un bal !

Devant la mine inquisitrice, Giulia parvint à garder un visage uni et l'air le plus innocent du monde. Si elle annonçait qu'elle allait retrouver l'un de ses professeurs, sa mère imaginerait aussitôt le pire. La persuader que son rendez-vous consistait à rencontrer l'auteur d'un dessin qui l'avait enthousiasmée relevait de l'utopie. Plutôt que d'avoir à se disculper d'une faute qu'elle ne risquait pas de commettre avec le paternel Manelli, elle préférait mentir.

Mais le soin porté à sa toilette, par respect pour ce mystérieux artiste et pour le professeur qui le lui présenterait, avait alerté sa mère. Pas une mèche ne dépassait du chignon bas ramassé sous la nuque à la façon des Andalouses. Une coiffure aussi impeccable tenait chez Giulia de l'exploit. Comme elle restait dans le contre-jour, sa mère ne remarqua pas la poudre qui rehaussait son teint pâli par sa récente maladie et l'ombre légère sur les paupières. Sans cela, elle aurait eu droit au couplet habituel sur l'apparence discrète que se devait d'avoir une jeune fille de bonne famille.

— Cette robe est très confortable et mes bottines sont chaudes. Je ne peux tout de même pas porter des pantalons de flanelle comme les femmes de mauvaise vie !

Elle se fût pourtant bien vue dans cette tenue qui libérait le mouvement et dont la mode venait des États-Unis. Mais pour ses parents, imaginer l'une de leurs filles dans un tel vêtement s'avérait impensable.

— Et puis pour aller visiter une exposition des œuvres de Sironi, ajouta-t-elle pour enfoncer le clou, je ne peux pas m'habiller comme une paysanne. Imagine que je rencontre l'une de tes amies !

À court d'arguments, sa mère se tut. Voir sa fille rejoindre les GUF que l'on présentait comme l'élite de demain n'était pas pour lui déplaire. Mais l'adhésion soudaine de celle-ci après des mois de refus lui paraissait étrange.

— Tiens ! Voilà de quoi t'empêcher de mourir de faim !

Giulia n'avait pas prévu les conséquences de son mensonge. En entendant le mot « pique-nique », Rosetta était aussitôt entrée en action. Avec un sourire satisfait, la cuisinière lui tendit un panier recouvert d'un torchon à carreaux rouges d'où montait une puissante odeur d'oignons frits.

— Tu as là de la mortadelle, une omelette, du pain et un bon morceau du gâteau sicilien à la ricotta et au citron que tu aimes tant. N'oublie pas de me ramener mon panier.

C'était tout Rosetta. Au lieu de s'en tenir à une tranche de jambon entre deux morceaux de pain, elle avait préparé un festin impossible à manger proprement dans un lieu public. Giulia se garda de protester. Elle prit le panier et remercia celle qui l'avait préparé. Puis, elle enfila le strict manteau noir que sa mère lui avait fait tailler et qu'elle détestait et s'en fut au plus vite.

Devant la première vitrine au reflet un peu net, elle sortit de son sac un bâton de rouge et le passa sur ses lèvres. Ce n'était certes pas le professeur Manelli – qui devait compter plus du double de son âge – qu'elle voulait séduire ni quiconque d'autre. Mais, curieusement, être un peu maquillée la rassurait.

Elle entreprit la traversée de la ville.

Son panier pesait. Elle avait bien songé l'offrir à la concierge de l'immeuble. Mais l'état d'ébriété dans lequel celle-ci se trouvait, même le matin, depuis quelque temps le lui fit exclure. La femme avait le vin bavard et Rosetta eût très vite appris ce qu'avait fait la jeune fille de son repas. Le premier mendiant devant le porche d'une église ferait l'affaire. Giulia se souvint alors que Mussolini avait proscrit la mendicité. La vision du torchon à carreaux avec toute la tendresse qui l'accompagnait la rendit honteuse de ses pensées. « Manelli me prendra avec mon panier ou pas du tout », décréta-t-elle.

Elle coupa par le centre. Mal lui en prit. Elle fut bientôt happée par un flot humain qui fonçait vers la piazza Venezia par familles entières. Beaucoup d'hommes portaient des chemises noires. La raison en était évidente : depuis le balcon du palazzo

Venezia, nouveau siège du gouvernement, le Duce allait une fois de plus s'adresser au peuple. Ces discours, retransmis par la radio, passionnaient toute l'Italie.

Des miliciens armés quadrillaient la place sur laquelle un orchestre faisait patienter les Romains. Mussolini ayant été victime de plusieurs attentats, la sécurité était renforcée.

À hauteur du marché de Trajan, Giulia se trouva bloquée. Comment sortir de ce bocal d'anchois ? Arriver en retard à son rendez-vous s'avérait impensable. L'impulsif professeur ne l'attendrait pas. Autant que le lui permettait son chargement, sans se laisser émouvoir par les protestations, elle se mit à jouer des coudes. Elle ne compta bientôt plus les coups reçus dans les côtes ni le nombre de fois où on lui écrasa les pieds. Un enfant juché sur les épaules de son père lui arracha son béret et l'agita dans sa direction. Impossible de le lui reprendre ! Des personnes s'étaient interposées entre Giulia et le chenapan.

Des cris fusèrent. La foule commença à scander : « Viva il Duce ! Viva nostro Duce ! Dux ! Dux ! »

La porte-fenêtre donnant sur le fameux balcon venait de s'ouvrir. Mussolini allait apparaître. Il fallait fuir avant la crise d'hystérie collective qui s'annonçait. Après maints efforts, Giulia parvint à s'engouffrer dans une rue adjacente.

Elle arriva en haut de la via Cavour avec plus d'un quart d'heure de retard. Le professeur regardait sa montre en faisant les cent pas.

Giulia chercha son souffle pour lui expliquer les raisons de son manque de ponctualité. Il la devança.

— *Dio mio, ragazza,* tu t'es battue ? Et qu'est-ce que tu fiches avec ce sac de grand-mère qui sent les oignons frits ?

Dans la vitrine du chapelier d'en face, elle se vit entre les Borsalino exposés et comprit la surprise du *dottore.* Échevelée, la ceinture de son manteau de travers, écarlate, elle affichait un air halluciné qui rendait encore plus incongru son panier de ménagère. L'envie de pleurer lui brûla la gorge. Ce rendez-vous dont elle se faisait une fête tournait au cauchemar. Comprenant qu'elle aurait du mal à raconter de façon cohérente sa traversée de la piazza Venezia, elle renonça.

— Où va-t-on ?

Manelli pointa un index vers un étage de la vieille maison au-dessous de laquelle ils se trouvaient et se mit à agiter frénétiquement la clochette pendue près de la porte. Une femme brune apparut à la fenêtre.

— Oh là ! *Che cosa succede*[1] ? cria-t-elle avec un accent étranger.

Une tête d'homme émergea derrière elle et se pencha. Giulia étant dissimulée par l'auvent au-dessus de l'entrée, il ne vit que le professeur et éclata de rire.

— Manelli *mio,* c'est toi ! Voyons si je m'améliore !

Giulia était sûre de connaître cette voix et ce rire. Elle recula vers la rue pour apercevoir le personnage.

— Non ! cria Manelli, tentant de l'écarter.

1. Qu'est-ce qui se passe ?

Trop tard. Lancée depuis l'étage, la chaussure percuta Giulia au coin de l'œil, au moment où elle relevait la tête. Sous le choc, elle vacilla, tétanisée par la douleur. À travers une gerbe d'étincelles, elle vit l'air désolé du professeur. Il cria quelque chose vers le coupable, qu'elle n'entendit pas. Avant qu'il ait pu la rattraper, elle s'effondra sur son panier de pique-nique.

Une main qui tirait sur ses vêtements la fit revenir à elle. Elle se retrouva nez à nez avec une petite fille aux yeux sombres, brune et bouclée, d'environ trois ans, vêtue à la diable d'une ample chemise. C'était elle qui tentait de la réveiller.

Giulia sentit quelque chose lui grimper sur les jambes. Une autre enfant, légèrement plus jeune que la première à laquelle elle ressemblait beaucoup, avait escaladé le divan et rampait sur sa robe bleue, laissant dessus une longue traînée baveuse. La jeune fille bougea. Déséquilibrée, la *bambina* retomba au milieu des coussins multicolores qui noyaient le siège avec un grand éclat de rire.

L'une des paupières de Giulia semblait refuser de se relever tout à fait. Elle chercha des repères autour d'elle et n'en trouva aucun : les lieux lui étaient inconnus. Des tapis recouvraient le carrelage. Un désordre remarquable régnait dans ce salon. Des toiles et des dessins s'entassaient le long des murs. Sur quelques tables basses disséminées aux angles, des lampes orientales disputaient leur espace à des livres, des pots de fusains, de crayons, de pastels et toutes sortes d'objets parmi lesquels des verres, des bols, une théière chinoise et les reliefs d'un repas qui devait dater de la veille. L'endroit ne respirait pas l'aisance mais l'on s'y sentait bien.

Giulia voulut se redresser pour écarter la petite qui suçotait à présent le bas de sa robe. Une violente douleur irradia sa tête, l'arrêta net et lui restitua la mémoire. Elle émit un gémissement de souffrance autant que de honte. On ne pouvait rêver mieux comme entrée chez des inconnus !

— Elle se réveille ! Miriam, Simona, allez jouer ailleurs !

Giulia reconnut la voix féminine à l'accent étranger entendue dans la rue.

Les enfants s'éloignèrent, remplacées par cinq paires d'yeux qui se mirent à valser au-dessus d'elle : Manelli, une femme d'environ trente-cinq ans, opulente et souriante, dont les cheveux retombaient sur les épaules. Elle portait une ample robe d'intérieur orientale qui ressemblait aux chemises des petites. Un homme tenait sa taille épaissie par un début de grossesse. Giulia fut frappée par le regard fiévreux du quatrième personnage. Maigre, le teint cireux, il semblait rongé de l'intérieur par un mal qui sans nul doute le vaincrait.

Le dernier individu n'était autre que Silvio, cet artiste fantasque rencontré au cœur des démolitions. En dépit de la brièveté de leur rencontre, elle l'avait reconnu d'emblée. Il regardait Giulia avec l'air d'un enfant qui vient de faire une bêtise. Mais sous la tignasse claire toujours mal peignée, l'œil vert restait malicieux. Le coupable – son embarras le trahissait – évitait juste de sourire. Giulia aurait parié qu'il s'amusait.

— Ne bouge pas, conseilla la femme. Tu as reçu un choc.

— Jusque-là, j'ai suivi !

— Pardonne-moi, intervint Silvio. C'est un jeu idiot que nous avons avec Manelli. Celui qui se trouve en haut vise celui qui arrive avec un objet. Je ne pouvais pas deviner que tu étais là ni que tu prendrais la chaussure du côté du talon. Pour une fois que j'atteins une cible... !

La colère décuplée par le mal au crâne, Giulia se redressa sur son séant. À la place de son œil tuméfié, il lui semblait maintenant avoir un œuf de pigeon. Elle devait être monstrueuse. Pour peu, elle se retrouvait borgne à cause de cet imbécile presque content de lui !

— Je vous présente Giulia Diacalone, l'une de mes étudiantes, s'interposa Manelli pour éviter l'orage. Giulia, voici les parents des deux petites filles que tu as vues : Mario Mafai et Antonietta Raphaël, son épouse lituanienne qui va bientôt lui donner un troisième enfant. Lui, c'est Gino Bonichi mais on l'appelle Scipione. Certains ne sont point là aujourd'hui comme Marino Mazzacurati. Tu as là, *signorina*, quelques-uns des meilleurs peintres et sculpteurs du moment, à Rome. Comme je te l'ai dit, tu les verras rarement dans une exposition officielle pour la bonne raison qu'ils n'adhèrent pas à la politique artistique du régime, si tant est qu'il y en eût une ! L'idée même de suivre un programme leur donne des boutons. Ici, via Cavour, ils n'écoutent que leur inspiration. Voilà trois ans que dans l'atelier de Mafai, qui va nous quitter pour Paris, avec Antonietta, ces amis se retrouvent pour la mettre au service de leur art. Cela achève, je crois, de répondre à la question de ta copie.

Le personnage surnommé Scipione fut pris d'une toux sèche qui le cassa en deux. Antonietta lui servit un verre d'eau.

— Quant à celui-ci, reprit Manelli, dès que la quinte de son ami se fut apaisée, désignant le lanceur de chaussure...

— Silvio, je sais. Nous nous sommes déjà rencontrés.

— Silvio Gazzo est l'auteur que tu tenais tant à rencontrer. Le dessin sur lequel tu as travaillé était de lui.

L'aigle au milieu des décombres ! Elle l'avait gardé et souvent contemplé. Voilà pourquoi le trait lui avait paru familier !

Silvio ne semblait pas plus concerné par les présentations que par les excuses. Il reniflait le panier de Giulia, comme un chien à l'arrêt.

— Ça sent bon là-dedans. Si on mangeait ?

Giulia remarqua alors qu'il n'avait qu'une seule chaussure. Dans la panique, il avait dû oublier de récupérer l'autre. Mais quelqu'un avait pensé à monter le panier du pique-nique. Lui, certainement.

Un rire nerveux résonna dans la pièce. Elle se rendit compte que c'était le sien.

* * *

Pendant deux heures, entre cafés et gâteaux, elle dut subir les propos sans consistance de sa tante Marta, ravie de sa visite. Enfin, la voix de la grasse épouse de l'oncle Costanzo perdit de sa force tandis que ses paupières s'alourdissaient. Giulia avait choisi à cet effet l'heure de la sieste pour venir. C'était l'instant qu'elle attendait.

— Repose-toi, ma tante. Je vais en profiter pour aller donner à Ottavia des nouvelles de sa mère.

Marta opina, soulagée. La jeune fille rejoignit dans la cuisine son amie d'enfance. Une fois de plus, celle-ci détourna le regard en la voyant entrer. Giulia l'attaqua de front.

— Rosetta s'inquiète de ne plus te voir, ces derniers temps. Vas-tu enfin me dire ce qui se passe ?

Ottavia leva la main pour protester mais Giulia ne lui en laissa pas le temps.

— Tu n'es plus revenue à la maison depuis le retour de Flavio. N'y aurait-il pas un lien, par hasard ? *Madre mia,* parle, Ottavia ! Il a encore essayé de te violer ?

Ottavia reposa son torchon et secoua la tête. Elle s'exprima dans un souffle.

— Ce serait plus simple car je serais partie.

Elle plongea ses yeux dorés dans ceux de son amie :

— Il ne m'a pas violée. C'est moi qui ai accepté... Je suis tombée amoureuse peu à peu. J'ignore pourquoi mais c'est ainsi. Je sais, tu dois me juger folle ; ça avait si mal commencé... Je lui plaisais déjà. Il me l'a dit depuis. Mais Flavio, il n'a pas la manière. C'est un milicien. Ils sont tous violents. Pourtant, il est gentil. Quand il était à Milan, il pensait toujours à me ramener un petit cadeau. Rassure-toi, je sais qu'il n'épousera jamais une boniche et je n'en espère rien.

Giulia était sidérée. Ottavia avait raison : elle ne comprenait pas. Comment pouvait-on s'éprendre de Flavio ? Certes, l'adolescent trop gros avait fait place à un homme d'aspect plus que correct. Les entraînements sportifs auxquels on l'astreignait dans la Milice l'avaient transformé et, dans son uniforme, il en valait bien d'autres. Mais le regard restait mauvais et depuis qu'il avait été remarqué par Achille Starace, lieutenant général de la Milice et vice-secrétaire du PNF, son arrogance n'avait plus de bornes.

Et puis, Ottavia ne paraissait pas heureuse. En essuyant ses paupières, son bras droit se dénuda. Elle rabattit précipitamment sa manche mais Giulia eut le temps d'apercevoir les marques bleues qui le zébraient.

— Pas la manière, hein ? Il te bat et tu ne dis rien ! Folle, tu l'es vraiment ! Tu es ainsi sur tout le corps ? Fais voir !

— Laisse-moi ! C'est pas de sa faute, je te dis !

— Elle te demande de la laisser ! Lâche-la !

Giulia fit volte-face. Appuyé au chambranle de la porte, Flavio la regardait bras croisés. Elle s'empara du bras meurtri et le brandit sous le nez de son cousin.

— C'est toi qui lui as fait ça ? Tu es un...

— Bon fasciste ! Contrairement à toi ! Tes parents seraient heureux de savoir ce que tu fais de tes journées en ce moment... Tu ne devrais pas trop traîner dans ce repaire d'antifascistes de la via Cavour. Ils sont tous fichés par nos services et par l'OVRA.

— Une pourriture de la pire espèce ! Voilà ce que tu es devenu !

— Giulia, va-t'en ! Ça vaut mieux ! supplia Ottavia terrorisée.

Flavio s'approcha de sa maîtresse et lui caressa le dos avec des mines de propriétaire. Ottavia leva vers lui un tel regard d'adoration que Giulia vit rouge. Résister au viol et se soumettre ensuite à...

— Ottavia, arrête ça ! Il est fou ! Pars d'ici ou il te tuera ! Oncle Costanzo, tante Marta ne sont au courant de rien, bien sûr ?

— Ne dis rien, gémit Ottavia. Ils me renverraient !

— Mieux vaut continuer à subir les coups de ce...

Flavio empoigna sa cousine par l'épaule.

— Que je ne te voie plus t'approcher d'Ottavia !

Giulia se dégagea avec violence.

— Ne me touche pas ! Je ne suis pas elle ! Tu ne me fais pas peur !

— Tu as tort, ma cousine.

— Des menaces ?

— Plutôt des conseils. Il faut si peu de chose pour se retrouver interpellé de nos jours. Rappelle-toi quand je t'ai enfermée dans la cave de la maison de ton grand-père. Quel âge avais-tu ? Six ans ? Crains-tu toujours autant les murs sans fenêtres ?

Ottavia se mit à sangloter. Chez Giulia, le dégoût et la haine l'emportèrent sur la fureur. Elle claqua la porte de la cuisine. Le rire sardonique de Flavio la poursuivit dans le couloir.

Elle décida de rentrer à pied pour se calmer. Il pouvait battre Ottavia en toute impunité puisque celle-ci y consentait. Et maintenant, cette ordure utilisait l'intimidation sur elle, sa propre cousine ! Il connaissait ses fréquentations et sans doute son emploi du temps. Silvio avait donc raison de prétendre que dans cette ville chacun était épié.

Devant la fontaine de Trevi, elle s'écroula sur les marches. Elle en avait assez ! Assez !

Quelques badauds alanguis par le soleil printanier considérèrent avec surprise cette jeune fille qui sanglotait, la tête dans ses mains. Que dire à Rosetta qui attendait des nouvelles de sa fille ?

« Attends d'être adulte pour les combattre », lui avait conseillé son grand-père. Mais que pouvait-elle faire ? Depuis l'enfance, elle se heurtait au silence. Alerter sa famille pour Ottavia ne servirait à rien, elle le savait. Costanzo et Marta ne prendraient jamais parti contre leur fils. Et ses parents, fidèles à eux-mêmes, lui demanderaient de rester en dehors de cette histoire et ne retiendraient que le comportement déshonorant de la servante. Les violences de leur neveu leur passeraient par-dessus la tête.

Elle finit par se calmer et resta un moment à regarder couler l'eau turquoise. Elle tairait ce qu'elle avait vu à la cuisinière. Inutile de la faire souffrir.

En cherchant un mouchoir dans sa poche, elle tomba sur un dessin de Silvio qui lui arracha un sourire. Elle n'était plus vraiment seule. En quatre mois, via Cavour, elle s'était forgé une famille de cœur et d'esprit. Après sa spectaculaire entrée qui s'était soldée par une journée chaleureuse en leur compagnie, Antonietta lui avait proposé de revenir quand elle le désirait. Giulia avait attendu, pour cela, de reprendre figure humaine. Quand elle y était retournée, le groupe s'était contenté d'ajouter un couvert.

Silvio. Son sourire gentiment moqueur, ses yeux verts pétillants de malice, sa folie. Une telle complicité s'instaurait entre eux que la jeune fille avait l'impression de l'avoir toujours connu. Ensemble, ils conjuraient par le rire l'absurdité du quotidien. Il n'y avait pour l'heure rien d'autre à faire.

La caricature qu'elle tenait en main représentait le récent mariage d'Edda, fille aînée du Duce, avec Galeazzo Ciano, un diplomate dont le père avait soutenu Mussolini durant l'affaire Matteotti. Le croquis – sur lequel les demoiselles d'honneur tenaient le voile de la mariée et les garçons d'honneur empêchaient les dents longues de l'époux de rayer le parquet – était destiné à un journal antifasciste dont quelques intellectuels de la Péninsule se passaient les numéros sous le manteau. Giulia se chargerait du commentaire.

Des miliciens passèrent à quelques pas et lui sourirent, les yeux rivés sur ses jambes découvertes jusqu'aux genoux.

Elle se détourna et revint au dessin. Cela avait débuté comme un jeu. Un jour, Silvio avait esquissé devant elle la table du Grand Conseil fasciste avec, autour de son chef transformé en diable, ses principaux hiérarques en chemises noires, *manganello* au poing : Farinacci, Starace, Bottai, de Vecchi, Grandi, Balbo... Et tandis que Silvio s'éloignait pour préparer un succédané de café, Giulia avait noté en titre sur le papier : « La Cène » et au-dessous : « Judas était-il si méchant ? Lequel endossera le rôle pour sauver l'Italie ? » Enthousiasmé par le commentaire, Silvio lui en avait demandé d'autres. Elle avait accepté mais refusé de partager le maigre salaire qu'il en percevait. Cette collaboration s'achevait souvent par de grands éclats de rire. Et rire ainsi avec quelqu'un, elle n'avait jamais connu cela auparavant.

Pour le retrouver via Cavour, elle avait commencé par manquer un cours, puis d'autres. Jusqu'à ce qu'il lui prenne la nausée en franchissant l'entrée de l'université. Cet enseignement sous contrôle, les GUF et le reste lui étaient devenus intolérables. Jamais elle n'apprendrait l'histoire de l'art telle qu'elle en rêvait. Des maniaques de la violence faisaient régner la peur sur l'Italie. Sans le savoir, Flavio venait de l'aider à prendre sa décision. Restait à affronter l'orage.

Son père la devança. Quand elle rentra, il l'attendait dans le salon, plus glacial que jamais. Dès qu'il la vit, il brandit un papier.

— L'université me prévient de ton absentéisme répété. Après avoir tout fait pour t'y inscrire, tu ramènes des résultats déplorables et à présent, tu n'y vas plus ! À quoi joues-tu, Giulia ? Et où te rends-tu au lieu de suivre tes cours ?

La voix de Pietro vibrait de colère. Il avait toutes les peines du monde à se maîtriser. Par chance, son épouse, sans doute au chevet de Valeria qui venait d'accoucher de Bernardo, n'était point rentrée. Sans cela, Giulia aurait eu deux juges au lieu d'un.

— Je ne veux plus étudier l'histoire de l'art, lâcha-t-elle d'une traite. Je me suis trompée. Ce n'est pas ce à quoi je m'attendais.

— Et à quoi t'attendais-tu ?

Que dire ? Que même dans ce domaine, elle se heurtait tous les jours au fascisme ? Il n'aurait pas compris.

— Je renonce. C'est tout.

— Tu renonces ? Pour faire quoi ? Si au moins, tu suivais l'exemple de ta sœur !

— *Certo*[1] ! Un époux ! Trois ou quatre enfants qui porteraient plus tard l'uniforme des *Balillà* ! Le rôti du dimanche et le café l'après-midi avec les femmes de la famille au milieu des meubles cirés ! Comment n'y ai-je pas pensé plus tôt ?

Son père la fixa d'un air consterné. Il éprouvait soudain une grande lassitude.

— Tout démolir sans rien construire, c'est la seule chose dont tu te montres capable ! Regarde-toi ! Tu as dix-neuf ans et tu ne sais même pas ce que tu veux faire de ta vie !

— Je sais ce que je ne veux pas en faire !

— Cela ne règle pas la question !

Giulia ressentit des picotements sous les paupières. Surtout, ne pas pleurer devant lui.

— Je vais la régler, la question, et cesser d'être pour vous un problème et un poids.

* * *

Lorsque Giulia se tut, Silvio se leva et alla préparer une vague eau sale qu'il baptisait café. Vu la flambée des prix, il ne pouvait se permettre mieux. Pour une fois, elle n'eut point droit à l'un de ses traits d'humour.

Michela soupira, excédée. La petite-bourgeoise aux états d'âme ravageurs commençait à lui provoquer des démangeaisons. Elle n'avait rien à faire via Cavour. Pourquoi Silvio et Manelli ne la

---

1. Bien sûr !

viraient-ils pas ? Giulia capta le soupir et ce qu'il sous-entendait. Cette grande fille blonde aux cheveux courts et à l'allure androgyne, qui posait nue pour l'École des beaux-arts et parfois pour Silvio, était la seule à ne pas l'aimer, ici. Elle le savait et le lui rendait bien. Auprès de cette artiste bohème qui portait des pantalons, se maquillait comme nulle autre et fumait avec désinvolture, Giulia se sentait gauche avec ses jupes austères et ses cheveux longs informes. Mais Michela avait fréquenté la via Cavour bien avant elle. Il n'y avait rien à dire. Ce jour-là, cependant, alors que Giulia exposait ses problèmes aux seuls amis qu'elle eût, elle se serait bien passée de sa présence.

Dans l'atelier voisin, Scipione fut pris d'une nouvelle quinte de toux. C'était à se demander comment il parvenait à tenir un pinceau. Condamné par la tuberculose, il menait une course sans merci contre le temps, peignant jour et nuit ses tourments. Depuis ce qu'il appelait son « goût infâme pour la luxure » exprimé dans sa *Courtisane romaine* jusqu'à son *Apocalypse* où punition et purification enserraient les corps nus des hommes, sa mort prochaine lui donnait une vision foudroyante des choses. Pour Giulia qui avait étudié ses toiles, présentes dans l'atelier, jamais son talent ne s'était révélé avec une telle force. Elle passait des heures à le regarder peindre, émerveillée par le monde magique et baroque qu'il faisait naître sous ses pinceaux.

Dans la pièce voisine, quelque chose tomba sur le sol, suivi par le rire de la petite Simona, puis par celui d'Antonietta. Avec Mafai, ils préparaient leurs malles dans la gaieté. Le lendemain, ils prendraient le train pour Paris où le couple avait décidé de poursuivre quelque temps son œuvre. Silvio, Scipione, le sculpteur et peintre Renato Mazzacurati garderaient en leur absence l'atelier et la maison qui le jouxtait.

Silvio revint avec quatre tasses. Il en tendit une à chacune des filles et une autre à Vittorio Manelli qui n'avait pas ouvert la bouche durant le récit de Giulia et continuait à garder le silence. Giulia trempa ses lèvres dans le « café » et le reposa vite en retenant une grimace. Le professeur but le sien sans ciller et attaqua :

— Résumons-nous : tu ne veux plus de l'université, plus de ce monde de brutes, plus de tes parents et ton cousin, cet horrible fasciste, te fait craindre pour notre sécurité. Tu as trois solutions : rentrer dans les ordres et prier le Très-Haut pour que Mussolini, Flavio, et tous les méchants de leur espèce soient terrassés par le démon avant qu'ils ne nous terrassent ; passer dans la clandestinité et tirer des tracts dans une cave humide avec des camarades en refaisant le monde ; enfin, tu peux comme Mafai, Antonietta et beaucoup d'autres, t'exiler un temps.

— J'ai l'impression d'entendre mon père ! se rebella Giulia, mortifiée d'une telle sortie devant Michela qui devait jubiler. C'est vous qui m'avez conseillé de ne plus suivre les cours !

— Je ne t'ai rien conseillé de tel ! J'ai juste essayé de te faire comprendre que tu ne pouvais espérer à Rome, en ce moment, une approche saine et neutre de l'histoire de l'art ni d'autre chose. C'est différent !

— Ça ne résout pas son problème, intervint Silvio, en sirotant son café avec des mines de chat gourmand. Elle veut travailler.

— Eh bien, qu'elle travaille et qu'on en finisse ! s'exclama Michela de sa voix traînante et rauque, en suivant des yeux les volutes bleues de sa cigarette.

Cette façon de parler d'elle à la troisième personne sans la regarder acheva d'humilier Giulia. Elle l'aurait giflée. Pour éviter de se ridiculiser davantage, elle se leva et enfila sa veste.

— Pardonnez-moi de vous avoir dérangés avec mes problèmes. Je me débrouillerai seule. Silvio, il faut que je te dise : ton café est vraiment infect.

— Il y a peut-être une solution, reprit Manelli, songeur. Si tu ne l'as pas jetée au feu, ramène-moi ici ta copie, demain. Je veux la montrer à une amie de longue date qui dirige une revue. Elle recherche de nouvelles recrues pour tenir sa rubrique culturelle et m'a approché afin que je lui ponde quelques analyses sur des peintres contemporains. J'ai refusé mais promis de penser à elle si je voyais quelqu'un qui correspondait à ce qu'elle désire. Ta plume a des chances de lui plaire.

— De qui s'agit-il ?

— Margherita Sarfatti.

Giulia manqua lâcher son sac.

— Vous ? Me conseiller la maîtresse du Duce ? Mais *Gerarchia* est une revue politique fasciste ! Vous voulez me faire entrer dans la vitrine culturelle du régime ?

— Il ne s'agit pas de faire l'apologie de Mussolini mais de participer à la rubrique « Arts, Lettres et Sciences » ! Ma petite, si tu veux rester à Rome et travailler, tu ne pourras éviter les fascistes. Et celle-ci est loin d'être la plus sotte d'entre eux. À toi de choisir...

Pour toute réponse, Giulia claqua la porte.

— Pourquoi cherches-tu à la jeter en plein guêpier fasciste ? explosa Silvio, tandis qu'on entendait la jeune fille dévaler l'escalier.

Manelli se servit un verre d'eau et le but avant de répondre.

— Je la protège ! Ceux qui travaillent pour Margherita sont intouchables !

— Mais cette femme est tout ce que nous détestons !

— Que tu détestes ! Je rejette ses idées et partage ton opinion sur son désir de vouloir à toute force regrouper les artistes italiens sous ce *Novecento*[1] qu'elle a créé de toutes pièces ! Mais j'estime son intelligence, sa culture et d'autres antifascistes l'estiment aussi au point de fréquenter son salon ! Qu'on le veuille ou non, parmi les peintres et architectes qu'elle protège, il y a de vrais talents. Et tu peux faire confiance à notre petite camarade pour ne pas se laisser imposer ce qu'elle n'aime pas, même par l'ex-maîtresse de Mussolini.

— Tu en parles comme si c'était fait.

— Si Margherita veut l'engager, Giulia a tout intérêt à accepter. Elle sera à l'abri des coups de l'OVRA et de son cousin. Tôt ou tard, ils chercheront à frapper et nous devrons plier pour de bon ou nous battre.

---

1. Mouvement artistique créé en 1922 par Margherita Sarfatti, tendant à mêler l'héritage culturel des plus fortes époques italiennes, telle la Renaissance, à la modernité. Comme le fascisme, il s'inscrit dans une volonté de retour à l'ordre. Son credo : replacer le pays au centre de la civilisation européenne.

* * *

Giulia tenta d'occulter le manque d'espace et de lumière en se concentrant sur les lieux. Dans cette minuscule salle où on la faisait attendre s'empilaient du sol au plafond des centaines d'exemplaires du dernier *Gerarchia.* Sur l'un des murs, une affiche de la couverture du premier numéro était datée de janvier 1922. Le peintre Mario Sironi y avait dessiné un arc de triomphe encadré de victoires ailées.

Le regard de Giulia buta encore sur la maigre lucarne presque entièrement masquée par le stock de revues et sa nervosité s'accrut. Elle ne cessait de croiser et de décroiser les jambes. « Pas d'air ! » lui soufflait une voix insidieuse.

Dans un cendrier, des mégots de cigarettes dégageaient une odeur âcre de tabac froid qui ajoutait à son malaise. Fumer dans un endroit pareil tenait du vice ou de la folie. Et dire que dehors, le printemps triomphait avec ses arbres de Judée en fleurs !

N'y tenant plus, craignant qu'on l'eût oubliée, elle alla ouvrir la porte. L'agitation fébrile qui régnait dans le bâtiment lui sauta au visage. Dans les bureaux voisins, des téléphones sonnaient. En traversant le couloir, des gens discutaient, s'interpellaient, se passaient des papiers. Tous semblaient habités par l'urgence. Elle crut comprendre que la sortie du prochain numéro était imminente et qu'ils rendaient les derniers articles.

La secrétaire qui avait installé Giulia dans ce réduit leva un œil surpris par-dessus ses lunettes et se redressa.

— Je vous appellerai dès qu'elle aura terminé, assura-t-elle, coupant court à toute protestation.

Elle referma la porte sur la visiteuse, l'isolant une nouvelle fois de la vie du journal. Giulia attrapa la poignée pour ressortir et s'en aller. On n'avait pas le droit de se moquer ainsi du monde !

Le visage de Manelli passa devant ses yeux, la rappelant à l'ordre. L'erreur avait été de revenir sur sa première décision et d'accepter qu'il fît pour elle la démarche. Obtenir si rapidement un rendez-vous avec cette femme à l'emploi du temps surchargé n'avait pas dû être facile. Pour lui, elle se devait de la rencontrer, même si la perspective de cette entrevue dans un journal fasciste finissait par la révulser.

La même petite voix lui rappelait aussi que cette femme était son unique chance de montrer à ses parents qu'elle pouvait se débrouiller seule. Sans qualification et en pleine crise, à part pour épousseter des cadres dans une galerie, elle n'avait aucune chance de trouver du travail dans ce domaine de l'art qu'elle affectionnait tant.

« Quelques mois, se dit-elle, seulement quelques mois à *Gerarchia*, le temps d'ouvrir d'autres portes, en gagnant ma vie. »

Combien d'heures allaient-ils la laisser dans ce sarcophage ? Pour se calmer, elle se remémora le portrait tracé par Vittorio Manelli de l'ex-maîtresse du Duce. « Loin d'être la plus sotte de tous », avait-il assuré.

Issue d'une riche famille vénitienne, Margherita avait épousé, contre l'avis de ses parents, Cesare Sarfatti, un avocat de quatorze ans son aîné, dont elle était veuve depuis six ans et avec lequel elle avait vécu longtemps à Milan. Féministe engagée, ne s'interdisant aucune fréquentation, très versée dans les Arts et les Lettres, elle connaissait tout ce que l'Italie comptait de peintres, de sculpteurs, d'écrivains, de journalistes, et avait même ses entrées au Quirinal où la reine Elena la tenait en amitié. En France, ses amis s'appelaient Colette, Jean Cocteau, Guillaume Apollinaire, André Gide, Charles Péguy et Joséphine Baker. Ce qui ne la rendait pas plus attrayante aux yeux de Giulia.

Margherita Sarfatti restait avant tout celle qui avait contribué à faire de Mussolini ce qu'il était devenu. Depuis 1913, elle partageait son lit et ses combats. Comme lui, d'abord militante socialiste, elle l'avait suivi dans la voie du fascisme. La perte de son fils Roberto durant la guerre l'avait encore rapprochée d'un amant meurtri par l'issue désastreuse pour l'Italie de ce conflit. Elle, la bourgeoise cultivée, avait alors aidé l'ancien instituteur romagnol devenu journaliste à choisir ses lectures et ses mots, rédigeant souvent ses articles et ses discours, tempérant, nuançant, polissant les arêtes trop vives du personnage.

Aux dires de Manelli, si les rapports affectifs du couple s'étaient distendus au fil du temps, Margherita restait incontournable dans le domaine des arts. Elle demeurait surtout la responsable de l'image culturelle du pays hors de ses frontières et des relations avec la presse étrangère : un rôle majeur dans ce régime qui basait les trois quarts de sa popularité sur la propagande.

Amie des futuristes, initiatrice du *Novecento,* intéressée par tous les mouvements d'avant-garde, celle qui collaborait à l'autre organe de presse fasciste, *Il Popolo d'Italia*, restait une militante convaincue. De chaque jury et comité d'exposition, délivrant des prix, imposant ou défaisant des projets, tout passait par « la » Sarfatti. Son objectif ? Rendre à la culture italienne son lustre passé et lui donner un nouvel élan. Le « retour aux valeurs éternelles de l'Italie », le mythe de la romanité triomphante, l'image du Duce guidant les masses, nimbé de la gloire d'un empereur antique, c'était elle. De cette ligne artistique que refusaient de se laisser imposer peintres et sculpteurs de la via Cavour, Margherita n'avait pas mesuré les dérives : on ne comptait plus les bustes de plâtre, de bronze ou de marbre d'un Mussolini déguisé en César.

Giulia se frotta le visage dans ses mains, sans se rendre compte qu'elle effaçait ainsi la poudre de ses joues et son ombre à paupières. Elle était faite pour travailler avec cette femme comme sa mère pour labourer un champ. *Revue politique, directeur Benito Mussolini,* était-il écrit en couverture de *Gerarchia*. Que pouvait-elle en attendre de bon ? Pourquoi avait-elle suivi Manelli dans cette folie ?

Par l'entrebâillement d'une armoire, elle vit les revues classées par numéro et en prit une au hasard, datée de janvier 1929. En la feuilletant, son angoisse se mua en colère contre le professeur et surtout contre sa propre naïveté. Que ce fût sur la Turquie kemaliste, la crise yougoslave ou la situation financière du pays, toutes les analyses étaient truquées par une exaltation stupide. Ne manquait plus que *Giovinezza* en fond sonore. La place de la culture dans ces pages était insignifiante avec un article si ennuyeux sur un poète astronome persan qu'on ne pouvait que le sauter. Qui pouvait lire cela ?

Giulia referma la revue d'un claquement sec et la jeta sur les autres sans la ranger.

Un rayon de soleil traversa la lucarne. La chaleur devenait intenable. Son corsage lui collait au corps comme en plein été. C'en était trop. Tant pis pour le professeur. Il fallait qu'elle sorte...

À l'extérieur de la pièce, quelque chose tomba. Giulia sursauta et battit des paupières. Terrassée par la température, elle s'était sans doute endormie un moment car la lumière faiblissait. Une fois de plus, ses vêtements étaient froissés, des épingles s'échappaient de son chignon et son chapeau était par terre. Elle se sentait aussi vive qu'une poire confite. C'était certain à présent : on l'avait oubliée dans ce cagibi ! Si elle ne se manifestait plus, elle passerait la nuit enfermée là, au milieu de ces revues fascistes. Elle ramassa son chapeau et le fourra dans son sac. Elle se leva si brusquement qu'elle heurta de plein fouet la pile la plus proche qui s'écroula sur celle d'à côté, laquelle fit basculer une étagère de livres et de journaux.

La porte s'ouvrit. Une silhouette féminine un peu forte se découpa dans la lumière.

— Qu'est-ce que ce raffut ?

Giulia trébucha sur le tapis de revues dispersées. Elle était folle de rage.

— Des heures que j'espère le bon vouloir de la directrice de *Gerarchia* ! J'avais rendez-vous en début d'après-midi ! Dieu doit être plus aisé à rencontrer qu'elle ! Combien de visiteurs momifie-t-on par jour, ici, de la sorte ?

— L'étudiante de Manelli ! s'exclama la femme dont elle ne voyait pas les traits dans le contre-jour. Bravo pour votre copie et mille pardons pour l'attente mais j'avais à faire. Si je vous prends, ce ne sera certes pas pour classer des papiers ! Quel désastre ! Vous vous êtes fait aider là ?

La voix était posée et grave. L'élocution élégante, sans affectation. L'ironie du ton acheva de rendre à Giulia le personnage rédhibitoire.

— Je vais ranger et je partirai.

— Sans me parler ? Après une telle apocalypse ? Hors de question, *signorina.* Je veux, à présent, que nous discutions.

Deux minutes plus tard, Giulia se retrouva assise face à elle dans un vaste bureau. Le téléphone sonna. Margherita tendit une main chargée de bagues et de bracelets et décrocha.

Dans le halo de lumière, ses cheveux châtains et ondulés prenaient des reflets roux. Des yeux verts très clairs mettaient en valeur les traits énergiques, d'une grande finesse en dépit de l'empâtement du corps. Cette opulente femme vêtue d'un tailleur noir était encore belle à cinquante ans et d'une présence impressionnante. On la sentait ici dans son élément.

Sur le bureau, au milieu de feuillets manuscrits émergeaient un paquet de cigarettes entamé, des dessins de styles très éclectiques. À côté, une machine à écrire occupait une petite table. Aux murs, des sanguines, des esquisses portant les signatures de Ballà, Boccioni, Carrà. Sur des étagères, des ouvrages classiques côtoyaient des dictionnaires bilingues, des journaux italiens, français et anglo-saxons.

— Oui, Arnaldo, dit la directrice de *Gerarchia* dans le combiné, tout en portant des corrections sur un papier. Tu auras l'article demain, sans faute. Promis. Je t'embrasse.

Giulia comprit qu'elle s'adressait au frère de Mussolini, directeur à Milan du *Popolo d'Italia.* Leur amitié était connue. Elle déchiffra à l'envers le titre et le nom de l'auteur d'un livre posé sur le bureau. Croyant avoir mal lu, elle recommença.

Margherita, qui raccrochait, intercepta son regard.

— *Les Indifférents* d'Alberto Moravia, confirma-t-elle. Un écrivain de talent que j'ai eu la joie de recevoir dans mon salon, voilà peu. Dommage qu'il se montre si pessimiste sur notre société.

Le mot était faible. Moravia était antifasciste. Son ouvrage, un réquisitoire, traitait de la passivité des Italiens. Il venait d'être interdit par Mussolini. Giulia se l'était procuré par l'intermédiaire de Manelli. Elle avait été frappée de voir que, dans le pays, l'apathie était devenue la règle et que ses parents s'avéraient d'une affligeante banalité. À la fin du livre, elle s'était sentie moins seule. Mais que la Sarfatti reçût Moravia ne manquait pas de l'étonner.

« Elle se permet tout », songea-t-elle.

Une curiosité amusée passa dans les yeux verts qui la scrutaient. À croire que cette femme devinait ses pensées. Giulia ne réalisa pas qu'elle s'était exprimée à haute voix.

— Avec la création de l'Académie d'Italie et toutes les expositions qu'elle engendre, reprit la directrice de *Gerarchia*, nous comptons développer notre rubrique culturelle. Outre les journalistes, écrivains, artistes ou philosophes auxquels nous demandons des analyses, nous avons besoin de rédacteurs. Votre copie et ma discussion avec Manelli me portent à croire que vous remplissez les conditions requises pour ce travail.

Giulia se détourna du personnage magnétique et tomba en arrêt devant une photo encadrée sur un meuble. On avait reproduit des centaines de fois ce portrait légendaire de Mussolini et de ses principaux lieutenants en chemises noires lors de la Marche sur Rome. Une mascarade de marche pour le Duce qui, comme nul ne l'ignorait, était arrivé dans la capitale en wagon-lit. Cette image emporta sa décision.

— Je crains qu'il n'en soit rien, *signora.* Mon expérience se borne à quelques devoirs universitaires dont la plupart s'avéraient loin d'être excellents.

Margherita regarda sa montre et soupira. Elle ne cessait de courir après le temps.

— Écoutez, je dois me rendre à un dîner et je n'ai pas loisir de débattre de vos résultats et de vos doutes. Je sais seulement que votre copie laisse apparaître une qualité rédactionnelle qui correspond à ce que je recherche. Seul cela m'intéresse. Bien que, d'après ce que j'ai vu dans cette fameuse copie, vous sembliez tout à fait capable de reconnaître un chef-d'œuvre d'une croûte.

Le ton impatienté acheva de cabrer Giulia. Elle se dressa. Il fallait en finir.

— Je ne vais pas vous déranger plus longtemps. Et pas seulement à cause de mes doutes sur mes capacités. Les quelques heures passées dans ce réduit à parcourir l'un de vos numéros m'ont été salutaires ! Votre revue traite avant tout de politique et le fascisme ne m'exalte pas. J'ai détesté mes samedis martiaux chez les *Balillà* et n'ai pas adhéré aux GUF ! Je n'aime ni les tribunes ni ceux qui les occupent ! Ne voyez nulle provocation dans mes propos : il s'avère seulement que je n'ai pas le culte des idoles. Aussi serais-je incapable de retranscrire l'apologie d'un peintre sans talent, sur le simple fait qu'il plaît au régime ! Je respecte trop l'art. Les mots ne viendraient pas. Désolée de vous avoir importunée pour rien.

Elle ne chercha pas à atténuer ses paroles, le vieil Emilio n'aurait pas aimé.

Le regard clair se fit attentif. Margherita comprit ce qui avait séduit Vittorio chez cette étudiante. Elle retint une grimace et chercha sur son fauteuil une position qui soulageât son dos. Son échine, douloureuse vers le soir, semblait lui reprocher, depuis quelque temps, toutes ces années de travail harassant. Ses rondeurs ne devaient pas arranger les choses.

— Rasseyez-vous, je vous prie, dit-elle, oubliant qu'elle était pressée. Une question que j'ai oublié de poser à Manelli à propos de sa correction : si je comprends la raison du 20, j'ai du mal à saisir celle du 0. Pourriez-vous m'expliquer cela ?

Giulia ne se déroba pas :

— Refus de traiter le sujet proposé.

Elle attendit l'immanquable interrogation qui allait suivre. Margherita se contenta d'un sourire fatigué. Elle ne devinait que trop bien la teneur du sujet.

— C'est moi qui suis désolée pour votre traumatisante expérience chez les *Balillà.* Il est heureux que tous ceux de votre génération n'en gardent pas un tel souvenir. Sachez, pour votre gouverne, que je sais dissocier l'art de la politique. Sans cela, l'ingérable Manelli ne serait pas de mes amis depuis si longtemps : de même, ce livre de Moravia ne figurerait pas sur ma table, sans parler du tableau de Mafai qui trône dans ma salle à manger. Mais inversement, *signorina,* un peintre n'est pas forcément mauvais s'il est soutenu par le régime. Dans tout jugement, la nuance s'impose. Quand pouvez-vous commencer, ici ?

4.

1931

Margherita posa son sac et son manteau et s'assit devant son bureau. Elle sortait de deux rendez-vous, beaucoup d'autres l'attendaient et elle n'avait que quelques heures à consacrer à *Gerarchia.* Une nouvelle journée chargée s'annonçait. L'article posé en évidence sur son bureau attira son attention.

— Qui a rédigé ceci ? demanda-t-elle, se doutant de la réponse.

Sa fille Fiammetta, qui préparait des documents sur une table derrière elle, se pencha par-dessus son épaule : leurs chevelures du même ton châtain roux se confondirent un court instant.

En parallèle à ses études de droit, la jeune fille prêtait main-forte à la revue de presse du journal.

Toutes deux appréciaient ces moments de partage et de complicité. Leurs liens s'étaient encore renforcés à la mort de Roberto, l'un des frères de Fiammetta, durant la guerre, en 1918. L'autre, Amadeo, travaillait dans le milieu bancaire.

— Devine, fit-elle amusée.

Le papier concernait l'exposition d'un sculpteur soutenu par Farinacci, un hiérarque de l'entourage de Mussolini d'une remarquable inculture, qui détestait la « Juive » et tous les courants artistiques novateurs qu'elle soutenait. Aussi lui menait-il par presse interposée une lutte sans merci, encouragé par le silence du Duce.

La feuille contenait deux versions très différentes. La première, à l'encre violette, était d'une neutralité et d'un ennui de catalogue. La seconde, rédigée en noir, portait la marque d'une analyse à laquelle le « talent » de l'artiste ne résistait pas.

Ce n'était pas la première fois que Giulia pratiquait ce doublet pour un même sujet, laissant la décision de la version à garder à Margherita, tout en sachant laquelle elle choisirait. Une fois encore, elle ne s'était pas trompée. La directrice de *Gerarchia*, qui méprisait le sculpteur cité et ses « œuvres », donna son aval pour le deuxième article.

Margherita n'était plus à une foudre près de la part de Benito et connaissait ses détracteurs, de plus en plus nombreux, dans le cercle du pouvoir. Le plus virulent était pour l'heure cet âne de Farinacci. Mais ni lui ni un autre ne l'empêcheraient de dire ou de faire ce qu'elle voulait. La carte qu'elle venait d'abattre en signant un fabuleux contrat avec le magnat américain de la presse William Hearst, pour la parution d'articles portant la signature du Duce mais la plupart du temps de sa main à elle, lui permettait de maintenir sa position de collaboratrice auprès du maître du pays qu'elle continuait de rencontrer chaque semaine.

— Peux-tu apporter ceci à Giulia, s'il te plaît ? En même temps, remets-lui cette enveloppe.

En voyant quel article sa mère cautionnait, le sourire de Fiammetta s'accentua.

Absorbée par le déchiffrage de consignes griffonnées à la hâte par Maria avant de sortir, Giulia n'entendit pas entrer la fille de Margherita. Sa responsable étant le plus souvent occupée à papillonner dans des manifestations culturelles, Giulia ne partageait son petit bureau qu'avec une autre rédactrice, engagée en même temps qu'elle : Teresa, professeur de lettres à la retraite, grande admiratrice de Mussolini, sourde comme un sonneur de cloche et par là même peu loquace. Giulia en arrivait à oublier sa présence. Quant à celle des journalistes des domaines économique et politique qui occupaient les bureaux voisins, elle s'astreignait à ne pas en tenir compte.

Débordée par son travail de représentation, Maria avait rapidement jugé les capacités de ses deux nouvelles collaboratrices et ce qu'elle pouvait en tirer : à Teresa, elle confiait une tâche purement rédactionnelle, à Giulia qui, d'emblée, avait manifesté un esprit d'initiative, elle ne laissait plus que des notes lapidaires. Tout restait à faire.

Giulia en avait eu au départ des sueurs froides. Elle était trop inexpérimentée pour qu'on la lâchât ainsi dans la nature et manquait, en outre, de connaissances. Mais renoncer n'était pas dans son caractère. Elle s'était donc attelée à combler ses lacunes. Depuis un an, elle y passait tout son temps libre, épluchant les catalogues que lui prêtait Margherita sur les grandes expositions de peinture et de sculpture en cours en Europe, remontait à celles qui avaient eu lieu ces vingt dernières années, lisait des thèses, prenait des notes et demandait des explications complémentaires à Vittorio Manelli.

En une année de travail acharné, elle avait acquis sur les artistes de son époque plus de connaissances que n'en possédaient certains élèves de fin de cycle. Pas dupe de la part qui revenait à Maria et de celle qu'il fallait imputer à Giulia dans les articles, Margherita commençait à en confier directement certains à la jeune fille.

Le contrat de douze mois à l'essai de celle-ci expirait et sa résolution de chercher un autre travail s'était évanouie. La *signora* Sarfatti la laissait tranquille avec le fascisme et appréciait son travail. Si on la gardait ici, elle pourrait faire ce dont elle rêvait : prendre un petit logement non loin de *Gerarchia* et quitter enfin le toit familial qu'elle ne supportait plus.

En apprenant qu'elle avait été recrutée dans ce journal, son père s'était borné à lever un sourcil surpris et sa mère avait pincé les lèvres. Aucune question sur la façon dont elle avait obtenu ce travail ni aucune remarque : la Sarfatti, qu'ils appelaient entre eux « la putain juive », se tenait à la droite de Dieu et restait puissante. La prudence s'imposait. Leur fiel, ils l'avaient certainement déversé ensuite en compagnie de Valeria et de Marcello, leur cher gendre. Mais Giulia s'en moquait.

En voyant quel article avait été choisi, elle sourit à Fiammetta. Elles avaient le même âge et entretenaient de bonnes relations. Giulia appréciait cette fille qui voyait défiler dans le salon de sa mère des personnalités de tous horizons sans en faire étalage. Avec elle, Fiammetta n'abordait jamais le sujet du fascisme. Giulia devinait que la façon de plus en plus dure dont Mussolini traitait Margherita la faisait souffrir.

— La prochaine fois, évite de te fatiguer à écrire deux versions. La bonne suffit. Il y a aussi cette enveloppe pour toi.

Elle se sauva aussi vite qu'elle était apparue.

Giulia ouvrit la lettre. Son cœur bondit. C'était le papier tant espéré. Son contrat d'embauche définitive à *Gerarchia* avec une rétribution revue à la hausse.

Libre ! Libre !

Restait à faire ce qu'elle s'était promis si on l'engageait : crever l'abcès avec Silvio. Manelli se trouvait pour quelques jours à Milan. Scipione, de plus en plus souffrant, avait dû se rendre aux raisons de son médecin et partir soigner sa toux sous le soleil de Sicile chez un couple d'amis. Antonietta et Mafai étaient toujours à Paris. Silvio restait donc seul, via Cavour. Il quittait peu la maison ces derniers temps, passant ses journées derrière ses toiles. C'était le moment où jamais.

En songeant à lui, Giulia se remit à ronger ses ongles. L'épreuve l'angoissait. Ces mains désastreuses, elle les devait à Silvio. Depuis un an, il l'évitait comme la peste, lui reprochant de façon tacite d'avoir accepté d'entrer dans un journal fasciste. Plus jamais il ne lui avait proposé un dessin à commenter. Finis, les facéties et les rires complices. Il se montrait taciturne et Giulia avait même du mal à croiser son regard. Quoi qu'elle portât ou qu'elle dît, elle semblait être devenue transparente. Un rejet si douloureux qu'en quelques mois elle avait réalisé une chose : ce n'était pas seulement l'amitié de Silvio qui lui manquait. Elle en était amoureuse. Éperdument. Et cela, sans doute, depuis le premier jour, quand il l'avait aidée à se relever après sa chute au milieu du chantier et qu'il lui avait souri. S'il tenait un tant soit peu à elle, il accepterait de l'écouter, de comprendre qu'elle avait besoin de ce travail et, surtout, qu'elle n'avait pas changé. Elle continuait à exécrer le régime.

Silvio savait que Manelli avait raison ; qu'à cette heure, toute la presse était fasciste et que les journalistes qui avaient critiqué le pouvoir s'étaient vu retirer leur *tessera*[1] et ne pouvaient plus exercer. Il savait que Giulia n'avait pas le choix.

En sortant, elle acheta du pain, de la charcuterie, des fromages et se ruina pour une bouteille de Sacravite d'angelo. Puis, elle fonça via Cavour. Les bras chargés et le cœur battant, elle poussa la porte entrouverte avec le pied et entra. Dans la salle, il n'y avait personne. Elle tendit l'oreille. Des plaintes rauques s'échappaient de l'atelier. Sans réfléchir, elle se précipita.

---

1. Carte nécessaire pour travailler.

Ses paquets lui glissèrent des mains. La bouteille se fracassa sur le sol. Silvio, son Silvio, faisait l'amour avec Michela. Sur le tapis.

En voyant son amie sur le seuil, son visage crispé par le plaisir se figea. Il s'arracha à sa maîtresse, laissant apparaître une virilité que la jeune fille voyait pour la première fois.

— Giulia ! Giulia, attends !

Mais déjà celle-ci dévalait l'escalier branlant au pas de course. Son talon se coinça dans le carreau fendu d'une marche. Déséquilibrée, elle bascula en avant et dégringola le reste de l'étage avec l'impression que ses os explosaient.

— Nom de Dieu ! Giulia !

Le hurlement de son ami lui signifia qu'elle était encore vivante. Elle voulut se relever mais l'une de ses chevilles lui arracha un cri. Silvio lui emprisonna la taille et l'aida à se rétablir. Il n'avait pas pris le temps de se rhabiller. Nu, le sexe moins fier, son corps en sueur restait imprégné du parfum musqué de Michela. Une odeur qui révulsa Giulia et lui fit encore plus mal.

— Va-t'en ! Laisse-moi !

— Arrête ! Tu ne peux plus marcher ! Tu t'es peut-être cassé quelque chose.

— Qu'est-ce que cela peut te faire ?

— Comment fais-tu pour te relever quand je ne suis pas là ? ironisa Silvio pour désamorcer sa colère, faisant allusion à la chute de Giulia lors de leur première rencontre. Sans parler de la seconde où il l'avait assommée avec sa chaussure.

Il obtint l'effet inverse : sa remarque décupla la rage de la jeune fille. Plutôt mourir que de laisser voir à Silvio son cœur en miettes.

— J'appelle à l'aide le premier homme en tenue d'Adam qui passe ! C'est évident !

— Appuie-toi sur moi, on va remonter !

— Jamais !

Elle le repoussa. Son pied se déroba et elle trébucha à nouveau. Silvio la rattrapa encore. Il dut lui bloquer les mains dans le dos pour l'empêcher de se débattre. Le sentir contre elle alors qu'il sortait des bras d'une autre la rendit folle.

— Je t'ai dit de me laisser tranquille ! Va la retrouver ! Va !

Il resserra sa prise. Ses yeux clairs brillaient de colère.

— Ça suffit ! Mais qu'est-ce que tu croyais ? Que j'étais un moine ? Que j'avais fait vœu de chasteté ?

Il la lâcha et se passa une main dans les cheveux, l'esprit en déroute. Il la désirait plus que toute autre : le simple fait de la frôler incendiait son sang. Michela et les autres ne comptaient pas. Faire l'amour avec ces filles, c'était comme manger une assiette de pâtes quand on a faim. Mais comment avouer cela à une Giulia certainement encore vierge ?

La jeune fille détourna les yeux pour ne plus voir le corps fluide et nerveux de Silvio. Les paroles de ce dernier l'aidèrent à recouvrer son sang-froid. Elle se sentit soudain ridicule.

— Pardonne-moi, bredouilla-t-elle, mortifiée. Tu n'es ni mon amant ni mon mari et je n'avais pas à avoir une telle réaction. Tu n'as nullement à te justifier. Je venais fêter avec toi quelque chose. Je crois que c'est raté. On se verra plus tard. Va rejoindre Michela.

— Pas besoin, elle est partie, assura celle-ci de sa voix nonchalante, en passant devant eux comme un rêve.

Elle referma la porte sur la fumée de sa cigarette aux effluves d'herbe indienne.

Silvio regarda Giulia avec des yeux de pauvre qui supplie le Ciel. Jamais il ne l'avait considérée de la sorte. Elle en fut chavirée.

— Viens, je t'en prie, dit-il. On va sortir. C'est moi qui régale. J'ai vendu une toile, ce matin. Mais d'abord... il faut que je prenne ma montre.

Cette fois, il obtint un sourire.

Un instant plus tard, après s'être rhabillé, il lui massait la cheville.

Giulia refusait de se laisser aller au parfum entêtant de la pommade camphrée, au plaisir des mains chaudes sur sa jambe. Le souvenir de Michela dans les bras de Silvio l'obsédait. Si celui-ci se mettait à la caresser, malgré le désir qu'elle en avait, elle le repousserait. Dans la pièce, on n'entendait plus que leur souffle.

La voyant se raidir sous ses doigts, Silvio n'en comprit que trop bien la raison. Rapidement, il lui banda la cheville et se racla la gorge.

— Si on y allait ?

— Où ?

— Je t'emmène passer la soirée au théâtre de Bragaglia.

— Chez Bragaglia ? Comme ça ?

Elle désignait sa jupe sombre et son corsage blanc de dame patronnesse. Une tenue inadaptée à la cave futuriste la plus cotée de la capitale.

Silvio cligna de l'œil et désigna la chambre de Mafai et d'Antonietta.

— Là, tu trouveras ce qu'il te faut.

Elle le suivit en claudiquant jusqu'au grand coffre qui contenait les effets de leur amie. Celle-ci manifestait un goût prononcé pour les tenues orientales et les couleurs vives.

— Elle n'a pas dû tout emporter. Sers-toi. Ah ! Au fait ! Nous venons de recevoir une lettre d'eux. Ils vont bientôt rentrer de Paris. Rome leur manque. Ils ont appelé leur troisième fille Giulia, parce qu'ils t'aiment et te trouvent belle.

La jeune fille en fut émue. Elle qui répugnait à se servir dans les affaires d'Antonietta y vit comme une invite.

Silvio la laissa seule. Elle s'accroupit en grimaçant et commença sa quête. Tissus indiens, colliers de verroterie, foulards, fleurs séchées, il y avait là un ensemble baroque qui laissa Giulia perplexe.

Quand elle ressortit de la chambre, Silvio sirotait un verre de marsala : sur ses jambes étendues, un livre qu'il ne lisait pas. Il avait vainement tenté de s'occuper l'esprit en l'attendant. Savoir qu'elle se déshabillait dans la chambre voisine et qu'ils étaient seuls dans la maison le rendait nerveux.

Il s'était changé. La jeune fille nota qu'il avait, pour une fois, soigné sa toilette. Sous une veste sombre en velours côtelé, tout à fait présentable, il portait une chemise blanche.

— Je suis prête.

Il leva la tête. Une lueur d'admiration traversa ses yeux verts. Giulia avait choisi la tenue la plus sobre du coffre : une robe de dentelle noire coupée en diagonale dans des pans de longueurs inégales, sorte d'oripeaux de gitane à la sauce mauresque.

Comme Antonietta était beaucoup plus forte qu'elle, la jeune fille avait plaqué sur sa taille une large écharpe de soie bleu nuit terminée par des franges. Ses cheveux dénoués balayaient ses épaules dénudées par un décolleté prévu pour de plus amples épaules. Retenu par quelques épingles de tête, un carré de tissu assorti à l'écharpe et agrémenté de fleurs séchées lui tenait lieu de coiffe.

Par chance, l'épouse de Mafai avait sa pointure, ce qui avait permis à Giulia de troquer ses escarpins devenus une torture pour sa cheville enflée pour d'étranges chaussures à talons plats de couleur ocre, brodées de motifs en fil noir. Elle avait ôté l'épais bandage fait par son ami et s'était servie dans les pots à maquillage, soulignant ses yeux sombres et rosissant ses lèvres et ses pommettes.

— Tout à fait intemporelle, se borna à dire Silvio qui la trouvait éblouissante. Parfait pour l'endroit où l'on va !

Giulia réalisa alors qu'elle n'avait pas prévenu ses parents. Tant pis. Elle prétendrait avoir été retenue au journal. Cela lui était déjà arrivé plusieurs fois. Elle en serait quitte, le lendemain, pour subir à table quelques réflexions supplémentaires.

Amphitryon des nuits romaines, Anton Giulio Bragaglia était un personnage éclectique. Photographe d'avant-garde, écrivain, metteur en scène, après une galerie d'art, via Condotti, il avait ouvert huit ans plus tôt dans les souterrains des thermes antiques, via degli Avignonesi, un théâtre. Il y mettait en scène des pièces d'Alfred Jarry, de Luigi Pirandello, d'Apollinaire, de Marinetti, de Bertolt Brecht.

Giulia connaissait l'endroit et l'homme de réputation. Elle savait que cette cave futuriste accueillait des expositions et des spectacles, qu'on y rencontrait aussi bien des fascistes que des antifascistes et qu'on pouvait y souper.

Dès qu'elle pénétra dans la salle, la jeune fille battit des cils, aveuglée par les lumières psychédéliques du plafond dessiné par Balla. Elle songea au professeur Petronia Gimelli, qui aimait tant les ambiances futuristes. Impossible qu'elle ne prisât point un tel lieu. Celui-ci était déjà empli de monde.

— Silvio ! *Amico mio !* Viens te joindre à nous !

L'individu souriant, assis avec trois compagnons, présentait la même allure que celui qu'il interpellait et devait avoir son âge. Silvio le salua de loin et lui fit comprendre d'un geste qu'il tenait à rester seul avec Giulia. L'autre n'insista pas.

Un énergumène arborant des ongles laqués de vert et une cravate jaune vif vint à leur rencontre, bras ouverts comme s'il les avait toujours connus. Son costume également vert comme la monture de ses lunettes achevait de le rendre atypique. Comparées au reste, ses chaussures noires s'avéraient très classiques.

— *Bellissima !* apprécia-t-il, sensible à l'originalité de la toilette de la jeune fille. Ce soir, il n'y a pas de spectacle.

Il désigna une table dressée pour une vingtaine de couverts, portant la mention *réservé.*

— Nous attendons quelques personnages importants pour dîner. Ils veulent être tranquilles. Mais il me reste une petite table libre, à côté, si vous le désirez.

À l'annonce de la réservation, Silvio s'était figé. Comprenant qu'il allait refuser, Giulia lui pressa le bras. Elle trouvait l'endroit et son propriétaire amusants et n'avait nulle envie de partir. D'autant qu'ils avaient marché un moment et que son pied l'élançait.

Silvio céda et ils prirent place. Leurs regards s'effleurèrent avec gêne. Ils s'absorbèrent dans la lecture du menu tandis qu'une musique de jazz diffusée en sourdine adoucissait la virulence du décor. Giulia s'efforçait d'oublier Michela et la scène qui allait avec. En vain. Le souvenir des plaintes, des corps enchevêtrés, la poursuivait.

— Qui était l'homme qui t'a salué quand nous sommes entrés ? s'enquit Giulia pour effacer la terrible image.

Silvio grimaça un sourire et désigna la salle.

— Je t'ai dit qu'ici se côtoyaient fascistes et antifascistes. Certains n'ont pas choisi leur camp. C'est le cas de ce peintre, un ancien compagnon avec lequel j'ai loué, à une époque, un atelier. Depuis quelque temps, il semble se trouver au bon endroit, au bon moment, pour obtenir des commandes. Son air bohème plaît beaucoup aux bourgeoises fascistes. Et il ne crache pas sur quelques cadeaux de leur part.

Giulia retint un sourire. De toute évidence, Silvio ignorait qu'il présentait le même air bohème que ce garçon mais avec cent fois plus de charme. Quand bien même, elle le voyait mal monnayant celui-ci auprès de l'épouse d'une chemises noires.

— Margherita vient de m'engager définitivement, attaqua-t-elle dès qu'on les eut servis.

Silvio qui lui versait du vin ne leva pas les yeux.

— Margherita ! Tu l'appelles par son prénom maintenant ! Quand comptes-tu la tutoyer suivant la mode antique préconisée par les fascistes ? À moins que ce ne soit déjà fait !

Giulia, qui entamait sa viande, reposa ses couverts. Elle ne s'attendait pas à un retour aussi direct.

— Je sais ce que tu penses d'elle mais elle n'est pas telle que tu l'imagines...

— Pas telle que je l'imagine ? Mais bordel de Dieu, réveille-toi ! Ta merveille a aidé Mussolini à prendre le pouvoir ! Elle a même donné de sa poche un million de lires pour financer la Marche sur Rome. L'huile de ricin, le *manganello*, les socialistes battus à mort en province par les *ras* de son amant et par leurs sbires, l'assassinat de Matteotti, elle l'a su ! De même que la mise à sac de la bibliothèque de Benedetto Croce, l'un de nos plus éminents penseurs qui avait eu le malheur de s'insurger contre ce crime ! Tu travailles sous la direction de la plus grande admiratrice de ce salopard de Romagnol. Elle a été jusqu'à écrire un livre[1] pour l'encenser. Écoute, je me réjouis que tu aies un travail qui te plaise mais je t'en prie, ne m'en parle pas !

Il inspira et but une gorgée d'alcool, le visage à nouveau fermé. Par chance, la table voisine restait inoccupée mais au ton querelleur du jeune homme, quelques convives plus éloignés avaient levé la tête. La jeune fille se mordit les lèvres, les yeux perdus dans les reflets mouvants des lumières du plafond sur les murs. Comme chaque fois qu'elle allait mal, elle commençait à avoir la nausée. Son assiette

1. *Dux*, paru en Italie en 1926 aux éditions Mondadori.

refroidissait. Cette soirée sur laquelle elle comptait tant tournait au fiasco. Silvio la trompait et jugeait chacune de ses paroles. Des étrangers. Voilà ce qu'ils étaient devenus en un an.

— J'en ai assez de tes leçons de morale ! explosa-t-elle au bord des larmes. Tu vas bien avec ce fantôme de Michela ! C'est quand Manelli a proposé d'intercéder pour moi afin de m'obtenir ce travail qu'il fallait réagir ! Tu étais présent et tu n'as rien dit !

— Tu savais comme moi qui dirigeait cette revue. C'était à toi de dire non !

— Je n'ai pas demandé à naître dans cette fange politique ! Ose me dire que tu ne vends pas tes tableaux aux fascistes ! que tu n'en côtoies pas ! Non, tais-toi, laisse-moi parler ! Je hais cette idéologie et tout ce qui s'y rapporte ! Manelli la hait et pourtant, il reste en bons termes avec cette femme ! Un rapport d'intelligence à intelligence, tu peux comprendre ça ?

— C'est parce qu'elle est intelligente qu'elle est inexcusable ! Tu parles d'une idéologie ! Pendant que tu intellectualises cette merde, d'autres sont en plein dedans ! Deux de mes amis viennent d'être arrêtés par la Milice, puis torturés par ton ordure de cousin avant d'être livrés à l'OVRA et déportés dans un *confino*. Sais-tu pourquoi ? Pour avoir brandi un drapeau rouge le 1er mai. En ce moment, il y a ceux qui serrent l'étau et ceux qui sont écrasés dedans, voilà où on en est !

— Comment peux-tu me jeter Flavio au visage en sachant ce que je pense de lui ? Je ne suis pas responsable des horreurs qu'il commet !

Ils se faisaient face, l'œil étincelant. Giulia avait la gorge à vif à force de retenir ses larmes. Elle savait qu'il ne mentait ni sur son cousin ni sur les zones d'ombre de Margherita ; que beaucoup de gens haïssaient « la Sarfatti ». Mais les choses eussent été plus simples si celle-ci avait manifesté la vulgarité d'un Flavio.

Silvio se resservit du chianti. D'ordinaire très sobre, il en était à son troisième verre, sans parler de ceux avalés pendant qu'elle se préparait dans la chambre d'Antonietta. Lui non plus n'avait pas touché à son assiette.

— Ce Churchill, recommença-t-il, qui monte Mussolini au pinacle sous prétexte qu'il fait rempart aux communistes, va vite le regretter, et d'autres comme lui ! Les fascistes ne se contenteront pas d'une dictature sur le pays ! Après avoir essayé la violence sur nous, ils vont la retourner vers l'extérieur si on ne les arrête pas.

— Et tu comptes le faire avec tes pinceaux ?

— Mes pinceaux, je peux les jeter ! Lorsqu'un peuple fait pour l'art, la beauté et le rire se met à marcher au pas en entonnant des chants guerriers, l'artiste, ça ne sert plus à rien !

Un brouhaha près de la porte empêcha Giulia de rétorquer. Le petit carré de soie qui la coiffait se défit. Elle le jeta avec rage sur la table et arracha les épingles de tête devenues inutiles. À quoi bon cet accoutrement ? Silvio ne la supportait plus.

Des miliciens investirent les lieux et se postèrent à divers endroits de la salle, de manière à voir chacune des personnes présentes.

Silvio grimaça un sourire.

— À la Liberté ! murmura-t-il.

— Tais-toi !

Un groupe de gens en tenue de soirée pénétra dans la salle. Les hommes portaient des costumes bien coupés. Quant aux femmes, sous leurs toilettes élégantes et leur vernis de bonnes manières affleurait la vulgarité. Les miliciens veillaient sur eux. Il ne pouvait s'agir que de hauts responsables fascistes avec leurs maîtresses. Une marque de virilité qui ajoutait à leur crédit. Avec la finesse qui le caractérisait, Achille Starace venait de faire sur ce point une sublime et profonde déclaration : « Tous les organes du parti fonctionnent, avait-il dit, raison pour laquelle nous devons faire fonctionner aussi nos organes génitaux. »

Inquiète, Giulia glissa un œil vers Silvio. Il fixait son verre vide.

Bragaglia se porta au-devant de l'un des arrivants et le salua avec un respect teinté d'excitation. Après quelques politesses, il lui ouvrit le chemin vers la longue table. Giulia regarda l'inconnu et tressaillit. « Dieu, comme il est vivant ! » songea-t-elle. Une réflexion qu'elle jugea aussitôt absurde. Qui pouvait être plus vivant que Silvio ? Pourquoi réagissait-elle ainsi ? Cet individu lui était familier et pourtant elle ne l'avait jamais rencontré. Une sensation paradoxale à laquelle se mêlait l'intuition d'un danger.

Comme Giulia, toutes les personnes présentes fixaient cet homme. Celui-ci n'en avait cure et se polarisait sur sa compagne, une blonde au décolleté vertigineux qui prit place à ses côtés. Les autres membres du groupe s'installèrent à leur tour. Aussitôt, les serveurs s'empressèrent avec du champagne. Le repas serait certainement à l'image de ce vin français : hors de prix.

Stupéfaite de ce qu'elle éprouvait en présence de ce personnage, la jeune fille ne parvenait pas à s'en détourner. Brun, les traits réguliers, le regard sombre et autoritaire, un mince collier de barbe terminé par un bouc autour de sa bouche sensuelle, environ trente-cinq ans, il séduisait et le savait.

Silvio avait perçu l'intérêt de Giulia.

— Le chef de la meute ! siffla-t-il entre ses dents. Italo Balbo, surnommé par ses petits camarades *Pizzo di Ferro*, ministre de l'Aéronautique après avoir commandé la Milice et joué les sous-secrétaires à l'Économie nationale. Un des plus violents du régime, le seul que craigne Mussolini. Depuis sa transocéanique aérienne jusqu'à Rio de Janeiro, en janvier dernier, la presse ne parle que de lui et de ses douze Savoia-Marchetti SM-55 ; jusqu'à la couleur de leurs ailes et les références des moteurs.

Balbo, bien sûr ! Qui ne connaissait le héros national ! Son goût pour le bon vin, les exploits, les jupons... Contrairement à la plupart des gens – notamment les femmes, très sensibles au charme du hiérarque –, Giulia n'avait pas suivi la transocéanique. Elle avait dû apercevoir la photo du ministre dans la presse ou dans le service politique de *Gerarchia* parmi les portraits des hauts responsables fascistes accrochés aux murs.

— Beaucoup voient en lui le dauphin de Mussolini, poursuivit Silvio.

— Je sais !

Elle en avait assez d'entendre parler des fascistes. À aucun moment Silvio ne lui avait dit qu'il la trouvait belle.

— Tu es loin de tout savoir sur cette perle volante ! s'obstina le jeune homme qui n'avait pas apprécié le long regard qu'elle avait eu pour Balbo. Ce sale petit-bourgeois diplômé en sciences sociales n'a pas, lui non plus, l'excuse de la bêtise ! Notre horizon n'est pas bouché que par des ânes !

— Tais-toi ! supplia Giulia, consciente que l'excitation de Silvio commençait à alerter le milicien le plus proche.

Il en fallait plus pour décourager son ami :

— Tu es bien rédactrice d'une revue politique ? Alors affronte la vérité ! À Ferrare, Balbo a mené une campagne meurtrière contre les socialistes. Ses belles mains sont tachées de sang et le peuple ne voit que par lui, cherche l'erreur ! Sais-tu qu'il est un grand ami de ta Sarfatti ? De même le deuxième à sa droite, son collègue Dino Grandi, ministre des Affaires étrangères : celui-là aussi a semé la terreur en son temps, en Émilie-Romagne. Lui non plus n'est pas un baudet ! Il est même le plus brillant de ce gouvernement de merde et s'avère aussi sympathique que ta directrice, sans parler de celui qui se tient sur sa gauche, leur autre grand ami, Giuseppe Bottai, ministre des Corporations, un intellectuel pur et dur qui...

Giulia le pinça si fort qu'il s'arrêta. Il était temps. Le milicien s'avançait vers eux.

— Quelque chose ne va pas ? Vos pap...

Giulia se leva pour l'empêcher de terminer.

— Tout va bien, merci ! Mon ami a un peu bu et il n'en a pas l'habitude. Il a juste besoin d'air !

Elle foudroya Silvio des yeux pour le réduire au silence. Celui-ci jeta les billets de banque sur la table et se leva à son tour, mâchoires serrées. Contrairement à ce que pensait la jeune fille, il était extrêmement lucide. Sans l'attendre, il fonça vers la porte. Elle voulut le rattraper. La douleur se réveilla avec violence. Un coup de poignard dans le pied. Elle se retint au premier support à sa portée : la chaise de la voisine de Balbo. Celle-ci levait son verre. Son coude dépassait. Giulia le heurta, en renversant le contenu sur la robe fleurie.

— *Madre mia !* Quelle maladroite ! lança la femme d'une voix stridente, considérant son décolleté trempé.

Giulia dut s'arrêter. Ses joues comme sa cheville étaient en feu. Silvio était déjà sorti. Tout advenait par sa faute. Elle le détesta.

— Je vous prie de m'excuser, *signora,* dit-elle, les tempes bourdonnantes.

Le regard d'Italo Balbo arrêté sur elle l'indisposait à l'extrême.

— *Scusa lei, signora*[1] *!* répéta la maîtresse du ministre, avec une gouaille que la colère réactivait. On n'est pas dans un stade. Regardez-moi ce gâchis !

Elle prenait la tablée à témoin, en rajoutait, heureuse de polariser l'attention. Giulia l'aurait étouffée sous un coussin. Elle ne remarqua pas la pression des doigts de Balbo sur le bras de sa compagne ni le signe qu'il fit au responsable de la Milice pour l'empêcher d'intervenir. Elle ne raisonnait plus. S'emparant du verre que Grandi portait à ses lèvres, elle le vida sur son propre corsage d'un geste sec, sous les exclamations horrifiées de la salle.

---

1. Excusez-moi, madame.

Balbo fixait cette fille splendide, vêtue en reine gitane et décoiffée, d'un air médusé. Sans parler de sa comtesse d'épouse, mère de ses enfants, des femmes, il en avait possédé de quoi remplir deux salles comme celle-ci. Une expérience qui lui valait une réputation de coureur et les quolibets envieux des autres hiérarques. Son regard brûlant, sa sensualité évidente, sans parler de ses exploits aériens, suscitaient un tel engouement chez le sexe « faible » qu'il n'avait qu'à lever le petit doigt. Sur les registres des naissances, les enfants prénommés Italo ne se comptaient plus. Mais des filles aussi étranges que celle qui venait de ravager la robe de sa maîtresse, il n'en connaissait pas. Le tissu mouillé dessinait de si près ses seins et sa taille fine qu'elle paraissait nue. Si elle éprouvait une peur quelconque de Dieu, du Diable ou de la haute hiérarchie fasciste, elle la cachait bien.

Il se trompait. Giulia se sentait, à cet instant, terriblement exposée. L'impression diffuse d'attirance et de danger éprouvée en voyant cet homme entrer s'était transformée en alarme. Sa proximité la tétanisait. Se ressaisissant, elle fixa sans ciller la perruche blonde malencontreusement arrosée.

— Nous sommes désormais dans le même état. Cela vous convient-il, *signora* ?

Le femme arrondit ses lèvres rouges de façon comique.

— Cette fille est folle ! suffoqua-t-elle. Italo, dis quelque chose !

D'un regard, il lui intima silence.

Afin de donner le change, Giulia quitta les lieux lentement, serrant les dents pour ne pas boiter devant ces gens. À chaque pas, elle s'attendait à être interpellée. Rien ne vint. Italo Balbo la suivit des yeux jusqu'à la porte. Un sourire courait sur ses lèvres. Il commanda deux autres verres : un pour son ami Grandi qui lui aussi semblait se divertir, le second pour sa maîtresse. Lorsque celle-ci s'éloigna pour réparer les dégâts de sa robe, il appela Bragaglia.

— Qui était cette fille ? s'enquit-il discrètement.

L'autre leva les bras, en signe d'ignorance, contrarié d'un tel esclandre. Son établissement avait été fermé une première fois sur ordre des fascistes. Il ne voulait pas que la chose se reproduisît. Il se rappela qu'en entrant, le compagnon de celle qui intéressait le ministre avait été reconnu par quelqu'un.

— J'ignore si je pourrais avoir le nom de cette jeune personne, lui glissa-t-il avec un sourire. Mais je pense vous obtenir celui de son compagnon. Par lui, vous la retrouverez peut-être.

La fraîcheur nocturne n'apaisa pas Giulia. Devant la porte du théâtre, d'autres miliciens surveillaient la rue en fumant, près de quelques voitures avec chauffeur. Sans doute celles des ministres. La jeune fille fouilla des yeux l'obscurité. S'il était parti sans elle, c'en serait fini. Ce soir-là, il lui en avait trop fait.

Elle l'aperçut un peu plus loin. Il tapait du pied dans un paquet de cigarettes vide, les mains dans les poches. En fonçant le rejoindre, elle enflamma de plus belle sa cheville.

— Tu es fier de toi ? souffla-t-elle, d'une voix qu'étranglait la fureur.

Elle aurait aimé lui crier ce qu'elle pensait de lui mais la proximité des miliciens le lui interdisait.

— Tu as d'autres soirées de ce genre à me proposer ? Filons d'ici avant qu'ils se réveillent à l'intérieur et alertent ceux-là ! *Madonna !* Ce maudit pied me fait passer l'enfer !

La prenant par l'épaule, Silvio l'entraîna dans une rue adjacente. Elle voulut se dégager mais il referma son étreinte et chercha sa bouche. Giulia crispa ses doigts sur la poitrine de son compagnon et tenta de le repousser. Il la serra plus fermement et sa langue força les lèvres tendres. Presque avec rage.

La jeune fille tressaillit. Colère, rancune, jalousie furent balayées par le frisson qui la traversa. Baissant la garde, elle noua ses mains autour du cou de Silvio et répondit à son baiser. Elle en avait tant de fois rêvé, avec la crainte de se montrer maladroite. Michela avait une telle expérience des hommes. Michela... Elle lui revint en mémoire comme une montée de fiel et elle se raidit. Mais Silvio la tenait bien. Ses yeux mi-clos affichaient un trouble qu'elle ne lui avait même pas vu au sortir des bras de sa rivale.

Il enfouit son visage dans les cheveux parfumés.

— Giulia ! Giulia !

Sa voix, une plainte. Un alcool dans le sang. Oubliés, la peur, le pied douloureux, Italo Balbo. Il n'y avait plus que Silvio, ses mains fébriles qui la parcouraient à travers l'étoffe baptisée au champagne et cette brûlure au ventre. Silvio ! Fût-il possible qu'il l'aimât malgré le mal qu'il pensait d'elle ?

Le bruit les fit sursauter. Celui d'une porte défoncée, puis de meubles renversés. Un chien aboya. Une fenêtre s'ouvrit avec fracas. Le couple se trouvait à l'intersection de deux rues. Le raffut provenait de l'une d'elles. Un homme protesta. Une femme hurla.

— Je vais voir ce que c'est ! Reste ici ! intima Silvio.

Il s'enfonça dans la nuit.

Tout s'était passé si vite que Giulia marqua une fraction de seconde avant de réagir. Quand elle appela Silvio, il avait disparu. S'il croyait qu'elle allait l'attendre là sans savoir...

Aussi vite que le lui permettait sa jambe, elle partit à sa recherche. Elle n'eut pas à aller loin. Une vingtaine d'individus dévastait le rez-de-chaussée d'une maison à étages. Au-dessus de l'entrée, une croix et le sigle FUCI. Le local appartenait aux Jeunesses catholiques.

— Arrêtez ! Laissez-le ! Allez-vous-en, par pitié !

La malheureuse en chemise de nuit qui criait depuis une fenêtre du premier ne perturbait pas les casseurs. À l'intérieur du local, plusieurs d'entre eux avaient pris à parti un homme, sans doute l'époux de la femme, descendu en chemise de nuit, un pantalon enfilé à la diable par-dessus, pour tenter de les calmer. Même de loin, Giulia reconnut l'un des agresseurs. Ugo, l'ami de Giorgio ! Les GUF ! Les Jeunesses fascistes : c'étaient ces étudiants en histoire de l'art qui saccageaient les lieux et frappaient cet homme comme des malades.

Des volets s'entrouvraient et se refermaient aussitôt. Dans la salle, le saccage et la lutte continuaient. Elle regarda autour d'elle, paniquée. Impossible que nul ne bougeât, qu'on laissât faire ! Où était Silvio ?

Il se dressa, soudain, le visage en sang, au cœur de la mêlée et assena un coup de poing à l'un des étudiants. Il en reçut un dans le dos, puis un autre dans le ventre qui le cassa en deux. Il allait se faire tuer. Ils étaient trop nombreux.

— Nooon !

— Giulia ! Qu'est-ce que tu fais là ? N'y va pas !

Sofia l'avait saisie par le bras et tentait de la retenir. Avec d'autres filles de l'université, aux jupes sages, elle assistait aux exactions de leurs petits camarades sans broncher. Y voyaient-elles de l'héroïsme ? Giulia la repoussa et fonça, terrorisée pour Silvio. Arrêter ces fous avant qu'ils ne le tuent.

Dans la pièce, le voisin gisait sur le sol. Le saisissant par les pieds, un étudiant le traîna dans la rue. En voyant son mari dans cet état, la femme devint hystérique. Tandis que Ugo et une partie du groupe continuaient à jeter les armoires par terre et à vider leur contenu, Silvio, à demi écroulé, la bouche sanglante, se faisait rouer de coups par plusieurs individus dont...

— Giorgio ! Je t'en supplie, laisse-le !

Bien qu'il lui tournât le dos, elle savait que c'était lui. Sa voix se perdit dans le fracas d'un meuble. Avec la rage du désespoir, elle se jeta sur le chef des GUF pour lui faire lâcher prise. Deux mains la happèrent au passage par la taille et la soulevèrent du sol. Sa robe de dentelles noires tournoya dans les airs.

— Regardez la jolie prise que j'ai f...

De son pied valide, Giulia décocha un coup de talon dans la mâchoire de l'étudiant.

— Sale garce !

Il la jeta par terre. Elle retomba sur l'épaule et gémit. L'autre se coucha sur elle. Il était gros et l'écrasait. Elle le griffa au visage, se tordant sous le corps pesant. Plutôt mourir que de se faire violer par cet être immonde.

Sofia se précipita :

— Giorgio ! Ugo ! Ne le laissez pas faire ! C'est Giulia !

Les deux garçons se retournèrent avec un bel ensemble, abandonnant Silvio sur le sol, inconscient.

— Marco ! Lâche-la ! intima Giorgio. Je la connais !

— Fous-moi la paix ! Je veux me payer cette pute ! beugla l'interpellé, en tentant de retrousser la robe qui se déchira.

Les ongles de Giulia lui avaient lacéré le visage, creusant des marques pourpres. Giorgio tenta vainement d'écarter le garçon. Celui-ci avait pour lui la corpulence et une fureur qui, avec la douleur, tournait au désir meurtrier.

— Ugo ! Pietro ! Aidez-moi à arrêter cet imbécile !

Une fumée âcre montait d'un placard où du matériel de bureau commençait à brûler. On suffoquait.

Étouffée par le poids du garçon, Giulia n'avait plus la force de crier ni de repousser la main brutale qui remontait jusqu'à son entrecuisse. Ils s'y mirent à quatre pour arracher Marco à sa proie. Près d'eux, Sofia sanglotait, les mains sur la bouche.

— Le feu a pris ! Il faut partir ! les secoua Giorgio.

— De toute façon, *ils* nous ordonnent d'évacuer ! lança Ugo.

Marco eut encore un mouvement pour ressaisir Giulia qui se traînait vers Silvio toujours sans connaissance. Giorgio le poussa sans ménagement vers la porte. Sofia voulut relever son amie mais Giulia s'accrochait au corps de Silvio.

— Aidez-moi à la sortir de là et lui aussi ! paniqua Sofia, en toussant.

La fumée brûlait la gorge et les yeux. On n'y voyait presque plus. La chaleur devenait intenable.

— On s'occupe d'eux ! assura Giorgio. Sortez tous !

— Toi aussi ! Dehors ! C'est à nous de jouer, maintenant !

La voix traversa le brouillard rouge dans lequel s'enfonçait Giulia. Flavio ! C'était lui qui venait de pénétrer dans la salle et de brailler cet ordre.

La rue était pleine de miliciens. Les étudiants avaient disparu. D'un coup, elle comprit : ils étaient tous complices ! Peut-être même les premiers avaient-ils désigné la cible aux seconds. Le forfait perpétré, la Milice apparaissait pour rétablir l'ordre. Elle voulut crier. Aucun son ne sortit.

— Il reste une femme et un homme à l'intérieur et ça flambe ! protesta Giorgio, le seul à ne pas être parti.

— Ordre d'évacuer, tu sais ce que ça signifie ? Éteignez-moi ce putain de feu ! On va s'en occuper, de la fille. Où est-elle ? Nom de Di... !

Malgré la fumée, les joues maculées de noir et les vêtements déchirés, Flavio l'avait reconnue.

— Tu me fais honte ! souffla Giulia, puisant dans ses dernières ressources.

Il considéra avec mépris les dentelles en lambeaux.

— Qui doit avoir honte de l'autre ? Fous le camp avant que je t'embarque avec cet antifasciste !

Giulia douta avoir bien entendu.

— Embarquer Silvio ? Il a été roué de coups par ces salauds pour défendre leur victime et tu veux l'embarquer ?

Flavio balaya d'un geste la salle où les miliciens achevaient de réduire le début d'incendie.

— Quels salauds ? Je ne vois ici que des forces de l'ordre qui ont neutralisé l'auteur de ce saccage ; lequel subira un interrogatoire en règle que je me ferai un plaisir de mener.

— Alors, il faudra m'arrêter pour complicité et le dire à notre chère famille, mon cousin ! répliqua Giulia qui retrouvait sa voix.

Le regard goguenard de ses hommes déplut à Flavio.

— Jetez-moi cette fille dehors ! Si elle résiste, violez-la !

Propulsée dans la rue, Giulia retomba sur sa cheville blessée et s'écroula. Un milicien l'empoigna pour la relever et la projeta à plusieurs mètres.

— Le chef t'a dit de foutre le camp ! À moins que tu veuilles qu'on s'occupe de toi !

Les genoux en sang, la vue brouillée par les larmes, Giulia s'éloigna en claudiquant. Flavio se savait le plus fort. Qui oserait avancer que la Milice couvrait les jeunesses fascistes ? Certainement pas la femme qui devait être heureuse d'avoir récupéré son époux en vie. Il n'y aurait aucun témoin. Il n'y en avait pas eu pour les dizaines d'autres locaux appartenant aux FUCI qui avaient brûlé dans le pays. Le peuple acclamait le Duce mais avait peur de ses chemises noires. La rue se taisait.

Silvio ? Qu'allaient-ils faire de lui ? Flavio allait le torturer, peut-être même le tuer. Des hoquets étouffaient

Giulia. Elle n'était plus qu'une boule de souffrance. Il fallait faire quelque chose, prévenir quelqu'un. Arracher Silvio aux griffes de la Milice. Un nom lui vint comme un trait de lumière. Le seul espoir.

Restait à atteindre la via Nomentana où se trouvait sa résidence sans subir un contrôle de la Milice ; difficile en raison de la proximité du palais Torlonia où habitait Mussolini.

* * *

— Veuillez m'excuser *signora,* quelqu'un vous demande.

— À cette heure ?

— Cela paraît... pressant.

Margherita Sarfatti reposa sa serviette avec un soupir excédé. Elle détestait être dérangée de la sorte lors d'un repas. Comble de malchance, Fiammetta, fatiguée ce soir-là, était allée se coucher tôt. Il n'y avait personne pour tenir compagnie à son invité.

— Je reviens tout de suite, assura-t-elle.

L'Américain Thomas B. Morgan, chef de la *United Press* à Rome, la rassura d'un geste.

— Faites, ma chère. Je vais en profiter pour fumer un cigare en contemplant les toiles de vos amis artistes. Nous avons toute la nuit pour discuter de nos affaires.

Margherita se leva, impatiente de se débarrasser de l'importun. Morgan était une excellente relation. Aucun journaliste étranger n'entretenait des rapports aussi fréquents avec Mussolini dont il était un informateur. Tout diplomate étranger désireux de s'entretenir avec le Duce passait par lui. Pivot de la presse anglo-saxonne à Rome, il formait l'opinion de millions d'Américains sur l'Italie fasciste. Par son intermédiaire, Margherita avait obtenu d'avantageux contrats pour la rédaction d'articles sur Mussolini ainsi que des ouvertures avec des groupes de presse d'outre-Atlantique comme celui de William Randolph Hearst. Ce dernier venait de commander à Mussolini douze articles à mille cinq cents dollars l'un mais nul n'ignorait que c'était la Sarfatti qui les rédigerait. Une propagande qui ne coûtait rien au gouvernement et pouvait lui rapporter beaucoup. Margherita poussait en ce sens, persuadée que seuls les États-Unis étaient en capacité de sortir l'Italie de la crise économique dans laquelle elle s'enfonçait. Pour toutes ces raisons, ce souper mensuel avec Morgan revêtait à ses yeux une importance particulière.

Dans le hall, elle tomba en arrêt devant une femme échevelée, au visage maculé de noir. Sa robe déchirée laissait voir des genoux massacrés. Margherita marqua un temps avant de reconnaître Giulia. Son irritation tourna à la stupeur.

— Que... que vous est-il arrivé, ma petite ?

Puis à la domestique :

— Prépare ce qu'il faut pour soigner ses écorchures. Je te ferai appeler.

Prenant Giulia par le bras, elle l'entraîna dans sa bibliothèque et referma la porte.

— Je ne dispose que de quelques minutes. Que s'est-il passé ?

Giulia chercha ses mots. Rien ne vint. Après avoir supplié la servante d'appeler la *signora* Sarfatti, elle ne trouvait plus une phrase cohérente à formuler. Existait-il une explication sensée à ce qui venait d'arriver ?

Margherita employa les grands moyens :

— Asseyez-vous là et buvez ceci d'un coup, sans respirer.

Giulia prit docilement le verre de whisky. L'alcool incendia sa gorge mais desserra le nœud au creux de sa poitrine. Des larmes emplirent ses yeux. Elle plissa les paupières pour les ravaler. Elle déglutit et attaqua. Sa voix était sourde, méconnaissable. Son élocution, laborieuse. Elle martelait chaque mot.

Malgré son invité qui l'attendait dans la pièce voisine, Margherita écouta Giulia jusqu'au bout sans l'interrompre.

— Vous ne connaissez pas Silvio, termina la jeune fille. C'est un grand peintre. Et mon cousin va se faire un plaisir de le torturer ! Pour rien ! Vous qui aimez l'art, je vous en prie, ne le laissez pas faire !

Margherita se servit elle aussi un verre et prit une cigarette. Dans la semi-pénombre, son collier de perles prenait un éclat vivant sur sa robe noire. Elle aussi avait eu cette fougue de femme amoureuse pour Benito.

Elle n'avait allumé qu'une lampe dans un angle de la pièce et on voyait juste les premiers rayonnages de la bibliothèque. Tout ici était de bon goût. Des toiles se devinaient dans les maigres espaces où il n'y avait pas d'étagères de livres.

— Détrompe-toi, dit-elle enfin, passant naturellement au tutoiement. Ton Silvio, je l'ai souvent croisé au café Aragno[1] où il a toujours fait mine de ne pas me voir. Je l'ai même invité à participer à

1. Dans la Troisième salle se retrouvaient artistes et lettrés de Rome. C'est là que Margherita avait connu une grande partie des peintres de l'École romaine dont Mafai.

d'importantes expositions sans jamais obtenir de réponse de sa part. Il a beaucoup de talent mais il l'emploie contre les fascistes ! Ses caricatures du Duce et des hiérarques sont connues de l'OVRA et je l'ai mis plusieurs fois en garde, par l'intermédiaire de Mafai, contre ses provocations. Ses ennuis étaient prévisibles.

— Flavio ne sait rien de tout ça, protesta Giulia. Il lui fallait juste un bouc émissaire et Silvio se trouvait là... !

Sa vue se troubla. Elle passa une main sur ses yeux. Chaque parcelle de son corps lui faisait mal. Elle était épuisée.

Margherita le comprit et se redressa.

— Je vais voir ce que je peux faire. En attendant, Simona va s'occuper de tes blessures et te prêter une robe de Fiammetta. Mieux vaut ensuite que tu dormes sur ce canapé et que tu attendes demain matin pour rentrer chez toi.

Elle leva la main, coupant court aux remerciements de Giulia :

— Attends que je l'aie arraché à la Milice. C'est loin d'être gagné.

Connaissant la discrétion de Morgan, Margherita lui relata l'histoire de Giulia. Le journaliste secoua la tête d'un air dubitatif.

— Vous avez, ma chère, plus d'ennemis que vous ne l'imaginez dans l'entourage du Duce, notamment dans la Milice. Starace[1] est tout aussi dangereux que Farinacci. Il ne fait pas bon chatouiller la bêtise. Une intervention directe de votre part dans une

1. Achille Starace, lieutenant général de la Milice.

telle affaire ne plaira pas et risque de vous causer beaucoup de tort.

Margherita eut un sourire sec. Par son réseau d'informateurs, Morgan connaissait tout ce qui se passait au Quirinal, au Vatican et au palazzo Venezia.

— Certes, Thomas, cela déplaira. Mais tant que Mussolini aura besoin de moi pour asseoir sa propagande aux États-Unis, il empêchera ses molosses de me mordre.

« Pas sûr », songea Morgan.

* * *

— *Biniduttu Diu !* Si je vous dis que je vends des souliers ! On peut être de Palerme et être chausseur, non ?

— Si toi, avec ta tête de bandit, tu vends des chaussures, moi, je suis sœur Immacolata ! Ou alors, t'es pas sicilien ! Les Siciliens, ils appartiennent tous à la Mafia !

— *Cristo Santo !* Et qui c'est qui la chausse la Mafia ? Et les boulangers ? Les pêcheurs de mon île ? Chez moi, ils ne marchent pas pieds nus, les gens ! Il faut bien que quelqu'un les leur vende, les chaussures !

— Alors, qu'est-ce que tu fiches dans notre enfer ? Ici, c'est tailleur de chemises noires qu'il faut faire !

— Je suis venu voir mon frère qui habite Rome. On n'en a plus de nouvelles et on est inquiet. À son adresse, il n'y a plus de maison, plus de quartier ! Tout a été démoli ! Qu'est-ce qui se passe ? Pourquoi vous rasez le milieu de la ville ? Et où est passé mon frère ? J'ai posé la question à la Milice et quand ils ont su que j'étais sicilien, ils m'ont demandé ma *tessera.* Est-ce que je me balade avec ma carte du parti fasciste, moi ! Pour rencontrer Calogero, j'en avais pas besoin ! Ils m'ont embarqué et comme je m'énervais, ils ont menacé de m'envoyer aux îles Lipari où ils parquent les mafieux. Et tout ça parce que je n'ai pas retrouvé mon frère et que j'ai oublié ma *tessera* ! *Madre mia,* ils sont tous devenus fous à Rome ! Qu'est-ce qu'ils vont faire de moi, les miliciens ?

— Ton frère, il doit habiter maintenant l'*Agro Romano,* hors de la ville, un endroit au milieu de nulle part où ils ont construit des maisons pourries pour les pauvres qu'ils ont virés de chez eux ! Un « cadeau » du Duce !

— La putain et le mafieux, vous allez arrêter ou je vous y aide avec mon *manganello* ? vociféra un garde dans le couloir.

— Duquel, tu parles, *cornuto* ? jeta la femme d'une voix éraillée. Si c'est de celui que tu as entre les jambes, je ne risque pas grand-chose ! Saloperie de chemises noires ! Tout ça parce que je veux qu'ils paient comme les autres quand ils me...

Silvio émergea. La dispute provenait d'à côté et la minceur des cloisons n'en laissait rien perdre. Il releva la tête et vit des barreaux. Ce mouvement lui arracha un gémissement et lui donna des sueurs froides. Le carrelage sur lequel il gisait tétanisait ses membres. Pour souffrir autant à chaque inspiration, il devait avoir des côtes cassées. La soif le dévorait. Sans doute un effet de la fièvre qui le faisait frissonner. Comment avait-il atterri dans cette prison ?

Avec la douleur lui revint la mémoire. Giulia ! Qu'avaient-ils fait d'elle ? S'il lui était arrivé quelque chose...

Une clé tourna et la porte de sa cellule s'ouvrit sur un milicien.

— Le chef veut te voir !

Silvio serra les dents pour se relever. Surtout ne rien montrer à ces ordures. L'autre lui attacha les mains : une précaution absurde. Comment aurait-il pu s'enfuir dans son état ?

Le long du couloir, ils croisèrent d'autres chemises noires. Dans lequel de leurs locaux l'avaient-ils transporté ? Par une lucarne, le soleil déjà haut frappait le mur gris en oblique. Partout, les mêmes affiches de propagande avec le Duce et des miliciens athlétiques, l'arme au poing. Giulia ! Son angoisse pour elle lui faisait presque oublier sa propre souffrance.

D'emblée, il détesta l'homme assis derrière le bureau. Celui-ci se dressa avec un sourire mauvais, flattant d'une main le *manganello* qu'il tenait de l'autre.

— Maintenant que tu t'es reposé, on va pouvoir discuter ! Pourquoi as-tu saccagé puis incendié ce local des FUCI ?

— Dites-moi d'abord ce qu'il est advenu de la jeune fille qui m'accompagnait et je vous raconterai ce qui s'est pass... Ahhh... !

Le coup de gourdin l'avait atteint sur les côtes brisées. L'autre avait visé. Une douleur terrible, comme si ses os s'étaient enfoncés dans sa chair. Le souffle coupé, les poumons brûlants, Silvio redressa la tête. Il ne lui ferait pas le plaisir de tomber.

Le milicien s'approcha si près qu'il sentit son haleine. Un alcoolique ! Les pupilles dilatées trahissaient une seconde dépendance : son tortionnaire prenait des drogues.

— Ici, c'est moi qui pose les conditions.

— Putain de drogué ! souffla Silvio. Ça te plaît de cogner, hein ? C'est ta jouissance !

L'autre allait relever son gourdin. On frappa à la porte. Un garde entra et fit le salut romain.

— Stefano Marchiani, de l'OVRA, veut vous voir, capitaine.

— Pas le temps !

— Il faudra pourtant le trouver, Flavio Tinelli ! rétorqua froidement l'homme qui arrivait sur les talons du milicien. Moi non plus, je n'en ai pas à perdre ! Tu peux reposer ton outil de travail. Ce prisonnier ne dépend plus de toi. Nous aimerions savoir pourquoi tu ne nous l'as pas encore remis...

La voix était coupante. Le regard clair et perçant, le visage anguleux, le nez busqué le faisaient ressembler à un aigle. Stefano Marchiani fixait Flavio Tinelli.

Flavio Tinelli ! Silvio réalisa d'un coup que celui qui l'avait frappé n'était autre que le cousin de Giulia.

La fureur empourpra le milicien. Stefano ne s'en émut pas.

— Qui t'as prévenu ? s'insurgea Flavio.

— C'est notre métier de tout savoir.

— Je veux voir l'ordre de transfert ! s'entêta le cousin de Giulia.

— Je n'ai pas besoin d'en avoir pour récupérer un antifasciste à interroger. L'OVRA est la police politique et j'en suis l'un des responsables. Mais puisque tu insistes.

Il sortit un papier et le mit sous le nez de Flavio : signé d'Arturo Bocchini[1].

— À ta place, je n'insisterais pas. Ce n'est pas la première fois que tu tortures des suspects qui nous reviennent. Il va falloir t'en expliquer.

Le sang se retira du visage de l'autre. Il haïssait Marchiani. Et Achille Starace, lieutenant général de la Milice, le haïssait tout autant. Mais il ne faisait pas bon se dresser contre Arturo Bocchini. « Je saurai qui est derrière tout ça », fulmina Flavio en lui-même. Il avait déjà là-dessus quelques soupçons. Comme Silvio allait sortir avec Marchiani, il ne put y tenir et l'attrapa par le bras.

— On se retrouvera, le peintre. Et je te casserai les doigts.

Dès qu'ils furent dehors, Stefano se tourna vers Silvio.

— Fous le camp et ne t'avise plus de croiser mon chemin. Au moindre faux pas, je t'arrête.

* * *

— Elle n'est pas rentrée ? *Padre Santo !* Je lui en avais pourtant intimé l'ordre ! J'aurais dû la faire raccompagner par l'un de mes hommes mais nous devions d'abord éteindre l'incendie...

---

1. Chef de la Police de 1926 à 1941.

— L'incendie ? Que... que s'est-il passé ? coupa le père de Giulia, blême.

Valeria, qui comme chaque matin était venue rendre visite à ses parents, s'agitait dans son fauteuil, son bébé contre elle, alléchée par ce parfum de scandale sur sa sœur.

— Dis-nous ce que tu sais, Flavio ! Parle ! insista Pietro, devant l'hésitation feinte de son neveu. Tu es arrivé alors que je m'apprêtais à requérir ton aide pour retrouver Giulia !

Avec un soupir résigné, le milicien attaqua sa version des faits. Sa chemises noires les rendait irréfutables.

Valeria prenait une mine de plus en plus effarée. Intérieurement, elle exultait. Les frasques de son aînée la consolaient soudain d'un mariage raté. Giulia, sa trop libre sœur dont elle enviait la beauté et l'indépendance, avait enfin basculé dans l'ornière. Une justice ! La jeune femme jeta un coup d'œil à sa mère. Elle admira sa maîtrise et sa dignité. Le chignon cendré et la robe sombre étaient impeccables en dépit d'une nuit d'insomnie. Seules les lèvres réduites à une ligne et le pli du front trahissaient son émotion.

Valeria se détourna de son modèle. Son regard retomba sur ses mains et ses pieds enflés qui la faisaient souffrir avec l'été naissant. Que lui avait-il pris de revêtir ce tailleur rose pâle qui la serrait ! Bien qu'elle n'en fût qu'à son deuxième mois de grossesse, à la taille, le tissu rentrait dans sa chair, lui coupant le souffle. Sans compter Bernardo qui pesait sur son estomac et commençait à baver sur sa jupe. Impossible de rester propre un instant avec cet enfant, aussi le gardait-elle dans ses bras juste le temps de la visite quotidienne à ses parents. Une fois encore, elle maudit son état de mère et son corps bouffi qu'allait un peu plus déformer ce second bébé attendu sans désir.

Il ne restait rien de la fluide jeune fille qui avait traversé la nef de l'église, en robe blanche, deux ans plus tôt. Pas même les rêves. Le trousseau, les services de table, les meubles neufs et le *signora* devant son nouveau nom n'avaient pas suffi à les sauver. Ses seins, semblables à deux mamelles depuis qu'elle allaitait Bernardo, son ventre resté flasque après l'accouchement, son double menton naissant, ses cheveux blonds ternis, tout en elle révélait la femme délaissée. Marcello rentrait le soir de plus en plus tard de la banque. Une « amie » l'avait aperçu dans la rue, en compagnie d'une mince et élégante inconnue. La scène faite à son époux n'avait eu d'autre effet que de l'éloigner un peu plus. Glacial, il avait accusé Valeria de l'espionner, lui rétorquant n'avoir aucun compte à lui rendre sur ses relations d'affaires. Des clientes élégantes et belles, il en avait beaucoup et Valeria devait s'estimer heureuse qu'il ne la comparât point à elles.

Ce jour-là, elle avait réalisé que les attentions dont il l'entourait en famille n'étaient qu'un vernis. Marcello l'avait épousée non par amour mais pour nouer un lien de parenté avec l'oncle Costanzo. Le but serait atteint sous peu : grâce à l'appui de ce dernier et à son propre manque de scrupules, l'ascension professionnelle de Marcello s'avérait fulgurante. De plus en plus de responsables fascistes venaient lui confier leurs comptes et commençaient à l'inviter à dîner chez eux.

En parlant, Flavio retrouvait sa sérénité. S'il était venu si vite, c'était pour étouffer un éclat de Giulia. À aucun prix, il ne voulait que cette furie entache l'opinion que la famille avait de lui. Découvrir qu'elle n'était point rentrée l'avait rassuré. Après ce qu'il racontait, elle pourrait dire ce qu'elle voulait, jamais ils ne la croiraient. Si elle revenait ! Il y avait tant de miliciens en quête de violences et de femmes, la nuit dans les rues de Rome... La trouver morte le paierait de l'affront infligé par Stefano Marchiani. Il ne digérait pas la libération du peintre par le représentant de l'OVRA. Plus il y songeait, plus ses soupçons prenaient corps quant à son origine. Et le nom qui lui venait déclenchait en lui des flambées de haine. Starace et Farinacci avaient raison d'approuver l'antisémitisme de cet Hitler qui un jour serait le maître de l'Allemagne. On ne pouvait continuer à laisser les Juifs faire la loi. Encore moins les Juives.

— Ce Silvio que nous avons surpris en train d'incendier le local des FUCI, acheva-t-il d'un air ennuyé, est un barbouilleur antifasciste bien connu de nos services. « À mort le Pape ! » voilà ce qu'il avait écrit sur le mur extérieur : une stratégie de tous ces bolcheviks pour faire croire à une agression des Jeunesses fascistes et accroître la tension entre le gouvernement et l'Église. Impossible de laisser passer cela et d'ignorer la présence de Giulia à ses côtés. Tout ce que j'ai pu faire pour lui éviter la prison et un interrogatoire de l'OVRA, c'est la chasser. Désolé pour vous. Je sais que vous ne méritez pas cela... Tu devrais, mon oncle, raisonner ma cousine. Je ne serai pas toujours là pour la protéger d'elle-même.

Terrassé par ce qu'il apprenait, incapable de parler, Pietro hocha la tête et remercia son neveu en lui tapotant l'épaule.

— Où a-t-elle pu passer la nuit ? murmura Chiara, qui imaginait déjà les gros titres des journaux et les commentaires sarcastiques de leurs connaissances. Un tel scandale risquait de mettre en péril la réputation de son époux et son étude de notaire.

— Ne t'inquiète pas, ma tante. Je vais la retrouver.

Voyant Valeria écarter Bernardo de son ventre en grimaçant, Chiara s'inquiéta :

— Avec tout ce tracas, je n'ai proposé à personne une tasse de café au lait ou de thé ! Rosetta a fait, hier, le gâteau au mascarpone que tu aimes, Valeria. Dans ton état, il faut manger.

— Alors, juste une part avec un peu de café au lait pour nourrir celui que je porte. Cette histoire m'a noué l'estomac. Si cela venait à se savoir... je ne donnerais pas cher de la carrière de Marcello.

— Rosetta ! appela sa mère.

La cuisinière surgit aussitôt. À ses traits bouleversés, Chiara comprit qu'elle avait écouté et cela l'agaça. Elle dut répéter la consigne plusieurs fois. Rosetta restait là, pétrifiée, en tordant son tablier entre ses doigts.

— Vas-tu t'occuper de Valeria ? s'impatienta Chiara. Elle a faim !

Malgré l'injonction, la cuisinière n'y put tenir :

— Pensez-vous qu'il soit arrivé quelque chose à Giulia, *signore* Flavio ?

— Je crois que ma tante t'a demandé de nous servir ! lui retourna le milicien avec mépris.

Rosetta baissa les yeux, pour ne pas laisser voir les larmes qui en jaillissaient. Elle sortit en traînant sa lourde carcasse. À l'angoisse dans laquelle la plongeait le manque de nouvelles de Giulia s'ajoutait celle de savoir que sa fille servait ce Flavio dont le regard dur l'effrayait de plus en plus.

La porte d'entrée qui s'ouvrait fit sursauter tout le monde. L'arrivée de Giulia dans le salon fut ponctuée par un lourd silence. Seule Rosetta, réapparue aussitôt, poussa un cri. Oubliant la réserve due en présence des maîtres, elle se jeta sur la jeune fille.

— *Piccolina mia*[1] ! s'exclama-t-elle, lui tâtant les membres pour voir si elle allait bien. Que t'est-il arrivé ? Tu n'es pas blessée ? Tes genoux ! *Dio mio !* Ils sont massacrés ! Et tu boites. Ta cheville est enflée ! Viens ! Viens vite dans la cuisine que je te soigne !

— Ça suffit ! intima Pietro.

Lui qui ne perdait jamais son calme désigna la cuisine à Rosetta d'un doigt tremblant.

— Fais ce que t'a demandé la *signora* ! Giulia te verra après s'être expliquée !

— Et j'en ai des choses à raconter ! siffla celle-ci qui avait vu rouge en découvrant la présence de

---

1. Ma toute-petite.

Flavio. Mais d'abord, j'ai deux mots à dire à ce *bastardo*[1] qui, par malheur, est mon cousin !

— Giulia ! s'étrangla sa mère.

La jeune fille n'eut cure de l'interruption.

— Jamais je n'aurais cru que tu oses te présenter ici ! Qu'as-tu fait de Silvio ? Si tu l'as fait tuer… !

— Du calme, ma cousine ! la tempéra-t-il, avec le sourire apaisant d'un médecin en psychiatrie pour un malade en crise.

— Du calme ! Tu oses me demander de rester calme après ce que tu as fait !

Giulia s'en étouffait presque. La nuit blanche passée à craindre le pire pour Silvio la mettait dans une fureur proche de l'hystérie.

— Pour la dernière fois, qu'as-tu fait de Silvio ? Si tu refuses de me le dire, je remonterai jusqu'à Mussolini pour raconter ce que j'ai vu !

— Pauvre folle ! ricana Flavio. Et tu penses qu'on t'écouterait !

— Autant qu'un alcoolique !

— Giulia ! ça suffit ! s'interposa Pietro.

La jeune fille fit volte-face vers son père. Il la devança et ses mots ressemblaient à des lames.

— Tu rentres à l'aube avec des écorchures, des ecchymoses et une cheville foulée et tu injuries ton cousin qui n'a cherché qu'à te protéger ?

— Il protégeait des GUF qui incendiaient un local des Jeunesses catholiques ! La Milice a battu à mort mon ami parce qu'il tentait d'arracher aux fascistes un pauvre homme qu'ils massacraient pour rien ! J'ai manqué être violée par une de ces ordures

1. Bâtard.

et tu oses me dire que Flavio m'a aidée ! Il a même encouragé ses hommes à me faire du mal !

— Elle a été secouée par l'arrestation de son ami et raconte n'importe quoi ! l'excusa son cousin avec commisération. Jamais l'un de mes miliciens n'oserait s'en prendre à un membre de ma famille. Tu devrais, ma tante, appeler de toute urgence un médecin pour qu'il lui administre un calmant.

Giulia manqua lui sauter au visage. La fauteuse de trouble, c'était elle, une fois de plus. Nul ne prêtait foi à ce qu'elle disait. Ses parents la jugeaient, il n'était qu'à voir leur regard. Sa sœur jubilait. Le cauchemar de la nuit se poursuivait.

Rosetta revint chargée d'un lourd plateau. Elle tremblait si fortement que dessus, les tasses tintaient. Valeria s'empara au passage d'une part de gâteau et mordit dedans.

Chiara considéra sans aménité la jupe et le chemisier de prix prêtés par Fiammetta à Giulia pour remplacer la robe en lambeaux.

— Vas-tu nous dire ce que tu as fait de ta nuit ? Et d'où te viennent ces vêtements ? Jamais ta sœur ne nous a occasionné de tels tracas ! Tu nous feras mourir de honte !

Les derniers mots suffoquèrent Giulia. Les yeux de sa mère étaient si durs qu'ils en perdaient leur beauté.

— De la honte ! C'est tout ce vous ressentez ! À part Rosetta, aucun de vous ne s'inquiète de savoir si j'ai d'autres blessures sur le corps et si je souffre ! Mais qu'avez-vous à la place du cœur ? Vous êtes tous des monstres !

Elle tourna les talons. Flavio retint un sourire. Sa cousine se surpassait. Plus elle se débattait, plus elle s'enfonçait. Il suffisait de la laisser faire.

Chiara paniqua. Elle craignait plus que tout les réactions incontrôlées de sa fille aînée.

— Giulia ! Comment peux-tu penser cela ! Ton père s'apprêtait à aller demander l'aide de Flavio pour te retrouver !

Giulia fit volte-face avec un rire grinçant. Sa mère ! Cet impeccable bloc de glace ! Elle inspira un grand coup pour pouvoir articuler posément :

— N'associez plus jamais le nom de ce malade au mien !

— Ce malade est ton cousin ! persifla sa sœur, se resservant une part de gâteau. Et ce qui t'arrive était prévisible ! Ne t'en prends qu'à toi-même : rien ne serait advenu si tu ne déshonorais pas notre famille en traînant la nuit avec l'un de tes peintres bolcheviks !

Elle ne vit pas venir la main de Giulia. L'assiette voltigea à travers le salon, arrachant un double cri à Valeria et à sa mère et déclenchant les pleurs du bébé.

— Giulia ! s'exclama son père, saisi de stupeur.

— Tu as tort de te gaver, ma sœur ! Engrossée ne signifie pas engraissée ! Les hommes apprécient peu les femmes déguisées en truies, même les saintes ! Tu devrais d'ailleurs éviter le rose !

Et à ses parents, tandis que Valeria s'étouffait :

— Silvio est MON ami ! J'irais même le chercher en enfer et tant pis si ça vous éclabousse !

Elle s'empara du portrait de son grand-père sur le bahut et le glissa dans son sac. C'est tout ce qu'elle emporterait.

— Réfléchis bien, ma fille ! lâcha son père qui avait compris. Si tu pars, tu ne reviens plus et quoi qu'il t'arrive, nous ne voudrons pas le savoir. Tu auras cessé de faire partie de la famille !

Giulia eut un rire qui sonnait comme une plainte.

— *Una famiglia di merda*[1] *!* Vous n'avez jamais rien voulu savoir sur rien ! Rappelle-toi la carte de train de Matteotti, père ! Si je reste, je finirai par vous ressembler, mais rassure-toi : je ne ferai plus jamais appel à vous ! Je ne suis pas plus fière de vous que vous de moi. Valeria, elle, colle au tableau ! Où on la pose elle reste, pourvu qu'elle mange ! Un *stronzo* ! Une femelle respectable, comme vous les aimez !

— Comment oses-tu ? siffla sa sœur.

Dans ses yeux bleus, la haine éclatait.

— Giulia ! Giulia ! Calme-toi ! sanglotait Rosetta.

Les vieilles mains l'agrippaient aux épaules, glissaient dans ses cheveux pour les discipliner comme quand elle était enfant.

Giulia la serra très fort contre elle et l'embrassa sur le front avant de l'écarter doucement. Nul ne chercha à la retenir. Avant de sortir, elle intercepta le regard triomphant que son cousin échangeait avec Valeria et en eut la nausée. Celui qu'il reporta sur elle était chargé de menaces. Flavio était fou. Elle en avait la certitude.

— Tu ne me feras jamais peur malgré ta chemises noires ! Un jour, quelqu'un lèvera le *manganello* plus vite que toi et te brisera.

---

1. Une famille de merde.

Elle se détourna. Pas assez tôt pour éviter son sourire provocateur. Quand elle rabattit la porte et se retrouva sur le palier, elle eut l'impression que son cœur partait en morceaux. Ravalant ses larmes, elle descendit en claudiquant, sans songer à appeler l'ascenseur. Elle ne savait même pas où aller.

La voix aigre de la concierge monta du hall et résonna dans la cage d'escalier :

— Il manque deux bouteilles de lait dans la caisse et je n'ai vu personne à part vous ! *Cristo,* il suffit de voir votre allure pour savoir ce que vous êtes ! Regardez-moi ça ! Il s'est battu en plus ! Si le Duce interdit les clochards, c'est pas pour qu'on se les retrouve dans les immeubles... !

— Écoutez, *signora,* les clochards, ça ne boit pas du lait et vos bouteilles, je m'en fous ! Où je les aurais dissimulées, d'abord ? Je suis là pour...

— Vous les avez bues et jetées dans une poubelle, voilà la vérité, *ladro, buggiardo*[1] !

— Deux litres ? D'un coup ?

— *Madonna,* j'aurai tout vu dans ce quartier ! *Signore* Petronelli, vous tombez bien : cet individu m'a volé le lait des locataires ! Attrapez-le-moi pendant que j'appelle la Milice !

— Silvio !

Il s'appuyait au chambranle de la grande entrée, livide. Sa chemise blanche était déchirée et maculée de sang. Le cri lui fit lever la tête d'un coup. En voyant Giulia, un tel soulagement se peignit sur ses traits que la jeune fille éclata d'un rire nerveux et se jeta contre lui. Le voir apparaître à cet instant était

1. Voleur, menteur.

un immense cadeau. Il tituba et retint un gémissement. Ses bras se refermèrent sur elle.

— Vivant ! murmura-t-elle, riant et sanglotant à la fois. Tu es vivant ! Elle a réussi !

Les yeux clos, Silvio respirait le parfum des boucles noires, prêt à croire en Dieu. Il avait eu si peur pour elle.

Avec un soupir de pitié à l'adresse de la concierge, le *signore* Petronelli s'éloigna vers l'escalier. Interloquée, celle-ci restait figée devant le couple. En dépit de l'heure, elle avait bu autre chose que du lait et se dandinait d'un pied sur l'autre à la recherche d'un impossible équilibre.

— *Signorina,* cet homme...

— ... est mon ami et il venait me chercher ! l'interrompit Giulia sèchement, en s'essuyant les paupières.

Haussant les épaules et murmurant quelque chose d'où émergea « mauvaise fréquentation », elle retourna d'un pas incertain s'enfermer dans son antre.

Silvio l'avait déjà oubliée. Malgré l'intense douleur au niveau de ses côtes, il serrait Giulia comme si on risquait de la lui prendre.

— Je n'ai pas pu attendre. Je voulais être sûr que tu allais bien ! Dis-moi, ils ne t'ont pas touchée, au moins ?

Giulia secoua la tête, la gorge nouée. Elle prit soudain conscience qu'il pesait plus lourd et le sentit près de tomber. Glissant un bras sous l'épaule de Silvio, elle voulut l'entraîner dehors.

— Viens ! Allons dans un café. Il faut que tu t'assoies. J'appellerai ensuite un taxi pour te ramener chez toi.

Il la retint et la contraignit à lui faire face, réalisant soudain quelque chose.

— Tantôt, tu as dit : « elle a réussi ». De qui et de quoi parlais-tu ?

Giulia ne baissa pas les yeux.

— De Margherita. C'est grâce à elle que tu es libre.

Le bras qu'il appuyait contre elle retomba. Silvio s'était décomposé.

— Une dette envers cette femme ! La pire chose que tu pouvais m'infliger !

— Tu préférais la prison et la torture ? C'est ce qui t'attendait si je n'avais pas bougé ! s'insurgea Giulia qui n'était pas prête à endurer un nouvel éclat après ce qu'elle venait de subir là-haut. Flavio était même capable de t'envoyer dans un *confino* !

— Tout plutôt que d'être libéré par cette...

Il n'acheva pas, à court d'injures suffisamment puissantes pour illustrer ce qu'il pensait de la Sarfatti. Dans ses yeux verts se mêlaient douleur, impuissance et fureur.

— N'attends aucun merci de ma part !

— Je ne t'en demande pas !

— J'aurais dû comprendre lors du dîner et ne jamais t'embrasser ensuite ! Qu'est-ce que tu as cru ? Qu'un baiser te donnait le droit de me racheter aux fascistes ? De te mêler de ma vie ! Ne reviens jamais via Cavour ! Plus jamais, tu entends !

* * *

Giulia s'écroula dans les bras du professeur Manelli en sanglotant.

Il était encore en pantoufles et en robe de chambre quand il lui ouvrit. Des lunettes sur le nez, un livre à la main, il reçut cette tornade douloureuse en pleine poitrine, avec la plus grande stupeur. La jeune fille tenta de s'expliquer mais ne parvint qu'à émettre des sons incohérents. Il referma la porte avec un soupir, la fit asseoir et attendit qu'elle se calmât en achevant de préparer son petit déjeuner. On était samedi. Il avait tout son temps. Il ajouta une tasse à la sienne, servit le café et entreprit de beurrer des tartines. Décontenancée, Giulia cessa de pleurer.

— Je n'ai pas faim, dit-elle en reniflant.

— Moi si ! Et j'allais attaquer quand tu as surgi comme un Stromboli sur mes chaussettes ! Alors bois ton café et laisse-moi manger.

Telle une enfant, entre deux hoquets, Giulia s'exécuta. Du coin de l'œil, Manelli l'observait. Après avoir avalé ses deux tranches de pain, il s'empara de deux autres et reprit son étalage de beurre. Il y mettait un temps infini. Giulia reposa sa tasse si brusquement qu'un peu de liquide se répandit sur la nappe.

— Vous comptez en manger combien, *dottore*, avant de me laisser vous expliquer ?

— Autant que mon estomac m'en réclamera ! Ce n'est pas une raison pour tacher ma nappe ! Tu préfères du fromage ?

— Et pourquoi pas des tagliatelli ? *Dottore*, même aujourd'hui, dans l'état où je suis, vous allez me clouer un pied pour voir si j'arrive à danser de l'autre ?

Manelli eut un sourire appréciateur :

— Maintenant que tu m'y fais penser...

La jeune fille lui arracha des mains la tartine qu'il portait à sa bouche et la reposa sur la table, en se maculant les doigts de beurre. De même, elle écarta le livre.

— J'apprécie que tu aies changé de main pour déplacer mon ouvrage ! ironisa Manelli, en lui tendant un torchon. Et mes lunettes, tu veux me les enlever aussi ?

Giulia lui lança un regard noir.

— Vous allez m'écouter, à la fin ?

— Par le Diable et ce *cornuto* de Mussolini, tu es un vrai tyran ! Vas-y, je suis tout ouïe.

Et il croisa les bras.

Giulia lui raconta tout depuis le restaurant jusqu'à l'éclat final de Silvio.

— Voilà ! conclut-elle avec une violence désespérée. À part quelques lires dans mon sac et l'avance que je peux demander à la *signora* Sarfatti, je n'ai que ce que je porte et que m'a prêté Fiammetta ! Et je ne sais pas où dormir ce soir ! Que pensez-vous de cela, *dottore* ?

— Que Silvio est un con ! articula tranquillement Manelli en achevant son café. Pour ce qui est des vêtements, reprit-il, j'aurais du mal à t'en passer.

Il se leva, détacha une clé d'un trousseau qui pendait à un clou et la tendit à Giulia :

— L'appartement au-dessus appartenait à ma mère. Elle est morte. Il est resté meublé et le linge est toujours dans les armoires. Tu peux en disposer le temps qu'il te plaira. Il ne t'en coûtera que l'eau et l'électricité. Mais à une condition : je t'interdis de chanter ! Je t'ai entendue une fois et j'en ai encore des sueurs froides ! À présent, rends-moi ma tartine et laisse-moi terminer mon livre.

* * *

Fin juillet 1931

Margherita écrasa sa cigarette dans le cendrier déjà plein. Il était rare qu'elle fumât autant.

— Voilà, Italo, la raison pour laquelle je suis encore à Rome au lieu de me reposer au Soldo[1]. Je ne pouvais pas attendre septembre pour répliquer ! Comment Farinacci ose-t-il écrire que je me cache derrière « un fils mort héroïquement » ? Que mêle-t-il mon pauvre Roberto à ses critiques sur le *Novecento* et les artistes qui en font partie ? Même si j'ai créé ce mouvement, cela n'enlève rien au talent de ceux qui y ont adhéré ! *On* ne devrait même pas laisser à cet ignare le droit d'émettre une opinion sur la peinture, il s'y connaît autant que moi dans la traite des vaches ! Sais-tu ce qu'en pense notre grand Sironi ? Que l'art défendu par les hommes sortis du moule de Farinacci est en train de « remplir de merde l'Italie » et d'étrangler la création artistique ! Il s'apprête à aller le dire au Duce et je le soutiendrai !

Balbo secoua la tête en soupirant. Lui non plus n'aurait pas dû se trouver à Rome alors que toute sa famille passait l'été dans son fief de Ferrare. Retenu par des affaires à régler au ministère de l'Aéronautique, il était passé voir son amie Margherita pour l'inviter à déjeuner. Mal lui en avait pris. La lutte que celle-ci menait par presse interposée contre

1. Maison acquise par Margherita Sarfatti en 1909 aux abords du lac de Côme, dans laquelle elle passait ses étés.

les attaques du hiérarque Farinacci, qui se piquait d'instaurer un art fasciste de plâtre et d'emplâtre, tournait au règlement de comptes. Lui aussi détestait cet individu mais, contrairement à Margherita, il ne sous-estimait pas l'impact sur l'opinion de ses propos basiques, phallocrates et antisémites.

Défaisant le veston de son costume blanc, il se passa un mouchoir sur le front. On mourait de chaleur dans les locaux de *Gerarchia*. Le vent soufflait sur la capitale sans alléger la canicule.

— Cesse de gaspiller ton temps et tes forces à répondre aux accusations de cet imbécile ! s'impatienta-t-il. Occupe-toi de ton journal et de tes relations avec la presse étrangère. Le reste n'a aucune valeur !

Margherita eut un rire sans joie et sortit une autre cigarette.

— Venant du bouillant Balbo, pareille remarque mériterait d'être épinglée sur un mur ! Depuis quand mesures-tu ton énergie face à tes détracteurs ?

Le ministre rangea son mouchoir dans sa poche et considéra son amie. Sur les yeux verts, les paupières s'affaissaient. Elle avait vieilli. Et même si elle était rompue à toutes sortes de combats, celui-ci l'usait de façon indéniable. Il se pencha vers elle, l'œil sombre, le corps massif, semblable, même au repos dans ce fauteuil, à un taureau prêt à charger.

— Tu n'es pas moi, Margherita.

Bien qu'elle le tînt en grande amitié, la directrice de *Gerarchia* songea que Mussolini avait raison de le redouter. « Italo est le seul capable de me tuer ! »

lui avait-il confié un jour après une altercation avec celui-ci.

— Même toi, Italo, il t'arrêtera un jour. Benito supporte de moins en moins la contradiction et ton côté rebelle...

— Ne sera jamais dirigé contre lui, il le sait. J'ai été de tous ses combats, sans parler de l'affaire Matteotti quand les fidèles se faisaient rares. Il sait aussi que l'opinion publique apprécie qu'il y ait de vrais débats au sein du gouvernement. Écoute, Margherita, ce n'est pas de moi mais de toi qu'il s'agit à présent, et c'est un ami qui te parle. Farinacci et Starace ne sont pas les seuls à chercher à t'abattre. Tu cumules des charges qui, selon beaucoup, devraient revenir à un homme. Maintenant que tu ne jouis plus de la même faveur, ils veulent te pousser dehors. Méfie-toi d'eux et des délations. Tous nos téléphones sont sur écoute.

— Le mien ne le sera jamais.

Le ministre laissa échapper un nouveau soupir. Subtile et réaliste pour tout ce qui concernait son travail, Margherita se révélait sans jugement quant au crédit que lui accordait encore le Duce. Les temps où elle régnait sur les sens et l'esprit de celui-ci étaient révolus. Même s'il l'utilisait pour ses relations privilégiées avec la presse anglo-saxonne, notamment américaine, elle n'était plus intouchable. Il suffisait de voir la façon dont il laissait Farinacci écrire sur elle des insanités.

— Au fait, qu'est-ce que cette histoire avec Starace ? s'enquit-il. En plein Conseil, il s'est plaint d'une ingérence de ta part dans les affaires de la Milice. Si j'ai bien compris, tu aurais fait libérer par le biais de l'OVRA un peintre antifasciste dont j'ai oublié le nom contre l'avis de l'un de ses hommes.

— Silvio Gazzo, le renseigna-t-elle, sans chercher à nier. Un excellent artiste qui n'est pas, il est vrai, de notre bord. Et... qu'a dit Benito ?

— Il a laissé Starace et Farinacci répandre leur venin sur toi sans broncher. C'est pour cela que tu dois être sur tes gardes. Pas de quartier pour les opposants : tu connais la règle et tu ne cesses de la transgresser en recevant dans ton salon des écrivains et des artistes antifascistes comme ce Moravia et d'autres. En agissant ainsi, tu tends le *manganello* à tes ennemis !

Le reproche la laissa de marbre. Elle continuerait d'agir comme elle l'entendait. Mais ce nouveau signe de la désaffection de Mussolini la blessa. Après tout ce qu'elle avait fait pour lui, ses efforts inouïs pour la cause fasciste, la laisser attaquée en sa présence par ces incarnations de la médiocrité... Sa main tremblait légèrement en portant son fume-cigarettes à la bouche.

Balbo ne le remarqua pas. Le nom de Silvio Gazzo éveillait en lui un écho. Il l'avait entendu ailleurs que dans la bouche de Starace, à moins qu'il l'ait lu quelque part... Il avait tellement rencontré de monde et abattu de travail ces derniers temps qu'il ne s'en souvenait plus. Il regarda sa montre : presque 13 heures. Beaucoup de questions à régler l'attendaient encore au ministère. S'il voulait rejoindre sa famille à Ferrare le lendemain, il devait se hâter.

— Si on allait déjeuner, proposa-t-il en se levant.

La porte s'ouvrit. Le courant d'air fit voltiger les papiers posés sur le bureau. Avec une exclamation horrifiée, l'arrivante se jeta sur le tourbillon de feuilles qu'elle tenta de rabattre sur la table où le cendrier se renversa.

L'horreur cessa d'un coup. Balbo venait de refermer la fenêtre.

— Voici Giulia Diacalone, lui présenta Margherita en rangeant sur un côté les papiers que lui tendait la jeune fille désespérée. Ma rédactrice la plus douée mais aussi la plus maladroite. Giulia, tu connais certainement le général Balbo, notre ministre de l'Aéronautique.

— Très heureux *signorina*.

Elle l'avait immédiatement reconnu et lui retourna son salut d'une inclinaison de tête. Mortifiée. En croisant son regard, l'intense brûlure et l'impression de danger ressurgirent, avec encore plus d'acuité que la première fois. Aucune formule de politesse ne lui vint, et l'*Eccellenza* de rigueur en présence d'une si haute personnalité, pas davantage. Elle n'était pas impressionnée par la renommée de cette « légende vivante ». Son violent trouble, qu'elle ne s'expliquait pas, s'avérait d'un autre ordre. La présence de cet homme soulevait en elle une tempête qui lui coupait le souffle. Elle ne raisonnait plus et avait la terrifiante sensation de ne plus rien maîtriser. Pouvoir ramper et disparaître sous un meuble, comme un lézard ou un rat, voilà à quoi elle aspirait à cet instant. À la place, elle restait debout, pétrifiée devant lui qui la dévisageait, qui détaillait sa robe verte qu'elle jugeait subitement trop moulante. Elle détourna les yeux.

— Veuillez m'excuser, *signora,* parvint-elle à articuler. Mais j'ignorais que vous vous trouviez ici, c'est pourquoi je n'ai pas frappé avant d'entrer... Votre secrétaire étant partie... Je venais emprunter votre machine à écrire : des touches de la mienne se sont bloquées. Et comme je vous pensais absente, je me suis permis...

Elle pataugeait dans la vase, s'y engluait.

Lui aussi l'avait reconnue. Les parties du puzzle se mettaient en place. Silvio Gazzo n'était autre que le garçon qui accompagnait cette ravissante fille chez Bragaglia. Jamais il n'oublierait le corsage de celle-ci, noyé au champagne par provocation. Plusieurs jours durant, son joli visage lui était revenu à l'esprit. Puis, accaparé par sa charge, il n'y avait plus songé. Quelques semaines s'étaient écoulées. Quand les renseignements demandés sur elle lui étaient parvenus, il avait parcouru rapidement le rapport sans remarquer que Giulia travaillait pour Margherita. Il avait déjà oublié ses traits. Et voilà qu'il reprenait la beauté de ce volcan en pleine face. Son entrée fracassante lui seyait à ravir. Il suffisait de voir ses longs yeux noirs, ses pommettes en feu et ses boucles en désordre pour comprendre que cette fille était faite pour le tumulte. Et sa gaucherie ne faisait qu'ajouter à son charme. De fait, Margherita semblait plus amusée qu'en colère.

— Prends-la. J'allais sortir. Tu peux la garder jusqu'à demain.

Giulia se dirigea d'un pas d'automate vers la machine à écrire.

— Permettez, *signorina.* Dites-moi seulement où je dois la porter.

— Nulle part ! Merci.

Cela avait jailli malgré elle, d'un ton sec, à la limite de l'incorrection. Sans réfléchir, elle s'empara de la lourde machine qui faillit lui tomber sur les pieds et se rétablit, juste le temps de sortir dignement. Là, elle dut s'adosser au mur et fermer les yeux. Elle ne sentait plus le poids de l'appareil. Rien que cette méchante aiguille devenue folle qui refusait de se remettre au Nord dans son cerveau.

Margherita prit son sac et invita d'un regard Balbo à la suivre dehors. Il continuait à fixer la porte et ne réagit pas. Elle eut un sourire. C'était peut-être la première fois de sa vie que le hiérarque le plus populaire et le plus séduisant du régime se faisait éconduire par une femme. Il n'en avait pas l'habitude. Un camouflet pour son orgueil.

— Oublie, Italo. Tu ne l'intéresses pas. Elle te l'a signifié.

— Qui est cette fille pour me signifier quoi que ce soit ?

— Giulia.

* * *

Giulia n'était pas encore réinstallée devant son bureau qu'on frappa à la porte. Pier Angelo passa la tête dans l'entrebâillement. Ce jeune diplômé de sciences sociales au regard lunaire derrière ses lunettes de myope s'avérait sympathique. Il rédigeait régulièrement des articles pour le journal et cherchait, dès qu'il y passait, à voir Giulia qu'il courtisait gentiment. Comme lui, ils avaient été plusieurs à tenter une approche de la belle recrue.

Mais celle-ci leur avait fait comprendre qu'elle était là uniquement pour son travail, persistant à refuser de fréquenter des rédacteurs du service politique.

Pier Angelo, lui, avait insisté. Sa délicatesse, sa façon naturelle de lui apporter des fleurs, des chocolats ou un livre sans donner l'impression de lui faire une cour assidue avaient fini par vaincre ses réticences. En toute logique, elle s'était dit que si elle côtoyait Margherita, elle pouvait bien accepter de prendre un *cappuccino* avec Pier Angelo. Elle l'avait regretté. Il avait vite dévié la conversation sur son idéal fasciste, prenant ouvertement des prises de position pour elle inacceptables. Le *cappuccino* était mal passé et plus jamais elle n'était ressortie avec lui. Ce qui n'empêchait pas le jeune homme de la relancer régulièrement.

— Comment va la plus gracieuse personne de cette maison ?

Giulia lui retourna un sourire contraint.

— Mal, merci. J'ai pris du retard et n'ai pas de temps à perdre.

Il n'insista pas et referma la porte. Le silence revint. Même la discrète Teresa, alors en vacances, aurait pesé ce jour-là à Giulia. Sa solitude était son ultime retranchement. À aucun prix il ne fallait qu'elle en sortît. Elle se sentait trop fragile, trop exposée. Sa rencontre avec Balbo le prouvait.

Elle arracha plus qu'elle n'enleva la housse de la machine à écrire. Quel maléfice travaillait son corps et son esprit dès qu'elle voyait cet homme dont la courtoisie cachait mal une arrogance de coq ? Il représentait tout ce qu'elle exécrait. S'il était séduisant, son physique n'avait rien d'exceptionnel.

Quand il s'était avancé pour l'aider, elle avait même remarqué un léger embonpoint.

Elle rapprocha si violemment sa chaise du bureau qu'elle se cogna le genou et retint un gémissement. La douleur fut comme une vengeance qu'elle s'infligeait. « Bien fait ! » songea-t-elle.

Quand elle releva les yeux de son travail, la pendule du bureau indiquait 17 heures. Elle avait passé l'après-midi sur un article qui ne présentait aucun caractère d'urgence, multipliant les fautes de frappe, recommençant plusieurs fois avant de se rendre compte, son ouvrage achevé, qu'elle venait de taper le même article que la veille et qu'elle transpirait comme après un marathon.

Elle se souvint alors qu'elle avait oublié d'aller voir la nouvelle exposition de la galerie *La Comète*, sur laquelle elle devait faire un premier compte rendu écrit à Margherita qui, lui, était urgent.

Des spasmes à l'estomac lui rappelèrent qu'elle n'était pas sortie prendre quelque chose à la *panetteria*[1] pour déjeuner et qu'elle se trouvait à la limite de la déshydratation. Et tout cela parce qu'elle avait croisé Balbo qui lui avait mis la tête à l'envers. Balbo dont les violences rapportées par Silvio ce fameux soir, chez Bragaglia, auraient dues la refroidir. Allait-elle à l'instar d'Ottavia s'éprendre d'une brute ? Ottavia ! Que devenait-elle ? Des mois qu'elle n'en avait plus de nouvelles ! Et Silvio ? C'était lui qui la fragilisait ainsi avec son persistant silence. Plus d'une fois, elle s'était rendue jusqu'à la via Cavour pour lui dire son fait. Au moment de pousser la porte, elle renonçait et

1. Boulangerie.

s'enfuyait de crainte de croiser Michela ou lui-même. Ce cocktail de révolte et de rage impuissante qu'elle éprouvait en songeant à lui rendait ses dimanches insupportables. Il fallait qu'elle occupât son temps à mille choses, qu'elle n'eût plus une minute pour réfléchir à cette stupide et injuste rupture. Elle aimait un homme qui la détestait. Il lui manquait terriblement. C'était pour cela qu'elle ne prenait pas de vacances. Pour aller où ? Avec qui ? En assurant la permanence de son service au journal durant l'été, elle avait une raison de se lever le matin.

C'était la première fois qu'elle passait les mois chauds loin de la maison familiale de son défunt grand-père. L'odeur des foins coupés après une pluie tiède lui revint avec un goût doux-amer. Elle plissa les yeux pour ne pas pleurer. Les temps de l'insouciance étaient révolus. Elle construisait sa vie et malgré son modeste salaire de débutante possédait l'essentiel, avec la liberté.

Elle repoussa sa chaise aussi brusquement qu'elle s'en était emparée. Le crissement sur le carrelage lui arracha des frissons. Il fallait qu'elle mange et boive quelque chose. Après, elle y verrait plus clair.

La chaleur s'abattit sur ses épaules dès qu'elle posa le pied dehors. Cela ne la dérangea pas. Elle aimait l'été. Le vent était tombé. Entre les arbres de Judée, des oiseaux vrillaient le ciel de leurs cris mouvants. Avec l'approche du crépuscule, les gens ressortaient dans les rues. Lentement. La température rendait gestes et pas mesurés. On cherchait le côté ombragé du trottoir. Les terrasses des cafés de la piazza Navona semblaient moins fréquentées. La canicule vidait la capitale.

Giulia s'assit sur le rebord de la fontaine des Fleuves, plongea ses mains dans l'eau claire et se rafraîchit le visage. La surface lui renvoya un reflet torturé, au regard fiévreux. Connaîtrait-elle un jour la paix ? Le silence de Silvio la rongeait. La seule vue de Balbo la brûlait. Elle n'était habitée que par des sentiments extrêmes. Ses vingt ans n'expliquaient pas tout.

Un vol de pigeons au-dessus d'elle l'incita à reprendre sa marche. La veille, l'un d'eux lui avait déféqué sur la tête, ce qui avait déclenché l'hilarité d'un groupe de chemises noires qui arrivait à sa hauteur. Le ridicule aussi était son lot. Elle se hâta, résolue à ne pas renouveler l'incident.

La maison de Manelli se trouvait dans le Trastevere, un quartier populaire situé sur l'autre rive du Tibre. Il y était né, connaissait l'histoire de chacun et, à la surprise de Giulia, prêtait l'oreille aux querelles des uns et des autres comme si sa vie en dépendait. Elle le soupçonnait même d'aimer entendre leurs commérages. Lui qui lisait Goethe et Kant en allemand et jouait Chopin sur son piano suivait avec une attention extrême tout ce qui se passait dans sa rue. Pour les vieux qui mettaient leurs chaises sur le pas des portes les soir d'été, il n'était pas *Dottore* Manelli, mais Vittorio, le fils de la pauvre Maria qui avait été si fière de voir son fils devenir professeur d'université.

Savoir le professeur à l'étage en dessous réconfortait Giulia. Grâce à cet être bourru et subtil à la fois, elle avait trouvé un toit, un refuge. Depuis qu'il lui avait donné les clés, jamais il n'était monté la voir, même pour lui demander du sel. Les choses étaient claires : il avait sa vie, elle avait la sienne. Plusieurs fois, Giulia avait vu entrer chez lui une femme, d'environ trente-cinq ans, une veuve du voisinage, aux dires de la boulangère d'à côté qui n'en perdait pas une. Cela lui avait fait prendre conscience du fait que Manelli avait seulement la quarantaine.

Elle franchit le pont Fabricius, l'un des plus vieux de Rome, qui enjambait l'île Tibérine et déboucha ensuite près de la piazza Belli. Aussitôt, l'ambiance de village qui la séduisait toujours en pénétrant dans ce paisible et populeux Trastevere l'apaisa. Elle adorait son animation permanente et ses artisans qui travaillaient face à la rue derrière des vitrines poussiéreuses. Après l'austère immeuble de ses parents, une telle proximité humaine la réchauffait. Elle n'avait plus de nouvelles d'eux et ne cherchait pas à les revoir. Restait pour elle à faire le deuil des liens qui les unissaient. Le Trastevere l'y aidait. Ici, tout était trop étroit, trop resserré pour permettre un écho, l'ombre d'un regret. Rires, cris, jurons, effluves de sauce tomate s'échappaient des maisons tapissées de vigne. Du linge pendait aux fenêtres et, toujours, le glou-glou d'une fontaine sur une place revenait occuper les silences.

Très vite, la jeune fille avait mis un nom sur les visages des commerçants du quartier qui eux-mêmes l'appelaient *signorina* Giulia.

Elle arrivait près de chez elle quand un tintement de casserole l'alerta. Suivirent des hurlements de rire, et d'autres de terreur. Nello, le fils de l'épicière, un simple d'esprit à la carrure d'athlète qui devait compter plus de seize ans, surgit au coin de la rue. Des garnements de son âge lui avaient attaché une corde autour de la taille et lui faisaient traîner une casserole, comme ils l'eussent fait avec un chat.

Giulia aimait bien Nello qui l'aidait souvent à monter ses paquets chez elle et lui vouait une sainte dévotion. En la voyant, l'adolescent se mit à sangloter. La jeune fille fonça et lui défit prestement son lien.

— *Animali ! delinquenti ! stupidi ragazzi ! perché*[1] *?* jeta-t-elle aux autres, furieuse.

— *Ma non vede che è scimunito*[2] *!* Un âne, ça ne souffre pas ! lui lança l'un d'eux sur un ton de défi.

Giulia reconnut le fils d'une chemises noires du quartier.

— C'est comme les communistes et les poulpes, il faut les battre pour les assouplir ! C'est mon père qui dit ça !

Giulia ne répliqua pas. Entourant les épaules de Nello qui tremblait et claquait des dents, elle le ramena vers l'épicerie. En chemin, le sourire charmeur de Balbo lui revint. Elle le chassa, horrifiée d'avoir été troublée, ne fût-ce qu'un instant, par cette figure emblématique du fascisme.

* * *

Automne de la même année

En s'activant sur la tête de son client, le coiffeur se montrait intarissable :

— Giuriati, il était trop gentil comme secrétaire du PNF ! Avec Starace, ça va changer ! Il en a entre

---

1. Animaux ! délinquants ! stupides garçons ! pourquoi ?
2. Mais vous ne voyez pas qu'il est abruti !

les jambes, celui-là, et les antifascistes, il va les mettre au pas ! Vous savez comment le Duce l'appelle ? « Notre porte-médailles. »

Il énuméra, un doigt sur son ciseau :

— Chevalier de l'ordre de Savoie, croix de guerre française avec étoile, deux fois médaillé d'argent, quatre fois de bronze, deux fois cité pour mérite de guerre ! *Gesù !* Tiens, regardez *signore,* rien que d'en parler, j'en ai les poils qui se dressent ! Je m'échauffe, je m'échauffe ! Livia *mia,* apporte-nous un peu de café !

— Du café, si tu as chaud, il t'en faut pas ! Et puis, ton Starace, il veut l'interdire, le café ! Il dit aussi dans le journal que la *pasta,* ça nous rend mous ! Mais où il a vu ça ? Il croit qu'on peut manger des *involtini di vitello*[1] tous les jours, au prix où est la viande ?

— *Madonna Santa !* Pourquoi Dieu il leur a pas donné un cerveau, aux femmes ? s'énerva le coiffeur, agitant ses ciseaux en direction de son épouse.

Son salon était plein et parmi ceux qui attendaient, il pouvait y avoir des chemises noires en civil. Critiquer le chef du parti fasciste s'avérait risqué. Le crâne lisse du coiffeur se couvrit de gouttelettes de sueur. Il défit le haut de sa blouse, libérant son double menton de l'emprise du col et jeta un regard assassin à sa grasse épouse, campée derrière le comptoir. Elle ne s'en émut point.

— Ah, parce que du tien, tu t'en sers ? repartit-elle. À part couper les cheveux et épingler des

1. Paupiettes de veau.

photos de ton Starace sur le mur, qu'est-ce que tu sais faire ? Même pas chanter *Giovinezza* sans te tromper, tu es capable ! La vieille Carmina qui est sourde, elle le chante mieux que toi !

— File dans ta cuisine ! Que tu serves au moins à quelque chose ! Je les encaisserai les clients, va ! *Cristo... !*

La matrone rabattit si violemment la porte de l'arrière-boutique que deux des photos qui tapissaient les murs tombèrent aux pieds de Silvio qui attendait son tour. Il ne les ramassa pas. Sur l'une, découpée dans un journal, Starace affichait ses qualités sportives en sautant au cheval d'arçon sous le regard admiratif d'un groupe de chemises noires. L'autre le montrait lors d'une exhibition avec des hiérarques et des généraux, conduits par Mussolini au pas de course dans un stade. Des scènes classiques de propagande auxquelles s'ajoutaient, au mur, Starace franchissant en moto un cercle de feu ou une haie de baïonnettes.

Silvio détourna les yeux. Il regrettait seulement de ne pas avoir marché dans un *stronzo* avant d'entrer.

— Pourquoi elles sont jamais contentes les femmes ? rumina encore le coiffeur. Je vous fais aussi la barbe, *signore* ? Maintenant que vous croisez toutes ces personnalités, il faut être impeccable.

L'autre opina, tâtant avec satisfaction sa nuque taillée de près. Il livrait des pains de glace dans le quartier du palazzo Venezia et voyait passer des gens importants, notamment des ministres.

— Tu as raison, Pepe, d'engueuler ta femme ! lança soudain avec véhémence un vieillard qui donnait jusque-là l'impression de somnoler en attendant la mort. C'est un saint, notre Duce ! Il sait ce qu'il fait et ses hommes aussi ! Mon assurance-vieillesse, il l'a modifiée, et mon fils qui est tombé d'un échafaudage, il touche une pension d'invalidité, maintenant. Même pour la tuberculose, il a créé une assurance, Mussolini ! Et ces trains populaires qui emmènent les pauvres à la campagne le dimanche pour presque rien, c'est pas une belle invention ? Et les autoroutes ? Les filles qui se retrouvent grosses sans mari, elles ont des institutions ! Tous les soirs, je prie pour que Dieu le protège !

Certains renchérirent, avançant un père, un frère, un fils, un cousin ayant bénéficié de quelque chose de la part du gouvernement.

Plongé dans la lecture des pronostics de courses hippiques, Silvio se faisait violence pour ne pas ouvrir *Gerarchia* posé en évidence sur le comptoir. Faisait-*elle* toujours partie de la rédaction ? Manelli n'en parlait jamais. Il lui avait seulement dit qu'elle habitait désormais au-dessus de chez lui.

Le mutisme de Silvio ne découragea pas son voisin. Moustache frémissante en avant, l'homme lui donna un coup de coude.

— Et vous, *signore* ! Qu'est-ce qu'il a fait pour vous, Mussolini ?

Silvio eut un rictus amer :

— Il m'a appris à vivre avec la *notte*[1] !

1. La nuit.

* * *

Palazzo Venezia, salle du Grand Conseil

Mussolini s'approcha de la fenêtre. La pluie avait cessé. La lune se dégageait des nuages, faisant miroiter les flaques sur la place. Il frôla la vitre froide et frissonna. Cet automne se révélait humide et pénétrant. Dans son dos, les membres du Grand Conseil attendaient qu'il veuille bien poursuivre la séance nocturne. Le climat de suspicion qui régnait entre les personnages présents était encore plus lourd que d'ordinaire.

Faisant volte-face, il revint d'un pas martial vers la longue table. Il portait la tenue de caporal d'honneur de la Milice qu'il adoptait en cette occasion : chemises noires, veste et culotte de cheval gris-vert, ceinturon, baudrier et de longues bottes de cuir. Son fez noir était posé devant son siège. Dans un geste familier, il passa sa main sur son crâne dégarni. Sa mâchoire carrée reconnaissable entre mille restait contractée, sous l'effet d'une tension qui ne le quittait plus. Son regard balaya l'assemblée. Hiérarques, militaires, ministres, sous-secrétaires d'État à la présidence du Conseil, chefs du PNF, de la police, l'état-major de la Milice, hauts fonctionnaires, tous les responsables du pouvoir étaient là. En le voyant regagner sa place, ils se turent.

Plus le temps passait, moins il se fiait à ses vieux compagnons de lutte. Des chacals, des courtisans. Et ceux qui n'en étaient pas s'illustraient par leur bêtise. Tel de Vecchi qu'il venait de placer comme ambassadeur auprès du Saint-Siège. Il n'y avait qu'à ce poste que cet incapable n'avait pas encore fait de dégâts.

Achille Starace était de cette espèce : discipliné, d'une réflexion limitée, brutal et sans état d'âme. C'était pour cette raison que Mussolini lui avait offert le poste de secrétaire général du PNF. Cet homme médiocre, intolérant, stupide et d'une infinie vanité répondait à son appel au moindre claquement de doigts. « Un crétin, certes, avait-il dit à son frère Arnaldo, directeur à Milan du *Popolo d'Italia*, qui s'était montré surpris d'un tel choix, mais un crétin obéissant et intègre. » Il saurait mettre l'Italie en uniforme et façonner l'homme nouveau dont elle avait besoin. Une tâche à laquelle Starace s'était aussitôt attelé avec un manque de nuance et de tact remarquable. Cela provoquait des séances du Grand Conseil de plus en plus houleuses. Sa nomination à la tête du PNF avait été très mal perçue par les hiérarques qui prônaient l'ouverture et la normalisation.

Mussolini considéra sans aménité son habituel pôle de résistance. Balbo, Bottai, Grandi. Les trois amis se trouvaient assis côte à côte. Ils comptaient environ trente-cinq ans, s'avéraient particulièrement intelligents et compétents, et en dépit de leur fidélité, nourrissaient une ambition redoutable. Il détourna les yeux du premier qu'une popularité grandissante transformait en rival potentiel et qu'il faisait surveiller jour et nuit. Ce soir-là, Balbo ne lui posait pas problème. Tant qu'on n'empiétait pas sur l'Aéronautique dont il avait le portefeuille ou sur la Défense, en général, il laissait les autres faire. Starace, qu'il méprisait, ne l'intéressait pas.

Cela valait mieux pour ce dernier. Balbo broyait toujours ses adversaires.

Des trois, c'étaient Bottai et Grandi que Mussolini craignait le plus lors de ces réunions. Ces deux intellectuels, experts en droit et hommes de plume qu'il détestait, ne cessaient de soumettre le Grand Conseil à un examen de conscience. Ils trouvaient toujours l'argument qui faisait chanceler les certitudes. Comme il fallait s'y attendre, ils venaient de s'opposer au nouveau projet de Starace qu'ils jugeaient trop radical et inutile.

— Il faut en terminer avec cette histoire de serment ! déclara Mussolini en se rasseyant.

Il était plus d'une heure du matin et il voulait en finir.

— Qui a encore un avis à émettre sur la proposition de Starace ?

— Moi !

« Ça m'aurait étonné que cette grande gueule d'Arpinati ne l'ouvre pas ! » songea le chef du gouvernement, furibond.

Il l'avait oublié, celui-là ! S'il n'avait eu besoin de garder sous le coude cette masse d'activistes loyaux si utile en cas de crise du régime, voilà longtemps qu'il se fût débarrassé de l'un de ses plus beaux fleurons. Pour le faire taire, il l'avait nommé sous-secrétaire d'État à l'Intérieur. Peine perdue. Cet ancien anarchiste, chef de file du squadrisme et fondateur du terrible *fascio* de Bologne, manifestait à tout propos son esprit frondeur et idéaliste.

— Duce, à quoi ça rime d'obliger les professeurs d'université à prêter un serment de fidélité ? Qu'est-ce que ça nous apporte ? Moi, je te le dis comme je le pense et tu sais combien mon idéal rejoint le tien.

Il désigna Starace :

— Si tu le laisses fourrer son nez de façon aussi stupide dans toutes les institutions et les affaires publiques de ce pays, tu vas provoquer un mécontentement généralisé ! Il se mêle même de ce qu'on doit manger et boire ! Pourquoi ne pas forcer les hommes à dormir en chemises noires ou à pisser en faisant le salut romain ?

Le tollé que provoqua son franc-parler amusa les responsables militaires. Entre eux et le gouvernement, l'entente était tacite : ils ne se mêlaient pas de politique ; en retour, le PNF et la Milice n'exerçaient nulle ingérence dans les affaires de l'armée. Aussi était-ce en spectateurs qu'ils assistaient à cette joute oratoire. Ils se sentaient d'autant moins concernés que la plupart d'entre eux étaient des monarchistes.

Tous guettaient la réaction du nouveau secrétaire du PNF. Ses années à la tête de la Milice lui avaient appris la prudence en présence des plus hautes instances, aussi conservait-il un visage uni. Intérieurement, il fulminait. Il veillerait à ce que Arpinati ne fît pas long feu au gouvernement. Lissant ses cheveux impeccablement coiffés, il redressa le buste. Il portait bien ses quarante-deux ans et n'était pas peu fier de pouvoir en remontrer à plus d'un jeune sur un stade. Après s'être assuré que Mussolini lui laissait encore la parole, il se tourna vers son détracteur.

— De quel idéal parles-tu, Arpinati ? Tu veux poursuivre la révolution, et le simple fait de ne plus manger de pâtes te dérange ? Tu crois qu'on leur laissait le choix de leur nourriture, aux Spartiates ?

— Des Spartiates ! Apprends au peuple à marcher sur des clous, puisque tu y es ! Tu mélanges tout, Starace ! Le corps et l'esprit ! Les universitaires ne sont pas des soldats !

— Comme tous les Italiens, ils doivent apprendre à plier l'échine devant notre Duce ! Un intellectuel non maîtrisé est dangereux et tu ferais bien de donner l'exemple en matière de discipline !

L'interpellé bondit de son siège et plus d'un crurent qu'il allait sauter au visage de Starace. Mussolini laissa faire. Tant qu'ils se déchiraient entre eux, ils ne se liguaient pas contre lui. S'ils allaient trop loin, il saurait d'un mot les arrêter.

— Tous les hiérarques présents sortent des rangs du squadrisme, lança Arpinati, et nul n'a de leçon à recevoir de toi ! Réfléchis en homme d'État, Starace, ça te changera ! On peut donner une bonne image de l'Italie fasciste sans empêcher le peuple de boire du café ou de manger la *pasta* et sans se mettre à dos les professeurs d'université ! Ils ne resteront pas sans réagir !

— Tu sembles oublier, Arpinati, qu'avant d'occuper ce poste, je dirigeais la Milice. Ils signeront. Ne pas le faire leur coûterait trop cher.

Par son silence, tous comprirent que Mussolini lui donnait son aval pour mettre son projet à exécution.

* * *

Quelques jours plus tard

— Mais pourquoi refusez-vous de vous plier à l'injonction du ministère ? Qu'est-ce qu'il vous coûte, ce serment de fidélité au fascisme ? Tous les professeurs d'université d'Italie doivent le prêter ! Après, on aura la paix !

Vittorio Manelli se retint de rétorquer. Il considéra Petronia Gimelli dont les lunettes, en équilibre sur son long nez, oscillaient à chaque syllabe. Presque une heure qu'elle l'avait entrepris dans le couloir désert de l'établissement et qu'il subissait ses exhortations à la prudence. Elle perdait son temps et ses forces. Avec ce serment imposé aux professeurs, le gouvernement venait de serrer le garrot d'un cran de trop. Jamais il ne se rabaisserait à obéir.

— Alors, Vittorio ? Vous vous rendez à mes raisons ?

Elle était gentille mais Manelli en avait assez de l'entendre. Il voulait rentrer chez lui et terminer cette biographie de Socrate dont il ne lui restait qu'une cinquantaine de pages à lire. Ces derniers temps, la lecture l'aidait à étouffer sa rage.

— Vous m'écoutez, Vittorio ?

Cette fois, il n'y put tenir :

— Comme disait Homère, lâcha-t-il posément, « *Mi rompe i coglioni*[1] », Petronia !

La lune tombée aux pieds de la vieille fille ne lui eût pas procuré un tel choc. Sa bouche s'arrondit et ses yeux s'écarquillèrent. Elle sembla soudain manquer d'air.

— Homère ? Il a dit ça ?

— S'il ne l'a pas dit, il l'a pensé très fortement.

Sa collègue secoua la tête, le visage douloureux. Elle avait toujours éprouvé un sentiment secret pour

1. Vous me cassez les couilles !

Manelli et se faire rembarrer par lui de la sorte l'atteignait cruellement.

— Vous avez tort, Vittorio, de le prendre à la légère. L'OVRA va établir une liste de ceux qui n'auront pas signé. Et il ne fera pas bon être dessus.

— Je le sais, Petronia.

* * *

— Pour avoir refusé de jouer *Giovinezza* en mai dernier devant Mussolini, Toscanini[1] s'est fait tabasser par les chemises noires ! Et la dernière du syndicat des architectes fascistes, tu la connais, Vittorio ? Il a dissous le MIAR[2], trop étranger à l'esprit italien, selon lui ! C'est quoi l'esprit italien ? Ce *farabutto*[3] de Piacentini, qui est plus *figlio di puttana* qu'architecte, a même osé rappeler que les meneurs du mouvement rationaliste s'appelaient Gropius et Mendelsohn, des Juifs comme ceux qui avaient été au premier rang du bolchevisme ! Ça a dû faire plaisir à la Sarfatti qui le considérait comme un ami ! Qu'est-ce que vous pensez de ça à Paris, vous qui semblez tout savoir ?

Pour empêcher les interpellés de rétorquer par une nouvelle banalité d'idéaliste qui déclencherait encore les foudres de Lionello Venturi et afin de contraindre celui-ci à s'asseoir cinq minutes, Manelli posa bruyamment la bouteille sur la table.

---

1. Émigré un mois plus tard à New York, il devint directeur de l'orchestre symphonique national.

2. *Movimento italiano per l'archittetura razionalista* fondé par de jeunes architectes novateurs.

3. Salaud.

— Goûtons ce *moscato* d'Elba, Lionello, dit-il en remplissant les cinq verres du vin doré et liquoreux. Ça te fera du bien. Une merveille que les fascistes n'auront pas !

Lionello Venturi se laissa tomber sur la chaise avec un soupir. Ses traits creusés, le pli amer aux commissures des lèvres, la révolte de son regard en disaient plus long que ses paroles. Il avait déversé sa colère pendant près d'une heure sans qu'on pût l'interrompre.

Ce théoricien du groupe des « six de Turin[1] », qui détenait une chaire d'histoire de l'art à l'université de cette ville connue pour sa résistance au fascisme, n'était pourtant pas un violent. Mais les derniers événements étaient venus à bout de sa résistance nerveuse. Le but de sa visite à son homologue et ami Manelli se résumait en une seule question : que pouvait-on encore faire ?

Venturi se remit à arpenter la cuisine de Vittorio. Impossible pour lui de rester assis. Cette folie vécue au quotidien, les pressions et menaces en tous genres dont il avait été l'objet ces derniers mois de la part du ministère de l'Éducation et des chemises noires lui avaient détruit les nerfs.

Manelli jeta un regard consterné aux deux représentants de *Giustizia e Libertà*[2] de passage à Rome. Ils buvaient leur *moscato* d'un air préoccupé. Une riche idée qu'il avait eue, de faire venir

1. Comme ceux de l'École romaine, ces peintres exécraient le chauvinisme culturel du régime et s'opposaient à toute tentative de créer un art fasciste. Parmi eux, le peintre et écrivain Carlo Levi.
2. Mouvement antifasciste italien crée en France en 1929 par les frères Carlo et Nello Rosselli.

Venturi de Turin pour les rencontrer ! Comment avait-il pu croire qu'ils pourraient leur être d'un quelconque secours ? Pourquoi ses amis Carlo et Nello utilisaient-ils des agents de liaison pareils ? Avec leur regard mobile et leur casquette française, ces deux intellectuels à lunettes, fichés et recherchés par la police antifasciste, appelaient le couteau dans le dos. Depuis leur arrivée, ils multipliaient les imprudences, allant jusqu'à se déplacer avec une liste de noms et une valise de tracts signés des frères Rosselli. Ceux de l'OVRA devaient fêter un anniversaire quelque part pour ne pas les avoir remarqués dès leur arrivée en gare.

S'il n'y avait eu que cela... ! Des propos de ces hommes, il ressortait qu'en Italie, *Giustizia e Libertà* n'avait encore monté aucune structure. Tout restait à faire. La résistance du groupe se bornait pour l'heure à alerter l'opinion internationale depuis Paris. Manelli et Venturi ne pouvaient rien en espérer de concret dans l'immédiat. Et le premier ne désirait plus qu'une chose : qu'ils achèvent leur vin et partent vite. C'était surtout le chauve, un Milanais aux moustaches fournies, qu'il trouvait insupportable. Ses utopies avaient déclenché la fureur de Venturi. Par chance, le second se taisait.

À voir l'air excédé et le mutisme prolongé de Silvio, le professeur sut qu'il partageait sa déception. De cette discussion stérile, le peintre semblait déterminé à rester en retrait. Vittorio regretta d'avoir insisté pour qu'il vînt. C'était sa deuxième erreur. D'autant qu'il connaissait les réticentes de Silvio à se rendre dans une maison où il risquait de croiser Giulia.

Manelli se sentit las. Lui aussi subissait des pressions de plus en plus fortes. Ses collègues le tenaient désormais à l'écart comme un pestiféré. Quinze jours plus tôt, le casier dans lequel il rangeait ses livres en salle des professeurs avait été vidé. À la place, il n'y avait qu'un papier avec ces trois mots : « serment ou *confino* ? » En rentrant chez lui, il avait découvert son appartement mis à sac.

La chose venait de se reproduire, cette fois ouvertement : deux jours auparavant, un groupe de chemises noires avait forcé sa porte, arguant avoir reçu à son sujet une dénonciation anonyme pour activisme antifasciste. Ils n'avaient bien sûr trouvé ni tract ni texte subversif, à l'exception du livre de Moravia, *Les Indifférents*, interdit par le régime. Utilisant ce prétexte et en guise d'avertissement, ils avaient, cette fois, sous ses yeux, mis son appartement sens dessus dessous. Sachant qu'ils n'attendaient qu'une protestation pour tout démolir et s'en prendre à lui, Vittorio s'était adossé au mur, bras croisés, et les avait laissés faire, la rage au ventre. Cela l'avait rendu plus déterminé encore. Jamais il ne plierait. Restait à trouver le moyen d'agir. Il était désormais convaincu que celui-ci ne viendrait pas d'un groupe d'opposants basé à l'étranger. Le discours théorique de ces deux âmes de bonne volonté le lui confirmait.

Il regarda sa montre. Presque midi. Craignant que sa maison fût surveillée par l'OVRA, il avait fait venir ses visiteurs bien avant l'aube. La rencontre avait trop duré. Il devrait les faire repartir par les caves. Aussi les invita-t-il à conclure.

Le compagnon du chauve, un grand maigre dont la veste paraissait reposer sur un cintre, prit la parole. Sa voix douce tranchait avec les arêtes vives de sa personne. Sans doute avait-il voué sa vie à l'étude avant que le refus du fascisme le contraignît à s'enfuir et à basculer dans la résistance.

— Je comprends ta colère, Venturi. Mais la lutte qui se prépare dépasse le cadre de ce pays. Nos rapports sont alarmants. Le Duce fait de plus en plus d'émules en Autriche, en Hongrie et surtout en Allemagne où il y a cet Hitler qui monte. Les diplomates français et anglais citent Mussolini en exemple pour avoir chassé le bolchevisme de la Péninsule. Aucune aide à espérer de ces démocraties. L'arrivée de Starace à la tête du PNF les a laissées froides. Elles savent pourtant que cela signifie un nouveau durcissement du régime. Étant sur place, vous devez nous aider à alerter au plus vite l'opinion publique, ici, en Italie. Avec la propagande et la presse sous contrôle, la désinformation est totale. Sans vous, nous ne pourrons rien.

Venturi partit d'un rire grinçant :

— *Ma Gesù,* toi aussi, tu parles comme un livre ! Il y a des années qu'on lutte seuls, sur place ! Sais-tu combien nous sommes dans toute l'Italie à ne pas avoir prêté ce putain de serment ? Seulement treize, en comptant Manelli ! Sur mille deux cents professeurs ! Et tu me dis qu'il faut alerter l'opinion ? Elle a bon dos la désinformation ! Ceux qui n'ont pas encore compris ce qui se passe sont des cons de première ! Qui ignore encore que le leader communiste Gramsci moisit en prison depuis quatre ans et qu'il est trop malade pour survivre aux seize autres années qu'il doit encore purger ? Que tous les responsables socialistes ou libéraux de ce pays ont dû fuir à l'étranger ? Que ceux qui n'ont pu le faire ont été battus à mort, torturés ou déportés dans des *confini* où même les chèvres ont du mal à vivre ? Que peut-on faire contre l'inertie ?

Le maigre chercha de l'aide du côté de Vittorio :

— Et toi ? Tu penses comme lui qu'il n'y a rien à faire ?

Manelli, qui grattait distraitement de l'ongle une tache sur la table, s'arrêta.

— Si Venturi pensait qu'il n'y a rien à faire, il ne serait pas là. Reste qu'il a raison sur l'inutilité d'informer ceux qui refusent de l'être et qui ont détourné la tête devant le cadavre de Matteotti. L'Histoire prouve que la foule suit la force. Et Mussolini incarne la force. Ses vociférations et sa Milice rassurent. Il le sait : il sait aussi que la crise économique menace la confiance que le peuple place en lui. Les succès qu'il ne remporte pas à l'intérieur, il va devoir aller les chercher à l'extérieur, et concrétiser les rêves de gloire et de richesse d'un nouvel empire. Cette jeunesse qu'il a armée réclame maintenant des victoires. C'est pour cela que ce *cornuto* commence à lorgner du côté de l'Afrique. Il veut ses colonies ! On s'achemine vers la guerre.

— Tu n'as pas répondu à ma question Vittorio. En admettant que tu aies raison, quel autre moyen que celui que nous proposons vois-tu pour arrêter l'escalade ?

Manelli avait passé des nuits entières à y réfléchir. Il en revenait toujours à la même conclusion.

— Cette désinformation dont les fascistes se servent, il faut la retourner contre eux et leur fournir de faux renseignements, de faux rapports qui aggravent la suspicion entre eux. Il est de notoriété publique que les hiérarques sont sur écoute. Chacun espionne l'autre. Or, dans les ministères, dans les différentes administrations, les employés ne sont pas tous fascistes. Certains sont carrément hostiles au gouvernement. Si nous parvenons à persuader ces gens d'agir pour nous, nous pouvons semer un tel désordre que Mussolini n'y résistera pas. Il soupçonne déjà son ombre et ne laisse pas ses ministres plus de trois ans au même poste. Faisons en sorte que les loups et le chef de la harde s'entre-dévorent. Le Duce à terre, le consensus autour du régime s'écroulera et les pays étrangers cesseront de soutenir celui-ci.

Silvio intervint pour la première fois :

— Encore faut-il atteindre ces gens susceptibles de nous aider et les persuader d'agir.

— Je crois savoir qui peut le faire pour nous, dit Vittorio après un silence.

D'un geste, le peintre le fit taire. Il avait bien entendu : on frappait des coups sourds à la porte.

* * *

Giulia attendait chez le boulanger que le plat de cannellonis à la ricotta et aux épinards qu'elle avait préparé avec soin pour le professeur fût cuit.

Manelli n'allait pas bien ces derniers temps. Par la fille de Margherita, elle en connaissait la raison : il faisait partie du minuscule noyau d'enseignants qui avait refusé de se plier à l'injonction du gouvernement. L'air de plus en plus sombre qu'il affichait angoissait Giulia. Cela lui avait valu la nuit précédente un terrible cauchemar : conduites par Flavio, des chemises noires emmenaient le professeur et le battaient à mort. Elle s'était réveillée en sursaut et en nage sous le gros édredon pourpre de la défunte mère de son protecteur. Cette chambre aux meubles sombres qu'elle s'était prise à trouver rassurante lui avait paru soudain lugubre. Elle avait aussitôt décidé de passer voir Manelli. On était dimanche et elle n'avait rien à faire.

Le prétexte de sa visite, elle l'avait trouvé en songeant à Rosetta qui lui manquait tant. Quand l'une des filles Diacalone n'allait pas bien, la cuisinière la mettait devant une assiette pleine. D'après la brave femme, manger quelque chose de bon consolait de tout. Cela avait donné l'idée à Giulia de faire un plat de cannellonis qu'elle partagerait avec le professeur pour le repas dominical. Une attention à laquelle il serait sensible. Par la même occasion, elle apprendrait peut-être ce qu'il avait en tête.

Rassemblant ses souvenirs, elle avait tenté de reproduire les gestes de Rosetta et de n'oublier aucun ingrédient. Dans une cuisine transformée en champ de bataille, Giulia s'était coupée deux fois avec les couteaux qui ressemblaient à des rasoirs et avait fait déborder les épinards en ébullition sur le feu. Au moment de préparer sa farce, elle avait réalisé qu'il lui manquait la ricotta et elle avait dû faire trois épiceries pour en trouver. Son plat enfin prêt, elle s'était rappelée qu'elle n'avait pas de four et qu'elle devrait se rendre à la boulangerie, deux rues plus loin, pour le faire cuire. Elle s'était alors maudite de ne pas avoir songé à préparer un simple plat de spaghettis.

Depuis une heure, elle endurait les discussions des clients de la boulangerie. Tout y passait : le café surtaxé, le prix de la viande, le dernier-né de la famille Rossi que la mère aux jambes variqueuses et enflées arborait comme un trophée de guerre. Grâce à la politique nataliste du gouvernement, ce septième enfant rapportait à celle-ci cinq mille lires et une police d'assurance. La boulangère félicitait la dame : les Rossi ne tarderaient pas à obtenir un grand logement dans l'un de ces beaux *palazzine* du centre-ville, érigés par l'État.

Giulia n'écoutait plus et suivait distraitement des yeux l'errance d'un chien jaune et famélique, sur la place.

— Vos cannellonis sont cuits, *signorina*. Mais... vous n'avez pas pensé à prendre un torchon pour les porter ? Ils sont brûlants !

La jeune fille se sentit accablée. Elle ne comptait plus les étourderies accumulées depuis l'aurore.

— Tenez, protégez-vous avec ce sac de farine vide replié, ce sera mieux que rien. Vous me le rendrez à l'occasion.

Giulia prit le plat. Une réussite. Il embaumait, s'avérait doré à point mais même à travers l'épaisseur du sac, il restait très chaud. Après avoir remercié, elle fonça au pas de course vers la maison, son fardeau dans les mains. Ses paumes ne supporteraient pas longtemps la température du récipient.

Le chien lui emboîta le pas.

— Psssit ! Va-t'en !

La bête se rapprocha et manqua faire trébucher la jeune fille en lui léchant la jambe.

— Mais qu'est-ce que j'ai fait au Diable ! Tu vas partir, oui !

Elle tenta de l'effrayer en tapant d'une main sur la partie du sac qui dépassait du plat. Un volute de farine s'en échappa et saupoudra son manteau bleu tandis qu'un peu de sauce tomate l'éclaboussait.

— *Bastardo ! Cane mincione*[1] *!*

Mais rien n'aurait pu empêcher le chien jaune de suivre l'odeur des cannellonis. Quand elle atteignit la porte de Manelli, il était toujours là. Les mains brûlantes, furieuse, Giulia tenta vainement de donner un coup de pied à l'animal. Il l'esquiva en remuant la queue. La jeune fille tenait maintenant le plat du bout des doigts. Impossible de frapper à la porte du professeur. Impossible aussi de poser les canellonis par terre une minute, avec ce chien affamé. Elle cogna avec son coude. Aucune réponse. Elle s'apprêtait à récidiver quand le battant s'ouvrit d'un coup. Une main l'empoigna par le bras et la projeta à travers la cuisine. Le plat lui échappa et alla atterrir sur la poitrine d'un inconnu à lunettes, chauve et moustachu, qui bondit en poussant un cri. D'autres hommes étaient présents.

Giulia perçut tout cela en une fraction de seconde. Le pire vint en dernier : le bras qui l'avait précipitée au cœur de ce cauchemar appartenait à Silvio qui affichait une stupeur égale à la sienne. Six mois qu'ils ne s'étaient revus. Elle remarqua aussitôt qu'il avait maigri et que ses traits s'étaient creusés. En croisant son regard, elle crut déceler de l'émotion

1. Couillon de chien.

et son cœur s'emballa. Très vite, il la détrompa d'une voix glaciale :

— Ça ne te ferait rien de frapper comme tout le monde ?

— Et toi d'ouvrir comme quelqu'un de civilisé ? Qu'est-ce qui t'a pris ?

Silvio se détourna d'elle :

— Professeur, dois-je vous rappeler pour quel journal elle travaille ? Elle n'a rien à faire ici !

— Ah, parce que tu crois que je venais espionner ? Avec des cannellonis ? siffla Giulia, de plus en plus atteinte par la dureté du jeune homme à son égard.

Elle avait très bien saisi le sens de la réunion. Ce n'était pas la première fois qu'elle croisait, dans le couloir, des inconnus se rendant chez Manelli.

— Mais c'est qu'elle m'a brûlé ! Qui est cette folle ?

L'envoyé de *Giustizia e Libertà* bataillait avec les cylindres de pâte en sauce qui dégoulinaient sur sa veste. Il était furieux.

— Une amie. Si tu gardes des cicatrices, lâcha Manelli, en lui tendant un torchon, tu pourras dire, à Paris, que les fascistes t'ont torturé aux cannellonis !

Venturi fut pris d'un terrifiant fou rire. L'homme n'apprécia pas le sarcasme du premier ni l'hilarité du second.

— Viens ! dit-il à son compagnon. Allons-nous-en !

Manelli le retint par l'épaule. Il prit une mine grave.

— Dis à Carlo et à Nello que nous sommes avec vous. Mais l'urgence requiert l'efficacité. Nous vous ferons savoir, dès que possible, ce que nous décidons.

Il tressaillit. Derrière son interlocuteur, à travers le rideau de dentelle qui masquait la fenêtre, arrivait un groupe de chemises noires.

— La Milice ! Giulia, ne pars pas ! Attends ! Aide mes amis à sortir par la cave. Tu connais le chemin.

Il eut juste le temps de cacher les verres utilisés et la bouteille dans le placard, ajouta sur la table une assiette, des couverts et s'empara du plat vidé de son contenu. Quand on tambourina à la porte, il fracassa celui-ci par terre au milieu des cannellonis répandus.

— Milice ! Ouvrez immédiatement !

Il tourna la poignée et désigna le désastre dans sa cuisine.

— J'allais manger. Vous m'avez fait sursauter.

— Où sont-ils ? demanda le milicien qui commandait.

Manelli l'invita à entrer. On l'avait dénoncé. Pas surprenant. La délation était partout.

— Qui ? Voyez par vous-même, il n'y a personne. Il est à vous ce chien ?

Après avoir léché la sauce sur le sol, l'animal, qui en avait profité pour se glisser dans la pièce, s'attaquait aux restes des cannellonis.

Pendant ce temps, Giulia faisait sortir les quatre hommes dans la rue de derrière. Elle voulut leur indiquer le chemin le plus sûr pour quitter le quartier. Silvio l'interrompit.

— Merci, je connais.

Chacun de ses mots la blessait. Déjà, il s'éloignait. Faisant fi de sa fierté et de la présence des trois autres, elle le rattrapa.

— Pourquoi t'acharnes-tu contre moi ? Je ne suis pas ton ennemie !

Il se contraignit à croiser une seconde fois les yeux noirs de celle qui hantait ses nuits. Le parfum de Giulia le pénétra. À moins que ce fût l'odeur de sa peau ou de ses cheveux... Elle les avait fait couper à hauteur de la nuque. Les mèches châtains balayaient son cou à chaque mouvement. La coiffure lui seyait à ravir. Elle ne portait aucun maquillage à l'exception d'un peu de rouge à lèvres. Une aile de son nez était maculée de farine. Il se retint de l'effacer du doigt. Au fond de lui, la blessure se rouvrit aussi rouge et profonde que six mois plus tôt. S'éloigner d'elle au plus vite, voilà ce qu'il devait faire. Instinctivement, il recula d'un pas.

— En restant à *Gerarchia,* tu as choisi ton camp, lâcha-t-il d'une voix sourde qu'il ne reconnut pas. Maintenant, va-t'en.

— Qui est cette fille ? s'enquit Venturi, tandis qu'ils s'enfonçaient dans un labyrinthe de ruelles.

— Un problème.

* * *

La clarté filtrait à travers les persiennes. D'habitude, la pleine lune empêchait Giulia de dormir. Cette nuit-là, elle n'essaya même pas de se coucher. Assise sur le fauteuil de la chambre, près du lit, elle réfléchissait dans le noir. Silvio lui avait fait très mal mais il avait raison. En travaillant à *Gerarchia,* elle se trouvait dans l'autre camp. Même si elle n'aimait pas les fascistes, elle appartenait à cette masse amorphe de la population décrite par

Moravia qui les cautionnait par son silence. Ceux qui comme Silvio ou le professeur avaient le courage de se rebeller subissaient des pressions de plus en plus fortes.

De la main, elle heurta l'accoudoir du fauteuil. La douleur des coupures faites en préparant les cannellonis se réveilla.

Des cannellonis ! Quelle stupidité ! Qu'en avait à faire Manelli de ses pâtes, lui qui risquait sa vie ?

Après avoir quitté Silvio, elle avait regagné en courant la maison, désespérée, l'angoisse au ventre. Qu'avaient fait subir les chemises noires au professeur ? Alors qu'elle contournait l'angle de la rue, ils sortaient. Sans Manelli. Restait à savoir dans quel état ces ordures le laissaient. Elle le retrouva « indemne ». Il n'avait pas été molesté. Mais l'appartement était saccagé.

— Ça va, *dottore* ? Je vous aide à ranger ?

— Je vais me débrouiller. Rentre chez toi.

Elle était repartie comme une enfant qu'on renvoie sous le préau quand il pleut à l'école...

La gorge brûlante, elle se leva et alla boire un verre d'eau dans la cuisine, pour desserrer l'étau. N'y tenant plus, elle passa une veste de laine et descendit frapper à la porte du professeur.

— Qui est là ?

D'ordinaire, il ne posait jamais la question.

— Giulia.

Quand il ouvrit, elle nota qu'il était vêtu comme pour sortir.

— C'est bien que tu sois ici, petite. J'allais venir te voir. Entre. J'en ai presque terminé.

Il disparut dans la chambre.

Giulia commença à ramasser les ustensiles de cuisine qui jonchaient le sol. Les étagères avaient été vidées par terre. Le professeur n'avait rien remis en place. Il revint quelques minutes plus tard.

— Laisse tomber le rangement et viens t'asseoir.

Giulia releva la tête et son cœur se serra. Vittorio tenait d'une main un sac de voyage et une lettre de l'autre.

— Vous partez, *dottore* ? Mais... les fascistes n'ont trouvé personne ! Ils ne vont pas revenir !

— Ils reviendront ! Ils excellent dans l'art du harcèlement ! Il faut que j'agisse tant que j'ai encore les mains libres.

Giulia était devenue blême. S'asseyant auprès d'elle, il lui prit les mains :

— Écoute, petite. Pour prendre des contacts et monter ce que je projette, il faut que je disparaisse, que les fascistes perdent ma trace.

Prenant l'enveloppe qu'il venait de poser sur la table, il la tendit à la jeune fille :

— En refusant de prêter ce fichu serment, je savais ce qui m'attendait. Aussi étais-je passé mettre mes affaires en ordre. Tu as, ici, copie de l'acte notarié qui te donne la jouissance de cette maison durant mon absence. S'il m'arrivait quelque chose, elle te reviendrait. Nul n'y trouverait à redire. Je n'ai aucun héritier. Plus de famille en vie.

Les larmes jaillirent des yeux de Giulia. Cet homme qu'elle ne connaissait pas deux ans plus tôt se comportait avec elle comme un père. Malgré la menace qui pesait sur lui, il avait songé à la protéger. Elle déglutit plusieurs fois avant de pouvoir parler. Le mot merci ne put franchir ses lèvres. Il lui parut dérisoire en regard de la preuve d'affection qu'il lui donnait.

— Qu'est-ce que je peux faire, *dottore* ? Comment vous aider ? Vous savez, vous, que je ne suis pas fasciste ? Que *Gerarchia* est pour moi juste un moyen de vivre ? Que ce n'est pas parce que j'apprécie la *signora* Sarfatti que j'approuve la Milice et ce gouvernement pourri ? Vous aussi, vous estimez cette femme et ce n'est pas pour cela que Silvio vous rejette ! Je ne sais plus quoi faire !

— Tu n'as pas à te justifier de vivre dans l'absurde. Nous sommes tous dedans. Il n'y a que ton chevalier blanc pour ne pas s'en rendre compte et te condamner.

— Mais vous, vous avez choisi de réagir et de lutter.

Il eut un sourire désabusé :

— J'appellerai cela un dernier sursaut de dignité. Plutôt avaler ma langue que baisser mon pantalon en prêtant serment à ces sinistres bouffons ! En peinture, on évite le noir ! Eux, ils s'en couvrent le corps et l'âme !

— Pardonnez-moi, *dottore*. Au lieu de vous remercier pour tout ce que vous faites pour moi, je ne fais que me plaindre. Mais... vous allez tellement me manquer...

Sa voix se brisa. Elle ravala les sanglots qui montaient et ajouta :

— Et si je venais avec vous ?

Manelli secoua la tête :

— Je ne sais même pas où je vais. Comment veux-tu que je t'embarque dans cette galère ?

— C'est vrai que je suis maladroite mais je peux porter des messages ou contacter quelqu'un pour vous ?

Manelli soupira. Le projet évoqué quelques heures plus tôt avec ses amis lui paraissait soudain irréalisable.

— Le fascisme est une bête à la fois invisible et palpable qu'il va falloir combattre dans l'obscurité. Tout reste à faire et nous allons tâtonner. Quand je serai certain d'engager la lutte sur le bon chemin, si besoin est, je ferai appel à toi. Pour le moment, reste où tu es. Continue à *Gerarchia.* C'est en demeurant dans la place que tu me seras utile.

5.

1932, LES DIX ANS DU RÉGIME

— Ce Mussolini est incroyable ! Il m'a reçu au débotté et m'a pourtant tenu des discours brillantissimes ! Jamais interviewé quelqu'un de semblable ! L'Italie a beaucoup de chance de l'avoir. Je comprends les bonnes dispositions de Churchill à son égard. Savez-vous ce qu'a dit Gandhi, après avoir été reçu au palais Torlonia[1] ? Qu'il venait de s'entretenir avec « un génie et un saint ». Une conquête unanime ! Franklin Roosevelt, lui-même, se répand en compliments... !

Alexander Kirk, chargé d'affaires de l'ambassade américaine, opina poliment. Tandis que le journaliste allemand Emil Ludwig lui faisait part de son

1. Résidence privée à Rome de la famille Mussolini.

enthousiasme, il ne perdait rien de ce qui se passait dans le salon de son amie Margherita Sarfatti.

On était vendredi, jour hebdomadaire de réception via dei Villini, dans le vaste appartement qu'elle venait d'acquérir. Il se murmurait qu'elle avait quitté l'ancien en raison de sa proximité avec la résidence du Duce. Rachele, l'épouse de Mussolini, n'avait cessé l'année précédente de lui causer des tracasseries, allant jusqu'à faire promettre à son époux de ne plus autoriser son ancienne maîtresse à laisser paraître un seul article dans *Il Popolo d'Italia.*

Arnaldo, directeur de ce journal et frère cadet adoré de Benito, vivant, ce désir était resté lettre morte. Margherita ne comptait meilleur allié que lui et plus d'une fois il l'avait protégée des colères du clan. Mais Arnaldo venait de mourir en décembre d'une crise d'apoplexie. Et avec lui disparaissait le seul être susceptible de tempérer le Duce, de lui faire admettre les idées de la Sarfatti en matière de culture ; le seul surtout avec lequel il sortait de son isolement pour se confier.

— Il avait lu mes biographies sur Bismark et Napoléon, continuait Ludwig, intarissable sur Mussolini. Et pendant nos entretiens, il ne cessait de citer Goethe et Shakespeare dont les ouvrages ne quittent pas son bureau.

Alexander Kirk retint un sourire. Pour avoir été durant trois ans à la tête du service d'espionnage américain, il connaissait par cœur les talents de manipulateur de Mussolini. À Emil Ludwig, le Duce avait sorti le grand jeu. Et ce spécialiste de politique internationale qui avait interviewé les plus hauts personnages de la planète s'y était laissé prendre comme un novice. Rien n'avait été improvisé dans le discours de Mussolini. Les citations avaient dû être sélectionnées avec soin et placées au moment opportun. Quant à sa cordialité, elle ne devait rien à un élan spontané de chaleur humaine. Mais la séduction opérait, comme le prouvaient les éloges de ce journaliste juif allemand. Mussolini avait joué finement avec lui. L'homme se montrant affolé par les propos antisémites d'un Hitler en pleine ascension, il l'avait rassuré quant à sa propre politique. Le fascisme s'attaquait au désordre, pas aux Juifs. Les Italiens n'étaient et ne seraient jamais antisémites. La prétendue pureté des races nordiques était une ineptie des nazis. À ce compte-là, les Lapons étaient les plus purs de la Terre ! Ludwig rapporterait en termes dithyrambiques ces propos dans un livre. Une propagande excellente et gratuite pour le Duce.

Thomas Morgan, chef de la United Press à Rome, éloigna Alexander Kirk du journaliste allemand, sous un prétexte fallacieux.

— Vous ne remarquez rien ? demanda-t-il, dès qu'ils se retrouvèrent seuls.

— À moins d'être aveugle, mon cher... !

Comme d'ordinaire, diplomates, artistes, princes de l'Église, aristocrates, hiérarques, industriels buvaient et grignotaient des toasts, en discutant dans toutes les langues. Parmi eux se trouvaient certainement des agents de l'OVRA. Il y avait aussi Colette, une femme écrivain française, venue rendre visite à son amie Margherita qui la présentait à chacun avec chaleur. Mais indéniablement, les courtisans se pressaient moins nombreux depuis quelque temps.

La désaffection devenait évidente. La nouvelle avait fait l'effet d'une traînée de poudre à Rome : pour la première fois, Mussolini avait refusé de recevoir Margherita au palazzo Venezia. Ceci après l'avoir fait attendre deux heures dans l'antichambre.

Par son réseau d'informateurs, Alexander avait été l'un des premiers à le savoir. Tout comme Morgan.

— Le cœur en deuil, la couleur au-dehors, remarqua Massima Orlandi, une aristocrate d'une trentaine d'années, au visage de Madone et à la langue vipérine.

Elle désignait Margherita dont la robe présentait une débauche de tons vifs. Des bracelets, une succession de colliers et de bagues achevaient d'alourdir la silhouette épaisse. Une tenue sobre, comme celles qu'elle portait d'ordinaire, l'eût flattée davantage.

La remarque de Massima s'adressait à Balbo dont elle avait été la maîtresse. Elle ne ratait pas une occasion pour tenter de renouer l'idylle. Son époux, un sexagénaire richissime et sinistre, ne pouvait guère rivaliser avec le séduisant ministre de l'Aéronautique. Mais Balbo se moquait éperdument des sourires aguicheurs de la dame. Tout comme Bottai, il affichait une mine sombre. Le comportement du Duce devenait chaque jour plus déroutant. Il venait de démettre de son ministère des Affaires étrangères son plus brillant élément : leur fidèle compagnon Dino Grandi. Sans autre forme de procès. Grandi recevait en échange l'ambassade de Londres. Lequel serait demain dans l'œil du cyclone ?

Balbo ne se sentait pas visé. Sa popularité et sa qualité officieuse de bras droit du régime le mettaient hors de portée des coups. Mais les autres compagnons... ? À force de faire tomber les pierres de l'édifice, Benito allait se mettre en péril lui, la clef de voûte.

— Italo, vous m'écoutez ?

Massima ! Avec son chignon brun, sa parure de perles, son long cou, sa fluide robe de soie grège, elle incarnait le bon goût et l'élégance. Mais les yeux noirs restaient froids.

« Pas comme d'autres », songea Balbo, se souvenant du regard brûlant de cette Giulia Diacalone dont chaque apparition déclenchait un cataclysme. Que n'avait-il tenté une autre approche de l'indocile ! Pourquoi songeait-il à elle ?

— Italo ?

Massima ne renonçait pas.

— Je crois que votre époux vous cherche, *signora.*

Il la laissa sur place et rejoignit Bottai. Celui-ci plongea le nez dans son verre pour dissimuler un sourire.

— Qu'as-tu dit à la belle pour qu'elle te foudroie des yeux ?

— Je lui ai fait comprendre que je ne voulais plus la culbuter.

Bottai éclata de rire. Balbo n'était pas du genre à s'embarrasser de principes ni de belles paroles.

Ils s'apprêtaient à prendre congé de leur hôtesse quand elle fonça vers la porte, les bras ouverts. Corrado Alvaro venait d'entrer dans le salon. Cet écrivain et journaliste calabrais, antifasciste notoire, était l'un des habitués de la maison. Grâce à Margherita, il avait obtenu, deux ans plus tôt, le prix littéraire du journal *La Stampa*, pour son livre *Gente d'Aspromonte* : un prix doté de cinquante mille lires.

— Il y a, ici, plus d'antifascistes que de fascistes. Le mal appelle le mal. Le Duce plie désormais le genou devant Dieu. Ceux qui déplaisent au Duce risquent de déplaire à Dieu et à l'Église. Une Juive encore plus que les autres.

Bottai et Balbo se tournèrent vers celui qui avait parlé. Il s'agissait d'un archevêque très apprécié de Farinacci, de Starace et d'autres hiérarques antisémites de l'entourage de Mussolini. Le prélat parlait avec l'époux de Massima qui abondait dans son sens.

— En quoi une Juive convertie au catholicisme risque-t-elle davantage de déplaire à Dieu, monseigneur ? l'apostropha Balbo, déjà irrité par le limogeage de Grandi.

Le prélat sursauta. Il n'avait pas remarqué les deux ministres. De sa main baguée d'une améthyste, il fit un geste d'apaisement.

— Un peuple marqué par le crime de Jésus reste une cible potentielle, mon fils. Regardez comme cet Hitler qui s'achemine vers le pouvoir l'exècre... Une morale irréprochable est la meilleure armure contre ses détracteurs.

Bottai pressa le bras de son ami. Un esclandre, ici, avec un prince de l'Église ne pouvait que desservir Margherita. Balbo serra les dents et tourna les talons.

En embrassant Margherita, il murmura :

— Méfie-toi de tous.

Elle sourit avec une assurance que Balbo jugea dangereuse.

— Je viens de reconduire le fabuleux contrat qu'*il* avait avec la presse américaine, pour une série d'articles de *sa* main. Et puis, comment pourrait-il se passer de moi avec toutes les manifestations culturelles qui se préparent en l'honneur des dix ans du régime ? N'aie crainte, Italo, je reste intouchable.

* * *

— Même en toi, Leonardo, je ne peux plus avoir confiance ? Tu comptais les garder combien de temps, mes toiles, dans ton réduit, sans m'en parler ? Si même ici, à *La Cometa*, on n'expose plus ceux qui tentent de résister à la connerie ambiante, où est-ce qu'on va les accrocher, nos tableaux ? *Ma puttana*, sois honnête ! Dis-moi de casser mes pinceaux et d'aller planter des choux à la campagne ! Ça ne changera guère, vu que pour bouffer, je suis déjà obligé de décharger les caisses de légumes de la vieille Peppina, sur le marché du *Testaccio* !

Le responsable de la galerie se hâta de refermer la porte.

— Silvio ! Tu cherches à nous faire embarquer tous les deux par la Milice ou quoi ? Si au moins tu me laissais t'expliquer ! Tes toiles étaient exposées jusqu'à hier mais on a su que les sbires de Oppo[1] allaient effectuer ces jours-ci un contrôle. Ce *cornuto* nous a à l'œil ! Il ferait aussitôt fermer la galerie s'il s'apercevait que nous exposons des artistes qui ne sont pas en règle avec les autorités. Et après, nous n'aurions plus aucun lieu à Rome pour montrer vos créations ! Il a même le pouvoir de nous retirer le

1. Cipriano E. Oppo, dirigeant du syndicat fasciste des Beaux-Arts.

maigre espace qu'a réussi à nous obtenir la comtesse Anna[1], pour la grande *mostra*[2] d'octobre. Pourquoi refuses-tu de t'inscrire sur le registre officiel ? Après, tu serais dans la légalité et je n'aurais plus à me faire de cheveux blancs chaque fois que je mets une de tes œuvres sur mes murs !

Silvio qui empilait ses toiles sur le bureau de Leonardo s'arrêta.

— Pourquoi ? Tu me demandes pourquoi ? Pour la même raison qui a poussé Vittorio Manelli à refuser de prêter serment de fidélité à ces chiens ! Rien qu'à penser que cette inscription me vaudrait de leur part un certificat de bonne conduite, j'ai envie de vomir !

Leonardo secoua la tête en soupirant. Lui aussi avait souvent la nausée. Soutenir l'art pour l'amour de l'art et non pour célébrer le culte du fascisme lui dévorait son temps et toute son énergie. Sa lutte consistait à maintenir la présence de cette galerie au cœur de la capitale. Les artistes s'y exprimaient librement dans un monde qui n'était plus libre. Si seulement Silvio acceptait de faire semblant de baisser la garde pour pouvoir continuer à exercer ! Il était l'un des plus doués de cette École romaine.

— Pour avoir refusé de signer ce serment imbécile, Vittorio a été mis à pied, Silvio, rappela-t-il doucement. Et les douze autres, comme lui. Ce sont les fascistes qui ont gagné ! Ils lui ont ôté la parole à

1. Anna Laetitia Pecci-Blunt, nièce de Léon XIII. Elle finançait *La Cometa* qui était devenu un foyer culturel de l'antifascisme à Rome.

2. Exposition, manifestation.

l'université et l'ont obligé à fuir. Nous bâillonner, c'est ce qu'ils veulent ! Rester, c'est résister.

Silvio ramassa ses toiles et regarda Leonardo.

— En se taisant ? *Vaffanculo*[1] par eux, c'est tout ce que tu mérites !

Quelqu'un entra dans la galerie. Silvio le bouscula pour sortir. Ses toiles sous le bras, il marcha un long moment, sans but, le long du Tibre. Jusqu'à quand la rage lui permettrait-elle d'avancer ? Manelli lui manquait. Il devait aussi terriblement manquer à Giulia.

Giulia ! Elle revenait toujours hanter ses pensées. Il suffisait d'un rien, d'une chevelure sombre, d'un rire de femme, d'une longue silhouette qui traversait la rue. Une obsession ! Un mal de dent ! Une lèpre ! Voilà ce qu'elle était pour lui !

En apprenant la fuite du professeur, il avait perdu son sang-froid. Et si les fascistes s'en prenaient à elle pour obtenir des renseignements ? Ce ne serait pas la première fois qu'ils torturaient des femmes... Comment savoir sans la revoir ? Pour pouvoir y renoncer, Silvio savait qu'il ne devait plus se retrouver face à elle. Aussi avait-il délégué Antonietta. Celle-ci l'avait rassuré. La Milice était juste venue une fois poser des questions à Giulia. Son travail à *Gerarchia* semblait être une caution suffisante. Quant à son cousin Flavio, il ne s'était pas manifesté.

Rome puait la peur et la délation. Qui avait dénoncé la réunion chez le professeur ? Les deux envoyés de *Giustizia e Libertà* avaient été pris peu

1. Va te faire...

après et déportés aux îles Lipari. Silvio se sentait épié et, quand il se retournait, il n'y avait personne. Pourquoi lui semblait-il que sa chambre et ses vêtements avaient été fouillés ? Que des objets avaient été déplacés ? Sombrait-il dans la paranoïa ?

Sur le *Lungotevere*, un vendeur ambulant d'une douzaine d'années proposait des pêches. Silvio songea aussitôt à son ami Scipione qui les adorait. Ce serait probablement la dernière année qu'il en mangerait. Il déclinait chaque jour un peu plus.

— Donne-m'en deux livres.

Le garçon enveloppa les fruits dans une feuille de *Gerarchia*.

— Quatre lires, *signore*.

Silvio resta sans voix. Voir les pêches dans une feuille de ce journal maudit n'était déjà pas pour lui plaire. Mais s'entendre annoncer une telle somme pour des fruits dépassait l'entendement.

— Plus cher que des pâtes ? Dis-moi, mon garçon, tes pêches, elles sont farcies à la viande ? Tu les as prises dans le verger du Quirinal ? du Vatican ? Il y a un poinçon dessus ?

Le petit futé s'empoigna la chemise comme si on cherchait à lui dérober son âme.

— Sur la *Madonna*, elles viennent du jardin de mon grand-père ! J'habite avec lui et on n'a pas grand-chose pour vivre ! Nous, on n'y a pas goûté aux pêches ! Je vous jure *signore* que c'est le prix !

Silvio renonça à discuter et fouilla dans sa poche. Il n'avait que trois lires sur lui.

— Tiens, prends ça. C'est largement payé.

— Qu'est-ce que vous me donnez en plus, alors ? demanda l'enfant sans s'émouvoir.

— Quoi ! Que veux-tu d'autre ? Un de mes tableaux ?

— Vous n'auriez pas plutôt une médaille du Duce bénie par le curé ? Ça se revend bien.

— Le petit doigt de sa main droite, celui avec lequel il se gratte l'oreille, ça te va ? Allez, fiche le camp avant que je te morde !

Le garçon haussa les épaules et s'éloigna.

Avant de voir Scipione, Silvio l'entendit. La toux d'un homme au bout du chemin.

Le malade accueillit l'arrivant et ses pêches avec un faible sourire. Sa peau virait au gris. Il transpirait en permanence.

— Où est Antonietta ? Et Mafai ?

Scipione fit un geste d'ignorance. La vie se déroulait sans lui. Et s'il aimait savoir ses amis dans la maison, il refusait de plus en plus leur présence à ses côtés.

— Ne reste pas dans ma chambre. Tu risques d'attraper cette saloperie qui me tue.

Silvio haussa les épaules :

— Qu'est-ce que tu dirais si je t'installais sur la terrasse pour peindre ? Le temps est magnifique.

L'autre fut pris d'une nouvelle quinte.

— Plus la force, souffla-t-il. Et plus de toile.

— Le soleil te fera du bien, trancha Silvio. Quant aux toiles, j'ai ce qu'il faut.

Il aida son camarade à gravir les marches. Scipione cligna des yeux. Le crépuscule embrasait les toits de Rome et ses coupoles. Des oiseaux criaient en traversant le ciel orange. Ils étaient si fluides... si libres... Bientôt, lui serait comme eux... Silvio redescendit chercher le matériel. Lui non plus n'avait plus une seule toile vierge dans son atelier. Et pas les moyens d'en acheter. Il se mit à fouiller parmi celles qu'il entassait contre le mur. Devant la dernière, son cœur chavira.

Il l'avait peinte dans la robe de dentelle noire qu'elle portait ce soir-là. Tout y était : depuis les mèches qui balayaient son visage jusqu'à son grain de peau, les yeux mi-clos, la bouche entrouverte, comme quand il s'était penché vers elle pour l'embrasser. « Ève devait lui ressembler pour qu'Adam ait fait autant de conneries ! » songea-t-il, en s'emparant de la toile. Il prit couleurs, pinceaux et huiles et rejoignit Scipione qui somnolait sur son fauteuil.

— Tiens, tu n'auras aucun mal à peindre par-dessus. J'avais beaucoup dilué les pigments.

Scipione regarda le portrait de Giulia que Silvio venait d'installer sur le chevalet. Puis, laissant sa tête aller contre le dossier du siège, il ferma les yeux. Chaque inspiration le faisait souffrir. Il avait mal au corps, mal à son Italie sous la botte fasciste. Et voilà que cet idiot de Silvio s'y mettait...

— Reprends-le.

— Tu ne veux pas peindre ?

Le malade tourna lentement la tête vers lui :

— Tu peux lutter contre tout, *amico*, sauf contre l'évidence. Et ce n'est pas une couche de peinture qui pourra en venir à bout.

* * *

Septembre-octobre 1932

— Pourquoi voulez-vous que j'y aille le jour du vernissage ? J'ignore tout de ce peintre de Ferrare et ce n'est pas dans l'affluence que je pourrai lui poser les bonnes questions ! Mieux vaut que je le rencontre seul, la veille ou le lendemain au café Aragno !

Maria jeta son porte-plume sur le bureau, impatientée.

— *Madonna Santa !* Giulia, qu'est-ce qui te prend ? Les gens s'entretuent pour être invités à ce vernissage, et toi, ça fait une heure que tu cherches des raisons pour ne pas t'y rendre ! Si je n'étais pas débordée, avec tout ce qui se prépare pour les dix ans de la Marche sur Rome, j'y serais allée moi-même. Ce n'est pas une exposition ordinaire ! Balbo la parraine ! Il y sera ! La véritable vedette de cette manifestation, ce sera lui ! Beaucoup s'y rendront dans l'unique but de le voir, notamment les femmes... Du monde, pour sûr, il en aura : des journalistes, des photographes, des personnalités de tout poil et même des espions ! Ton travail consiste aussi à te faire écraser les pieds quand c'est nécessaire, et là, ça l'est ! Par amitié pour Margherita, Balbo accordera sans hésiter quelques minutes de son temps à la représentante de *Gerarchia* ! Giulia, la *signora* Sarfatti t'apprécie et veut te donner plus de responsabilités ! C'est le moment de prouver qu'elle place bien sa confiance !

Giulia détourna les yeux pour ne plus voir les gesticulations de l'opulente responsable du service culturel. Blonde, bouclée, sanglée dans une robe bleue d'où les seins menaçaient de jaillir à chaque mouvement, cette quinquagénaire au maquillage outrancier ressemblait en permanence à une guirlande de Noël. Mais dans son métier, rien ne lui échappait. Giulia avait appris à redouter son œil d'aigle et à se relire plusieurs fois avant de lui soumettre son travail. Hormis cela, souvent absente du journal, Maria laissait à Giulia comme à Teresa une paix royale.

La jeune fille respira un grand coup. On approchait de la date anniversaire du régime et la propagande atteignait son paroxysme. Les murs étaient placardés d'affiches. À la radio, les annonces se multipliaient. Les *cinegiornali*[1] étaient saturés de discours lénifiants sur le fascisme et de portraits du Duce accompagnés de *Giovinezza*. Impossible de respirer un autre air.

Giulia regarda la pluie qui noyait la fenêtre. L'exaltation de ses débuts journalistiques était passée et sa passion pour l'art prenait l'humide, comme le temps. Elle redoutait la succession de parades et d'expositions qui s'annonçait. Son métier allait l'obliger à rencontrer ceux qui avaient contraint Manelli à fuir et Silvio à la détester. C'était ce qui l'attendait lors de ce vernissage. Et songer qu'elle y croiserait Balbo la paniquait.

— Pourquoi n'envoyez-vous pas Teresa ? Elle rêve de rencontrer « notre » grand héros fasciste !

Plongée dans ses écritures, la vieille fille sursauta et devint écarlate. Elle se serait fait couper un bras pour un baiser de Balbo.

Maria leva les yeux au ciel. Teresa ! La malheureuse s'excusait d'être vivante ! Elle ne risquait pas de retenir l'attention du sensuel Balbo. Tandis que

---

1. Actualités passées au cinéma avant le film.

Giulia se remarquait et c'était sur cela aussi que Maria misait pour obtenir les impressions du hiérarque.

— Teresa est très bien là où elle est ! trancha-t-elle. Tu recueilleras quelques mots du ministre et de son peintre, et prendras des notes sur les œuvres. C'est tout ce que je te demande ! À présent, rentre chez toi te préparer. Je te rappelle que le vernissage débute dans moins de trois heures et qu'il pleut.

Ce n'était pas une fine pluie d'automne. Un déluge s'abattait sur Rome. Beaucoup de rues, non pavées, ressemblaient à un marécage et le tram avançait lentement. Quand Giulia en descendit, les magasins baissaient leur rideau de fer. En arrivant chez elle, elle se demanda ce qu'elle allait mettre. Son salaire ne lui permettait pas de luxueuses toilettes. Elle ouvrit l'armoire. Rien qui fît vraiment l'affaire pour un vernissage important. Son embarras l'agaça. Que cherchait-elle à jouer les élégantes ! Ils la prendraient avec ce qu'elle avait ou pas du tout.

Giulia arracha sa tenue trempée et enfila une simple robe blanche qu'elle manqua déchirer en l'enfilant trop vite sur son corps humide. Une étole de dentelle noire, repérée dans les affaires ayant appartenu à la mère du professeur terminerait sa toilette et *basta* ! Malgré la pluie, l'air de septembre restait doux et il ferait certainement chaud dans la salle.

En relevant ses cheveux, elle se piqua la tête avec les épingles, se mit du fard à paupières dans l'œil et cassa la lanière de sa chaussure en tentant de la mettre sans la défaire. Elle en aurait pleuré. La seule paire qui lui restait était immettable. Des escarpins noirs, au talon vertigineux, achetés peu après la fuite de Manelli, un jour de déprime. Une folie aussitôt regrettée. Elle ne pouvait marcher avec sans se tordre un pied.

« Pour le moment, reste où tu es, lui avait demandé Vittorio. Continue à *Gerarchia.* C'est en demeurant dans la place que tu me seras utile. »

« Bon Dieu, *dottore*, pesta-t-elle en son for intérieur, vous n'imaginez pas ce qu'il m'en coûte, ce soir, de respecter ma parole ! »

Avec cette pluie et la nuit qui tombait, Giulia aurait voulu s'emmitoufler dans sa robe de chambre, prendre un livre et oublier le monde. À la place, elle allait devoir faire bonne figure à des êtres qu'elle n'aimait pas et affronter celui qu'elle redoutait le plus. Elle se surprit à s'observer dans la glace et en conçut de la colère. Enfilant, par-dessus l'étole, un imperméable, elle descendit les escaliers avec l'impression de marcher sur des œufs.

La pluie redoublait et s'accompagnait maintenant de bourrasques. Pas de taxi. Pour atteindre l'arrêt du tram, elle batailla avec le vent qui s'acharnait sur son parapluie. Sur le boulevard, une rafale plus forte tira celui-ci en arrière. L'une des baleines se brisa. En un rien de temps, Giulia eut la tête mouillée. Tous les jurons de la Terre n'auraient suffi à traduire sa fureur. Autour d'elle, les gens fonçaient vers leur logis, le dos courbé sous les crépitements de l'eau. Ils semblaient se bagarrer moins qu'elle avec les éléments.

Le tram stoppa net dans une flaque, achevant de souiller son imperméable. Sa fureur tourna à la résignation. Tout concourait à transformer cette sortie en cauchemar. Le pire l'attendait en descendant du véhicule. Son pied dérapa sur la dernière marche. Elle ne tomba pas mais en atterrissant sur la chaussée, son talon se fendit. Si elle appuyait trop dessus, il achèverait de se casser et elle claudiquerait en se déhanchant comme un canard le reste de la soirée. Ce fut donc sur la pointe des pieds qu'elle atteignit la galerie. Devant, des taxis déposaient des personnages élégants qu'un portier protégeait d'un parapluie jusqu'à l'entrée. Là, des chemises noires filtraient les arrivants.

Giulia sortit son carton d'invitation. La moitié resta dans sa poche. Le reste, détrempé, s'avérait illisible. Le milicien secoua la tête :

— Désolé, *signorina*, je ne peux pas vous laisser passer.

— Cette jeune fille travaille pour *Gerarchia*. Je la connais.

Giulia sursauta et se retourna. Balbo ! Il venait d'arriver derrière elle. En tenue de général, toutes médailles dehors, il lui souriait avec assurance. Devant l'allure de chien mouillé de la jeune fille, son sourire s'élargit. « Et encore, il n'a pas vu la chaussure ! » pesta Giulia, furieuse et du sourire et du violent frisson qui la parcourait sous le feu du regard sombre. Elle hocha la tête en guise de remerciement et s'engouffra à l'intérieur tandis que le milicien s'effaçait. Balbo voulut la suivre. Il fut pris d'assaut par les journalistes et les photographes.

Giulia confia son imperméable et son parapluie à la dame du vestiaire. Par chance, sa robe et son étole n'avaient pas souffert du trajet. On ne pouvait en dire autant de ses cheveux qui glissaient lamentablement autour de son visage. Elle se débarrassa des dernières épingles qui les retenaient et secoua la tête. En répondant aux journalistes, Balbo suivait chacun de ses gestes, fasciné par leur sensualité, par cette façon impudique de défaire sa coiffure à la vue de tous. Elle ignorait sa grâce. « Une grâce cataclysmique », songea-t-il, amusé de la voir s'excuser de marcher sur le pied de l'un, sans pour autant éviter le coude d'un autre. Avec ses talons qui lui faisaient dépasser les autres femmes d'une tête, et sa robe blanche moulée sur ses formes parfaites, elle ne passait pas inaperçue. Il suffisait de voir l'intérêt des hommes et les regards en coin des femmes.

Giulia ne s'apercevait de rien. Elle observait cette faune de miliciens, de ministres, de diplomates, de hiérarques et d'artistes à la solde du régime. Ils se croyaient intouchables et le faisaient savoir par un verbe haut, des rires en cascades et de grands mouvements qui occupaient l'espace.

Impossible d'approcher le peintre, aux prises, comme Balbo, avec les journalistes. Tant pis pour les espoirs de Maria ! Elle n'avait aucune envie de se joindre à la meute ni de se faire écraser les pieds pour lui poser des questions. Les réponses qu'il faisait à la presse et qu'elle entendait s'avéraient d'une grande banalité. Elle s'en contenterait. La qualité première de l'artiste tenait dans son origine : il était de Ferrare, le fief de Balbo, qui pour cette raison avait choisi de le soutenir. Comme tous les hiérarques, il parrainait des gens des arts et des lettres de sa région.

La jeune fille fit le tour de la galerie. Celle-ci se composait de deux vastes salles au sol de marbre, séparées par un demi-cintre. Sous les multiples éclairages, chacun restait à la vue des autres. Elle refusa le verre de cherry-brandy qu'un serveur lui proposait et sortit de son sac crayon et papier. Pour s'en aller au plus vite, le mieux était de se concentrer sur les œuvres et de prendre les notes nécessaires à son article. Les tableaux exaltaient de façon très classique des valeurs chères au régime : une saine vie rurale illustrée par un sujet de chasse, avec comme attribut fasciste un homme au port fier, en chemises noires sur un cheval. Un aigle royal au-dessus d'un champ parsemé de moissonneurs torses nus, ceci en référence à la photo de propagande du Duce occupé à faucher des blés dans la même tenue. Sans oublier l'inévitable portrait de Mussolini !

— Heureux de te rencontrer, ici, en pleine action. Ça m'évite d'aller te voir chez toi pour te parler.

Flavio arborait avec orgueil ses insignes sur sa chemises noires. Il s'était dégarni, avait grossi et son visage présentait une vilaine couperose. Une moue méprisante semblait incrustée aux commissures de ses lèvres. Le regard restait aussi mauvais et violent que par le passé. « Peut-être plus », songea Giulia qui s'était raidie. En elle remonta d'un coup tout ce qu'elle tentait d'étouffer depuis sa rupture avec les siens : l'incompréhension, la révolte, la souffrance d'avoir été rejetée par ses parents, celle de ne pas en être aimée.

— Je n'ai aucune envie de discuter avec toi.

Flavio partit d'un rire grinçant. La colère de sa cousine faisait toujours sa joie.

— Il faudra bien pourtant. À moins que tu préfères que je te fasse convoquer et emmener par deux de mes hommes jusqu'au quartier général de la Milice... Réveille-toi, ma cousine. Depuis peu, le Duce aime ailleurs. La belle s'appelle Claretta Petacci et pourrait être sa fille. Il n'a pas encore retroussé ses jupons et la respecte comme un adolescent devant une pucelle. Une relation touchante qui lui offre un regain de jeunesse. Tout cela pour te dire que ta vieille putain de directrice ne peut plus te servir de bouclier.

Giulia leva vers lui un regard flamboyant :

— Je n'ai besoin d'aucun bouclier ! Le plus menacé des deux, c'est toi ! Il suffit de voir ta face avinée, tes pupilles de drogué et ton corps étouffé par le gras ! Si je me souviens bien, la mère de ton père est morte obèse, d'une crise d'apoplexie à trente-cinq ans, non ? Maintenant, dis-moi vite ce qui me vaut ton ignoble présence et va contaminer un autre air que le mien !

Flavio perdit son sourire. Pourquoi sa tante l'avait-elle délégué auprès de cette garce qui finissait toujours par le rendre fou ?

— Ta mère a tort de se ronger les sangs pour toi ! Valeria a accouché au printemps d'un garçon : Giancarlo. Starace nous fait l'honneur d'en être le parrain. Le baptême doit avoir lieu dans quelques jours. Tes parents te demandent d'y assister. Aucune de nos relations ne comprendrait ton absence. Quoi qu'il se soit passé, nous devons offrir l'image d'une famille unie et respectable. Après la cérémonie, tu pourras t'en aller.

Giulia en eut presque le souffle coupé.

— Ce serait même souhaitable, n'est-ce pas ? Cela vous éviterait de craindre que je déclenche à table un pugilat en dénonçant ce qui est scandaleux ! Ôte-moi d'un doute, si ton Starace avait refusé d'être le parrain, vous m'auriez invitée ? Évidemment non ! Eh bien, dis à mes chers parents que je me fous éperdument de la naissance d'un autre marmot dans ce nid de scorpions ! Valeria aurait pu accoucher d'un veau dont le Duce aurait fait son filleul, je m'en foutrais de la même façon ! Ce Giancarlo peut avoir deux têtes et trois jambes, ça m'est égal ! Je vous hais tous tellement qu'à l'église, ça risquerait de se voir !

Les personnes les plus proches s'étaient retournées. Giulia n'avait pas parlé fort mais ses traits exprimaient une telle fureur que nul ne s'y trompait. Qui était cette fille qui agressait le bras droit de Starace en pleine exposition ?

Flavio se pencha vers sa cousine.

— Pour ne pas salir tes parents et ne pas me souiller les bottes, dit-il en détachant ses mots, je t'ai tenue à l'écart de l'affaire Manelli ! Maintenant, je n'ai plus de raison de te ménager ! Une autre injure et tu prends quinze ans de *confino* dans un endroit où tu supplieras les pierres de te parler !

— Le Diable t'emportera avant moi, dégénéré !

Sans s'en rendre compte, ils venaient d'élever la voix. La salle avait fait silence.

— Quelque chose ne va pas, Tinelli ?

Tout à leur dispute, ils n'avaient pas vu Balbo approcher. Cette fois, il ne souriait pas. Flavio fit non de la tête. Il savait quand et en présence de qui il devait s'arrêter. Balbo était puissant.

— Tout va bien, *Eccellenza* ! J'échangeais juste quelques mots avec ma cousine.

Après le salut fasciste, il s'éloigna. Balbo nota que Giulia frémissait de colère.

Pour ne pas achever de perdre tout contrôle, elle évitait de le regarder. Lui ne s'en privait pas. Dans sa robe blanche, avec ses cheveux mouillés qui ondulaient sur son étole, il la trouvait magnifique. Déjà grande, perchée sur ses talons, elle faisait la même taille que lui. Une plante superbe.

— J'ignorais qu'il était votre cousin. Que voulait-il ?

La question choqua Giulia. De quel droit se mêlait-il de sa vie ?

— Rien.

Une fois de plus, l'« *Eccellenza* » passa à la trappe. Pire, elle partait sans le saluer. Il la retint par le bras et lui désigna les tableaux.

— Margherita voudra connaître mes impressions. Vous voulez prendre note ?

L'ostentation de ce personnage était insupportable. Giulia s'obligea à croiser son regard.

— Je m'en tiendrai à *mes* propres impressions.

— Pouvez-vous m'en faire profiter ?

En parlant, il se rapprochait. Qu'il y eût du monde, qu'ils fussent observés ne semblait pas le déranger. Giulia redressa le buste et le toisa. Finalement, sa taille la servait. Cela lui aurait déplu d'avoir à lever la tête pour le regarder.

— Mes impressions ? Vous tenez à les connaître ? Je pense que ce peintre a vraiment, vraiment beaucoup de chance d'être né à Ferrare !

Elle tourna les talons mais un seul accepta de suivre. Celui qui était fendu n'y résista pas. La moitié resta sur place. Stupéfait, Balbo considéra tour à tour le débris de la chaussure et la silhouette boiteuse de l'insolente qui s'éloignait vers la porte. D'où sortait cette fille pour croire qu'elle pouvait lui infliger un affront public ?

L'un des photographes avait pris un cliché de Balbo tenant le bras de Giulia. Stefano Marchiani intercepta l'homme et lui confisqua son appareil. L'autre protesta. Le numéro deux de l'OVRA lui montra sa carte.

— Tu connais la règle : aucune photo d'un membre du gouvernement prise à son insu. Tant pis pour toi.

Balbo interpella Marchiani et l'attira à l'écart.

— L'adresse de cette fille : je la veux demain matin sur mon bureau, à la première heure.

Stefano ne demanda pas de qui il s'agissait. Comme toutes les personnalités présentes, il n'avait rien perdu de l'altercation entre la jeune fille et le bras droit de Starace, puis de celle qu'elle avait eue avec Balbo. Cette Giulia Diacalone, sur laquelle ce dernier lui avait déjà commandé un rapport, semblait tout faire pour échouer dans les bureaux de l'OVRA.

C'était aussi l'avis de Michela, l'amie de Silvio qui avait assisté à la scène depuis un angle de la salle.

— Alors, Italo, la proie se montre rebelle ?

Dans l'œil du ministre des Corporations, Giuseppe Bottai, pétillait l'ironie. Balbo porta le verre à ses lèvres, sans cacher une certaine satisfaction. Sa colère était retombée. Ne restait plus qu'un agréable aiguillon.

— J'aime la chasse. Plus le gibier se dérobe, plus je le veux.

* * *

— Rosetta ! Qu'est-ce que tu fais sous cette pluie ?

Rencognée près de l'entrée de la maison, la cuisinière sursauta et étreignit Giulia.

— Te voilà enfin ! Ça fait des heures que je t'attends... Il faut que je te parle... C'est à propos d'Ottavia...

Son agitation affola Giulia.

— Quoi, Ottavia ? Que lui est-il arrivé ?

La vieille femme éclata en sanglots.

— Si tu savais... si tu savais...

La jeune fille se glaça.

— Elle n'est pas...

Rosetta secoua la tête.

— C'est tout comme !

Giulia chercha fébrilement la clé dans sa poche et entoura les épaules de la vieille femme.

— Viens. Ne restons pas là. Tu vas tout m'expliquer à l'intérieur.

Rosetta refusa de se sécher mais accepta le verre de liqueur de figue que Giulia trouva dans un placard. L'alcool la calma un peu. Devant l'étole en dentelle noire et la robe blanche, elle sourit à travers ses larmes.

— Qu'est-ce que tu es belle, ma Giulia ! Une vraie dame !

Celle-ci s'assit et prit dans les siennes les mains usées par l'âge et les travaux domestiques.

— Ottavia ? Raconte-moi tout.

Les yeux de la servante se regonflèrent instantanément.

— Tu savais qu'il la battait ? Je l'ai appris il y a quelques jours... Comment j'ai fait pour ne pas m'en apercevoir, moi, sa mère... ? J'étais sans nouvelles d'elle depuis des semaines. Alors, je suis allée la voir. Ton oncle m'a presque fermé la porte au nez en me disant qu'elle ne travaillait plus là et que lui et sa femme ne voulaient plus en entendre parler ! Leur nouvelle servante a eu pitié et m'a dit en cachette où la trouver. Ottavia habite l'*Agro Romano,* dans une de ces *borgate* misérables qu'ils ont construites... J'y suis allée... C'est horrible... ! À Gordiani, ils n'ont pas l'eau dans les maisons. Il y a vingt-cinq toilettes pour cinquante mille personnes... Tu n'imagines pas la saleté... ! Et ils ont mis ma petite fille là, dans cet endroit fait pour les porcs !

Rosetta eut un nouveau sanglot qu'elle tenta d'étouffer avec un mouchoir sur sa bouche. Giulia serrait le rebord de la table à s'en briser les jointures. Elle devinait la suite mais laissa Rosetta poursuivre.

— Flavio l'a mise enceinte. C'est pour ça que ton oncle et ta tante ont chassé Ottavia. Leur fils pouvait abuser d'elle autant qu'il voulait et la rouer de coups, ils fermaient les yeux. Mais le gros ventre et l'enfant d'une servante, c'est moins facile à cacher ! Ça fait scandale ! Ils se sont débarrassés d'elle en l'envoyant là-bas, et en promettant de lui obtenir une pension pour les filles dans son état. Comme ça, ils sont tranquilles avec le bon Dieu, et ton cousin peut continuer à la persécuter... Pourquoi le Duce, il laisse tout faire aux chemises noires ? Chaque jour, on apprend qu'ils ont frappé quelqu'un dans la rue, qu'ils torturent... Les gens en ont peur... Je t'en supplie, Giulia, essaie de persuader Ottavia de fuir ! Elle refuse parce qu'elle est terrorisée à l'idée de ce que Flavio lui fera s'il la retrouve ! J'ai essayé d'en parler à tes parents et à ta sœur, ils ne veulent rien savoir.

— Ça t'étonne ?

Giulia se servit à son tour un verre d'alcool et l'avala d'un trait. Difficile d'admettre combien les siens étaient monstrueux ! Avaient-ils des limites ? Et le plus ignoble osait lui donner des leçons et la menacer en pleine exposition ! Elle pressa contre elle la vieille femme qui ne cessait de pleurer. Voir son unique fille en arriver là la détruisait.

— Calme-toi, Rosetta, et écoute-moi. Demain, j'irai à Gordiani. Je te promets de sortir Ottavia de là. Et Flavio n'a pas intérêt à se mettre en travers du chemin. Voilà ce qu'on va faire...

* * *

Lorsque Giulia descendit de l'autobus, l'angoisse lui serra la gorge. À moins de vingt kilomètres de la capitale, Gordiani se trouvait au milieu de nulle part. Aucun arbre sous le ciel bas, juste quelques touffes d'herbe battues par les vents, une terre rendue boueuse par les pluies de la veille, que le soleil devait craqueler en été. Un paysage de désolation. Aux dires de Rosetta, les murs cachaient bien pire.

Giulia avait passé la nuit à rassembler ses souvenirs. Quand ils se parlaient encore, Silvio avait évoqué l'une de ces *borgate*. Il était allé y voir un ami dont on avait rasé la maison dans le cadre des démolitions du cœur historique de Rome. D'après lui, sous couvert d'assainir les vieux quartiers de la capitale, Mussolini en faisait peu à peu chasser les miséreux, les marginaux, les indésirables, ceux qui ne rapportaient rien et risquaient de troubler l'ordre public.

Cette déportation de population se faisait en fanfare. La propagande vantait la politique sociale du Duce : les pauvres quittaient le centre-ville qu'on voulait embellir. On les relogeait dans des cités d'urgence bâties à leur intention sur des terres de l'État. En réalité, des dizaines de milliers de ces « déguerpis[1] » restaient parqués là, sans travail et sans les moyens de payer quotidiennement l'autobus pour en trouver à Rome. En s'avançant dans la rue principale, Giulia se souvint des photos de presse sur lesquelles le Duce inaugurait les *borgate* au milieu de familles souriantes.

Les maisons qui se dressaient de part et d'autre dataient de deux ans et, déjà, se délabraient. Les murs élevés à la hâte et sans soin se lézardaient. Il devait pleuvoir à l'intérieur. Vu leurs dimensions, les constructions comptaient une ou deux pièces. Devant, cela grouillait de monde. Gordiani paraissait surpeuplée. Des adultes désœuvrés discutaient. Des enfants jouaient dans la boue et les immondices. Beaucoup avaient du prurit autour des oreilles, sur les genoux et sur les mains, signe qu'ils souffraient déjà d'engelures. Qu'en serait-il au cœur de l'hiver ?

Giulia ressentit la même envie de fuir, le même froid que quand on lui avait demandé d'embrasser une dernière fois son grand-père. Elle avait refusé le contact de la mort. Là, elle ne pouvait pas détourner les yeux. Encore s'agissait-il de la *borgata* la plus récente ! À quoi ressemblaient les autres ?

1. Mot utilisé par l'administration.

À plusieurs reprises, elle manqua tomber sur des patrouilles de chemises noires et coupa par des voies adjacentes. Même vêtue simplement, elle se remarquait avec son manteau bien coupé et ses chaussures en cuir souple. Il fallait éviter les questions à tout prix.

S'en tenant aux indications de Rosetta, elle progressa dans le cloaque. Bien qu'asséchés, les anciens marais ne demandaient qu'à ressurgir et l'eau remontait du sol à la moindre pluie. Dans une rue latérale où la foule se pressait, une odeur insoutenable montait de petites bâtisses en ciment : les cabinets. Les robinets qui y étaient adossés représentaient les seuls points d'eau de Gordiani. Des femmes faisaient la queue pour remplir leur seau. Elles discutaient sans paraître incommodées par la puanteur. Rosetta avait raison : c'était un lieu fait pour des porcs, pas pour des humains.

On dévisageait avec curiosité et une lueur d'envie cette belle jeune fille qui passait. Personne n'osait lui adresser la parole. Sous leur regard, Giulia se sentit coupable d'être correctement vêtue et de manger à sa faim. Elle se hâta vers la cinquième maison de l'allée et frappa à la porte. Devant l'ombre qui lui ouvrit, elle marqua un temps. Les cheveux roux avaient terni. Dans les yeux dorés, trop grands, se lisait la peur. Ottavia ressemblait à un oiseau à la fin de l'hiver.

Elle recula en resserrant sa veste en laine autour de son ventre à peine renflé et fit signe à Giulia de se hâter d'entrer. Après un regard terrorisé vers la rue, elle rabattit la porte.

— Je savais que ma mère te mêlerait à ça ! jeta-t-elle d'un débit précipité. Tu n'aurais jamais dû venir. S'il te trouve ici...

— Il ne NOUS trouvera pas ! Prends tes affaires, on s'en va.

Un tremblement fou s'empara d'Ottavia. Giulia crut à une crise d'épilepsie. Les dents de la malheureuse s'entrechoquaient si fort qu'elle n'arrivait plus à parler.

— Je... je... ne peux... pas partir... S'il me retrouve... il me tue... Regarde, ce... qu'il m'a fait... hier... avec... sa ceinture...

Elle défit sa veste et sa blouse. Ses seins tournaient au bleu. L'un des mamelons était à vif. Giulia retint un hurlement.

— C'est si tu restes qu'il te tuera !

Ottavia rabattit ses vêtements et se pelotonna sur l'unique chaise. L'ameublement se réduisait à ce siège, une table branlante, un réchaud à charbon posé sur une caisse et deux étagères sur lesquelles étaient rangés quelques ustensiles de cuisine. De là, on apercevait dans la chambre sans porte un lit et une vieille armoire. Les deux pièces ne possédaient pas de plancher, aucun chauffage. Les murs étaient recouverts de salpêtre.

Giulia était de plus en plus horrifiée. Sur ces terres à malaria, « assainies », d'autres maladies devaient faire des ravages, notamment la tuberculose. Elle n'avait vu aucune pharmacie. Ces gens ne devaient pas avoir les moyens d'acheter des médicaments.

— Tu... ne comprends pas... articula Ottavia. Nous sommes... constamment surveillés... par les miliciens... Moi, encore plus... que les autres... à cause de... Flavio ! S'ils me... voient... avec une valise... ils m'empêcheront... de partir...

Giulia s'accroupit près d'elle et lui prit les mains. Ottavia les retira vivement. Tout contact physique lui était insupportable.

— Tu ne feras aucun paquet, dit doucement Giulia. Le prochain tram passe dans dix minutes. Tu vas sortir avec un seau comme pour aller chercher de l'eau. Puis, tu bifurqueras vers une sortie moins gardée de la *borgata* et tu me rejoindras devant l'arrêt d'autobus. Nous aurons juste le temps d'y monter. Si tout va bien, ce soir, nous coucherons dans la maison de mon grand-père et tu seras à l'abri. J'avais gardé une clef. Personne ne songera à t'y chercher. Mes parents n'y retourneront que l'été prochain. Dimanche, tu prendras l'un de ces trains populaires qui emmènent les gens des villes à la campagne pour la journée et tu iras chez ta tante qui habite près de Florence. Je lui ai écrit. Ta mère aussi est prévenue.

— Ça ne sert à rien ! Il me fera rechercher ! La Milice est partout ! Il saura vite où je suis ! Tu ne le connais pas !

— Oh si, je le connais ! Mais il n'a quand même pas des yeux aux fesses ! Ta tante, dont il ignore l'existence, habite un coin isolé des monts du Chianti ! Les miliciens n'y grouillent pas et puis, c'est un refuge provisoire ! Le temps que je te trouve autre chose. Fais-moi confiance !

Ottavia céda. Ses tremblements cessaient. À bout de résistance, elle ressemblait maintenant à une enfant docile qui attend qu'on lui dicte ses actes. Elle n'était pas en état de remercier et ne paraissait avoir aucunement conscience des risques pris par Giulia. Il lui faudrait du temps pour émerger de la nuit.

Elle sortit la première. Après s'être assurée qu'il n'y avait aucun milicien en vue, Giulia la suivit. Tout se passa comme prévu. Ottavia marchait mollement et ne feignait pas sa faiblesse. Même vide, le seau semblait trop lourd pour elle. Soudain, elle tituba. Faisant fi de toute prudence, Giulia se précipita pour la soutenir. Les gens s'étaient arrêtés de parler et les regardaient.

— Tiens bon ! supplia Giulia à mi-voix. Dirige-nous vite vers la sortie la plus proche.

En flageolant sur ses jambes, Ottavia tourna vers la droite et emprunta une ruelle étroite. Giulia était en transe. Son amie pouvait-elle retrouver son chemin ? N'allaient-elles pas vers une impasse ? Si des chemises noires débouchaient en face...

— *Signorina ! signorina !*

Dans leur dos, un enfant les appelait. Ottavia ralentit.

— Ne te retourne pas, l'adjura Giulia. Continue d'avancer.

Le paysage battu par les vents s'ouvrit d'un coup devant elles. Ottavia ne s'était pas trompée. Elles sortaient de la *borgata.*

Le ciel se zébra. Des gouttes commencèrent à tomber. Le crachin tourna rapidement à l'averse. Elles atteignirent l'arrêt sans encombre. Le temps les servait. Les gens rentraient se terrer dans les maisons. L'autobus de la ligne de Prenestina arrivait juste. Giulia poussa Ottavia dedans et s'y engouffra. Le véhicule s'éloigna de Gordiani en cahotant.

Quelques heures plus tard, un milicien remarqua le gant de cuir qui dépassait de la poche d'un garçonnet.

— Où as-tu trouvé ça ?

Devant la chemises noires, l'enfant eut un mouvement de recul.

— Dans la rue, *signore.* Je vous jure que j'ai voulu le rendre à la dame qui l'avait perdu ! Mais quand je l'ai appelée, elle n'a pas répondu ! Elles étaient pressées de prendre l'autobus de Prenestina.

— Elles ? Elles étaient plusieurs ? Décris-les-moi.

* * *

La porte grinça. La maison sentait le renfermé. Giulia referma le battant. Même si les parents d'Adriano, son ami d'enfance, habitaient à cinq cents mètres de là, mieux valait se montrer prudente. Elle laissa les volets clos.

Rien n'avait changé depuis la mort du grand-père. Giulia, qui n'était pas revenue là depuis longtemps, fut surprise d'en être émue. Enfant, elle avait adoré courir la campagne et détesté cette demeure aux papiers peints défraîchis et aux meubles sombres. Les sièges marron et vert devaient avoir son âge. Près du piano noir, les photos sépia, dans la vitrine, accrurent son trouble. Sur l'une, le vieil Emilio la tenait par la main. Elle devait avoir huit ou neuf ans. Giulia s'en détourna. Elle avait peu de temps. Il fallait installer Ottavia, lui trouver de quoi manger et regagner Rome avant que son absence se remarque.

Assise sur le rebord d'une chaise, la fille de Rosetta jetait des coups d'œil désorientés, à droite, à gauche. Comment Flavio allait-il réagir en apprenant sa fuite ? Elle n'osait plus formuler la question, de crainte de se faire une nouvelle fois rembarrer par son amie.

Dans la cuisine, Giulia ouvrait les placards. Soudain, elle poussa une exclamation de victoire et réapparut dans l'embrasure, chargée de plusieurs boîtes de pâtes sèches.

— Louée soit ta mère ! Elle en a laissé une dizaine, ainsi que des bocaux de sauce tomate, de fruits au sirop et de confiture de figue. Dans la cave, il y a toujours en réserve un ou deux jambons et du vin. Tu as largement de quoi tenir jusqu'à dimanche !

Ottavia opina comme une automate.

Un instant plus tard, Giulia posait devant elle un plat de spaghettis brûlants recouverts de l'inimitable sauce de Rosetta. Ottavia mangea deux bouchées et reposa sa fourchette. Giulia voulut lui prendre la main mais se rappela à temps que la jeune femme évitait tout contact.

— Même si tu n'as pas faim, il faut nourrir ton enfant.

— Quand je pense que c'est aussi le sien, j'ai envie de m'arracher le ventre ! Comment ai-je pu aimer ce monstre ? Même en enfer, ils n'en voudront pas !

— Ton bébé n'a pas demandé à venir au monde ! Dans quelques jours, tu seras loin de Rome et à l'abri.

Elle alla prendre son sac. Ottavia blêmit.

— Que fais-tu ?

Giulia sortit une liasse de lires de son portefeuille.

— Tu as là de quoi payer ton billet de train pour Florence et t'acheter quelques vêtements, une fois arrivée là-bas. Tu me renverras la clé par courrier. En attendant, dans les armoires des chambres, tu trouveras du linge de rechange. Ma mère en laisse toujours.

— Pourquoi dis-tu tout ça ? paniqua Ottavia. Où vas-tu ?

— Je rentre à Rome.

— Je ne veux pas rester seule ici !

Giulia fut prise de court. Il était 17 heures et le dernier tram pour Rome passait moins d'une heure plus tard. Elle contraignit son amie à se rasseoir et en fit autant.

— Dès que Flavio apprendra ta disparition, il cherchera à savoir où tu es et déboulera chez moi ! Il faut que j'y sois !

— Il te tuera ! Giulia, je t'en supplie, ne rentre pas !

— Calme-toi ! Il n'a aucune raison de faire le rapprochement entre ta disparition et moi. Je dois reprendre mon travail demain ! Mais cesse d'avoir peur ! Je sais me défendre !

Ottavia eut l'air égaré.

— D'accord... d'accord... Mais alors tu reviens me chercher dimanche, hein ? Je n'ai jamais pris le train. J'ignore comment on fait. Si tu ne m'emmènes pas à la gare, je n'irai pas !

— Enfin, Ottavia, tu fais exprès de ne pas comprendre ? Flavio risque de me faire suivre ! En revenant, je peux te perdre !

— Ce sera alors la volonté de Dieu ! Si je ne te vois pas dimanche matin, je retourne à Gordiani ! Et tant pis s'il m'étrangle !

* * *

Il faisait nuit lorsque Giulia arriva chez elle. Elle eut beau actionner l'interrupteur à plusieurs reprises, le couloir ne s'éclaira pas. Son pouls s'accéléra. Retenant son souffle, elle s'avança dans l'obscurité jusqu'à sa porte. À chaque pas, elle avait l'impression que quelqu'un allait lui saisir le bras. Flavio pouvait être déjà prévenu et l'attendre.

Le danger vint d'ailleurs. Elle se prit les pieds dans quelque chose de piquant et fit un bond en arrière. De quoi s'agissait-il ? Le mieux était encore d'ouvrir la porte et d'éclairer, ce qu'elle fit à tâtons, allongeant le bras le plus possible pour éviter de se piquer à nouveau. Dans la lumière de l'entrée apparut une superbe gerbe de roses rouges. Qui la lui envoyait ? L'espoir fou que ce fût Silvio la traversa.

Elle s'empara du petit carton glissé au milieu et se troubla. Un avion dessiné à la plume s'accompagnait des initiales *I. B.* Italo Balbo ! Il connaissait son adresse et jouait les séducteurs.

— Tu as vu *signorina* comme elles sont belles ?

Giulia sursauta. Elle n'avait pas entendu venir Nello, le fils un peu simplet de l'épicière.

— Tu n'es pas encore couché à cette heure ?

— J'attendais que tu rentres. Les fleurs, elles sont là depuis ce matin et j'avais peur qu'on les vole. Alors, je passe souvent voir si elles y sont encore. Maintenant, je peux aller dormir ! Je sais que tu les as !

— Qui les a apportées ?

Il eut un geste vague.

— Un garçon qui livrait. Il a dit qu'il devait te les remettre à toi, les fleurs. J'ai promis que j'y ferais attention jusqu'à ce que tu arrives. Et voilà ! *Buona notte, signorina.*

— Attends !

Elle sortit de la monnaie de son sac et la lui glissa dans la main.

— Rends-moi un service : demain matin, ramène ces roses, de ma part, au ministère de l'Aéronautique. Tu sais où il est ?

Nello fut surpris, puis opina, heureux qu'elle lui confiât quelque chose d'important à faire. Il connaissait par cœur le nom de toutes les rues de Rome et savait ce qui s'y trouvait.

Giulia referma la porte et s'y adossa. Où tout cela allait-il mener ?

* * *

Deux jours s'écoulèrent sans que rien n'altérât le cours des choses. Giulia allait au journal le matin et en revenait le soir, après un travail harassant. On allait boucler le numéro de septembre, particulièrement surchargé avec l'anniversaire qui arrivait, et tout le monde était sur les nerfs. Comme elle ne cessait de le faire depuis son voyage à Gordiani, la jeune fille leva la tête vers le calendrier. On était vendredi.

« Après demain, Ottavia sera à l'abri », se répéta-t-elle pour la énième fois. C'était près et loin à la fois. Il pouvait s'en passer des choses en quarante-huit heures !

Le lendemain matin, on frappa chez Giulia. Elle avait mal dormi et se levait. La pendule affichait 7 heures. Les coups se répétèrent. Flavio aurait déjà défoncé le battant.

C'était Rosetta. Devant ses yeux cernés par le manque de sommeil, Giulia eut honte de ne pas l'avoir rassurée. Mais Ottavia n'était pas totalement hors de danger.

— Je ne pouvais plus attendre, s'excusa la cuisinière. Il fallait que je sache. J'ai pris prétexte de la première messe pour venir te voir. Ottavia ?

Giulia hocha la tête :

— J'ai réussi à la faire sortir de Gordiani. Elle est à l'abri.

— Où ?

La question que Giulia redoutait. C'était pour éviter d'y répondre qu'elle n'avait pas contacté Rosetta. Elle aurait pu le faire à *San Pietro in Vincoli*[1] où la vieille femme suivait quotidiennement le premier office avant d'aller faire son marché.

— Giulia, je t'en supplie, dis-moi où elle est. J'ai besoin de le savoir pour être tranquille !

— Je sais Rosetta. Mais je t'avais prévenue. Ne m'en veux pas. Dimanche, elle partira pour la Toscane, chez ta sœur. Même cela, c'est dangereux que tu le saches.

— Parce que tu crois que j'irais le dire ? Que je mettrais la vie de ma propre fille en danger ? Giulia, c'est pas possible que tu te méfies même de moi ! Je me ferais couper en deux pour toi comme pour elle ! Comment peux-tu me taire où tu la caches ?

1. Saint-Pierre-aux-Liens.

Giulia balança. Parler s'avérait risqué. La vieille femme ne résisterait pas à un interrogatoire de la Milice. Ils savaient user les nerfs et faire parler les murs. Rosetta pressa soudain sa poitrine à deux mains et s'effondra sur une chaise, cherchant son souffle.

— Rosetta ! Rosetta ! Qu'est-ce que tu as ? Parle-moi ! Tiens ! Bois un peu d'eau ! Ça va ?

D'un signe, la cuisinière la rassura.

— Ça va, ma perle. Un peu de fatigue. C'est passé.

Giulia savait que c'était plus grave ; que depuis quelque temps, le cœur de la vieille femme avait des ratés. Si l'angoisse le faisait lâcher...

— Ottavia est chez mon grand-père, à la campagne.

— *Cristo !* Sois bénie, ma Giulia !

Elle prit les mains de la jeune fille et les embrassa avec des larmes d'émotion.

— Arrête ! Rosetta, arrête ! Écoute-moi : il ne faut pas qu'on te voie ici. Va-t'en, vite. Et pas un mot à quiconque. Même au curé en confession, tu m'entends.

L'intéressée acquiesça vigoureusement et s'en fut.

À l'angle de la rue, une main la happa.

— Il me semble que j'arrive bien. Alors Rosetta, comment va ?

Elle voulut reculer mais Flavio la maintenait par la manche du manteau. La haine lui fit oublier sa peur. Cet individu était le bourreau de sa fille, celui qui la brisait.

— Vous osez me demander comment je vais ? Après ce que vous avez fait à Ottavia ? Je sais que vous la battez ! Tout le monde le sait dans votre famille !

Il se pencha vers les cheveux blancs. Ses yeux étaient injectés de sang. Il sentait l'alcool.

— Je sais qu'Ottavia n'est pas chez ma chère cousine. J'ai fait fouiller l'appartement pendant la journée. On les a vues partir ensemble de Gordiani. Je veux voir ta fille une dernière fois. Je te promets que je ne lui ferai aucun mal. C'est juste pour lui dire adieu. Après je la laisserai aller en paix. Si tu refuses de parler, je tue Giulia.

* * *

Nello tambourina à la porte de son amie jusqu'à ce qu'elle lui ouvrît. Il déboula dans l'appartement, très agité.

— Giulia ! Giulia ! La *nonna*[1] qui sort de chez toi ! Quand il lui a parlé, elle s'est mise à pleurer !

Elle eut peur de comprendre.

— Qui lui a parlé ?

— La chemises noires à l'air méchant ! Y'a quelques jours qu'il rôde par ici ! Elle a eu peur, la *nonna* ! Je l'ai vu ! Il lui serrait le bras, comme ça ! Mais... où tu vas ? Il est parti !

Giulia enfilait déjà son manteau. Elle s'empara de son sac et poussa l'adolescent vers la porte.

— Tu vas pas chercher à le retrouver ? Il est méchant, je te dis !

— Non, Nello. Ne t'inquiète pas. Je vais juste faire quelques courses.

---

1. Grand-mère.

Nul besoin de rattraper Rosetta pour savoir qu'elle avait parlé. Flavio savait s'y prendre pour arracher la vérité. Ce n'était pas à la vieille femme qu'elle en voulait, mais à elle-même. Pourquoi ne pas s'être tue comme le lui dictait la plus élémentaire prudence ?

La lenteur du tram la terrorisa. La Milice possédait des véhicules rapides. Flavio arriverait forcément le premier.

La moto était garée à une centaine de mètres de la maison.

Les hurlements d'Ottavia s'entendaient depuis le portail. Ils glaçaient le sang. Giulia se précipita. Les cris provenaient de la cuisine. Flavio n'avait même pas pris la peine de refermer la porte. Les coups de pieds pleuvaient dans le ventre de la malheureuse.

— Saleté de boniche ! Tu croyais pouvoir m'échapper ! Prends ça ! Et ça !

— Lâche-la !

Il fit volte-face. Son visage était démoniaque. Giulia se fit violence pour ne pas reculer. Secouée de sanglots, Ottavia ne pouvait se relever.

— Ma chère cousine ! Ne manquait plus que toi !

— Fous le camp d'ici !

Avec un rire dément, il s'empara du grand couteau à viande posé sur la table près du jambon.

— Je vais pouvoir saigner deux putains au lieu d'une !

Lame dressée, il se jeta sur Giulia. Dans un sursaut désespéré, Ottavia agrippa sa cheville au passage. Déséquilibré, Flavio poussa un juron et se détourna pour se dégager. Une imprudence que sa cousine mit à profit. Le jambon atteignit l'homme de plein fouet, derrière le crâne. Giulia l'avait assené de toutes ses forces. Sonné, Flavio tomba en avant. Son cri s'acheva en gargouillis. Un sursaut et il s'immobilisa, le nez sur le carrelage. Dans son dos, une pointe rougie émergeait de la chemises noires. Il s'était écroulé sur le couteau qu'il tenait toujours.

Pétrifiée, Giulia lâcha son jambon. Elle n'y croyait pas. Un drame ne survenait pas ainsi, en une fraction de seconde. Pourtant, Flavio ne donnait plus signe de vie. Avec l'impression d'avoir des semelles en plomb, elle s'approcha et du pied retourna son cousin. Autour de l'arme plantée jusqu'à la garde, une tache s'élargissait. Même dans la mort, les yeux de Flavio restaient mauvais.

La jeune fille s'adossa au mur, en fixant le cadavre. Qu'il fût un monstre n'y changeait rien. Elle avait assassiné un homme.

— *Dio mio,* tu l'as tué ! gémit Ottavia. *Santa Maria* que j'ai mal ! Giulia, aide-moi !

Du sang s'écoulait entre ses cuisses. Les coups répétés de Flavio avaient fait leur effet : Ottavia faisait une fausse couche.

Giulia étouffa un sanglot. À qui demander secours ? Le seul médecin du village était un fasciste convaincu. Impossible de recourir à lui. Quant aux parents d'Adriano, la mère était incapable de tenir sa langue.

— Giulia ! Je perds mon bébé ! Je le perds...

Ottavia se tordait par terre. Les mains serrées entre ses jambes en sang, elle lâchait des plaintes de bête. Giulia la saisit par les aisselles et tenta de la soulever.

— Je t'en supplie, essaie de te relever. La chambre est à côté.

— Je peux pas... Je te dis que je le perds !

Bandant ses muscles, Giulia parvint à arracher la jeune femme au sol et à la soutenir jusqu'au lit du vieil Emilio. Avant de l'allonger dessus, elle eut la présence d'esprit de jeter une couverture pour protéger l'édredon. Il ne faudrait laisser aucune trace.

Ottavia couchée, elle se précipita sur l'armoire et en extirpa serviettes, torchons, tout ce qui lui tombait sous la main. Il fallait de l'eau bouillie. Se faisant violence, elle retourna dans la cuisine. Devant la flaque de sang autour du corps de Flavio, elle manqua se trouver mal. C'était elle qui avait fait ça ! Et à présent, elle devait, à deux pas du cadavre, remplir une marmite d'eau et la faire chauffer. Elle réprima une terrible envie de hurler.

De la chambre lui parvenaient les gémissements de son amie. Dès que l'eau fut prête, elle la rejoignit. Elle dut patienter pour ne pas la brûler. Un temps qui lui parut une éternité. Cette eau ne refroidissait plus. Aucun mot ne lui venait pour calmer Ottavia. En désespoir de cause, elle entonna une berceuse que leur chantait Rosetta lorsqu'elles étaient enfants. La jeune femme cessa de gémir.

— De combien de mois étais... es-tu ? questionna Giulia, en commençant à la nettoyer.

— Deux et demi, souffla Ottavia, torturée par les spasmes.

En s'activant, Giulia tentait de réfléchir. Il fallait trouver au plus vite un médecin qui garderait le silence. Elle verrait plus tard quoi faire de Flavio. L'urgence, c'était Ottavia. La manière dont elle envisageait la chose lui fit froid dans le dos. Elle exclut de recourir encore à la *signora* Sarfatti. Il ne s'agissait pas de faire sortir un artiste de prison. Le mort était un haut responsable de la Milice. Et Margherita restait avant tout une fasciste. Il n'y avait plus qu'une personne : Silvio. Le médecin de Scipione était un ami antifasciste. Il accepterait peut-être de venir jusqu'ici s'occuper d'Ottavia. Restait à convaincre Silvio de l'écouter jusqu'au bout sans lui claquer la porte au nez.

* * *

Via Cavour, ce fut Mafai, le mari d'Antonietta, qui lui ouvrit, sa petite dernière au bras et ses deux autres filles agrippées à ses jambes. Contrairement à Silvio, ni lui ni sa femme ne lui tenaient rigueur de travailler pour *Gerarchia.*

— Giulia ! Quelle surprise ! Depuis le temps ! Entre ! Dommage qu'Antonietta ne soit pas à la maison ! Mais dis-moi, tu tenais à casser la porte pour cogner ainsi ? Tu as oublié que c'est toujours ouvert ?

Il vit alors qu'elle était blême et bouleversée.

— Qu'est-ce qui t'arrive ?

— Silvio est ici ?

— Je n'en sais rien. J'étais dans la cuisine en train de faire manger ma troupe. Va voir dans l'atelier ou dans sa chambre. S'il n'y est pas, patiente un peu : Antonietta pourra te renseigner. Elle est partie chercher des médicaments pour Gino[1]. Il ne va pas bien.

1. Le véritable nom du peintre Scipione était Gino Bonichi.

— Le docteur ? Il est là ?

— Non. Pourquoi ? Tu es malade ?

Elle ne répondit pas et fonça vers l'atelier de Silvio. Vide. Du bruit provenait de sa chambre. Elle ne frappa point. Mieux valait le prendre par surprise. Retenant son souffle, elle poussa le battant.

Michela referma précipitamment le secrétaire dans lequel Silvio rangeait ses papiers. Elle était seule.

— Une revenante ! Que veux-tu ? dit-elle très vite.

— Et toi ? rétorqua Giulia, intriguée par la fébrilité de la jeune femme.

Elle en oublia le méchant pincement qui lui était venu en voyant sa rivale dans la place.

— Je cherchais des cigarettes, expliqua Michela.

« Dans les papiers ? » Giulia ravala sa remarque.

— Où est Silvio ?

— Qu'est-ce que tu lui veux ?

— Lui parler.

— Tu le trouveras au café Aragno, dans la Troisième salle ! Il fait des portraits pour manger ! Tout le monde n'a pas la chance de travailler pour les fascistes !

Giulia avait déjà tourné les talons. Elle dévala les escaliers et courut jusqu'au café Aragno. Cela faisait plus d'une heure qu'elle avait quitté la maison de campagne. Il lui faudrait le même temps pour y retourner, sans compter celui qu'elle mettrait pour convaincre Silvio, puis le docteur. Dans quel état serait Ottavia à son retour ? Ottavia qui risquait de mourir à cause d'elle et de son idée de lui faire fuir Gordiani. Pour la persuader de la suivre, Giulia s'était avérée excellente mais les coups de pieds meurtriers de Flavio dans le ventre, c'était Ottavia qui les avait subis. Et elle perdait son bébé.

Giulia arriva en nage dans la Troisième salle. Malgré l'affluence qui y régnait, elle les repéra aussitôt. Elle avait déjà croisé la journaliste étrangère qui se trouvait avec lui. Comme beaucoup d'autres, elle venait d'arriver à Rome pour couvrir les manifestations d'octobre. Le gouvernement les accueillait à bras ouverts pour montrer au monde avec quel faste il comptait fêter les dix ans de règne fasciste.

La fille tourna légèrement la tête, offrant à Giulia un profil parfait. Blonde, fine, les cheveux coupés à la garçonne, un long cou, un petit nez, des yeux bleus et larges, la trentaine ; elle était belle et posait avec grâce. Le dessin ressemblait fort à un prétexte d'approche. Elle s'intéressait visiblement plus à Silvio qu'au portrait qu'il faisait d'elle. Tandis qu'il la croquait à la sanguine, elle plaisantait et lui lançait des regards sans équivoque. Il y répondait par des sourires concentrés.

Faisant taire fierté et jalousie, Giulia se faufila entre les tables. Comme elle arrivait près de la leur, un serveur la heurta. Elle manqua tomber sur le couple. Ce fut le carton à dessin qui subit le choc. La main de Giulia s'écrasa sur les jolis traits à la sanguine et froissa le papier, le rendant inutilisable.

Le modèle poussa un juron en allemand et lui lança un regard furibond. Qui était cette fille échevelée, aux vêtements froissés ?

— Pourquoi ça ? s'écria-t-elle avec un terrible accent.

Les têtes se tournèrent vers eux.

— *Entschuldigung*[1] *!* s'excusa Giulia sur un ton glacial.

Silvio avait reposé son carton malmené et fixait obstinément son verre vide.

— Je me serais passée de te solliciter. Je ne le fais pas pour moi, lui dit-elle rapidement et à mi-voix, pour que l'Allemande ne comprît pas. Il faut que tu viennes. C'est très grave.

Silvio resta deux secondes silencieux et se leva. Il tendit son dessin abîmé à la belle avec un sourire qui fit mal à Giulia.

— Demain, même heure ? d'accord ?

L'Allemande ne répondit pas. Après un regard vindicatif à l'adresse de l'intruse, elle s'en alla sans prendre la feuille. Giulia voulut parler. Silvio l'en empêcha en désignant la salle. Dans ce café d'artistes, il y avait toujours des informateurs.

Sitôt dehors, il n'y mit pas les formes :

— J'espère que tu as une bonne raison pour...

— Désolée d'avoir brisé ton élan avec l'Allemande ! Oui, j'ai une bonne, une excellente ou plutôt une terrible raison ! Et si j'avais pu m'adresser au pape plutôt qu'à toi, je l'aurais fait !

Sans reprendre son souffle, elle débita d'un trait :

— Je viens de tuer mon cousin Flavio. Ça s'est passé chez mon grand-père, à la campagne. Ottavia, je t'avais parlé d'elle, il la frappait dans le ventre. Elle fait une fausse couche. J'ai besoin du docteur Perletti. Je sais qu'il se taira. Après, je ne te demanderai plus rien. La police se chargera...

---

1. Pardon.

— La police ? Tu veux te constituer prisonnière pour le meurtre d'un pourri ? Jamais tu ne réfléchiras dans le sens de la marche ?

— C'est quoi le sens de la marche en ce moment en Italie ? Celui de Mussolini ? Tu le suis, toi ?

Elle eut un geste d'impuissance et craqua :

— J'ai juste voulu l'assommer avec un jambon ! sanglota-t-elle. Je le détestais mais pas au point de l'assassiner ! Y'a du sang partout dans la cuisine ! C'est horrible !

— Tu l'as tué avec un jambon ? Il datait de Néron ton cochon ?

— C'est à cause du couteau de cuisine ! Il voulait me frapper avec ! Alors, j'ai pris le jambon et il est tombé dessus !

— Sur le jambon ! Du côté de l'os, alors ?

— Tu fais exprès de ne pas comprendre ? Il est tombé sur le couteau !

— Donc tu ne l'as pas tué ! Il s'est tué tout seul !

— Sans le coup de jambon sur la tête, il ne serait pas mort...

— C'est tout à fait logique et cohérent. À t'entendre, on comprend pourquoi les Juifs et les Arabes n'aiment pas le porc, ça paraît bigrement dangereux !

Il lui empoigna le bras, et l'entraîna :

— Tu me raconteras la fin de ton histoire de charcuterie en chemin. Allons trouver Perletti.

* * *

Quand la voiture du docteur s'arrêta près du portail, un fait nouveau troubla Giulia sans qu'elle sût le définir. Soudain, elle comprit : la moto de Flavio garée un peu plus loin n'y était plus.

La première chose qui la frappa en poussant la porte, ce fut le silence. Terrorisée, elle bondit dans la chambre :

— Ottavia ! Ottavia ! Mais... qu'est-ce que... ?

Sur le pas de la porte, elle resta pétrifiée. Le lit était impeccablement fait. La couverture qu'elle avait mise pour protéger l'édredon se trouvait pliée dans l'armoire avec les autres. Aucune trace des serviettes utilisées pour laver Ottavia, ni de la marmite d'eau bouillie. La pièce semblait inoccupée depuis des mois. Elle bouscula les deux hommes qui arrivaient derrière elle et fonça dans la cuisine. Même chose. Tout était rangé, nettoyé. Pas de signe de lutte ni de tache de sang sur le sol. Et surtout, pas de cadavre.

Comme une possédée, elle courut d'une pièce à l'autre, ouvrit chaque porte, chaque armoire, jusqu'au plus petit réduit, sans déceler la moindre présence humaine. Qui avait fait cela ? Certainement pas Ottavia, dans son état. Pourquoi avait-elle disparu ? L'avait-on enlevée ? Si oui, pourquoi ? Et pour quelle raison avait-on fait disparaître le corps de Flavio ?

Silvio croisa les bras.

— Tu peux nous expliquer ?

Giulia secoua la tête, dévorée d'angoisse. Elle n'avait pas de réponse.

— J'ai laissé ici un homme mort et dans la chambre une amie qui faisait une fausse couche. C'est tout ce que je sais.

Le regard du docteur s'arrêta sur la porte d'entrée. Posant sa mallette sur la table, il alla y voir de plus près et s'accroupit. Du montant, il retira un doigt poissé.

— C'est bien ce qu'il me semblait ! Du sang encore frais.

Lequel ? Celui de Flavio ? D'Ottavia ? Giulia passa une main tremblante sur son visage. Rien ne prouvait qu'il s'agissait de celui de Flavio.

Silvio sortit inspecter le jardin. Un crépuscule humide tombait sur la campagne, réveillant le parfum des cyprès. Pas âme qui vive. Nulle marque de pneus sur le gravier. Ceux qui avaient fait cela étaient des professionnels.

— Pourquoi ? souffla Giulia lorsqu'il revint. Qu'est-ce que tout cela signifie ?

— Ça veut dire que toi ou ton cousin étiez suivis en venant ici. Une ou plusieurs personnes ont été témoins de ce qui s'est passé. Qui et pourquoi, je l'ignore.

— J'avais laissé les volets clos ! La porte donnant sur l'extérieur n'a pas été forcée. Il n'y en a qu'une dans la maison.

— Qu'est-ce qui prouve qu'ils ne sont pas entrés pendant que vous étiez dans la chambre avec votre amie... intervint le médecin.

Un frisson glacé parcourut Giulia. Rien, en effet, ne l'assurait du contraire.

— Cette histoire ne sent pas bon, dit Silvio. On te raccompagne.

Dans les yeux de celui qu'elle aimait, l'hostilité avait fait place à la vigilance. C'était un premier pas : il ne la rejetait plus. Ce constat la réconforta. Elle avait tellement besoin de lui. Elle évita de le montrer ni d'en espérer trop.

Durant le trajet du retour, ils restèrent silencieux. Giulia se tenait prostrée, à l'avant, près du médecin. En conduisant, ce dernier jetait des coups d'œil alentour. Silvio ne cessait de se retourner. Aucun véhicule ne les suivait.

Rome était plongée dans le noir quand ils atteignirent le Trastevere. Lorsque la voiture s'arrêta près de chez elle, Giulia paniqua. Elle ne voulait pas monter seule. Silvio le comprit. D'ores et déjà, il avait décidé de ne pas la laisser.

— Donne-moi ta clé. Attendez-moi ici. Si je ne suis pas redescendu dans dix minutes, partez. Non ! Ne proteste pas ! Pour une fois, fais ce que je te dis !

Quelques instants plus tard, il réapparut.

— Merci pour tout, Perletti. Et pardon pour le dérangement. Giulia, tu peux venir. Il n'y a personne.

La jeune fille se rendit compte qu'elle n'avait même pas salué le médecin. Elle se laissa conduire à l'étage. Silvio referma derrière eux la porte à double tour. Puis il l'installa dans un fauteuil et alla dans la cuisine préparer du café. Il se comportait comme s'il avait toujours vécu avec elle, comme si le temps qu'il avait passé à la fuir était aboli. L'entendre s'affairer rassurait Giulia. Sans cette terrible histoire, elle aurait été folle de bonheur qu'il fût là.

Qu'avait-elle sur la main ? Elle regarda de plus près. Du sang ! C'était du sang ! Elle avait dû s'en mettre en rentrant dans la maison de son grand-père. La première ou la seconde fois ? Elle s'aperçut avec effarement qu'elle en avait aussi sur la jupe. En avait-elle déjà en entrant au café Aragno ? Révulsée, elle se précipita dans la salle de bains, arracha ses vêtements et commença à se laver, se frottant le corps comme une furie. Plus de sang, plus jamais !

L'eau était froide. Elle s'en moquait. Il fallait qu'elle ôtât cette horreur.

— Mais... qu'est-ce qui te prend ? Tu veux t'arracher la peau ou quoi ?

Devant l'entrée de la salle de bains, ses deux tasses de café sur une assiette, il la considérait avec stupeur. Giulia ne songea pas à cacher sa nudité. Elle s'empara de sa jupe souillée et la montra à son ami.

— Du sang ! J'en avais partout sur moi !

Silvio ne regardait pas la jupe. Elle possédait le corps le plus sensuel du monde, celui qu'il imaginait, la nuit, durant ses insomnies. Il l'avait croquée au fusain, un soir où le mal d'elle le rongeait, avant de déchirer la feuille. Maintenant, il ne s'agissait plus d'une image. Elle se tenait devant lui, recouverte de mousse, bien vivante et terriblement désirable avec ses seins magnifiques, son ventre plat et sa taille marquée. Il se racla la gorge :

— Tu veux que je fasse des pâtes ?

— Des pâtes ? Pourquoi des pâtes ?

— Parce que c'est plus simple qu'un bœuf Strogonoff et que si je ne retourne pas immédiatement dans la cuisine, je te saute dessus !

Giulia prit alors conscience du tableau qu'elle offrait et devint cramoisie. Elle bondit pour saisir la serviette mais il y avait du savon partout et elle dérapa. Elle se retrouva contre lui sans savoir comment. L'assiette et les tasses voltigèrent et allèrent se briser sur le mur du couloir. Il la serra comme si elle risquait de lui échapper. Et en effet, elle lui glissait des mains avec la mousse qui recouvrait son corps. Il entreprit de la sécher. Faire courir le tissu sur la peau satinée ne fit qu'accroître son désir. Le séchage se mua en caresse.

— Pas avec ce qui vient d'arriver ! gémit-elle, les yeux fermés.

Sa voix implorait le contraire.

— Demain, tantôt, on sera peut-être morts ! murmura-t-il dans ses cheveux, avant de chercher sa bouche.

Chacun retrouva le goût de l'autre avec la sensation de n'avoir attendu que cela durant des mois. Même si l'OVRA ou la Milice défonçaient la porte à cet instant, ils ne bougeraient pas.

Giulia émit une plainte sourde qui électrisa Silvio. Il la souleva et l'emporta dans ce qu'il croyait être la chambre. C'était le placard à balais. Elle n'eut pas la force d'en rire. Lui non plus. Ils se trouvaient dans un état d'impatience insupportable.

Il la jeta sur le lit et se coucha sur elle. Ce moment, elle en avait mille fois rêvé, l'avait appréhendé, aussi. Mais elle n'avait pas imaginé cette fièvre qui les poussait à s'écraser le corps avec tant de violence. Elle n'avait pas peur. Le visage torturé de Silvio au-dessus du sien ressemblait à une évidence, comme tantôt dans la cuisine quand il manipulait les casseroles. Il posa la main sur le pubis de Giulia et la sentit se contracter. Elle était donc toujours vierge. De joie, il en aurait embrassé le bon Dieu sur la bouche même s'il avait senti l'ail. Réfrénant son désir, il se fit plus doux. Ce fut elle qui reprit sa main et la remit sur sa toison. Elle se colla à lui, achevant d'incendier son sang. Le souffle court, il l'écarta juste ce qu'il fallait pour arracher son pantalon et son caleçon. Elle l'aida à enlever sa chemise et le rappela contre elle, les mains autour de son cou.

Lorsque l'hymen se déchira, elle n'eut pas un cri ; juste une petite larme qu'il effaça de sa langue. Avec un sanglot sec, il commença à aller et venir en elle. Jamais il n'avait ressenti cette joie animale qui lui donnait envie de hurler. Giulia ! Sa Giulia était à lui ! Enfin ! Maintenant, il pouvait mourir !

La première douleur passée, Giulia se laissa emporter par les vagues brûlantes qui déferlaient en elle. Les bras en arrière, elle glissait la tête de droite à gauche, les yeux clos, en murmurant des mots incohérents. C'était donc cela le plaisir ! Ce terrible délire ! Chaque parcelle de son corps frémissait. Elle tremblait, se tordait, gémissait. Quand la jouissance les souleva, chacun étouffa le cri de l'autre sous sa bouche.

Ils passèrent la nuit à faire l'amour. De temps à autre, épuisés, ils somnolaient, enlacés. Puis la fièvre les reprenait.

L'aurore les trouva terrassés. Le froid réveilla Giulia dans un lit en révolution. Draps et édredon avaient glissé par terre. Elle frissonnait. Silvio dormait la joue contre son ventre. Son visage serein la bouleversa. Entre eux, la guerre était finie. Ils s'aimaient. Doucement, elle se mit à caresser les boucles claires, le menton pas rasé, à respirer l'odeur de sa peau. Jamais elle n'avait ressenti un tel bonheur. Mais le souvenir de la veille émergea et l'angoisse brisa le rêve. Elle tourna la tête vers le réveil : 6 heures. Son sommeil avait été bref. Qu'allait-il se passer ? Ce jour qui se levait la terrifiait. Que dire à Rosetta qui ne manquerait pas de venir aux nouvelles ? Pour Flavio, elle ne lui raconterait rien, mais pour Ottavia ? Était-elle en droit de lui taire sa disparition ? Si elle la lui révélait, le cœur de la pauvre femme résisterait-il ? Comment retrouver Ottavia ? S'adresser à la police ? Pas la peine d'y songer !

La sentant s'agiter, Silvio se redressa et lui sourit, les yeux mi-clos. Il remonta jusqu'à son visage et comprit, en voyant son regard. Effleurant d'un doigt le front de Giulia, il fit mine de gommer le pli soucieux qui le barrait.

— Je vais préparer du café. Cette fois, on essaiera de le boire.

Doucement, à l'oreille, il lui murmura : « Merci, mon amour. »

Malgré la pierre qui écrasait sa poitrine, Giulia savoura la déclaration. Elle savait Silvio trop pudique pour s'épancher davantage. Ces simples mots représentaient un aveu.

— C'est moi qui te remercie d'être resté. Je... je n'aurais jamais cru que... que nous soyons un jour à nouveau réunis. Non, tais-toi, je ne veux plus en reparler. À présent, il faut que je te dise quelque chose. C'est à propos de Michela.

— Michela ne compte pas. Elle n'a jamais compté. Voilà des mois que je ne couche plus avec elle. Depuis toi.

— Ce n'est pas ça... Tu devrais te méfier d'elle...

Elle lui rapporta ce qu'elle avait surpris. Il l'écouta en fixant le plafond. Bien des choses s'éclaircissaient tout à coup, notamment cette impression fréquente que des objets avaient été déplacées dans sa chambre et dans son atelier. Il était aisé de deviner pourquoi Michela l'espionnait. La drogue la tenait et elle n'avait pas toujours les moyens de s'en offrir. L'OVRA avait tapé sur son point faible pour obtenir sa collaboration.

Une rage impuissante le gagna en songeant à sa propre inconscience. Devant elle, il avait parlé à Mafai, à Antonietta et à quelques autres antifascistes irréprochables de l'arrivée à Rome des deux envoyés de *Giustizia e Libertà.* Et ces derniers avaient été pris. À présent, il en connaissait la raison.

Soudain, il se figea : dans ses papiers figurait l'adresse laissée par Manelli qui devait leur servir de point de contact. Il bondit hors du lit et attrapa ses affaires.

— Où vas-tu ?

— Je crains, dit-il, sautant dans son pantalon, qu'elle ait fait encore plus de dégâts que prévu. Je dois aller vérifier quelque chose.

— Tu... tu me laisses ? Et pour Ottavia... ?

Silvio, qui attachait sa ceinture, s'arrêta et s'assit auprès d'elle. Il caressa tendrement les mèches brunes décoiffées et effleura les jolis seins. Giulia ferma les yeux. Dieu, qu'il l'aimait ! Avec un soupir, il s'arracha à sa contemplation et au désir qui renaissait en lui.

— On n'a aucun moyen de savoir où est ton amie, avoua-t-il.

— Et si on la retrouve morte...

— Je reviens ce soir, éluda-t-il. Toi, tu vas aller comme d'habitude à ton travail et faire comme s'il ne s'était rien passé. Quand la disparition de Flavio sera signalée, il ne faudra pas qu'on puisse te soupçonner de quoi que ce soit.

— Je ne sais pas si j'aurai le courage de mettre un pied dehors.

— Il faudra bien. Et même affronter sous peu les questions de la Milice ou de l'OVRA si le corps de ton cousin resurgissait.

— Parce que tu crois...

— Je ne crois rien. Les motivations de ceux qui ont effacé toute trace de passage chez ton grand-père m'échappent. Je crains qu'ils ne nous réservent d'autres surprises.

* * *

La foule grossissait dans l'église *San Pietro in Vincoli.* La famille avait invité toutes ses connaissances. Ce baptême donnait aux Diacalone, comme aux Tinelli, l'occasion de montrer la puissance de leurs relations. Grâce à Flavio, Starace avait accepté d'être le parrain de Giancarlo, le dernier fils de Valeria et de Marcello.

Son bébé dans les bras, la sœur de Giulia se rengorgeait. Voir celui-ci devenir le filleul du secrétaire général du PNF la remplissait d'orgueil. Enfin, sa vie prenait un tour passionnant. Depuis un mois, elle évitait de s'empiffrer de gâteaux pour être belle ce jour-là. Elle tenta d'inspirer lentement pour moins s'étouffer dans le tailleur jaune qui l'engonçait. Présumant de sa force de caractère devant l'assiette, elle l'avait fait couper trop juste. La grosse broche sur son corsage dissimulait mal une poitrine qui prenait, avec l'allaitement, des propensions terribles. Par deux fois, le bijou venait de griffer la joue du nourrisson qui protestait par des pleurs.

Avec des airs de madone à l'enfant, Valeria tentait de le consoler tout en l'écartant d'elle pour éviter les coulées de bave. Elle rêvait de le rendre à la servante qui le gardait. Mais impossible de se séparer du prétexte de la fête avant la sortie de l'église. Sous les mimiques maternelles, elle exultait. Les vrais héros de ce jour, c'étaient son époux, et surtout, elle, la mère.

Le même sourire éclairait Marcello, plus discret. Depuis un mois, le couple oubliait ses différends pour préparer la cérémonie. Ce coup-là ne manquerait pas de faire obtenir au mari de Valeria le poste qu'il convoitait à la banque. L'entrée de Starace dans la famille ouvrirait bien des portes. Les yeux de Marcello allaient de sa montre à l'entrée de l'édifice. Le retard de Flavio, censé amener Starace, devenait inquiétant. Il croisa tour à tour le regard de l'oncle Costanzo, puis celui de son beau-père et comprit qu'eux aussi s'interrogeaient.

— Et Giulia ? demanda la mère de Flavio.

Chiara retint un geste d'agacement. La stupidité de sa belle-sœur frisait l'insupportable. Son silence ne découragea pas celle-ci.

— Un jour pareil, elle est forcée de venir, non ? Sinon...

— Nous nous passerons d'elle, c'est tout. Que fait ton fils ?

Une moue d'ignorance plissa la bouche de la grosse femme et ajouta un bourrelet à son menton. Une fois de plus, elle portait un chapeau de dentelle noire qui ressemblait à une ombrelle.

— Il ne devrait plus tarder. Tu sais ce que c'est, avec ses responsabilités ! Mon Flavio devient quelqu'un d'important, il suffit de voir le parrain qu'il a trouvé à notre petit Giancarlo, non ? Dieu les bénisse !

« Et que le Diable t'emporte ! » ragea Chiara en son for intérieur. Sa belle-sœur allait passer la journée à rappeler aux invités que Marcello et les Diacalone devaient à Flavio la présence de Starace.

Les prêtres attendaient, près de l'autel, mains jointes, sans manifester d'impatience. Flavio les avait triés sur le volet : tous des sympathisants fascistes.

Pietro se pencha vers son gendre.

— Essaie de savoir où est Flavio.

— Inutile. Regardez.

Marcello désignait l'entrée de l'église. Starace s'avançait au pas de charge, escorté de deux miliciens. Il portait sa tenue de parade mais n'affichait pas le sourire de circonstance. Des murmures impressionnés s'élevèrent des bancs.

— Comme il est beau ! Un athlète ! admira une femme.

— Et fier ! renchérit une autre.

— Un vrai chef fasciste ! approuva un homme, bombant le torse comme s'il parlait de lui-même.

Marcello se porta au-devant de Starace, bras tendus, en signe de bienvenue. L'autre ne songea pas à le saluer.

— Flavio ne s'est pas présenté ce matin. L'avez-vous vu ? non ?

Il se tourna vers ses hommes.

— Trouvez-le.

* * *

Le mélange de santal et de musc avec lequel Michela se parfumait flottait encore dans la chambre. D'après Antonietta, elle était passée la veille. Nul ne songeait à s'inquiéter de sa façon de pénétrer partout. Elle faisait partie des habitués de la maison. Silvio se précipita vers son secrétaire. Le papier sur lequel Manelli avait inscrit l'adresse se trouvait à sa place, entre les pages d'un livre. Il le porta à son nez. À la fragrance, ici plus forte, se mêlait l'odeur d'herbes stupéfiantes qui imprégnait en permanence les doigts de Michela. Aucun doute. Elle avait manipulé la feuille.

Il déchira l'adresse en se maudissant. Une imprudence folle de l'avoir gardée. D'autant plus stupide qu'il l'avait d'emblée mémorisée. Claquant la porte, il dévala les escaliers. Il traversa la ville au pas de course, puis la piazza Barberini et attaqua la via di San Basilio. Le numéro 7 correspondait à une maison ancienne à trois étages.

Le couloir sombre sentait le salpêtre et la friture. Silvio regarda les noms sur les boîtes à lettres. Celui de Massimo Neri y figurait.

— Vous êtes de la police ?

La vieille femme qui venait d'émerger de l'appartement de droite au rez-de-chaussée le considérait avec méfiance. Elle avait la taille d'un enfant de dix ans, un épais duvet gris au-dessus de ses lèvres fripées et un regard inquisiteur qui aurait plu à Torquemada.

« Pas commode », songea Silvio en lui adressant son plus courtois sourire.

— Non, *signora*. Je cherche Massimo Neri.

— Hum ! Je savais qu'il était trop poli pour être honnête celui-là ! Il me disait qu'il travaillait chez un cordonnier ! Avec ses mains blanches et les livres qu'il achetait toujours, *non sono minchiona*[1] ! Il me la faisait pas, à moi ! « *Che stronzate mi vieni a contare*[2] *!* » je lui disais. Il riait, ce *delinquente*. Je suis vieille mais j'ai encore mes yeux et ma tête ! Toutes les allées et venues de ces gens chez lui : même notre saint-père le pape, il doit moins avoir de visites que ce Neri ! Et jamais une odeur de cuisine qui sortait de chez lui avec ce monde ! À croire qu'il leur donnait des pierres à manger ! Une maison qui sent pas la cuisine, c'est pas une maison honnête...

— Vous pourriez me dire, *signora*, à quel étage il se trouve ?

La vieille eut un sourire victorieux.

— Vous arrivez trop tard, jeune homme ! La Milice l'a embarqué hier !

* * *

Michela était assise à sa place habituelle, dans l'un des cafés de la piazza Navona. Elle suivait comme de coutume les volutes de sa cigarette, d'un air atone. Ses pupilles dilatées parlaient de drogue et le verre qu'elle avait devant elle ne contenait pas de l'eau.

Silvio eut du mal à marcher normalement jusqu'à elle. Il se retint de l'empoigner par le col de sa blouse et de la secouer jusqu'à ce qu'elle avoue. Un reste de prudence l'en dissuada. Des chemises noires occupaient plusieurs tables et s'interpellaient

1. Je ne suis pas couillon !
2. Quelles conneries, tu me racontes !

comme si la salle leur appartenait. Michela leva à peine la tête en le voyant. Il s'assit face à elle et serra les poings sous le plateau de bois.

— *Allora, bella*, encore farcie *come una saltimbocca alla romana*[1] !

Le ton agressif la mit sur ses gardes. Silvio ne s'était jamais jusque-là préoccupé de ce qu'elle avalait.

— Pas plus que d'habitude. Qu'est-ce que tu veux boire ?

— Tu ne préfères pas savoir ce que je veux tout court ? Dis-moi, Michela, ces derniers temps, tu n'as pas posé pour un peintre ni travaillé ailleurs, que je sache ! Avec quoi paies-tu la saloperie que tu prends ? Tu revends de l'eau bénite ou tu as promis ton cul à l'Académie des Sciences ?

Michela blêmit et tira sur sa cigarette avec un sourire crispé.

— Toujours le mot pour rire, hein, Silvio ?

Elle eut un geste vague :

— Je fais comme toi, je m'arrange.

— Avec eux ?

Silvio désignait les chemises noires.

— Ça rapporte bien la délation ?

Michela aspira nerveusement une autre bouffée.

— *Gesù !* Je vois que ta vierge folle est passée par là ! Elle n'a jamais digéré de nous avoir surpris tous les deux !

— Laisse-la en dehors de ça et réponds à ma question !

1. Escalope de veau farcie au jambon et à la sauge, arrosée de vin blanc.

— Elle m'accuse de Dieu sait quoi et tu veux que je l'oublie ? Tout ça parce que je cherchais des tickets de tram dans tes papiers ? Je l'ai fait des dizaines de fois et tu n'as jamais rien dit ! *Ma chi è la puttana ?* Au lieu de m'attaquer, tu ferais mieux de la surveiller, elle ! Elle est dans les meilleurs termes avec Italo Balbo ! Regarde ces photos prises lors d'un récent vernissage. Les services de sécurité n'ont pas pu confisquer toutes les pellicules. Un ami a fait passer celles-ci à travers les mailles. Il compte sur moi pour l'aider à les vendre à des journalistes étrangers. Beaucoup traînent dans ce café.

Après un coup d'œil vers les miliciens, elle venait de sortir des clichés de son sac et les passait discrètement à Silvio. Sur le premier, le ministre de l'Aéronautique discutait avec Giulia en souriant. Visiblement, elle l'attirait. Sur les deux autres, il la tenait familièrement par le bras : dans ses yeux se lisait le désir. Giulia levait vers lui un visage troublé. Silvio rabattit les photos sur la table. Michela était très forte.

— Et tu auras un pourcentage, là-dessus ? Tu vends les scandales ! Les amis des amis, aux fascistes ! Tout ce qui te tombe sous la main ! Un conseil, Michela : ne te montre plus jamais via Cavour. Je risquerais d'oublier que tu es une femme et de te tuer !

Elle eut un sourire las.

— Tu te trompes sur un point : jamais je ne te vendrai, toi. « Ils » ignorent mes sources. À mon tour de te donner un conseil : si tu tiens à ta sirène, éloigne-la vite de Rome. Balbo la veut. Si elle reste, il l'aura. Sans effort. Il suffit de voir avec quels yeux elle le regarde.

* * *

— Giulia ! enfin ! La *signora* Sarfatti te cherche. Elle veut que tu l'accompagnes au siège de la *mostra. Dio, che calore !* Ce temps lourd est insupportable ! On ne se croirait pas en octobre !

Maria émergea la tête d'un tiroir et entreprit de s'éventer avec un cahier. Non seulement il fallait courir partout, mais aussi gérer les impondérables comme ce papier qui se révélait introuvable. Elle fouilla encore sur son bureau, se remit à ouvrir les tiroirs. Rien. Le courrier qu'attendait Margherita ne s'était pas égaré au service culturel. Une énième fois, elle récapitula son emploi du temps pour les prochains jours. Démentiel. Une délicieuse excitation la gagna en évoquant la semaine à venir.

Pour cet anniversaire historique, le Duce avait déclaré : « Rome doit apparaître comme la plus superbe à ceux venus du monde entier. Elle sera immense, ordonnée, puissante, comme au temps glorieux d'Auguste. » Il voulait éblouir par du faste et de la démesure. Ce qui se préparait ne pouvait décevoir.

Cela commencerait trois jours plus tard, le 27 octobre, par l'inauguration de la voie *dei Fori Imperiali*, une avenue qui débouchait sur le Colisée et sur une piazza Venezia réaménagée pour l'occasion – réaménagement qui donnerait également lieu à des festivités. De même, on allait saluer la construction de toute une série de sanctuaires fascistes comme la chapelle du palais Vitoni dédiée désormais aux morts pour la révolution fasciste. On parlerait aussi de cette stèle rappelant les fascistes tombés à l'étranger qui venait juste d'être achevée. Et surtout, le 28 aurait lieu la cérémonie d'ouverture de la *mostra* de la révolution fasciste. Mussolini avait demandé pour cette exposition une rétrospective de l'histoire du fascisme. Dino Alfieri, responsable du projet, avait recruté une brillante équipe d'architectes, de peintres et de sculpteurs.

En s'agitant, Maria heurta la pile désordonnée de papiers et de revues qui encombrait son bureau. Tout s'écroula sur le sol. Avec un juron peu littéraire et une grimace due à sa robe trop serrée, elle s'accroupit pour ramasser. Giulia vint l'aider.

« Quelle empoisonneuse ! » pesta-t-elle en elle-même, les nerfs à vif. Elle se sentait traquée. L'assaut direct de Maria l'avait paniquée. Dans la rue, elle avait craint à tout instant d'être interpellée. Impossible que son état de tension ne se vît point. Le dernier imbécile de la Milice s'en apercevrait s'il la croisait.

La porte s'entrebâilla sur Margherita. Elle interrogea Maria du regard. Celle-ci eut un geste d'impuissance.

— Non. Rien reçu.

Margherita se mordit les lèvres. Elle nota alors la présence de Giulia. Comme Maria, elle était trop préoccupée pour remarquer son air crispé.

— Ah ! te voilà ! Le Duce doit passer à la *mostra* à 10 heures. Il faut que je lui parle. J'ai besoin de toi, là-bas. Je te dirai pourquoi en chemin. Prends vite de quoi écrire.

Durant le trajet, Margherita s'expliqua :

— Pour le prochain numéro, j'ai rédigé un texte sur la représentation symbolique de cette exposition. Reste à en faire une description pratique. C'est toi qui t'en chargera. Il me faut le papier avant ce soir. C'est court, je sais. Mais on n'a pas le choix. À toi de jouer.

Son débit rapide et abrupt, sa façon de tirer sans cesse sur sa cigarette, d'arranger ses cheveux, tout en elle trahissait la nervosité.

« Comment vanter cela ? » se demanda Giulia en se retrouvant devant le bâtiment d'exposition. Du colossal. Rien que du colossal. Un chef-d'œuvre de propagande. L'entrée principale de cet énorme cube rouge sang était surmontée d'un arc sévère qui soutenait quatre faisceaux de branches brunies, hautes de vingt-cinq mètres. L'ensemble se découpait sous un ciel assombri par d'épais nuages. « Lugubre ! » songea Giulia, frissonnant malgré la lourdeur de l'air. Elle baissa les yeux pour ne plus voir la couleur de la façade. Depuis le drame, le rouge lui était insupportable. L'image de Flavio baignant dans son sang, celle d'Ottavia perdant son enfant, la hantaient. Elle les conjura par ce qui avait suivi : les bras de Silvio, son corps, sa peau, et l'immense bonheur de lui appartenir, même après l'enfer.

Margherita regarda sa montre : 9 h 30. Benito faisait de la ponctualité son credo. Cela lui laissait une marge d'une demi-heure. Elle se décontracta un peu.

— C'est beau, non ? remarqua-t-elle en désignant la construction. Sais-tu ce que proclame Sironi ? Que cet édifice brise les résistances les plus tenaces des supers négateurs de l'art moderne. Je suis d'accord avec lui. Le Duce a demandé à Alfieri de faire une manifestation *modernissima* et audacieuse. Rien qu'à voir cette architecture, il a été entendu. Et le contenu vaut le contenant, tu vas voir ! Ce n'est pas une simple exposition sur le fascisme mais une démonstration de son impact révolutionnaire sur la culture.

Giulia referma la portière sans un mot. Depuis des semaines, tous au journal se gargarisaient de termes grandiloquents. Par chance, Margherita, qui devait la juger médiocre dans cet exercice, la cantonnait, pour ces manifestations, à des articles très pratiques, telle la description des lieux et ce qu'on y trouvait.

Une voiture s'arrêta non loin de la leur. L'un des responsables de la *mostra* en sortit. Giulia aurait juré qu'il les avait vues. Il regarda ailleurs et s'engouffra dans le bâtiment. Margherita resta interdite. Puis, au pas de charge, elle fonça sur les traces de l'homme.

Dans le hall, parmi les organisateurs qui donnaient des ordres, allaient et venaient des manutentionnaires transportant échelles et outils. Des ouvriers disposaient des tables pour le buffet qui suivrait l'inauguration du lendemain. Margherita fronça les sourcils. Les responsables la connaissaient. Aucun ne venait à sa rencontre. Pire, ils continuaient à discuter, faisant mine de ne pas la voir. Plusieurs artistes la saluèrent. Sironi se précipita vers elle, en souriant.

— Margherita ! Merci d'avoir prêté autant de tableaux de votre collection ! Le Duce a adoré l'exposition...

— Comment cela « a adoré » ? Quand l'a-t-il vue ? Il ne devait passer qu'à 10 heures ! Où est-il ?

La vivacité de sa réaction désarçonna Sironi.

— Il est retourné au palazzo Venezia.

Margherita passa du blême à l'écarlate. Elle ne se doutait que trop bien de la raison pour laquelle Benito avait avancé sa visite.

— Commence à faire le tour, je te rejoins, dit-elle à Giulia avant de foncer vers le groupe des organisateurs.

Comme elle allait entrer dans la première salle, celle-ci entendit Margherita interpeller quelqu'un avec force, et s'arrêta.

— Giuseppe, trouve-moi Dino Alfieri ! Je veux lui parler !

— Il ne veut être dérangé sous aucun prétexte ! dit l'autre, mal à l'aise.

— Sous aucun prétexte ? Rappelle-lui, s'il te plaît, le nombre d'œuvres que je lui ai prêtées pour cette *mostra* ! Sans parler de la cassette contenant les lettres patriotiques que mon pauvre Roberto nous avait adressées du front, à Cesare et à moi ! Et demande-lui pourquoi je n'ai pas encore reçu mon carton d'invitation pour l'inauguration !

La gêne de l'homme s'accentua. Ses compagnons fixaient leurs chaussures.

— Je le ferai, Margherita, dès que je le verrai.

— Quand ? L'inauguration a lieu dans trois jours ! Je te prie de lui poser la question tout de suite !

Le responsable soupira et secoua la tête.

— C'est impossible ! Il refuse de...

— Très bien ! Alors, j'y vais moi-même !

Les artistes s'étaient rapprochés.

— Je vous accompagne, Margherita, décida Sironi.

— Inutile ! les arrêta Giuseppe.

Il avoua :

— Starace a donné l'ordre qu'aucune femme ne participe à la cérémonie inaugurale.

Margherita manqua s'étouffer.

— Starace ! Starace ose donner de tels ordres ! Que vient-il faire là-dedans ? Alfieri le suit ? C'est pour ça qu'il n'a pas le courage de m'affronter ? Et on appelle cela un hiérarque ! Un haut responsable fasciste ! Que reste-t-il de responsable dans cette façon de plier l'échine devant un individu comme Starace ? Dino peut encore se regarder dans un miroir après ça ?

Il y eut un flottement. Avec les nouveaux statuts du Parti, Starace regroupait sous son autorité toutes les fédérations fascistes du pays. Nul n'avait envie de se mettre à dos le plus zélé serviteur du Duce.

Giulia restait pétrifiée sur le seuil de la première salle.

Margherita était lancée. Suivit un flot d'imprécations à l'adresse de Dino Alfieri, que celui-ci dut entendre de son bureau. L'homme auquel s'était adressée Margherita fit signe aux miliciens de garde près de la porte.

— Veuillez sortir, *signora*, la pria l'un d'eux.

Comme elle continuait, ils la prirent par le bras et l'évacuèrent de force. Aucun des artistes présents n'osa s'interposer.

Giulia la rejoignit dehors. Le ciel creva sans bruit. Une pluie fine commença à tomber. Margherita tremblait de fureur. Elle tenta d'allumer une cigarette. La flamme se dérobait. Tout un symbole.

— Laissez-moi vous aider.

La femme secoua la tête et jeta rageusement sa cigarette sur le sol. Ses yeux verts s'embuèrent. Elle leva un regard vindicatif vers le bâtiment. Jamais elle n'avait subi une humiliation pareille.

— Ne t'occupe pas de moi, souffla-t-elle. Retourne à l'intérieur faire ce que je t'ai demandé.

— Je vous raccompagne d'abord au journal.

— Non ! C'est ici que j'ai besoin de toi !

Elle essuya furtivement une larme et s'en alla vers sa voiture. Giulia hésita, puis la rattrapa.

— Je sais, *signora*, que je me mêle de ce qui ne me regarde pas, mais... vous devriez cesser d'obliger ces fascistes en prêtant vos tableaux...

— Ces fascistes ! Ma petite, quoi qu'il arrive, je reste des leurs ! Le fascisme est la plus belle aventure de notre époque et je suis fière d'y participer ! Ces quelques misérables ne remettront nullement en question mes convictions !

Sa véhémence laissa Giulia interdite. Le Duce tournait le dos à Margherita, beaucoup le suivaient. Ils lâchaient sur elle leurs molosses en chemises noires et elle persistait à rester dans leur camp. Que fallait-il pour qu'elle comprît ? Elle s'en voulut d'être intervenue. La façon dont elle s'était fait remettre à sa place la punissait des illusions nourries sur cette femme. Elle n'aurait jamais dû perdre conscience du gouffre qui les séparait. Silvio avait raison.

— Giulia Diacalone ? Veuillez nous suivre.

Elles n'avaient pas vu sortir d'un véhicule les deux miliciens qui se dressaient devant elles. Leur visage augurait du pire. Une panique folle s'empara de Giulia. Le cube rouge vacilla. L'arc qui maintenait les quatre faisceaux se déforma. Les fascistes étaient partout, puissants, indestructibles. Et ils allaient l'abattre pour avoir tué un des leurs.

— Qu'est-ce que cela signifie ? protesta Margherita à bout de nerfs. Cette personne est sous mes ordres à *Gerarchia* ! J'exige de savoir ce qu'on lui veut !

— Alors, venez le demander à son *Eccellenza* Starace, *signora* !

— Starace ! Encore ! Je suis Margherita Sarfatti et je m'oppose à ce qu'on emmène cette jeune fille ! Escortez-nous jusqu'au journal si vous voulez l'interroger !

— Nous savons qui vous êtes, *signora.* Mais nous obéissons aux ordres.

— Starace doit aussi rendre des comptes ! Je vous conseille de cesser de nous importuner !

— Laissez, souffla Giulia à l'adresse de Margherita.

Elle tentait de ne pas claquer des dents. « Ne jamais leur montrer sa peur », disait Vittorio.

— Il doit s'agir d'une méprise. Autant régler le problème tout de suite.

— Exact, *signorina.* Mieux vaut ne pas nous contraindre à utiliser la force.

Margherita s'apprêtait à protester encore. L'autre milicien l'arrêta d'un geste.

— Nous connaissons, *signora,* l'importance de vos relations. Ça ne nous empêchera pas d'emmener cette jeune fille au quartier général de la Milice.

Margherita regarda Giulia s'éloigner entre les deux hommes. Un monde s'écroulait. Voilà peu, son nom aurait suffi à faire ramper Dino Alfieri et à stopper la Milice. Des larmes perlèrent entre ses cils. Elle secoua la tête. Benito la sous-estimait. Il en fallait plus pour l'abattre. Quoi qu'il dît ou fît, il continuait à avoir besoin d'elle, à lui demander conseil en privé sur des problèmes concernant l'art et la presse étrangère. Sans parler du contrat avec les journaux américains qu'elle s'apprêter à faire reconduire pour l'année à venir. Il lui demanderait, une fois de plus, d'écrire, pour lui, les articles.

Une voiture s'arrêta. Italo Balbo en descendit et vint embrasser son amie.

— Que fais-tu sous la pluie, Margherita ? Tu attends quelqu'un ?

Il vit ses traits bouleversés.

— *Che cosa succede*[1] ?

— Giulia ! Starace vient de la faire arrêter !

* * *

Elle aurait eu mille fois le temps de passer en revue les questions qu'on pourrait lui poser et d'y chercher des réponses. À la place, ramassée sur elle-même dans un coin de la cellule, elle fixait depuis des heures le mur gris face à elle. La clé avait tourné dans la serrure. Ce sous-sol était pire qu'une cage. L'humidité pénétrait le corps : la pénombre et l'odeur de moisi prenaient aux entrailles. Combien de gens avaient-ils enfermés dans cette tombe ? Giulia leva les yeux vers l'unique trouée de lumière. On ne pouvait appeler fenêtre cette minuscule

1. Qu'est-ce qui se passe ?

bouche d'aération percée près du plafond. De l'autre côté, lui parvenait de temps à autre l'écho d'un pas sur le pavé. Le conduit devait déboucher au ras du sol sur une rue peu fréquentée, peut-être une impasse. Dans un geste de protection dérisoire, elle resserra un peu plus ses bras autour de ses jambes. Elle allait finir par manquer d'air, une mort par asphyxie, lente et terrible.

La paniquer et la terroriser avant l'interrogatoire, c'était sûrement ce que voulaient ceux qui l'avaient enfermée là. Ils y arrivaient sans effort. Savaient-ils qu'elle était claustrophobe ? Que son pire cauchemar ressemblait à un endroit souterrain semblable à celui-ci, dont on ne pouvait s'échapper que par un boyau de la taille de son corps ? Elle s'y glissait et restait coincée, sans même la possibilité de se débattre. Chaque fois, cela lui valait des réveils terribles, avec des sueurs froides et une angoisse folle.

Des pas se rapprochèrent. Quelque chose obstrua la lumière.

— *Signorina* ?

Une enfant l'appelait en chuchotant.

— Je suis en haut. Tu me vois ?

Giulia redressa la tête. Des yeux curieux la fixaient. La taille du trou lui dérobait le reste du visage.

— Je m'appelle Carla. J'ai onze ans. J'habite à côté. Ils mettent pas souvent des femmes, ici ! Tu t'appelles comment ?

Giulia grimaça un sourire. Cette voix de petite fille ressemblait à une source au cœur du désert.

— Giulia.

— Qu'est-ce que tu as fait ?

« J'ai tué mon cousin », manqua-t-elle de répondre.

— Ils vont m'interroger pour quelque chose, c'est tout.

— On joue ?

— Tu as vu où je suis ?

— Justement ! Tu as le temps, non ? Sinon, tu fais quoi ? Les autres en chemises noires, ils sont partis manger ! Mon père, il dit que c'est leur plus gros travail : ça et se repeigner après chaque coup de *manganello.* Et tu sais ce que dit aussi mon frère Silvio ?

Giulia sursauta. Silvio ! Dans sa panique, elle l'avait oublié. La Milice risquait de faire une incursion chez elle. Il fallait à tout prix empêcher son ami d'y retourner. Comment l'avertir ? Silvio devait rester dans l'ignorance de ce qui lui arrivait à elle. Le connaissant, il était capable de venir provoquer un esclandre pour réclamer sa libération et se faire arrêter lui aussi. La solution lui apparut d'un coup. Son quartier, le Trastevere, était proche.

— Eh ! tu m'écoutes plus ?

Giulia regarda la fillette.

— Tu sais à quoi on va jouer, Carla ? À sauver quelqu'un.

* * *

Nello écarta le Christ en croix accroché au mur de sa chambre. Par le trou qu'il avait pratiqué derrière, il voyait sa mère près de son comptoir, dans l'épicerie. Il y avait plusieurs clientes. Il pouvait s'adonner à son plaisir favori en toute tranquillité. Plongeant la main en haut de son armoire, il attrapa l'image qu'il punaisa sur la cloison face à son lit puis s'allongea.

La Joconde lui adressa aussitôt le sourire qu'il attendait. Son cœur battit plus vite. Giulia avait les mêmes cheveux que Mona Lisa, en bouclé. Et les mêmes yeux noirs, sauf que ceux de son amie étaient plus beaux. Il était doué, le peintre qui avait fait ça ! Parce que si Nello se déplaçait, la Joconde, elle le suivait du regard, où qu'il allât. Il avait même essayé de se cacher un moment sous le lit. En sortant, il avait vu qu'elle le fixait toujours. Sans battre des cils. *Madonna !* Qu'elle était belle sa Giulia ! Même comme ça, avec son corsage sombre, elle ressemblait à un ange. L'érection ne se fit pas attendre.

Sa mère l'appela à plusieurs reprises. Lorsqu'elle pénétra dans sa chambre, elle le découvrit, le sexe à la main et se mit à hurler.

— *Dio Santo !* Ça t'a repris ! L'eau bénite et les prières de *padre* Umberto n'ont pas suffi ! Tu es encore en train de faire des cochonneries devant l'autre. Qu'est-ce qui lui a pris à Vinci de peindre cette diablesse ! Il pouvait pas dessiner du gibier ! Devant un faisan, la gueule ouverte sur une table, tu penserais pas à cette *puttana*, au moins ! Va te nettoyer les mains ! va ! Tu la tueras ta mère ! *Cristo* pourquoi je m'échine de l'aube à la nuit dans le magasin ? Pour ce fils possédé par le démon ! Comme si Dieu, il m'avait pas assez puni en lui oubliant la cervelle et en rappelant mon pauvre Augustino ! Arrête de me regarder comme si tu avais pris le tonnerre et la foudre ! Je sais que tu comprends ! Je vais aller voir un prêtre exorciste, moi ! Tu auras plus envie de te toucher, après ! Même pour pisser, tu voudras des gants ! Donne-moi ça !

— Non ! *mamma !* rends-moi-la ! Noooonn ! ! !

En deux secondes, cette image à laquelle il tenait plus qu'à sa médaille de baptême fut réduite en morceaux. Il s'écroula sur son lit, le pantalon sur ses pieds et éclata en sanglots. Le portrait de sa Giulia était détruit pour toujours.

— Remets tes *calzoni* et viens dans le magasin ! Y'a une petite qui veut te parler ! Dépêche-toi avant que j'aie du monde.

En pleurant, Nello se rhabilla. Si ça n'avait pas été sa mère, il l'aurait étranglée ! Elle avait beau être grosse et avoir un goître, avec ses deux mains, il pouvait faire facilement le tour de son cou. Demain, en allant chercher les cageots de pommes, il ferait exprès de les cogner pour qu'elles pourrissent. Il prit le coin de son drap et se moucha dedans.

— Nello !

— J'arrive, *mamma* !

Devant cette montagne aux yeux rougis qui dodelinait de la tête en marmonnant, la petite recula vers la porte.

— Qu'est-ce que tu veux ?

S'armant de courage, Carla se rapprocha de l'étrange garçon. D'après Giulia, lui seul devait entendre. La mère pesait des oignons devant l'épicerie. Ça tombait bien.

— C'est Giulia. Elle veut que tu préviennes Silvio, le *signore* qui vient la voir, ce soir. Il faut que tu le guettes. Il doit pas approcher de chez elle. « Qu'il s'en aille vite », elle a dit. Elle lui expliquera pourquoi demain. Ce soir, elle doit rester tard à son travail. Tu lui diras, hé ? C'est pour sauver quelqu'un.

Nello hocha la tête. Le nom de Giulia le consolait. Elle lui demandait à nouveau quelque chose. Ça lui faisait plaisir. Un détail l'ennuyait. Il ne pouvait dire lequel. La petite attendait. Il lui tendit une sucette au caramel. Elle remercia et battit en retraite.

Il avait plu toute la journée et il pleuvait encore à l'heure de la fermeture. Il rabattit le rideau de fer. Tandis que sa mère regagnait la cuisine pour préparer la soupe, il fonça vers la maison de Giulia. Soudain, il comprit ce qui le tracassait : il ignorait à quoi ressemblait Silvio. Et puis, il y avait ces belles fleurs qu'elle avait reçues l'autre jour. Même si elle lui avait demandé de les rapporter, il avait vu qu'elle était toute drôle. C'étaient les amoureux qui offraient des roses, et Giulia, il voulait se la garder pour lui seul.

Devant la maison, il n'y avait personne. La porte n'était pas fermée. En entrant, il poussa un cri. Des gerbes de roses rouges tapissaient le sol du couloir jusqu'aux marches. Jamais, il n'en avait vu autant. Sa colère redoubla. Tous ces hommes autour d'elle...

— Qu'est-ce c'est que ça ?

Nello se retourna. C'était celui qu'il avait vu sortir ce matin de la maison qui arrivait.

— C'est vous, Silvio ?

La grosse tête dodelinait de plus en plus. Un tic nerveux tordait sa bouche. À la description faite une fois par Giulia, Silvio reconnut le fils de l'épicière et lui sourit.

— C'est moi. Pour qui sont ces fleurs ?

— Pour Giulia. Les autres aussi, elles étaient pour elle. Il lui en envoie toujours, le *signore*.

Voir Silvio perdre son sourire le vengea un peu de la photo déchirée. À cause de ce type, la petite avait cherché à lui parler et sa mère l'avait surpris. Il allait encore devoir boire l'eau bénite et subir des dizaines de messes, à genoux. Il ne comptait pas s'en tenir à cette petite victoire. Giulia voulait qu'il fît partir son ami, il obéissait :

— Elle m'a demandé de vous dire que ce soir, il fallait pas l'attendre. Elle vient de partir et elle reviendra pas.

Il se pencha et chuchota à l'oreille de Silvio :

— Tout à l'heure, après les roses, il est venu la chercher. Du coup, elle a oublié de les rentrer chez elle. Ils sont partis dans sa voiture à lui. C'est un *signore* très riche. Elle a l'air de beaucoup l'aimer, vous savez ! Vous voulez que je les arrose, les fleurs ou vous vous en occupez ?

Silvio devint blême. Il avisa dans le premier bouquet une petite enveloppe blanche. La jalousie fut la plus forte. Il l'arracha et l'ouvrit. L'écriture était élégante. Il lut :

Une rose ne se refuse jamais longtemps.

Italo B.

* * *

— Votre cousin, Flavio Tinelli, vient d'être retrouvé mort, dans une décharge, au nord de la ville. Un assassinat.

Achille Starace se tut et guetta la réaction de Giulia. Pourquoi ne lui avait-on pas dit combien cette garce était belle ? S'il l'avait su, il se serait débrouillé pour l'interroger à l'insu de l'autre escogriffe. Celui dont il maudissait la présence était assis en retrait, les bras croisés et les jambes allongées. Perdu dans la contemplation de ses ongles, il ne prêtait aucune attention à la prévenue. Une indifférence agaçante.

— La nouvelle ne vous émeut guère, *signorina*, reprit Starace.

Giulia aurait donné dix années de sa vie pour ne pas subir cet interrogatoire. Le ton restait mesuré, mais le regard était féroce. Le secrétaire général du Parti National Fasciste dégageait une intense impression de violence. Aisé de deviner ce qui lui avait plu en Flavio : ils étaient de la même espèce.

Ne pas se dérober aux questions. Y répondre de façon claire et lapidaire. Et encore et toujours, éviter de montrer sa peur... Elle se raccrochait aux paroles de Vittorio pour ne pas céder à un nouvel accès de panique.

— Je n'aimais pas mon cousin. Cela n'allait pas jusqu'à souhaiter sa mort.

— *Eccellenza !* rectifia Starace. Je n'ai jamais prétendu que vous l'aviez souhaitée, *signorina.* Pourquoi cette précision ?

Giulia réalisa son imprudence. Ce pervers pesait chacun de ses mots pour la déstabiliser. La lampe trop puissante fatiguait ses yeux. Elle savait que cela faisait partie de la mise en scène, tout comme la carafe d'eau et l'assiette de biscuits placées à l'angle du bureau, entre Starace et l'inconnu. On était en fin d'après-midi et Giulia n'avait bu qu'un café, à l'aube. En dépit de la peur, la faim lui brûlait le ventre et elle avait terriblement soif. Sans parler de sa vessie qui devenait douloureuse. Starace suivit son regard et prit un biscuit qu'il croqua. Il mit un temps fou pour l'avaler. Puisque la présence de ce pisse-vinaigre de Marchiani lui interdisait de la violer et d'user de sévices sexuels, il allait la torturer autrement.

— Vous n'avez pas répondu. Pourquoi cette précision ?

— J'anticipais juste sur la question suivante.

— « Sur la question suivante » *Eccellenza* !

Le poing s'abattit si brutalement sur la table que Giulia sursauta. Son cœur se mit à cogner de façon désordonnée. Les yeux de Starace rappelaient ceux de Flavio.

— On va cesser de jouer, fillette.

Ce mot prononcé tant de fois par Manelli prenait, ici, un tour glaçant.

— On vous a vue quitter Gordiani avec une personne que « protégeait » votre cousin et prendre avec elle l'autobus pour Prenestina. Vos gants ont été retrouvés l'un dans la cité, l'autre chez vous. Vous vous êtes d'autre part disputée avec Flavio lors d'un vernissage, devant de nombreux témoins. Vous l'avez menacé.

Il prit une feuille sur le bureau et cita :

— « Le Diable t'emportera avant moi, dégénéré ! » Ce sont vos paroles, non ?

Giulia sentit le sol se dérober. L'autre homme se taisait toujours. Elle dut s'armer de tout son courage pour redresser la tête.

— Que cherchez-vous à me dire ? Que je l'ai tué ? Des dizaines de gens détestaient Flavio et souhaitaient sa mort ! Notamment ceux qui avaient survécu à ses séances de torture !

— Toi aussi, tu appelles les coups, ma parole ! Ça te tordrait la bouche de m'appeler *Eccellenza* ? Ton cousin faisait juste son travail ! Comme les autres membres de la Milice, il luttait contre les fauteurs de troubles qui menacent l'ordre dans notre pays ! Ta famille pleure la perte d'un garçon de valeur, promis à un brillant destin ! De bons fascistes qui, comme par hasard, te soupçonnent du pire ! Et toi, non seulement tu salis la mémoire de leur fils martyr mais en plus, tu te paies ma tête... !

« Martyr ! » En d'autres circonstances, Giulia en aurait ri.

L'inconnu jeta un coup d'œil à sa montre, puis à Starace.

— J'ai beaucoup à faire avant ce soir. Si nous en venions à l'interrogatoire.

Le timbre était grave, le débit lent et net. Giulia était sûre d'avoir déjà rencontré cet homme et de l'avoir craint. Quand ? Où ? S'agissait-il d'un autre Flavio ?

— Rien ne t'empêche de partir, lui lança sèchement Starace. Je n'ai pas besoin de toi. Cette affaire ne concerne que la Milice.

— Tu pourras l'affirmer quand tu connaîtras le meurtrier. Quand NOUS le connaîtrons. C'est pourquoi Arturo Bocchini exige ma présence. Mais je t'en prie, poursuis.

Starace eut un geste excédé et se tourna vers Giulia :

— Que faisiez-vous la nuit du crime ?

— De quelle nuit parlez-vous ?

— *Eccellenza ! Farabutta*[1] *!*

La violence de la gifle jeta Giulia par terre. La lumière tournoya jusqu'à devenir un cercle

1. Salope.

fluorescent. Elle se releva en titubant et voulut se rasseoir. Starace lui arracha le siège des mains et l'envoya valser à l'autre bout de la pièce.

Giulia se détourna. Ne plus voir la lumière. Et ces visages hostiles. La faim et la soif lui donnaient envie de vomir. Sous le choc, sa vessie avait manqué se vider. Plutôt cesser de respirer que de se relâcher devant ces monstres. Avec une vivacité que ne laissait pas soupçonner sa longue immobilité, l'inconnu bondit sur ses pieds.

— Suffit ! Il nous faut des réponses pendant qu'elle est encore en état d'en donner !

Starace fit face à Marchiani. Il le détestait, tout comme il haïssait Bocchini et quelques autres qui critiquaient ses méthodes.

— Je suis à même de savoir...

— Arturo Bocchini veut la vérité. Pas un cadavre de plus !

— La vérité ! Et qu'est-ce que tu crois que je cherche ?

Starace se lissa les cheveux. Il lui restait assez de lucidité pour savoir que Marchiani avait raison. Cette histoire le perturbait tant qu'il était capable de tuer cette fille avant de l'avoir fait avouer. Il venait de perdre l'exécutant idéal. Jamais il n'en trouverait de pareil. Même dans les débauches, Flavio le suivait, lui procurant des filles et de la drogue d'un claquement de doigts. Et puis, lui, Achille, n'était-il pas devenu le parrain du petit Giancarlo ? D'un geste rageur, il céda les commandes.

Son voisin s'approcha de Giulia. En croisant les pupilles d'un bleu métallique, celle-ci se raidit. Ce regard sans expression ne recelait aucune pitié.

— Je m'appelle Stefano Marchiani, *signorina.* J'appartiens à l'OVRA. Nous voulons savoir pourquoi vous êtes repartie de Gordiani avec la maîtresse de Tinelli.

— Parce qu'il allait la tuer... Mon amie était rouée de coups...

— Où est-elle ?

— Je l'ai quittée en arrivant à Rome... Elle a dû retourner chez sa mère.

Marchiani la considéra un instant en silence.

— Sa mère ne l'a pas revue. Qu'avez-vous fait la nuit dernière ?

— J'étais chez moi.

— Quelles preuves pouvez-vous avancer de cela ?

— Aucune. J'étais seule.

Giulia avait parlé d'une voix sourde. Elle ne mêlerait pas le nom de Silvio à tout ça. Au moins le sauver, lui.

Ses orteils se crispèrent. Elle serra les cuisses. Tout son corps se contractait sous les spasmes de son ventre. Il fallait qu'elle se soulageât vite. Le leur demander ? Ils refuseraient.

La porte manqua s'arracher de ses gongs. Italo Balbo entra au pas de charge. En un clin d'œil, il nota le siège renversé, le regard fixe de Starace et, surtout, l'air hagard et douloureux de Giulia. La présence de Stefano Marchiani ne parut pas le surprendre.

— Que veux-tu ? l'apostropha sèchement Starace.

— Mon petit doigt m'a dit que la *signorina* Diacalone était tombée entre tes griffes. Je viens la sortir de là.

Giulia ferma les yeux. L'incursion de Balbo n'était qu'une incohérence de plus. Il arrivait alors qu'elle craquait, que son corps prenait le pas sur sa raison. Sa vessie allait exploser devant cet homme qui la troublait tant. Elle ne s'en remettrait pas. « Mourir ! Mourir avant ! » supplia-t-elle intérieurement.

Le chef de la Milice eut un sourire. Par les rapports de police, il savait que cette fille plaisait à Balbo. Peu lui importait de savoir qui avait prévenu ce dernier. Pour une fois, lui, Starace avait l'avantage et comptait bien en profiter.

— *Ma, certamente*[1] ! Il suffit de le demander ! Elle est juste...

— Soupçonnée d'avoir tué Flavio Tinelli, je sais. Je sors de chez Bocchini. Tout est arrangé. Tu peux la laisser partir.

Marchiani restait extérieur au duel. La fureur de plus en plus manifeste de Starace ne le concernait pas. Il savait combien celui-ci haïssait le héros de l'aviation italienne. Balbo ne lui faisait que trop sentir ce qu'il pensait de lui.

— Comme ça ? Simplement parce que tu es passé par Bocchini, je devrais t'écouter ? Je suis maître de mon territoire, que je sache !

— Et Bocchini est le chef de la police. Prends ce téléphone et appelle-le, tu verras ! Pendant qu'on assassinait Tinelli, cette jeune personne se trouvait en ma compagnie. La pudeur l'a sans doute empêchée de te l'avouer.

— Cette fille ! ta maîtresse ! *Che buon'scherzo*[2], et comment ça se fait qu'on l'ignorait, nous qui savons

1. Mais, certainement !
2. Quelle bonne blague !

tout ? Allez, Italo, sors d'ici avant que je me fâche et laisse-moi faire mon travail !

— Mettrais-tu ma parole en doute ?

La menace était perceptible. Mais Starace affûtait sa lame. Il savourait par avance chacune des paroles qu'il allait prononcer, imaginant avec délectation la tête que ferait Balbo. De tous les hiérarques, ce dernier se montrait le plus arrogant envers lui. Mais aussi le plus redoutable. Celui qui faisait de l'ombre à tous. Y compris au Duce. Il fallait le briser. Et lui, Achille, s'y employait chaque jour, en entretenant la jalousie de plus en plus manifeste de Mussolini envers la popularité grandissante du bel Italo.

— Cette vertueuse croupe qui ne peut avouer sans rougir qu'elle se donne à toi a passé la nuit dernière avec Silvio Gazzo, un peintre antifasciste fiché par l'OVRA. Celui-ci a été vu repartant de chez elle à l'aube. Ça aussi, elle s'est bien gardée de nous le dire. Regarde-la, comme elle blêmit. Eh oui, la belle, il nous intéresse beaucoup, ton Gazzo ! Dès qu'on aura mis la main dessus, on lui posera quelques questions ! Notamment celle concernant son emploi du temps pendant la nuit du crime. Tu ne saurais pas où il se trouve, par hasard ? Évidemment, non. Désolé, Italo ! Mais ta pouliche se fait monter par un autre étalon !

Balbo ne releva pas la vulgarité des propos. Il ne cessait de fixer Giulia. Elle semblait sur le point de tomber. Sa pâleur était un aveu. Il en éprouva un méchant pincement. Cette fille qu'il croyait sérieuse s'était bien moquée de lui. Il se sentait terriblement vexé et s'en voulait. Starace buvait du petit-lait.

— Maintenant, laisse-nous terminer et va-t'en.

Le bouillant Balbo vira au pourpre. Il n'allait pas laisser gagner le chien de garde de Benito.

— C'est ce que je vais faire, avec elle.

— *Ma puttana di merda !* Tu n'a rien compris ?

— Ne me pousse pas à bout ! Marchiani, règle ça. Appelle ton chef et passe-le-lui ! Oppose-toi à moi encore une minute, Starace, je te fais sauter ! Tout patron du parti que tu es !

— Tu ne devrais pas me menacer, Italo, lui retourna l'autre d'une voix altérée.

Un bruit mat les alerta. Giulia se trouvait sur le sol, inerte. L'épaule sur laquelle elle venait de choir avait pris un angle incongru.

* * *

Quand elle reprit conscience, elle était dans son lit. Sa vessie ne la faisait plus souffrir. Elle ne pouvait en dire autant de son épaule. Elle posa la main dessus et sentit un bandage. La chute lui revint. Et le reste. Pourquoi était-elle chez elle ? On bougea près d'elle. Une infirmière arrangea son oreiller.

— Ne bougez pas, *signorina.* Vous vous êtes luxé l'épaule.

— Qui... qui êtes-vous ? Pourquoi suis-je ici ?

En souriant, la femme lui désigna quelque chose de la tête. Giulia se redressa pour voir et gémit. Pas tant pour l'épaule que pour le tapis de roses autour de sa couche. Balbo ! Ça ne pouvait être que lui ! Qui l'avait prévenu de son arrestation ? La réponse paraissait évidente : Margherita. À présent, Giulia avait une dette envers cet homme. C'était certainement ce qu'il recherchait.

Elle se laissa retomber sur l'oreiller et ferma les yeux. Plus elle se débattait, plus le filet se refermait sur elle et sur Silvio. Avaient-ils une chance de s'en sortir ?

* * *

— Mais... *signorina*, son *Eccellenza* Balbo m'a payée pour vous veiller trois jours ! Je ne peux pas vous laisser au matin du premier !

— Bien sûr que si puisque c'est moi qui vous le demande ! À moins que vous restiez garder des meubles ! Je dois être rendue à mon travail dans une heure ! Voyez vous-même : je vais bien. Merci *signora.* Je rendrai compte à son *Eccellenza* de vos bons services.

L'infirmière sortit, contrariée de ne pas pouvoir remplir sa mission. Elle en référerait au ministre. Giulia rabattit la porte et s'y adossa. Elle avait eu du mal à s'en débarrasser. Une sueur froide inonda son front. Elle allait beaucoup moins bien qu'elle le prétendait. Outre les élancements à l'épaule, elle se sentait brisée par l'interrogatoire. Comment ce cauchemar avait-il pris fin ?

Elle revécut la scène atroce, la faim, la soif, la vessie douloureuse, le regard fou de Starace, celui de pierre de Marchiani, l'intrusion fracassante du ministre de l'Aéronautique. Et elle, Giulia, objet de ce duel entre deux des plus puissants, des plus violents hiérarques du régime. Une démesure insensée. Balbo n'avait rien à faire là. Plus elle y songeait, moins elle s'expliquait sa présence. Son amitié pour Margherita ne justifiait pas qu'il s'impliquât autant dans une affaire pareille. Et ce message glissé parmi les fleurs :

Une rose ne se refuse jamais longtemps.

Espérait-il qu'elle le paie en nature pour sa libération et les soins prodigués ? Était-il cynique à ce point ? Que s'occupait-il d'elle, lui qui avait les plus belles femmes d'Italie à ses pieds ! Elle chassa de son esprit Balbo et les questions sans réponse. Pour l'heure, une seule chose importait : retrouver Silvio avant la Milice. D'Ottavia, elle s'inquiéterait après. Mentalement, elle fit des excuses à son amie et à Rosetta. Mais Silvio passait avant tout. Avant tous. Pourvu qu'elle arrivât à temps. Elle l'aimait si fort. Ils en étaient juste au début de leur histoire. Ce serait trop terrible si... La peur refit surface. Elle l'étouffa. Silvio avait besoin de son aide. C'était elle qui l'avait exposé, à elle de faire écran. Encore fallait-il tenir debout.

Le café préparé par l'infirmière était encore sur la table. Elle s'en servit une tasse. Il avait refroidi. Tant pis. Contrairement à son habitude, elle le sucra beaucoup et se contraignit à manger le pain et la confiture refusés à son réveil. Le peu de temps qu'elle y passa la rendit folle. Après la terrible faim dans le bureau de Starace, la nourriture passait très mal. Elle n'en finissait plus de mastiquer et de reprendre du café pour pouvoir déglutir. Il fallait la combattre cette satanée faiblesse ! Sinon, elle ne ferait pas vingt mètres dehors sans s'écrouler. Son dernier repas normal remontait à quarante-huit heures. Elle avala la dernière bouchée avec une grimace et fonça dans la salle de bains. Après une toilette rapide, elle prit les premiers vêtements qui lui tombaient sous la main. Une question la taraudait : Silvio était-il repassé chez elle, la veille au soir ? Une seule personne pouvait répondre : Nello.

Elle acheva d'enfiler son manteau dans la rue. Même si le malaise persistait, ses jambes répondaient mieux. Il avait plu et les murs du quartier paraissaient pleurer sur leur misère. Nello n'était pas à l'épicerie. Pourtant, Giulia aurait juré avoir vu bouger le rideau qui séparait le magasin de l'appartement.

— Il est parti à l'aube. Depuis hier soir, il est comme fou, expliqua sa mère qui mettait cela sur le compte de l'interruption de la séance de masturbation.

Elle ne songea même pas à demander à Giulia pourquoi celle-ci le cherchait.

— Je ne peux rien lui dire. Il rentre, il sort. Il parle de roses, d'un Silvio qui les a pas aimées. Et il lui prend un rire qui me fait peur. C'est une croix, un cilice que je porte avec ce fils, *signorina* ! Je ne le souhaite à personne !

Giulia avait tressailli. Cela signifiait que ces maudites fleurs se trouvaient déjà chez elle hier ! Balbo les avaient envoyées avant d'apprendre son arrestation. Et Silvio les avait vues. Bien sûr qu'il ne les avait pas aimées ! À l'idée qu'il ait pu lire le contenu du message, elle paniqua. L'arrière-boutique était à trois pas. Sous l'œil stupéfait de l'épicière, Giulia se jeta sur la poignée et ouvrit la porte en grand.

Nello poussa un cri et plongea la tête dans l'évier Il ne voulait ni voir l'arrivante, ni en être vu.

— Ah, parce que tu étais là ! hurla sa mère qui avait suivi.

Elle semblait proche de la crise de nerfs.

— À quoi tu joues depuis hier, dis ? Tu entends que la *signorina* te cherche et tu te caches ? Sors de cette pile ou j'ouvre l'eau et je te noie ! C'est ce que j'aurais dû faire à ta naissance ! *stronzo ! coglione ! cretino !*

— Ouille ! *mamma !* Lâche mes cheveux ! ah ! C'est froid l'eau !

— *Signora* Baldi ! *Signora* Baldi !

Une cliente appelait l'épicière. Celle-ci donna une claque furieuse sur le crâne de son fils.

— Même en tapant doucement, ça sonne creux ! Je vous le laisse, *signorina,* mais si c'est pour vos courses habituelles, pour une fois, je préfère prendre la commande.

Se tournant vers le magasin, elle hurla :

— J'arrive !

Puis, de nouveau, à Giulia :

— S'il vous plaît, sans vous commander, pouvez-vous lui sécher la tête avec ce torchon ? Il est capable d'attraper froid, cet âne, et de me compliquer encore la vie !

Giulia savait que si elle brusquait Nello, elle n'en tirerait rien. Il allait se bloquer, s'embrouiller et se mettre à bégayer. Les nerfs à vif, elle prit le torchon et se mit à le frictionner avec des mots apaisants. Elle brûlait de savoir ce qu'il avait dit exactement à Silvio. Quand elle le sentit rassuré, tout en continuant à s'occuper de lui, elle attaqua :

— Elles étaient belles les fleurs, hé Nello ?

L'adolescent opina avec un sourire ravi.

— Toi aussi, tu trouves ? Lui, elles lui ont pas plu.

Les doigts de Giulia se crispèrent dans le torchon.

— Qui ça, lui ?

— Ton ami Silvio.

— Pourquoi il les a vues ? Tu devais l'empêcher de monter chez moi, non ?

L'adolescent s'agita sur sa chaise. Même si Giulia restait gentille, il avait perçu un reproche dans sa voix. Et quelque chose lui disait qu'il était mérité. Il s'empressa d'expliquer.

— Il est pas monté. Les roses, elles étaient en bas, dans le couloir. Moi, je lui parlais à ton ami, je lui disais que tu voulais qu'il parte mais il écoutait pas. Il lisait le papier. J'aurais dû l'empêcher parce qu'après, il est devenu blanc et raide comme un cierge et il est parti sans dire au revoir. Tu m'en veux, dis ?

Giulia traversa si vite l'épicerie que la mère de Nello resta avec son couteau à parmesan en l'air.

Le soleil perçait et miroitait dans les flaques. Giulia ne prit pas la peine de regarder autour d'elle pour voir si Starace la faisait surveiller. Il fallait qu'elle retrouve Silvio. Sa faiblesse ne lui permettait pas de rejoindre la via Cavour à pied. Elle allait monter dans le tram quand elle crut entendre son nom.

— Giulia !

Une femme débouchait d'une rue et l'appelait en faisant de grands signes. Une silhouette longiligne caractéristique. Michela ! Que lui voulait cette fille qui la détestait ? Giulia laissa le tram repartir. Pour une fois, l'autre n'affichait pas son air éthéré. Elle paraissait bouleversée et sur le point de rendre l'âme. L'abus des drogues se prêtait mal à la course qu'elle venait de piquer depuis la piazza Navona. Sans cette chemises noires, une de ses connaissances venue prendre un verre au café, elle n'aurait jamais su.

— Silvio s'est fait arrêter par la Milice, hier soir. Il urinait sur le portrait du Duce devant le ministère de l'Aéronautique en gueulant ton nom et en lançant des invectives à l'encontre de Balbo. Il était ivre. Tu ne saurais pas ce qui lui a pris, toi ?

Giulia porta une main à sa bouche. Aucun cri n'en sortit. Depuis l'aube, elle redoutait le pire. Il survenait. Tout s'écroulait. Autour, la vie continuait : les gens, les vélos, les automobiles, les charrettes à bras poursuivaient leur ballet sans fin. Oh que si, elle savait ce qui lui avait pris ! Les mots restaient bloqués dans sa gorge. Une histoire absurde de roses aux épines terribles. Ça pouvait séparer, les fleurs, ça pouvait détruire.

Michela lui prit le bras. Pour une fois, il n'y avait aucune hostilité dans ses yeux clairs, juste de la peur. Elle aussi aimait Silvio. Sans sa dépendance à la drogue, elle n'eût jamais renseigné la police sur lui. Et encore ? Qu'avait-elle dit ? Rien qui l'exposât directement.

— Giulia, tu connais Balbo. Fais ce qu'il faut pour sauver Silvio ; autrement, il en prend pour quinze ans de *confino*.

* * *

Dans le style monumental cher aux fascistes, le ministère de l'Aéronautique ressemblait à un bloc de béton sans grâce, avec porche d'honneur. Sur la façade, rappelant les dix ans de la Marche sur Rome, une immense photo d'octobre 1922 montrait un Balbo aux allures de chat maigre, avec des cheveux longs et son célèbre *pizzo di ferro.* Il défilait dans la capitale aux côtés des fondateurs du PNF. Excepté Mussolini, en costume, tous portaient la chemises noires.

Près de l'entrée, Giulia avisa l'objet du délit : le portrait du Duce sur lequel Silvio s'était soulagé. Il fallait qu'il fût ivre mort ou devenu fou pour ne pas voir à quelques mètres les gardes en faction. Des militaires, des diplomates, des femmes chargées de dossiers entraient et sortaient du ministère sans être inquiétés. Jouant le naturel, Giulia se mêla à eux pour franchir la grille.

— *Signorina* ! Vous ne travaillez pas ici, n'est-ce pas ?

Le milicien qui l'interpellait devait avoir son âge et paraissait timide. Quand Giulia leva les yeux vers lui, il rougit.

— Je suis une nièce d'Italo, assura-t-elle, se surprenant elle-même. J'arrive de Ferrare et je suis passée le voir.

Un milicien plus âgé s'approcha avec un sourire entendu.

— Une nièce, *certamente* ! Moi, je suis un des jumeaux du pape, celui qui vend des chaussettes aux culs-de-jatte devant Saint-Pierre et mon autre frère, il cintre les bananes en Afrique ! Au lieu de lui faire ces yeux de merlan frit, toi, escorte-la jusqu'à l'accueil ! Si on la refoule, tu la ramènes.

Le jeune homme fit le salut fasciste et s'exécuta. Giulia lui emboîta le pas, de moins en moins certaine de son improvisation.

Modernité et efficacité, telles avaient dû être les consignes données aux architectes d'intérieur.

Des baies vitrées, des ascenseurs, des machines à café, des téléphones partout, le hall donnait la couleur de l'ensemble. Le ministère bénéficiait des plus récentes installations. L'aéronautique n'était-elle pas l'arme sur laquelle le Duce fondait le plus d'espoirs ?

Même jeune, la secrétaire de l'accueil n'avait jamais dû être avenante. La cinquantaine bien entamée, ses traits disgracieux s'étaient figés en un masque réprobateur. Une porte de prison ! Elle en voulait à la terre entière d'être laide. Balbo ne pouvait trouver meilleur filtre à l'entrée du ministère que cette grande femme maigre à l'allure d'araignée. La beauté de Giulia et les coups d'œil admiratifs qu'elle suscitait chez le milicien lui furent d'emblée insupportables. Avant que la jeune femme ait ouvert la bouche, elle cherchait déjà un moyen de l'indisposer.

— Giulia Diacalone. Je dois parler à son *Eccellenza* Balbo, *signora*. Je suis...

— *Signorina*, rectifia aigrement celle qui détestait l'être restée. Vous avez rendez-vous, je suppose.

Voyant l'embarras de Giulia, elle prit sciemment la liste des personnes attendues par le ministre.

— Je n'ai pas rendez-vous, *signorina*. Mais je...

— C'est une nièce de son *Eccellenza* ! intervint le garde.

La femme eut un ricanement qui déforma un peu plus son visage.

— Il y a de quoi peupler tout un village de ses nièces et de ses cousines ! Ses neveux et cousins sont moins nombreux, eux !

En parlant, elle tâtait sa paume avec une règle carrée comme une institutrice en manque de coups à donner. Giulia comprit que plus elle resterait polie, plus cette sorcière l'empoisonnerait.

— Mesurez vos propos, *signorina.* Si vous refusez de m'annoncer, vous nettoierez les toilettes du ministère jusqu'à la fin de votre vie ! Veuillez dire à la secrétaire de son *Eccellenza* que Giulia Diacalone désire le rencontrer.

La main se crispa sur la règle. Jamais la vieille fille n'avait autant détesté la beauté. L'aplomb avec lequel Giulia la fixait finit par la déstabiliser. Elle jeta son « arme » sur le bureau et fila vers un couloir en traînant des pieds.

— Elle est toujours comme ça, expliqua le milicien qui cherchait un moyen d'engager la conversation. Un dragon ! Mais son *Eccellenza* connaissait son frère mort à la guerre, alors... !

Giulia s'en moquait, de son histoire. Elle ne voyait qu'une chose : ce monstre femelle pouvait lui bloquer l'accès jusqu'à Balbo. Elle se mit à arpenter le hall sous l'œil conquis du garde. À l'idée de perdre Silvio...

Dix minutes passèrent. Giulia ne tenait plus en place.

En revenant, la femme affichait un air maussade et contrarié.

— Troisième porte à droite.

Le milicien salua Giulia à regret et sortit.

Un tapis noir à fleurs bleues étouffait les pas dans le couloir agrémenté de plantes vertes. Giulia ne croisa que deux personnes : un militaire de haut rang qui marchait le nez dans ses papiers, et un homme chargé d'une pile de documents impressionnante.

La secrétaire de Balbo était l'antithèse de celle de l'accueil : une femme ronde et douce, d'une quarantaine d'années, très souriante.

— Son *Eccellenza* est en rendez-vous, *signorina.* Il vous reçoit dès qu'il en a terminé. Désirez-vous un thé, un café ?

Giulia déclina l'offre et s'installa dans le fauteuil qu'on lui proposait. Après Starace, ces égards la mettaient mal à l'aise. Pour soulager son épaule de plus en plus lancinante, elle reposa son bras sur l'accoudoir. Les yeux fermés, elle réfléchit à ce qu'elle allait dire. La façon de présenter le problème s'avérait cruciale.

Le téléphone de la secrétaire ne cessait de sonner. Des appels émanant des membres du gouvernement ou de l'État-Major qu'elle retransmettait à Balbo. Des gens entraient et sortaient, apportaient du courrier, venaient en chercher, bref, harcelaient celle qui se trouvait à deux pas du bon Dieu.

Le bruit se fit plus lointain, puis s'évanouit.

— *Signorina,* vous venez pour me parler ou pour dormir ?

La voix était celle du ministre. Giulia bondit sur ses pieds. Comment avait-elle pu s'assoupir là, dans son état de nerfs ? Lors de sa première rencontre avec Margherita, elle avait aussi... Mais dans quoi son pied s'était-il pris ? Elle tira d'un coup sec. La sonnerie du téléphone s'arrêta net tandis que l'appareil traversait la table et précipitait le plateau à café sur les genoux de la secrétaire qui se redressa en hurlant. Éclaboussée par le liquide brûlant, elle ne souriait plus.

— Pardonnez-moi, *signora* ! bredouilla Giulia en fouillant dans son sac. Je vais arranger ça ! Tenez, prenez mon mouchoir ! Avec de l'eau, ça devrait partir ! Où ce fil était-il branché ?

D'un geste, la femme repoussa son aide, incapable de répondre. Giulia en appela à Dieu, au Diable, à toutes les forces obscures de l'univers pour que sa honte ne se matérialisât point par une autre bévue. Même Nello ne l'avait pas faite, celle-là ! Excédé, le ministre lui ôta le fil des mains. Elle était capable de provoquer un court-circuit en le mettant dans une mauvaise prise.

À cause de cette tornade qui avait le don de se mettre dans des situations impossibles, il venait d'essuyer par téléphone un flot d'imprécations de la part du Duce. Starace n'avait pas traîné, y compris pour rapporter la folie de ce Gazzo. Une vengeance inespérée ! Il devait jubiler de voir combien lui, Italo, s'était ridiculisé pour la petite amie d'un peintre antifasciste aux réactions stupides.

— Pouvez-vous faire quelque chose normalement ?

Sa mauvaise humeur était manifeste. Giulia baissa la tête. Que répondre ?

Il la fit entrer dans son bureau et referma la porte. Éclairée par de larges baies, la pièce était vaste et lumineuse. Sur une étagère trônaient des maquettes d'avion. Giulia reconnut celle du Savoia-Marchetti SM-55 avec lequel Balbo avait, l'année précédente, réalisé sa transocéanique jusqu'à Rio de Janeiro. Derrière la table de travail encombrée, elle avisa la photo d'une élégante femme brune avec un bébé dans les bras, un autre, plus grand était assis à ses pieds. Certainement, l'épouse et leurs enfants.

Pendant qu'il prenait place derrière son bureau, Giulia observait Balbo. Il portait un costume gris à fines rayures chamois et une cravate du même ocre. Elle remarquait pour la première fois combien il était massif. Quand il chercha son regard, elle se déroba. Malgré les circonstances, malgré son cœur chaviré par Silvio, son corps continuait à réagir face à cet homme.

— Je n'ai que très peu de temps, *signorina,* dit-il d'un ton froid que ses yeux démentaient.

Avait-elle sciemment ouvert son manteau sur ce corsage bleu qui soulignait ses seins et sa taille ? Vraisemblablement pas. Il s'accordait trop mal avec la jupe printanière à grosses fleurs rouges. Savait-elle seulement ce qu'elle portait ? Et ces cheveux de sauvageonne qu'elle ne semblait pas avoir coiffés ! Se présentait-on ainsi dans un ministère lorsqu'on était quelqu'un de sensé !

— Je ne serai pas longue, *Eccellenza.*

Cette fois, elle prit garde de ne pas oublier le titre.

— Je tenais à vous remercier pour tout ce que vous avez fait pour moi. Sans vous...

— Vous ne me devez rien ! Mais ne me demandez surtout pas d'intercéder pour votre ami après ce qu'il a fait ! Dans certains pays moins libéraux, il aurait déjà été passé par les armes !

— Dans d'autres, on aurait attendu qu'il ait repris ses esprits pour l'interroger ! Pourquoi m'avoir envoyé ces roses ? Elles l'ont rendu fou ! Que me voulez-vous à la fin ?

Cela avait jailli spontanément. Elle le regretta aussitôt. Balbo avait changé de visage.

— Du mal ! Rien que du mal ! C'est pour ça que je vous ai sortie du dernier pétrin où vous vous étiez mise ! Avez-vous conscience du rôle idiot que j'ai joué pour vous ? Où vous croyez-vous, *signorina* ? J'ai mieux à faire que d'écouter vos peines de cœur ! Veuillez me laisser à présent !

Giulia se leva comme une automate. Elle venait de détruire l'unique chance de sauver Silvio du *confino.* Cramoisi, Balbo avait du mal à se contenir. Il respirait la bonne chère et l'assurance des hommes de pouvoir. Il se savait puissant. Elle le détesta.

— Savez-vous pourquoi Silvio s'est soulagé sur le portrait du Duce ? Parce qu'il n'y avait pas le vôtre, *Eccellenza* !

Sans attendre sa réaction, elle sortit en claquant la porte.

Le téléphone sonna. Balbo l'arracha de son support. Qu'avait-il accepté de la recevoir ! Le ministre des Transports le demandait.

— Dites-lui que je suis pris. Appelez-moi tout de suite Arturo Bocchini.

Quelques minutes après, le chef de la police était au bout du fil.

— Tu as fait ce que je t'ai demandé, Arturo ?

— Oui. Je me suis occupé de Silvio Gazzo. Sois vigilant, Italo : Starace est hors de lui. Il a la rancune des imbéciles et il te hait. Laisse-moi te donner un conseil : paie-toi toutes les jolies filles de la ville, si tu veux, mais oublie celle-là.

* * *

Elle courait avec cette boule, ce poids au creux des seins qui l'étouffait, comme quand, petite fille, on lui avait volé sa poupée préférée sur un banc du jardin public et que Ulla avait haussé les épaules en disant : « Tu n'en mourras pas ! » Longtemps, Giulia avait pleuré dans le noir. Pour Silvio, la terre entière haussait les épaules.

— Giulia ! Où étais-tu passée ? *Madonna Santa*, tout le monde fait ce qu'il veut dans ce journal ! Ça rentre, ça sort, pire que dans une gare ! Mais... dans quel état es-tu ! On dirait que tu sors d'une lessiveuse ! Tu es trempée ! Qu'est-ce que tu prépares ? un marathon ? dans cette tenue de saltimbanque ? C'est de ta tête qu'on a besoin, pas de tes fantaisies !

— Où est Margherita ?

— Et où peut-elle être ? Après-demain, nous recevons cinq cents personnes au palais Lornesi ! As-tu oublié ? Tu repars ? *Ma Gesù*, du travail t'attend !

— Pas le temps, Maria ! Pardonnez-moi ! Il faut que je parle à Margherita ! Tout de suite !

— J'aurai tout vu ! Tu te rappelles au moins que tu dépends de moi ? Qu'est-ce que...

La suite se perdit dans le claquement des portes. Giulia était déjà retournée dehors. Elle se moquait de perdre sa place. Elle se moquait de tout.

La soirée de gala offerte par *Gerarchia* devait avoir lieu dans l'une des plus belles résidences de Rome. On y attendait toutes les personnalités étrangères qui avaient répondu à l'invitation du gouvernement pour les festivités. Giulia avait sur elle sa carte de presse. On ne lui fit aucune difficulté pour entrer.

Dans la salle de réception où l'on disposait des dizaines de tables rondes, Margherita discutait avec une élégante dame. Giulia reconnut la comtesse Lornesi. Il s'agissait de placer les invités en fonction de leurs affinités et de leur importance, en évitant antagonismes et incidents diplomatiques. Un casse-tête que les deux femmes tentaient de résoudre ensemble.

Margherita n'aimait pas être dérangée. Giulia n'en eut cure.

— Pardonnez-moi, *signore*. Puis-je vous parler un instant, Margherita ?

Sur le visage de l'interpellée se peignit le soulagement. Ses traits parlaient d'insomnie mais elle affichait un air plus combatif que jamais. Après s'être excusée auprès de la comtesse Lornesi, elle entraîna Giulia dans un coin de la salle.

— Dieu merci, Starace t'a relâchée ! Balbo est un as !

— Je tenais à vous exprimer sans tarder ma gratitude.

— Tu choisis mal ton moment. Je suis débordée.

— Je sais mais... ils ont arrêté Silvio.

Margherita retint un mouvement d'exaspération. L'acte insensé de Gazzo s'était très vite colporté. Elle voulut empêcher la jeune femme de poursuivre. Peine perdue. En quelques phrases, Giulia raconta tout, y compris la cause du coup de sang de l'artiste. L'histoire des roses ne surprit guère Margherita. Elle avait vu au premier regard qu'Italo convoitait Giulia.

— C'est la jalousie qui a provoqué son geste. Sans ces roses, Silvio n'aurait pas bu et rien ne serait arrivé. Je suis désolée de vous solliciter encore, *signora*... Je n'ignore pas vos tracas. Mais je vous en prie... essayez de savoir ce...

— Ton peintre a joué avec le feu ! Il n'a que ce qu'il mérite. Je ne vais pas risquer le peu de crédit qui me reste pour un fou ! C'est un miracle qu'Italo ait accepté de te tirer de là. Que tu sois innocente ou non de ce dont on t'accuse m'importe peu ! Même si Tinelli aidait au maintien de l'ordre, il ne valait pas le couteau qui l'a tué, mais pour ton Gazzo, je ne bougerai pas ! Éprends-toi d'un autre moins stupide ! C'est tout !

— C'est tout ? Si c'était aussi simple... ! Je ne peux pas le laisser emmener, c'est impossible ! Ça fait trop mal ! *Signora*, mettez-vous à ma place ! C'est un artiste, pas un criminel. Vous avez aimé, vous, vous savez ce que c'est !

Bien sûr que Margherita savait ! À plus de cinquante ans, elle avait eu le temps d'en vivre, des choses ! Les affres de la passion, elle connaissait mieux que quiconque.

— Ma petite, lâcha-t-elle, glaciale, ce n'est pas ici et avec quelqu'un de ton âge que je vais en débattre ! Reprends-toi, s'il te plaît et laisse-moi. J'ai à faire.

Giulia retint une nouvelle repartie cinglante. Les larmes dilataient ses pupilles noires.

Dans cette violence, Margherita se retrouvait. Elle se revit quinze ans en arrière. Pour Benito, elle aurait tué. De ces années brûlantes ne lui restaient qu'un goût amer et la volonté inébranlable de servir la cause pour laquelle ils s'étaient battus ensemble. Au moins partageaient-ils encore cet idéal.

Elle s'inquiéta de la comtesse Lornesi. Elle l'avait assez fait attendre. En discussion avec son majordome, celle-ci lorgnait de son côté et s'impatientait.

Margherita se retourna vers Giulia qui ne bougeait pas. Il fallait en finir.

— Réveille-toi ! Italo ne t'a pas sauvée seulement pour ME faire plaisir. Il te veut et il reviendra à la charge. Je ne l'ai jamais vu renoncer à quelque chose ou à quelqu'un. C'est un prédateur. Tu es prévenue. Ah ! Puisque tu es là, j'ai besoin de toi après-demain, lors de cette soirée que je dois présider. J'y serai très occupée. Discute avec les journalistes étrangers et note leurs impressions. Nous ferons un article dessus.

— Je ne viendrai pas ! Je ne peux pas !

Les yeux verts prirent un éclat flamboyant.

— Tu ne peux pas ? Que te faut-il pour comprendre que tu n'es pas tirée d'affaire ! Starace te hait désormais autant qu'il hait Balbo ! Il ne te lâchera plus ! Ta seule protection est de continuer à vivre normalement !

Vivre normalement ! Alors que Silvio risquait le pire ! Giulia ne reconnaissait plus Margherita dans cette femme coupante, aux traits durs. L'avait-elle jamais connue ?

— Que signifie être tirée d'affaire dans l'Italie fasciste, *signora* ?

— *Basta !* Si tu n'es pas contente, quitte *Gerarchia* ! Mais je te préviens : Starace fera en sorte que tu ne retrouves plus de travail nulle part ! Il usera d'un prétexte pour te confisquer ta *tessera* et fera de toi une pestiférée. Tu veux courir le risque ?

— Je me fous de Starace et de tout ce cirque ! Ils m'ont pris Silvio ! Que peuvent-ils me faire de plus ?

La comtesse arrivait. Margherita se pencha vers Giulia pour n'être entendue que d'elle. Elle fulminait :

— Tu as quarante-huit heures pour réfléchir. Si tu ne te présentes pas ici pour la soirée, tu ne fais plus partie de ma rédaction !

Chez elle, une autre mauvaise surprise attendait Giulia.

— Une dame a apporté ça pour toi, tout à l'heure. Elle t'a attendue un moment pour te la donner. Elle voulait aussi te demander des nouvelles de sa fille, je crois.

Nello se dandinait d'un air penaud d'un pied sur l'autre. Le temps qu'il ne passait pas à l'épicerie, il le passait devant la porte de Giulia, comme un chien dont la maîtresse ne veut plus.

Encore tremblante de sa dispute avec Margherita, la jeune femme lui arracha le courrier des mains, sans le remercier. Le garçon baissa sa grosse tête et s'éloigna. Qu'avait-il fait de si terrible pour perdre l'affection de son idole ?

Le nom des Tinelli et des Diacalone était inscrit au dos de l'enveloppe. La messagère ne pouvait être que Rosetta. Giulia fut soulagée de l'avoir évitée. Les coups pleuvaient trop dru sur sa propre tête pour qu'elle pût affronter le désespoir d'autrui. Avec cette histoire, elle apprenait la lâcheté et l'égoïsme. Les mauvais sentiments se développaient bien sur le fumier ambiant.

Elle attendit de se retrouver chez elle pour ouvrir la lettre. Sur le feuillet était collée une photo : son cousin en tenue de milicien. Dessous, l'oncle Costanzo avait écrit :

« *Nous refusons ta présence lors de l'enterrement de notre pauvre Flavio. Que son regard de martyr te poursuive jusqu'à ta mort. Ne reparais plus jamais devant nous.* »

Tous avaient signé. Valeria en traversant presque le papier avec sa plume, leur père, en l'effleurant de lettres pâles et indécises, surprenant pour qui connaissait son élégante calligraphie. L'effet de la colère ? de la haine ? À côté, la signature de leur mère était nette et sans bavure, comme celle de Marcello, aux majuscules compliquées. On devinait à peine le gribouillis de tante Marta. Costanzo, lui, avait directement apposé son nom sur la photo de son fils.

Sous chaque signature, Giulia voyait un visage, une attitude, entendait une remarque. Elle aussi ne voulait plus d'eux mais la douleur de son oncle et de sa tante ne pouvait la laisser de marbre. Flavio était leur unique fils et si Marta n'avait pas plus de jugement qu'une poule, elle ne s'était jamais montrée méchante, tout comme Costanzo. En d'autres temps, leur rejeton eût été un militaire sans envergure, tortionnaire des trois troufions sous ses ordres. Le fascisme avait utilisé sa violence en lui donnant un pouvoir terrible.

Giulia rangea lettre et photo dans l'enveloppe. Les siens se doutaient qu'elle avait trempé dans le meurtre. L'intervention de Balbo les avait certainement sidérés, révoltés. Elle les obligeait à mesurer leur accusation mais la haine devait les dévorer de la savoir libre et impunie. On pouvait faire confiance à Valeria pour l'attiser. « Que son venin l'étouffe ! » souhaita Giulia.

Starace, le précieux parrain du dernier-né de la famille, leur avait-il appris la capture de Silvio ? Si oui, ils devaient tous exulter de la savoir malheureuse, particulièrement sa chère sœur cadette. Elle mit l'enveloppe en boule et la jeta dans la poubelle. Qu'ils pleurent ! Qu'ils pleurent tous ! Qu'ils la maudissent autant qu'ils voulaient ! Elle avait tiré un trait définitif sur eux.

Au souvenir de sa conversation avec Margherita, elle se mit à trembler de plus belle. Désormais, elle ne pouvait plus rien espérer de personne pour sauver Silvio. Était-il encore à Rome ? L'avait-on mis dans une cellule semblable à la sienne ? Torturé ? Déporté ? Elle en venait à souhaiter qu'il fût entre les mains de cet homme de l'OVRA, ce Marchiani aux yeux glacés, parce que, avec Starace, il était perdu. Celui-ci lui ferait payer l'affront fait par Balbo et userait du pire pour obtenir ses aveux sur le crime de Flavio.

« Pourvu qu'il soit vivant ! » pria-t-elle.

Une petite voix lui soufflait que ce n'était pas si sûr.

« *Inauguration du forum Mussolini, stade des Marbres, ce jour à 14 heures. Je te trouverai.* »

Le message avait été glissé sous sa porte pendant la nuit. Giulia manqua en pleurer d'émotion. Même sans signature, impossible de se tromper. C'était bien l'écriture de Manelli. Il revenait. Enfin ! Jamais elle n'avait eu autant besoin de lui.

Une violente nausée la précipita au-dessus des toilettes. La *grappa* du professeur ! Elle en avait bu trois ou quatre verres. Ses 45 degrés l'avaient terrassée, ce qu'elle recherchait. Elle n'avait pas prévu la suite : une nuit de cauchemars dans lesquels Flavio la fixait en souriant, son couteau planté dans le ventre, entouré des autres membres de la famille. Immobiles, silencieux, tous pointaient vers elle un doigt accusateur, y compris lui. Elle s'était réveillée en sursaut, le corps en sueur et l'effroi au cœur. Vivrait-elle désormais cela toutes les nuits ?

Après avoir vomi tripes et boyaux, elle se redressa et dut affronter son reflet dans la glace. « Abominable ! Une tête d'alcoolique à son réveil ! » jugea-t-elle, devant son teint cireux, ses cernes et la longue mèche qui retombait sur son front moite. Sans parler de ce qui ne se voyait pas : la bouche pâteuse et l'étau qui enserrait son crâne. Optant pour la méthode forte, elle ouvrit le robinet au-dessus de sa tête. Cela lui rappela Nello que sa mère avait cherché à ramener ainsi à la raison.

L'eau froide fit son effet. Quand elle se releva, son visage avait repris des couleurs, et ses yeux, leur vivacité. Elle esquissa un pâle sourire.

« À nous deux, *dottore* ! »

Maintenant qu'il était là, elle se sentait à nouveau capable de serrer les poings. Manelli trouverait le moyen de sauver Silvio.

* * *

Le monte Mario se déclinait en teintes rousses sous l'azur. Une journée claire et douce comme seuls en offraient le printemps et l'automne. Le temps se prêtait à la fête. Au bas des pentes, la foule s'agglutinait autour du forum Mussolini, et plus précisément devant le large hémicycle qu'on allait découvrir ce jour-là : le stade des Marbres, capable de contenir 100 000 spectateurs. Le chef du gouvernement y serait entouré de ses principaux hiérarques. Il ferait un discours. Le roi Victor-Emmanuel serait présent.

Parades militaires et démonstrations sportives se succéderaient. Autant de raisons qui poussaient les Romains en masse vers l'enceinte.

Une fois achevé, le complexe sportif s'étendrait sur des dizaines de milliers de mètres carrés. Autour du noyau de base de l'Académie fasciste d'éducation physique, le Duce avait voulu créer une véritable citadelle du sport. Outre le gigantesque stade, elle compterait terrains de tennis, de football, théâtre en plein air et un nouveau pont enjambant le Tibre. La presse l'annonçait en termes dithyrambiques. Tout y passait : « Le symbole d'une jeunesse saine et forte ! », « L'œuvre grandiose d'un esprit purement romain ! », « Les caractères de la pérennité romaine ! », « Un hymne au fascisme, une célébration solennelle de l'impérissable jeunesse et force italique ! »

Dans sa tenue de *Balillà*, du haut de ses huit ans, Geppetto boudait. Son fez trop grand qu'il tenait de son frère aîné lui retombait sur les yeux. D'un geste rageur, il ne cessait de le rajuster. Ce que lui avaient annoncé ses parents avant de venir le désespérait : il serait violoniste, comme le Duce. Du Duce et du violon, il en « mangeait » chaque jour depuis trois ans. Dans l'atelier où il fabriquait les meilleurs instruments à cordes de la capitale, disait-on, et où se fournissait Mussolini, son père avait installé une grande photo de ce dernier jouant du violon devant sa fille Edda alors enfant. La même trônait en devanture du magasin, parmi les dernières créations de l'artisan, brillantes de vernis. Une troisième, agrandie, occupait tout un mur de la salle à manger familiale.

Parce qu'on n'était jamais trop bien avec le bon Dieu, Mimi, l'aîné, âgé de treize ans, serait cardinal, ainsi en avait décrété le père avec l'approbation appuyée de la mère, dévote femme toujours vêtue de noir. Paolo, onze ans, qui maniait son fusil de bois comme personne et qui excellait à l'escrime, autre passion du Duce, deviendrait général. Et lui, Geppetto, atteindrait les sommets en tant que *maestro.* Un archet « maison » en main, il jouerait un jour *Giovinezza* devant l'idole de son père. Seul problème : l'intéressé ne se voyait pas du tout dans le rôle. Il détestait ses cours quotidiens de solfège et imputait son calvaire à Mussolini. Il était sûr à présent que ses parents aimaient le Duce plus que lui, sinon, ils ne l'auraient pas obligé à subir les récriminations du vieux professeur Puzzi qui dégageait une odeur rance chaque fois qu'il entendait des fausses notes. Et Geppetto en faisait beaucoup. Seul son père refusait de s'en rendre compte.

Cela débuta comme un jeu. Ballotté de droite à gauche, freiné par les coudes et les sacs des adultes, il se laissa distancer par ses parents et ses deux frères. Quand il jugea leur avance suffisante, il s'enfonça au cœur d'un groupe qui obliquait vers une autre entrée.

Puisque son père lui préférait le Duce, Geppetto décidait de devenir orphelin. Quand la masse compacte se referma sur lui, il commença à paniquer. Ses parents avaient disparu. Il se retrouvait seul. La vague dont il était prisonnier pénétra dans l'enceinte au moment où l'orchestre attaquait un air de violon. Il sécha d'un coup ses larmes. Mieux valait perdre les siens que de jouer toute sa vie de cet instrument de malheur.

Près de lui, du manteau sombre d'une dame émanait un parfum de printemps qui lui mit du baume au cœur. Il aurait aimé rester là, à le respirer toute sa vie. En remontant vers son visage, il tomba en arrêt devant la plus belle jeune fille du monde. Une fée aux magnifiques yeux noirs que le ciel lui envoyait pour le consoler.

Giulia crut que le bas de son manteau s'était pris dans quelque chose et tira pour se dégager. Dans cette foule, elle respirait de plus en plus mal. Jamais Vittorio Manelli ne la retrouverait parmi ces milliers de gens. Une idée insensée ! Cette fois, elle perçut nettement qu'on empoignait son vêtement. Elle se retourna pour faire cesser ce jeu stupide et resta interdite. Un petit garçon en tenue de *Balillà* la contemplait en souriant d'un air béat.

— Tu veux être ma mère ?

— ... ?

— Mon papa et ma maman sont morts dans un accident. Je veux plus retourner à l'orphelinat du *padre* Tommaso ! Il me bat toujours avec sa canne ! Je reste avec toi, *signorina* !

Giulia ouvrit la bouche à plusieurs reprises, incapable d'émettre un son.

— Je suis triste pour toi, dit-elle enfin. Mais je ne peux pas te garder avec moi. C'est impossible.

L'enfant écarquilla ses prunelles et éclata brusquement en sanglots, en s'accrochant à la jeune femme.

— *Mamma ! mamma !* Ne me laisse pas ! *Mamma !*

Sur les personnes voisines, l'effet fut immédiat. À la stupeur succéda la réprobation. Comment cette mère osait-elle mettre son petit *balillà* dans un tel état, un jour de fête ? Giulia se pencha vers le fauteur de trouble.

— Qu'est-ce qui te prend ? souffla-t-elle avec colère.

Il sécha ses fausses larmes et répondit sur le même ton :

— Je m'appelle Geppetto, *signorina.* Et je déteste le violon. Si tu m'emmènes pas avec toi, je recommence à crier que tu m'abandonnes.

Giulia se redressa d'un coup. D'où sortait ce petit monstre ? Pourquoi s'en prenait-il à elle ? Elle avait autre chose à faire que de s'occuper d'un asticot qui la menaçait ! Au risque de se faire piétiner, elle s'accroupit auprès de lui et le saisit par le bras.

— Écoute-moi bien Geppetto ! J'ai un gros chien, haut comme un âne, qui déteste les enfants et qui les mord. La semaine dernière, il a mangé la main d'un garçon grand comme toi qui voulait le caresser, tu vois ! Tu y tiens à tes doigts ?

L'enfant cacha ses mains dans son dos. Il n'avait pas prévu ça. Giulia appuya son avantage.

— Tu restes avec moi dans le stade et après, tu me dis où tu habites et je te ramène, d'accord ?

Geppetto hocha la tête, vaincu. Giulia soupira, soulagée. Elle avait vu juste : il n'était pas orphelin. Elle allait pouvoir le rendre à ses parents.

« Écrasant » fut le mot qui lui vint en entrant dans le stade. L'architecte Del Debbio avait scrupuleusement respecté les désirs du régime en suivant un style « novencentiste » qui mariait modernité et Rome antique. De tous côtés fusaient des cris d'admiration : « *Bellissimo !* », « Une *meraviglia* ! ».

Giulia ne partageait pas leur enthousiasme. Elle trouvait d'un très mauvais goût les statues couronnant l'ensemble : ces soixante athlètes de marbre offerts par les différentes provinces du pays pour illustrer le mythe de la jeunesse juraient par leur lourdeur et leur manque de naturel. Lanceurs de disque, boxeurs, nageurs, alpinistes prenaient une pose hiératique, sans grâce, qui sentait la commande officielle. Seul effet recherché : la démesure. Une fois de plus !

Le stade se remplissait à une vitesse hallucinante. Ne restaient plus que des places en hauteur. Giulia s'installa avec Geppetto sur un gradin encore clairsemé, avec l'espoir illusoire de se rendre ainsi plus visible. En quelques minutes, il fut complet. L'orchestre pénétra dans le stade. Elle n'y prêta nulle attention. Ses yeux balayaient la multitude. Pas de professeur. Près d'elle, l'enfant se tenait tranquille. Elle l'oublia.

Soudain, la foule se leva comme un seul homme en criant « Duce ! ». Il venait d'apparaître dans la tribune officielle, à la suite du roi que nul ne songeait à acclamer. Arrivaient enfin les hiérarques. Tous prirent place derrière le souverain. Ciano s'assit à la droite de Mussolini, Balbo, à sa gauche. Lorsque Starace entra, Giulia eut du mal à le regarder. Elle sentait encore la violence de sa gifle, entendait ses questions perverses. Il aimait torturer. Qu'avait fait cette ordure à Silvio ? La jeune femme dressa l'oreille. Elle ne se trompait pas : les Romains scandaient autant le nom de Balbo que celui de Mussolini. Impossible que ce dernier ne l'entendît point. L'orchestre entonna *Giovinezza.*

Des milliers de bras se tendirent pour le salut fasciste. L'ensemble du stade reprit l'hymne en chœur.

La musique s'arrêta. Immédiatement, le timbre puissant du Duce imposa le silence. Giulia, qui avait toujours refusé d'entendre ses longs discours, dut se résoudre à subir celui-là. Tout en continuant à fouiller du regard les gradins noirs de monde, elle put juger de l'efficacité du verbe de cet homme. Des mots simples et percutants qui faisaient mouche. Il venait du peuple et savait lui parler, ranimer son orgueil. Il vantait l'ardeur d'une jeunesse impétueuse que le sport mettait à l'épreuve de la virilité, du courage et du combat. Un exercice qui en outre contribuait à l'« amélioration physique de la race ». Il n'était qu'à voir les résultats obtenus lors des Jeux olympiques de Los Angeles par l'Italie : douze médailles d'or, douze d'argent et treize de bronze.

Très vite, ses propos tournèrent à la harangue. Le fascisme était LA doctrine du XXe siècle. Elle allait inonder l'Europe. En Allemagne, en Hongrie, en Croatie, ses émules ne se comptaient plus. Les grandes puissances occidentales devaient désormais compter avec la patrie des césars, prendre la mesure de sa force et la respecter. Aux étudiants, future élite intellectuelle du pays, il rappela ce simple mot d'ordre : « Le livre et le fusil ». Devant un public survolté, utilisant des termes martiaux sans équivoque, il lança, une heure durant, des appels au dépassement de soi, à la quête de la victoire et à l'héroïsme. Le sport prenait dans sa bouche une coloration qui n'avait rien de pacifique.

— Quand je te disais qu'il nous prépare à la guerre.

Des mots chuchotés à l'oreille. Elle fit volte-face. Manelli lui adressa un sourire las. Il portait la barbe, et ô stupeur ! la chemises noires.

— Regarde-moi bien ! Tu ne me reverras pas deux fois avec ! Si tu ne veux pas me trahir, reporte ton attention sur notre grand manipulateur, ça doit être truffé d'agents de la Milice, ici. Tu vas m'écouter. J'ai très peu de temps...

Il ne put aller plus loin. Le Duce achevait son discours dans un délire d'applaudissements. Un consensus évident et immense. Il les tenait dans son poing.

Le calme revint avec le défilé des troupes d'élite italiennes.

Malgré les recommandations du professeur, Giulia se tourna vers lui. Avant tout, elle devait lui dire pour Silvio.

— Il faut d'abord, *dottore,* que vous sachiez...

— Cesse de me regarder et de me donner du *dottore* tous les trois mots. Je suis au courant pour Silvio. Pour ton cousin aussi. C'est nous qui avons fait disparaître le corps et effacé les traces. Ton amie Ottavia est en France avec nous, en sécurité. Elle vient de l'écrire à sa mère. Sous peu, celle-ci recevra sa lettre et sera rassurée. Elle ne t'importunera plus. Je n'ai cessé de garder un œil sur toi durant tout ce temps. Nous...

— Qui ça « nous » ?

— Plus tard.

— Silvio...

— Bordel, tu vas me laisser parler, oui ? la coupa-t-il, faisant mine de rattacher ses lacets pour être juste à sa hauteur. Ce que j'ai à te dire relève du secret d'État. Ce n'est pas pour rien que Mussolini leur apprend à lever le poing. Nul n'ignore qu'il veut son empire. Ce que l'on sait moins, c'est que De Bono, notre ministre des Colonies, a reçu ordre d'établir un rapport sur l'Érythrée et la Somalie. Ces deux pays sont destinés à servir de base de départ à une invasion : celle de l'Éthiopie, seul pays libre d'Afrique sur lequel l'Italie peut mettre la main. Des fonds importants ont été débloqués en ce sens pour remettre à neuf le port de Massaouha, construire des routes, aménager des terrains d'aviation. La menace n'est pas prise au sérieux par la Société des nations. À nous de leur prouver qu'un pays membre est en danger.

— Mais je me fous éperdument de l'Éthiopie et de votre cours de science politique ! Je me fous de la Terre entière en ce moment !

— Tu as tort. Si on laisse cette guerre éclater, la France et l'Angleterre condamneront l'Italie et pousseront, de la sorte, Mussolini dans le camp des nazis qui n'attendent que cela. Regarde-les, dans la tribune des délégations étrangères. Comme par hasard, c'est Hermann Göring, le bras droit de Hitler, qui représente l'Allemagne. Un grand amateur de l'art Renaissance, ce salopard ! Et un antisémite de première ! Et Margherita qui le reçoit chez elle et le conseille dans ses acquisitions d'œuvres ! Pour en revenir à l'Afrique, l'Éthiopie, c'est le lac Tana, le contrôle du Nil Bleu et donc du régime des crues en Basse-Égypte. La Grande-Bretagne n'acceptera jamais qu'on s'en empare. Si l'on n'empêche pas cette attaque, on va droit vers un deuxième conflit mondial, fillette. C'est très grave.

Geppetto était trop occupé pour remarquer que sa fée s'entretenait avec son voisin de derrière. Après avoir reniflé partout, il venait de s'apercevoir que l'épouvantable odeur provenait de ses pieds. En se pinçant le nez, il tourna ses semelles vers lui et grimaça de dégoût : la gauche était entièrement souillée de matière fécale. Pour neutraliser un peu cette horreur, il passa plusieurs fois la main dans ses cheveux et la respira. Avant de venir, sa mère l'avait aspergé de cette eau de Florence qu'elle utilisait dans les grandes occasions. Des fragrances aussitôt étouffées par les relents de déjection canine. Assister au triomphe de celui à qui il devait son calvaire musical, passait encore, mais dans cette puanteur ! Les gesticulations désordonnées de l'homme qui se trouvait devant lui donnèrent une idée.

Giulia suivait sans la voir la course des *bersaglieri* autour du stade. Sa peur pour Silvio mettait ses nerfs à vif et lui faisait rejeter le reste du monde. Malgré tout, les paroles de Manelli faisaient leur chemin dans sa tête.

— En ce moment, on entend n'importe quoi ! Comment pouvez-vous être certain de ce que vous avancez ? Que savez-vous de la fiabilité de vos sources ?

— Mon ami est très bien informé.

— Pourquoi m'avoir raconté cela ?

Il y eut un silence. Le brouhaha ambiant reprit le dessus.

— Je sais, reprit Vittorio, pesant encore plus ses mots, que celui qui se tient sur l'estrade, à la gauche du Duce, t'a sortie d'une très méchante situation. En tant que ministre lié à l'armement, il a reçu copie de ce fameux rapport. De Bono lui a certainement demandé d'établir des bilans d'effectifs, de matériel et autres. Il nous faut ces courriers pour prouver à la SDN ce qui se prépare. Ils sont d'une importance cruciale.

— Un dossier certainement classé « confidentiel défense » ! Et vous avez pensé à moi ? Pardonnez-moi, *dottore,* mais vous déraisonnez ! Votre ami si bien placé doit l'être beaucoup mieux que moi pour voler de tels documents !

— Détrompe-toi. Ettore – appelons-le ainsi – est trop connu pour pouvoir circuler dans l'un des ministères sans se faire remarquer.

— Et moi, je le peux ?

Elle l'avait presque crié, de plus en plus sidérée par la logique de Manelli. Par chance, au même instant, la foule fit une ovation à l'entrée sur la pelouse des forces aériennes. Le général Italo Balbo avait quitté la tribune officielle pour leur ouvrir la marche.

— Notre héros ailé travaille souvent très tard, reprit Vittorio en le suivant des yeux. Il s'est fait installer, attenant à son bureau, un salon de repos, où il reçoit parfois certaines « connaissances ». Ainsi, si son épouse l'appelle au ministère, il est joignable et irréprochable. Tu voulais agir. En voici l'occasion.

Giulia préféra ne pas comprendre. Venant de celui qu'elle s'était prise à aimer comme un père, c'était trop terrible.

— J'aimerais bien savoir comment, *dottore* ?

— Avec quelles armes peux-tu te battre, petite ? Crois bien que si je disposais d'autres moyens, j'éviterais de t'impliquer autant.

Il osait lui assener du « petite. » Un tel cynisme la révulsa.

— Silvio est peut-être dans un camion à bestiaux, en route pour un *confino*, et vous me demandez...

— Il n'a jamais quitté la capitale : à chaque anniversaire de la Marche sur Rome, dans toute l'Italie, des antifascistes servent de cible à de jeunes chemises noires qui prouvent là leur capacité à tuer de sang-froid des compatriotes rebelles. Cette fois, notre ami était du nombre... à la demande de Balbo. Je suis désolé.

Le hurlement de Giulia fut noyé par les applaudissements qui continuaient à saluer le passage du héros de l'aviation. Celui-ci recevait l'hommage, les bras levés, le sourire conquérant. Dans la tribune officielle, le Duce assistait à la scène, blême de rage. Starace exultait. La jalousie que Mussolini nourrissait à l'encontre de Balbo faisait son œuvre.

Geppetto avait trouvé une astucieuse façon pour nettoyer sa chaussure. Devant lui, le spectateur en chemises noires semblait pris de transe. Il ne cessait de se lever, de se rasseoir, en proie toutes les deux minutes à de terrifiants sursauts d'allégresse. L'enfant n'avait eu qu'à se caler au fond de son gradin, jambes dressées. À chaque bond, le fasciste lui lustrait un peu plus les semelles et se souillait le dos.

Le cri de Giulia détourna Geppetto de son travail de nettoyage. Qu'arrivait-il à sa fée ? Pourquoi avait-elle cet air bouleversé ? Mais... elle pleurait !

— À la demande de Balbo ! répétait-elle. Pourquoi ?

— Parce qu'il te veut pour lui seul !

— Non. Non... Vous mentez pour m'utiliser ! hoqueta-t-elle. Silvio est vivant ! Je l'aurais senti s'il lui était arrivé malheur !

— J'aimerais que tu aies raison, petite.

— Vous mentez ! répéta-t-elle désespérée. Ou vous vous trompez ! On vous a mal renseigné !

Elle refusait d'y croire. Silvio était trop jeune, trop vigoureux. Il savait se défendre. Ils n'avaient pu l'abattre comme un chien sur un simple ordre de Balbo.

— Je ne me trompe pas, Giulia. Je t'en prie, écoute-moi.

À travers ses larmes, elle foudroya Manelli. Que pouvait-il savoir, celui-là ? Il jouait les ombres, puis surgissait de nulle part pour lui mettre le cœur en miettes. Elle le détesta.

— Écouter quoi ? Même si je vous croyais ! Vous rendez-vous compte de ce que vous me demandez ? Coucher avec le bourreau de l'homme que j'aime ! Même une putain refuserait ! De quel bois êtes-vous taillé, *dottore* ?

Manelli la considéra avec une gravité douloureuse. Elle souffrait de façon atroce et c'était lui qui assénait les coups. Il se fit violence pour ne pas descendre la serrer dans ses bras. Il n'avait ni le temps ni le droit de s'attendrir.

— C'est un travail crucial que nous te demandons d'accomplir, répéta-t-il. Si tu parviens à te soustraire un moment à la présence de Balbo et à lui dérober ces documents, nous éviterons des millions de morts... Et tu vengeras Silvio. 245, via del Velabro, Ettore Lasco. C'est à cette adresse qu'il faut porter le dossier, en indiquant ce nom. Il y a toujours quelqu'un. Bonne chance, fillette.

Il en parlait comme d'un fait acquis. Giulia lui tourna le dos pour ne plus le voir. Elle avait si mal qu'elle ne comprenait pas comment elle respirait encore. Après un geste d'adieu, Balbo sortit du stade en bombant le torse. « Que la Terre t'engloutisse, salaud ! » Elle sanglotait de nouveau. « Qu'elle vous engloutisse tous ! Y compris Manelli. »

Quand Giulia se retourna, ce dernier avait disparu. Elle renifla un grand coup. Une odeur nauséabonde lui sauta au visage. Tout lui apparut très vite : le dos de l'homme couvert d'excréments et, dessus, les semelles de Geppetto qui allaient finir par briller. Préoccupé par le désespoir de Giulia, celui-ci ne songeait pas à dissimuler son forfait. La jeune femme l'empoigna par le col et se mit à le secouer comme un sac de noix.

— Sale gosse ! Nello et maintenant toi !

— Caterina ! Le petit ! En bas ! *Madonna Santa !* Et cette folle qui me le bat ? Ma parole, elle va le tuer sous mes yeux ! Mon fils ! Arrêtez ou c'est moi qui vous massacre !

La famille était aux quatre cents coups depuis la disparition de Geppetto. Cela faisait une heure qu'ils le recherchaient. L'homme à la chemise souillée regardait la scène sans comprendre. Suivi de sa grasse épouse qui transpirait sang et eau et de ses deux autres enfants, le père déboula sur Giulia. Lui aussi portait la chemises noires. Quel homme n'en portait pas ce jour-là ? Giulia lui jeta Geppetto dans les bras.

— Tenez ! Prenez-le et surtout, gardez-le !

— Et en plus, c'est elle qui pleure ! On aura tout vu !

Cramoisi, écumant, l'œil mauvais, le père désigna ses médailles :

— Vous ne savez pas à qui vous avez affaire, pauvre folle !

Giulia arracha de sa poche sa carte de presse qu'elle brandit sous le nez du type.

— Vous non plus ! *Gerarchia*, le journal du Duce, vous connaissez ?

Immédiatement, l'autre battit en retraite, poussant un Geppetto affolé devant lui. La fée s'était transformée en sorcière. Comme ça. Sans prévenir. Giulia rangea sa carte. Elle ne pleurait plus. Ils applaudissaient tous au règne de la peur. Le dernier des imbéciles pouvait en jouer.

Balbo regagnait sa place dans la tribune. Il l'avait dépossédée de tout. Ce qu'elle ressentit en le fixant fut d'une force incroyable : un mélange de souffrance et de haine. Elle allait s'en nourrir pour l'abattre, le bel Italo.

* * *

Belle, elle l'était ce soir-là, au palais Lornesi. Les regards le lui confirmaient. Toutes ses économies étaient parties dans cette robe pourpre qui semblait avoir été cousue sur elle, d'un rouge profond comme le sang dont elle n'avait plus peur. Des épingles à tête de même couleur se retrouvaient dans le chignon strict qui dégageait son cou et ses épaules. Aucun collier sur le décolleté qui laissait juste entrevoir la naissance des seins. Un maquillage discret complétait l'ensemble : des lèvres carminées sans ostentation, une ombre grise sur les paupières, un trait de crayon noir pour souligner ses yeux : un modèle de sobriété comparé à son entourage.

De celui-ci, elle ne voyait que des dentelles, des éclats d'or et de diamant, des vestes sombres, des cravates de soie, des lunettes à montures d'écaille. Dans l'ensemble, elle savait qui ils étaient : quelques artistes et écrivains favorables au régime, mais surtout des journalistes, des diplomates étrangers et leur épouse au visage fané. Giulia reposa ses couverts sur la nappe brodée. Depuis une heure, les plats se succédaient. Elle ne refusait rien, portait sa fourchette à sa bouche, avalait, prenait une gorgée de vin et recommençait. Elle le faisait lentement, sans goût ni dégoût, en gardant un visage uni. Jamais elle ne se retournait vers lui. Rien dans son comportement ne trahissait l'attention qu'elle lui portait. Elle le maintenait, pourtant, dans son champ de vision et suivait chacun de ses gestes. De même, elle sentait ses regards.

À la table d'honneur, Italo Balbo buvait plus que d'ordinaire. La première raison tenait dans la présence de Hermann Göring à ses côtés. Jugeant qu'ils auraient matière à discuter, Margherita avait placé près de lui l'as de la chasse aérienne allemande pendant la guerre. Or, l'ancien chef des SA, devenu député nazi, puis récemment élu président du Reichstag, déplaisait à Balbo. Cette façon de fixer longuement les objets d'art de la fastueuse salle, comme s'il faisait son choix, lui rappelait un prédateur. Il y avait autre chose : la politesse glacée de Göring dissimulait mal son mépris pour le peuple italien et ses désordres. L'admiration de Hitler pour Mussolini était-elle aussi fausse ? Il en toucherait deux mots à Benito. Ces nazis de plus en plus présents autour du pouvoir fasciste ne lui inspiraient aucune confiance. La seconde raison de sa fébrilité s'appelait Giulia. En vain essayait-il d'en détacher les yeux. Il avait soif de cette diablesse en rouge, de ce démon des tempêtes qui l'ignorait avec superbe. Pourquoi affichait-elle cet air posé qui lui seyait si mal ?

— Si tu ne veux pas, *amico mio*, que ta femme remarque ton obsession, tu ferais mieux de regarder ailleurs.

Margherita, son autre voisine, lui avait glissé ces mots en souriant, comme s'ils poursuivaient une conversation mondaine. La coiffure parfaite, cernes et rides atténués par la poudre, des boucles d'oreilles en perle et en diamant montées sur or, dans sa longue robe de soie noire à la coupe seyante, elle reprenait de son éclat d'antan sous les lustres du palais Lornesi.

Balbo parut se réveiller et lui offrit un visage angélique.

— De quelle obsession parles-tu ?

Son amie secoua la tête.

— Tu te comportes comme un adolescent, Italo. Et ce soir, devant autant de monde, c'est dangereux. Pense à toutes ces bonnes âmes qui pourraient en parler à Emmanuella. Si elle ne s'est pas déjà aperçue de quelque chose. Garde la tête froide pour tout à l'heure, au salon.

Balbo jeta un œil vers son épouse. Tournée dans le sens opposé, elle discutait avec la femme de l'ambassadeur d'Autriche. Il baissa le nez sur son assiette. Margherita avait raison. Ce serait tantôt, au moment des cigares et des liqueurs, quand les corps se relâcheraient, qu'on prendrait la température réelle de ces diplomates étrangers et de leur gouvernement.

Entre deux plats, Giulia parcourait distraitement de l'index les armes des Lornesi frappées sur la vaisselle. Elle avait vu Margherita murmurer quelque chose à Balbo, avait noté la façon dont ce dernier se concentrait sur son assiette, le regard vers l'épouse, une petite et mince femme brune aux traits fins qui tenait merveilleusement son rôle en arrière-plan. Un beau couple que Giulia allait faire voler en éclats. À sa table, près d'elle, une conversation en allemand éveilla son attention.

— Cette Juive sait recevoir, disait avec un mépris affiché et un fort accent anglais un homme au crâne gras et dégarni.

— Je ne suis pas d'accord. Le propre de ces sous-races est d'en faire toujours trop ! repartit son voisin, un jeune homme blond qui, lui, était allemand. Puisqu'ils ne peuvent « être », il leur faut « avoir » et le montrer. À Berlin comme à Vienne, ce sont eux qui tiennent la Banque. Les Juifs n'existent que par l'argent, c'est bien connu.

En parlant, il fixait Margherita.

— Et vous, messieurs, par quoi existez-vous ? intervint Giulia que de tels propos contraignaient à sortir du silence.

Les deux hommes sursautèrent et se tournèrent avec un bel ensemble vers cette inconnue qui s'exprimait dans un allemand parfait. Elle les considérait le plus innocemment du monde. Dans ses yeux noirs alternaient le feu et la glace.

— Juive ? s'enquit l'Allemand qui avait pâli.

Giulia pencha la tête sur le côté. Sous l'examen, l'homme se crispa. Qui était cette belle insolente dont il ne discernait pas assez l'accent pour définir son origine ? Pourquoi le provoquait-elle avec un calme si déterminé ? Elle avait parlé sans hausser le ton et les autres convives qui discutaient entre eux ne s'étaient rendu compte de rien. Il fallait couper court, éviter l'incident diplomatique. Mais Giulia n'en avait pas terminé avec eux.

— En quoi est-ce important ? M'en trouverez-vous plus belle ou plus laide ? Plus sotte ou plus intelligente ? Faut-il avoir un pedigree pour susciter votre intérêt ? Quelle est votre notion de l'autre, messieurs ?

L'Allemand rabattit sa serviette et se leva. L'Anglais le suivit. Leur départ ne se remarqua pas. Margherita et la comtesse Lornesi allaient d'une table à l'autre inviter les convives à passer au salon. Tout le monde quittait la salle.

— Nous devrions en faire autant.

L'accent anglais était charmant. Giulia reconnut, debout près d'elle, sa voisine de gauche. Elle ne lui avait prêté nulle attention et fut surprise de la trouver si différente des autres femmes de l'assemblée. La trentaine, svelte, l'allure sportive, les cheveux bruns, courts et bouclés, elle portait une simple robe, du même bleu lavande que ses yeux. Aucun bijou, pas de maquillage. Son nez retroussé, son teint hâlé et son visage rond lui donnaient un air de bonne santé qui faisait plaisir à voir. Plus avenante que jolie, elle attirait la sympathie. À Giulia, elle désignait les portes du salon vers lequel les personnalités se dirigeaient.

— Tara Welch, se présenta-t-elle en lui tendant la main. Anthropologue et anglaise. Je suis ici pour étudier le comportement des foules. C'est le moment rêvé, non ?

Giulia l'aurait plutôt imaginée championne d'athlétisme. Elle chercha une excuse pour s'éloigner. Elle n'avait pas envie de discuter, surtout après ce qu'elle venait d'entendre, mais devant le franc sourire de Tara, elle renonça et lui rendit sa poignée de main.

— Giulia Diacalone.

— Non juive, je présume ? dit l'autre en allemand.

Giulia leva vivement les yeux. La jeune femme affichait un air si ironique qu'elle se calma.

— De tels propos ne vous ont pas choquée ?

— Venant de ceux qui les tiennent, ils ne me surprennent pas. L'Allemand est certainement un nazi de la suite de Göring. Hitler vient d'obtenir aux élections 40 % des voix et 240 mandats en avançant la pureté de la race arienne. C'est un antisémite virulent et son accession à la chancellerie paraît inévitable. Sous peu, il ne fera pas bon être juif dans le pays de Goethe et de Wagner. Quant à l'Anglais, sachez, ma chère Giulia, que vous venez de « moucher » le bras droit de sir Oswald Mosley, politicien conservateur qui vient de fonder la *British Union of Fascists.*

— Ça ne semble guère vous émouvoir ?

— Je suis là pour analyser, non pour juger. Ce qui ne m'empêche pas de voir le cours que prennent les choses : je note beaucoup de similitudes entre cette démonstration de force dans le stade des Marbres et les parades militaires allemandes.

Giulia ne la poussa pas à développer. Son accès de révolte était retombé. Elle venait d'épuiser la part d'intérêt qu'elle pouvait porter à autrui, ce jour-là. Margherita aurait l'article mondain qu'elle attendait sur la soirée et *basta* !

Depuis qu'elle savait pour Silvio, la brûlure au creux des seins ne quittait plus Giulia. Il lui avait fallu des heures avant de croire vraiment à l'insupportable. À la souffrance, à la haine, se mêlait une révolte désespérée qui lui donnait envie de tout casser, de jeter par terre les belles nappes, de sauter à la face de ce monstre, de lui arracher les yeux avec les ongles, de le voir saigner comme l'autre porc de Flavio. Elle ne faisait plus de cauchemar à cause de son cousin. On n'avait pas à gémir sur l'élimination d'une bête malfaisante. Balbo serait la suivante. Mais d'abord, elle voulait le détruire lentement, pour qu'il ait bien le temps de souffrir. Cela la maintenait debout, lui donnait une raison de respirer encore.

Elle le chercha des yeux. Où était-il passé ? Il avait dû rejoindre le salon, en compagnie de sa femme. Giulia n'avait aucune idée de la façon dont elle allait l'aborder. Elle n'avait rien d'une Messaline et la nuit passée à pleurer l'avait épuisée. Mais coûte que coûte, elle tenait à approcher cette ordure. En compagnie de Tara qui semblait tenir à rester avec elle, Giulia pénétra dans le grand salon illuminé par des lustres de Murano. Dans un angle, un orchestre jouait en sourdine. Tapis, divans, fauteuils, tout incitait les invités à une confortable digestion. Des serviteurs circulaient, proposant cafés, liqueurs et cigares. Giulia avisa Balbo en grande conversation avec un journaliste américain d'une quarantaine d'années dont elle avait oublié le nom. L'homme lui posait des questions et notait ses réponses.

Balbo aussi l'avait repérée. Il semblait même la guetter. De là, il voyait ses cernes qui parlaient de pleurs et d'insomnie : même sa beauté paraissait vulnérable. Un désir fou de l'étreindre le prit au ventre. Que faire pour lui ôter une fois pour toutes de l'esprit cet artiste raté ? Leurs regards se croisèrent. Elle serra les dents pour taire ce qu'elle voulait lui crier. Il baissa les yeux le premier mais elle eut le temps d'y voir le feu.

Dans la paume de Balbo, le verre à liqueur se brisa, le blessant. Le journaliste se précipita avec un mouchoir. À la vue du sang, quelques dames s'exclamèrent.

« Qu'il crève ! » souhaita Giulia en son for intérieur.

Elle reposa sa tasse – elle tremblait trop pour ne pas la renverser – et dissimula ses mains dans les plis de sa robe.

— Si nous allions nous asseoir ? proposa Tara.

Giulia la suivit pour faire quelque chose. Elle ne voyait pas ce que cette fille trouvait d'intéressant à son mutisme. En quelques minutes, tous les sièges avaient été pris d'assaut. Elles se contentèrent d'un recoin un peu plus calme. Une voix s'éleva de derrière le pilier. Deux hommes se tenaient près de la fenêtre.

— Qu'avez-vous pensé de ce déploiement martial dans le stade ? demanda l'un d'eux, un Anglais.

— Il est à l'image du rustre qui l'a voulu, répondit l'autre. Ostentatoire et ridicule. Et ce peuple grossier qui applaudit ses vociférations ! Je crois vraiment au pouvoir amollissant des pâtes sur l'esprit ! Savez-vous que sa femme élève des poules et des lapins dans les jardins du palais Torlonia ? Elle s'y est même fait bâtir un four pour cuire son pain ! A-t-on jamais vu cela ? Et après, il ose nous donner des leçons en recevant chez lui ce Gandhi avec sa chèvre ! Que n'invite-t-il plutôt notre vice-roi de l'Empire des Indes !

— Ça reste dans le ton, mon cher ! Tenez, une devinette qui a fait sourire Churchill, la semaine dernière : comment surnomme-t-on Mussolini à notre Parlement ? Jean Sans Terre. Il vendrait son âme pour posséder une de nos colonies ! Le pauvre !

Les deux hommes quittèrent leur abri et s'éloignèrent en riant. Des corps massifs revêtus de costumes de bonne coupe. Giulia détestait les fascistes mais le mépris de tous ces diplomates étrangers à l'encontre de son pays la rendait folle. Et ce Churchill qui par-devant encensait Mussolini pour avoir repoussé le péril bolchevik ne valait pas mieux.

— Mais de quels flancs sacrés sortez-vous, les Anglais, pour vous croire si supérieurs ? explosa-t-elle, reportant sa colère sur Tara. Vos colonies, vos plantations de thé, vos brumes hiératiques ne vous donneront jamais un Vinci, un Raphaël, un Michel-Ange ! Et Machiavel ? Son cynisme, son ambiguïté ont un parfum familier pour vous, non ? Vous êtes même passés maîtres en la matière ! Depuis des siècles vous et les Français pillez notre art et nos écrits sans perdre une once de cette fichue morgue ! Mais bordel, si on vous déplaît tant, foutez le camp et oubliez-nous !

Tara but une gorgée de café pour cacher son amusement. Cette Italienne en rouge, aux traits tourmentés, qui contenait si mal ses fumerolles et jurait comme personne, lui était sympathique. Sa gorge palpitait tellement que son décolleté menaçait de céder à chaque inspiration.

— Votre colère est fondée, admit-elle. J'ai écouté le discours de Mussolini, hier. Savez-vous pourquoi il obtient un tel consensus national ? Justement parce qu'il lutte contre le mépris dont votre pays est l'objet depuis le traité de Versailles, peut-être même avant. Quand on humilie un peuple, il tend l'oreille aux propos les plus extrémistes. C'est ce qui se passe en Italie et l'Allemagne lui emboîte le pas avec les nazis. La dignité est aussi importante que le pain, c'est ce qu'oublient les Français et mes compatriotes... et que nous risquons de payer cher sous peu.

Giulia, qui gardait un œil sur Balbo, le vit quitter la pièce.

— À plus tard, dit-elle abruptement à Tara.

Assise à l'autre extrémité du salon, en compagnie de quelques dames, la comtesse Emmanuella, qui ignorait l'incident du verre et n'avait pas vu son époux sortir, poursuivait son bavardage.

Dans le boudoir voisin, sous l'œil inquiet de la comtesse Lornesi, une servante achevait de panser la main du ministre. Giulia n'eut cure de la présence des deux femmes.

— Puis-je vous parler, *Eccellenza* ?

La main de Balbo retomba. Il était stupéfait.

— Si vous avez besoin d'autre chose, Italo, dit la comtesse, dédaignant cette grossière intrusion, n'hésitez pas à rappeler l'un de mes domestiques.

Elle sortit dans un digne bruissement de soie, suivie de sa servante. C'était la deuxième fois en trois jours que cette fille aux manières exécrables l'interrompait sans même s'en excuser.

Giulia et Balbo se retrouvèrent seuls. Elle enfonça ses ongles dans ses paumes. Intolérable de se taire, de ne pas bouger ! Elle n'avait pas souhaité la mort de Flavio. Mais Dieu, qu'elle aurait aimé voir celui-là étendu raide !

Lui n'y comprenait rien. Jamais une femme ne l'avait autant désarçonné, horripilé, rendu fou.

La gorge de Giulia se soulevait de plus en plus vite. Les mots ne venaient pas. Elle n'avait rien préparé.

Dominant son trouble, il la laissa venir. À son agitation, il comprit qu'elle savait pour Gazzo. Jusqu'à quel point ?

Comme on se jette dans un puits, elle se lança :

— Vous me voulez ? Fixez-moi un jour, une heure !

Balbo n'en crut pas ses oreilles. Cette fille ne ressemblait décidément à aucune autre. Des centaines d'admiratrices étaient prêtes à lui céder sur un claquement de doigts. Et celle-ci le traitait comme un quidam. Il ferma le poing. Sa main le rappela à l'ordre et se mit à saigner de plus belle.

— Pourquoi faites-vous cela ?

— Pour qu'on en finisse, vous et moi, une fois pour toutes !

* * *

« Ouvre les yeux sous l'eau, Giulia, affronte l'inconnu et tu perdras la crainte de plonger ! »

C'est ainsi que son grand-père l'avait aidée à apprivoiser la rivière et sa peur. Pourquoi cela lui revenait-il alors que Balbo l'invitait à passer dans le salon de repos attenant à son cabinet de travail ? Peut-être parce que sous l'eau, elle y était. La pièce se trouvait plongée dans l'obscurité. Négligeant l'interrupteur, il alluma l'une après l'autre les lampes réparties dans les angles. Les lumières douces se diffusèrent sur les fauteuils, divan et table basse. Un tapis arabe aux teintes chatoyantes donnait une note sensuelle à l'ensemble. Au fond, une tenture dissimulait partiellement une couche...

Italo s'était immobilisé et la regardait fixer le lit.

« Plus la proie se dérobe, plus je la veux ! » avait-il dit à l'ami Bottai lors de cette exposition où elle avait cassé son talon en lui faisant perdre son sang-froid. Le gardait-il jamais en sa présence ! La proie s'offrait. D'un coup. Sans raison. Ne restait qu'à la prendre sans plus se poser de question. Pourtant, il ne s'avançait pas, n'utilisait pas ses habituelles manières de soudard. Les autres femmes emmenées ici ne demandaient qu'à être culbutées par le grand Balbo, le héros du squadrisme, l'as de l'aviation italienne. Pas elle. Elle se moquait de sa célébrité. Il ne comprenait rien à cette fille, aux raisons de ses actes. Et cela finissait par le déstabiliser.

— Voulez-vous un verre de brandy ?

— Non. Merci, souffla-t-elle.

Le vieil Emilio avait raison. Elle devait garder les yeux ouverts, même devant l'abysse. Sans alcool.

Elle abandonna ses chaussures et se mit à défaire lentement son corsage. Il ne la déshabillerait pas. Elle déciderait de tout. Et le plus tôt serait le mieux.

Sans perdre un seul de ses gestes, Balbo reposa sa veste. Son souffle s'accéléra. Cette garce s'y entendait pour l'enflammer. La jupe glissa sur le tapis. Puis, ce fut au tour de la lingerie. Elle se retrouva nue devant lui et ôta les épingles qui retenaient ses cheveux. Ils retombèrent en ondulant sur ses épaules.

— Qu'est-ce que vous attendez, *Eccellenza* ?

Sa propre voix lui parut détachée, lointaine. Jamais elle n'avait affiché un tel calme, une telle impudeur.

Il n'en revenait pas. Elle était magnifique. En trois pas, il fut sur elle et l'enlaça. Elle se raidit. C'étaient les mains de Silvio qu'elle voulait, pas celles de son assassin. Les siennes, elle les gardait le long du corps. Renoncer maintenant signifiait tout perdre. Elle ferma les yeux, maudissant le terrible tour de la vie qui la poussait au pire. Il l'embrassa dans le cou, ses lèvres étaient brûlantes. Elle reçut d'un coup son odeur, reconnut son parfum. Un choc. Une alchimie foudroyante, incontrôlée. Le trouble s'empara d'elle. Elle voulut le repousser mais n'en eut pas la force. Sa volonté n'existait plus. Un démon la poussait vers lui. Malgré sa haine.

Ils roulèrent sur le lit, bras et jambes entremêlés. Il ressemblait à un taureau avec son corps trapu, son souffle rauque. Une veine saillait sur sa tempe. Ses yeux noirs ne la quittaient pas. Il se mit à parcourir avidement le corps de Giulia. Il s'arrêta sur ses seins, les dévora à pleine bouche, descendit vers le ventre satiné, revint à ses seins, redescendit vers son sexe. Il avait faim d'elle jusqu'à la folie. Et elle, elle...

Elle ne maîtrisait plus rien. Même le dégoût d'elle-même ne l'arrêtait pas. Elle délirait, lui empoignait les cheveux, l'écartait, le rappelait. Il avait derrière lui des années de science amoureuse et une sensualité diabolique. Ses mains, sa langue la rendaient folle.

Quand il la posséda, elle poussa un cri animal. Ils firent l'amour avec violence. Giulia ne voulait pas de sa tendresse. Juste le voir se tordre au-dessus d'elle, que le plaisir déformât ses traits, qu'il lui fît l'amour jusqu'à la douleur. Soudain, elle planta ses ongles dans le torse d'Italo. Un spasme la souleva, déclenchant la jouissance de son amant. Il retomba sur elle, le cœur battant la chamade, la peau trempée.

Il voulut l'embrasser sur les lèvres, la prendre dans ses bras. Elle se déroba et, d'un coup de rein, se retrouva sur lui. Balbo sourit. Il n'avait jamais rencontré de femme aussi imprévisible. Pourquoi se montrait-elle si ardente, elle qui, la veille encore, semblait le détester ?

— Pourquoi ? murmura-t-il.

Elle resta silencieuse et pesa sur son ventre.

Le désir revint aussi fort. Il mourrait au cœur de ce volcan, mais tant pis. De nouveau, il se jeta sur elle. Cette fois, Giulia ferma les yeux.

Il était 1 heure du matin quand l'épuisement eut raison de lui. Il tomba d'un coup. Un sommeil de bête qu'elle devinait bref. Il n'y avait pas une minute à perdre. Elle écarta doucement le bras posé sur elle et se releva en prenant soin de ne pas faire bouger le lit. Son ventre lourd parlait de trahison. Italo avait touché, caressé, malmené, fait frémir chaque parcelle de son corps. Les remords, la honte, cette impression de s'être vautrée dans la boue, d'avoir tué, cette fois vraiment, l'homme qu'elle aimait la submergèrent. Elle refoula la nausée qui montait. Le moment d'agir arrivait. Elle écouta. Il continuait à respirer de façon calme et régulière, à sa merci.

Près de la tête de Balbo, elle avisa une lourde lampe au pied en céramique. Le visage de Silvio passa devant ses yeux. À cause de celui qui dormait là, elle ne reverrait plus son regard vert posé sur elle, n'entendrait plus son rire d'enfant espiègle. Ils ne partageraient plus rien. Jamais. Elle n'avait même pas une photographie de lui. Elle finirait par oublier ses traits. Cette pensée acheva de la détruire. Pour tout cela, Balbo devait payer. Elle inspira comme avant une apnée et lentement, tendit la main vers la lampe. De la couche monta un ronflement.

Giulia suspendit son geste. Mille pensées se bousculèrent. Le tuer, certes. Ce n'était pas leurs accouplements d'animaux qui l'en dissuaderaient. Mais si elle ratait son coup, c'en serait fini du dossier. Arrêtée, elle ne pourrait plus atteindre Balbo.

Une autre occasion de l'avoir à sa portée se représenterait-elle ? « Le dossier d'abord », lui soufflait une voix intérieure.

« Non. Maintenant », trancha-t-elle. À deux mains, elle empoigna la lampe. La soulever lui fut impossible : le pied était vissé au sol. À croire que Balbo avait prévu le coup. Les hiérarques n'avaient-ils pas toujours peur des attentats ! Certains, disait-on, dormaient avec une arme sous l'oreiller.

Son échec refroidit Giulia. Elle verrait après, quand les papiers seraient en sa possession. D'abord, assurer l'essentiel.

Nue, frissonnante, elle fila sans bruit vers la porte. Les lumières étaient restées allumées. Une négligence dangereuse. S'il se réveillait, elle aurait du mal à expliquer ce qu'elle partait faire dans le bureau. Serrant les dents, elle tourna la poignée. Le mécanisme joua en silence.

Le cœur affolé, Giulia referma la porte derrière elle et alluma. Devant les dizaines de dossiers empilés sur le bureau, elle paniqua. « Ce n'est pas le moment de reculer ! » se raisonna-t-elle. D'une main fébrile, elle se mit au travail. Sur les couvertures cartonnées, les titres indiquaient le contenu. Quelques secondes lui suffirent pour voir que ce qu'elle cherchait n'y était pas.

Derrière la porte, le ronflement persistait. À tout moment, Balbo pouvait émerger et la surprendre. Le meuble ne comportait pas de tiroir. Restait l'armoire. Elle l'ouvrit en grimaçant, guettant le grincement. Il n'y en eut pas. Tout était neuf au ministère. À l'intérieur, les documents étaient soigneusement rangés par ordre alphabétique. Rien sur l'Éthiopie ni l'Érythrée. En haut, une grande enveloppe dépassait d'une pile de papiers. Elle la dégagea et retint un cri de victoire. Dessus était indiqué le fameux « Confidentiel Défense » et juste en dessous « Rapport De Bono ». Elle sortit les feuillets et les parcourut. C'était bien ça. Vittorio avait raison : le ministre des Colonies demandait des bilans d'effectifs, d'armes et de matériel, des évaluations de coûts pour la construction de bases aériennes à la frontière éthiopienne, ainsi que des photos de reconnaissance des sites potentiels. Giulia rangea les papiers dans l'enveloppe et la replia. Quelque chose l'inquiéta. Elle tendit l'oreille. Les ronflements avaient cessé.

Entièrement nue, elle n'avait rien pour cacher l'enveloppe. Éteignant la lumière du bureau, sur la pointe des pieds, elle gagna la porte et la poussa. Il dormait toujours, à présent tourné sur le flanc. Giulia s'astreignit au calme. Elle y était presque. Son sac à main était resté sur un fauteuil. Elle avait pris le plus grand qu'elle possédait. L'enveloppe tenait juste. Elle le referma et se rallongea. Son cœur battait si fort qu'elle eut l'impression que Balbo pouvait l'entendre.

La lampe était toujours là, tentante, inaccessible. Giulia se souvint du coupe-papier en métal aperçu sur le bureau. Elle reposa un pied sur le sol et s'immobilisa, tétanisée. Maintenant, à froid, elle n'avait plus le courage de le tuer. Une pensée terrifiante la traversa alors : si elle tombait enceinte, elle ne saurait jamais si l'enfant était de Silvio ou de Balbo.

« Qu'ai-je fait ? Mon Dieu, qu'ai-je fait ? »

* * *

Le 245 de la via del Velabro correspondait à une modeste maison d'un seul étage, sans architecture particulière, comme il en existait des centaines dans Rome.

Giulia agita le heurtoir et attendit. Personne n'ouvrit. Après un regard dans la rue, elle récidiva. Sans plus de succès. Elle tourna la poignée. La porte n'était pas fermée à clé. Elle la poussa et se retrouva dans un corridor étroit et sombre qui empestait l'urine de chat. Au bout se découpait un rectangle de lumière. Elle s'avança. Un carreau disjoint sur le sol manqua la faire tomber.

Elle se retint au mur en jurant et déboucha sur une sorte de terrasse fermée qui semblait tenir lieu de cuisine. Il y régnait un désordre indescriptible. L'odeur venait de là. Il devait y avoir une quinzaine de chats dans cette minuscule pièce. Deux dormaient sur la table, parmi des journaux, des verres, des bols ébréchés et une vieille cafetière. Par terre, trois autres étaient lovés sur des coussins qu'on n'avait jamais dû laver. Des chatons se disputaient des chiffons. D'autres étaient juchés près de l'évier recouvert de vaisselle sale. Des plantes étranges agonisaient dans des pots d'où les racines émergeaient. L'endroit générait l'angoisse. Qui pouvait vivre là ? Cet Ettore si bien renseigné ?

— Y a-t-il quelqu'un ? s'enquit-elle, mal à l'aise.

— *Viva il Duce !* Chats de merde ! hurla près d'elle une voix stridente qui la fit bondir.

Depuis son perchoir, un perroquet la fixait de son œil rond et rouge. En dessous, le sol était couvert de ses excréments.

— Toujours à faire son intéressant, celui-là ! Savez-vous pourquoi il est si vif ? Parce qu'il passe sa vie à guetter les chats pour éviter de se faire bouffer par eux ! Regardez comme il s'agrippe, comme il est prêt à leur donner du bec ! On devrait tous s'en inspirer : la vigilance, ça empêche des conneries fatales ! Que puis-je pour vous, *signorina* ?

L'homme qui venait d'émerger d'une pièce voisine, masquée par un rideau, n'avait pas d'âge. Chauve, des lunettes épaisses qui lui faisaient des yeux minuscules, une chemise à gros carreaux sans couleur définie traversée par deux ficelles en guise de bretelles : il cadrait avec les plantes et le décor.

— Pardonnez-moi d'être entrée, s'excusa Giulia. Mais j'ai frappé et...

D'un geste, il lui signifia que cela n'avait pas d'importance.

— Je voudrais parler à Ettore Lasco.

L'autre la considéra à travers ses loupes, soudain aussi attentif que son volatile. Il prit sur la table, près de la cafetière, une bouteille si opaque qu'on n'en discernait pas le contenu.

— Un peu de *grappa, signorina* ?

— Non merci. Ettore est-il... ?

— Qui vous envoie ?

— Un ami à lui qui aime Paris... et l'art.

L'homme opina. Son crâne était brillant comme un parquet ciré : une propreté qui jurait au cœur de cette crasse.

— Je prends le courrier et les messages pour Ettore.

Après une hésitation, Giulia sortit l'enveloppe de son sac et la lui tendit. Celle-ci disparut aussitôt derrière une caisse où dormait un chat.

L'étrange personnage revint vers elle.

— Merci pour votre contribution, *signorina.* N'hésitez pas à venir me voir en cas de problème. Ah ! une chose : s'il venait à manquer une partie du heurtoir sur la porte d'entrée, passez votre chemin sans vous arrêter et oubliez à jamais cette adresse.

Chez elle, un grand paquet était déposé devant sa porte. Si c'était Balbo, c'était inutile. Elle ne voulait plus en entendre parler. Elle déchira le papier avec colère. Une boule se forma aussitôt dans sa gorge. C'était un superbe portrait d'elle, signé de Silvio. Un billet l'accompagnait.

Scipione est à l'agonie mais il sait, comme nous tous, que Silvio est parti avant lui. Il a jugé que ce tableau te revenait. Michela.

La toile serrée contre elle, Giulia versa longtemps des larmes silencieuses. Bon Dieu ! Il fallait que ce document servît vraiment à quelque chose pour justifier ce qu'elle avait fait. Elle ne se pardonnait pas d'avoir pris un plaisir si violent dans les bras de Balbo. Plus jamais il ne l'approcherait. Plus jamais.

* * *

Mais où était donc passé ce dossier ?

Tandis que Leandro Arpinati, sous-secrétaire d'État à l'Intérieur, lui faisait part de sa colère à l'encontre de Starace, Balbo fouillait son armoire de fond en comble.

— Cette ingérence du Parti dans les affaires publiques devient insupportable ! Où qu'on soit, on se cogne à ce connard du *Mezzogiorno*[1] ou à sa Milice. Même quand je vais pisser, je me sens surveillé ! Et ne crois pas : c'est pareil pour vous tous ! Jusqu'à quand va-t-on accepter l'espionnage de ce minable ? Moi, je te préviens, Italo, demain, j'en parle au Duce ! J'en ai plus qu'assez de son chien de garde. On n'a pas mérité ça ! Tu entends ?

Balbo laissa retomber ses bras. Il se serait bien passé d'une telle visite, ce jour-là. Même s'il était loyal et si ses coups de sang se justifiaient toujours,

1. Sud de l'Italie, le Midi.

l'ancien responsable du squadrisme bolognais restait l'une des plus grandes gueules du gouvernement.

— J'aurais du mal à ne pas t'entendre, Leandro ! Si on est surveillés comme tu le prétends, le Duce n'aura pas besoin de ta visite demain ! Même ma secrétaire, à côté, doit suivre tes propos !

Le téléphone les interrompit. L'appel provenait du responsable de la base aérienne d'Orbetello.

— Nous voulions juste nous assurer de quelque chose, *Eccellenza* : vous avez bien accordé à son *Eccellenza* Starace le droit de voler sur le prototype de Savoia-Marchetti que nous venons de recevoir ? Il nous a affirmé que oui.

Balbo bondit :

— Mais non ! Bien sûr que non, *puttana* ! Cet avion est à l'essai ! Il n'y a que deux personnes qui ont le droit de monter dedans : le commandant de la base et moi ! Virez immédiatement Starace de cet avion !

— Impossible, *Eccellenza* : il est déjà en vol !

— J'arrive tout de suite !

Balbo reposa violemment l'appareil. Il écumait.

— Qu'est-ce que je te disais ? fit victorieusement Arpinati qui avait compris.

— C'est pas le moment, Leandro ! Règle tes affaires, moi, je vais régler les miennes !

Comme il sortait, sa secrétaire l'intercepta :

— Et ce dossier, *Eccellenza* ! Le ministre des Colonies réclame vos conclusions que je venais de taper et d'y adjoindre.

Balbo s'arrêta sur le seuil. Malgré sa fureur, ce problème le troublait terriblement. Il n'y avait pas cinquante individus qui avaient eu récemment accès à son bureau.

— Je ne le trouve plus, avoua-t-il.

La secrétaire réfléchit et prit soudain un air soupçonneux.

— Je ne vois qu'une personne, *Eccellenza,* qui aurait pu le prendre.

— Voyez cela au plus vite, la coupa-t-il de peur d'entendre *son* nom. Appelez la sécurité s'il le faut. Je veux ce dossier sur mon bureau à mon retour.

Une heure plus tard, Balbo regardait l'avion de Starace atterrir. Son œil était si noir que le responsable de la base n'osait plus respirer. Cette affaire risquait de lui coûter son poste. Starace descendit de l'appareil, radieux. Reconnaissant Balbo, il s'approcha, sourire aux lèvres.

— Une pure merveille, ton nouveau jouet, Italo !

— Ce n'est pas un jouet mais un prototype qui vaut des dizaines de millions de lires et que tu n'avais pas le droit d'essayer ! J'en ai assez de tes conneries, Starace ! Décampe d'ici avant que je m'énerve pour de bon. Dorénavant, tu ne pénétreras plus dans ce secteur de la base sans mon autorisation !

— Que tu crois !

— C'est la deuxième fois en quelques jours que tu m'approches de trop près ! Je te fiche mon billet qu'il n'y en aura pas une troisième. Tous ceux qui se sont dressés contre moi ont sauté !

L'autre tordit la bouche.

— C'est aussi la deuxième fois que tu me menaces, Italo. Deux fois de trop.

Balbo le suivit des yeux tandis qu'il s'éloignait. Arpinati avait raison : il fallait se débarrasser de lui.

Restait à résoudre le problème du dossier. « Faites que ce ne soit pas elle », pria-t-il.

* * *

Le teint jaune, les traits secs, le geste impatient, Donatello Carmino, factotum au ministère de l'Aéronautique, passait pour le plus désagréable employé de la maison. Même la revêche vieille fille de l'accueil était la grâce incarnée en comparaison. Aussi ne faisait-on appel à lui qu'avec répugnance. Pas de femme, plus de parents, aucun ami, l'homme n'intéressait personne, ce qui lui convenait.

Comme cela lui arrivait fréquemment, il s'apprêtait, ce jour-là, à quitter son service plus tôt. Pourtant, nul n'était censé sortir avant que la sirène annonçât 15 h 45. Aussi Donatello se montrait-il prudent. Il laissait toujours une veste sur sa chaise comme s'il allait revenir d'un instant à l'autre. Vu qu'on le requérait aux quatre coins du bâtiment pour toutes sortes de problèmes, son absence à son poste n'éveillait aucun soupçon.

Sa stratégie de fuite était affaire d'observation et d'astuce. À 15 heures, le milicien en faction près de la porte de derrière s'absentait cinq minutes pour prendre un café dans la loge du gardien. Il suffisait de passer à ce moment-là et c'était gagné. L'avant-veille, Donatello n'en avait pas moins pris des sueurs froides quand la secrétaire de son *Eccellenza* Balbo l'avait rattrapé près de la sortie pour lui demander de remettre en état sur-le-champ l'accoudoir du fauteuil du ministre. Ce dernier ne s'absentait qu'une heure. À son retour, le problème devrait être réglé. Dix minutes avaient suffi pour rajuster les vis manquantes. La secrétaire n'avait pas eu l'occasion de le féliciter pour sa vélocité. Quand il était repassé par son bureau, elle n'était plus là.

Cette fois encore, tout se déroula comme prévu. Le milicien était absent, et de la loge montait une bonne odeur de café. Donatello s'éclipsa, pressé de s'adonner à son unique passion.

À tout hasard, il fit un détour par la petite fabrique de crucifix en bois qui se trouvait non loin de chez lui. La chance le servit : devant la porte, à l'intention des moines de San Giovanni pour leur chauffage, s'entassaient des sacs de sciure. Après un rapide signe de croix en guise d'excuse au Seigneur, l'homme s'empara de deux sacs et fonça chez lui. Il ne se sentit rassuré qu'après avoir refermé la porte sur son forfait.

En regardant son œuvre qui trônait sur la table, ses traits se détendirent. Il lui vint un sourire d'extase. Plus trace de nervosité dans son comportement. Une fois encore, il se dit qu'il n'était pas à sa place au ministère parmi ces ignares. Ses parents avaient eu une prémonition en lui donnant le nom de l'un des plus célèbres sculpteurs de la Renaissance. Lui-même était un artiste dans son domaine : la taxidermie.

Cela faisait des mois qu'il travaillait à cet aigle royal volé par une nuit sans lune dans un zoo de la ville. La cause était noble : dans une semaine, il offrirait ce superbe oiseau au Duce qui en avait fait son emblème. L'oncle Alberto, un fasciste proche du pouvoir auquel il devait sa place au ministère, lui avait obtenu l'audience tant espérée. Le jour de gloire approchait. Si Mussolini reconnaissait ses talents, peut-être lui passerait-il commande d'autres oiseaux pour décorer des salles importantes de la ville. Et sa fortune serait faite. Fini de servir d'esclave au ministère. On lui donnerait du *signore* et il boirait chaque jour du *moscato* de Terracina.

Ne restait plus que les yeux à poser. Ils lui en avait causé du souci, les yeux ! Avec la politique de démolition voulue par l'État, les fripiers du centre ville avaient été obligés d'émigrer et d'exercer ailleurs. Et lui, Donatello, avait dû rechercher leur trace jusque dans ces cités d'urgence où le Diable donnait de la fourche aux miséreux. Chez eux, il avait enfin déniché les prunelles tant convoitées sur un miteux col de fourrure. À présent, il allait les poser, mettre l'ultime touche à son aigle.

Après le rite du lavage méticuleux des mains, sans prendre le temps de se changer, il s'installa devant l'objet de son culte. Tandis qu'il préparait la colle, il se mit à rêver à son prochain défi : naturaliser des animaux à peau fine, comme des serpents. C'était dans ce but qu'il s'était emparé de la sciure destinée aux moines. Celle de buis qui provenait des crucifix s'avérait poudreuse à souhait. Il ferait des merveilles avec ça.

L'œil en porcelaine badigeonné de colle en équilibre sur le doigt, il l'approcha de l'aigle. Un bruit assourdissant le fit bondir. L'œil voltigea à travers la pièce. La porte venait de voler en éclats. Avant qu'il ait réalisé ce qui se passait, des miliciens se jetèrent sur lui et le ligotèrent. Hébété, il ne put articuler un mot. Tandis qu'on le poussait dehors, il se retourna et là, son cœur manqua lâcher. Un milicien éventrait l'aigle et lui fouillait le ventre. Des yeux en porcelaine ne restaient que des débris sur le sol.

Il poussa un cri de bête à l'agonie et ils durent s'y mettre à trois pour le contenir jusqu'à la voiture.

Aux lampes aveuglantes braquées sur lui, à la présence de Balbo qui laissait mener l'interrogatoire par ses hommes, Donatello ne comprit goutte. Ce dossier qu'on lui réclamait, il ne l'avait pas vu. Et puis, il s'en foutait. Il voulait juste qu'on le laissât retourner réparer les dégâts commis sur son œuvre. Mais on l'avait attaché à sa chaise. Et ça le rendait fou. Son aigle l'attendait. Pouvait-il encore quelque chose pour lui ? Si oui, il fallait qu'il se dépêchât. Il n'avait que huit jours pour le remettre en état. Il devrait retourner voir les fripiers. Trouver d'autres yeux. Avant tout, restait à fuir ces imbéciles qui le retenaient ficelé comme un jambon.

— J'avouerai tout si vous me détachez, finit-il par dire au terme de trois heures d'interrogatoire.

Balbo fit signe à ses hommes. Donatello fut si vif qu'il déjoua leurs réflexes. Bras en avant, il se jeta sur la fenêtre. Le verre explosa. Le prisonnier disparut dans les airs. Il avait oublié qu'il était au troisième étage et qu'il ne savait pas voler.

Sur ces entrefaites, les hommes qui fouillaient l'appartement de Carmino revinrent. Pour faire leur rapport, ils durent attendre que la panique due à la sortie inattendue de Donatello se fût calmée.

— On n'a trouvé que des animaux empaillés et de la sciure, *Eccellenza*. Le seul document écrit était ce manuel de taxidermie.

Balbo les congédia. Il allait devoir affronter la colère d'Alberto Tassi, l'oncle du défenestré qui ne manquerait pas d'en référer au Duce. Et il faudrait s'expliquer.

Mais le pire était ailleurs.

* * *

Prostrée sur le vieux fauteuil de la mère de Manelli, un livre retourné sur les genoux, Giulia refusait de bouger. Elle se tenait ainsi depuis son retour du journal, incapable de s'absorber dans une lecture ou une tâche ménagère quelconque. Face à elle, sur la commode, son portrait peint par Silvio d'une main si amoureuse la faisait saigner. Il était là comme un reproche. Elle le fixait à s'en brûler les yeux. Ainsi que l'indiquait la date près de la signature, ils n'étaient pas encore amants quand il l'avait fait. Pourtant, sous la robe de dentelle noire qu'elle portait ce soir-là, c'était bien la courbe de ses seins, la ligne de son cou. Il la connaissait avant de la toucher.

Des larmes glissèrent sur ses joues. Comment faisait-elle pour en avoir autant en réserve ? Elle baissa la tête. Impossible de croire qu'elle ne reverrait plus jamais Silvio. Elle voulait oublier Balbo et leur accouplement sauvage.

Le froid l'obligea à bouger. Elle se leva pour allumer la cuisinière. En passant devant son miroir, elle prit peur devant ses traits creusés et l'état de ses cheveux. Cela lui rappela d'un coup l'invitation de Tara Welch. Celle-ci avait insisté pour qu'elle acceptât d'aller dîner chez elle ce soir-là. Giulia regretta d'avoir cédé. Cela nécessitait de s'apprêter et elle n'en avait pas envie. Son simple reflet dans la glace la dégoûtait et pas seulement parce qu'elle se négligeait.

Tara avait tenu à la revoir dès le lendemain de la soirée. Elle savait se taire et écouter. En sa présence, Giulia avait soudain éprouvé le besoin de s'épancher, de raconter sa douloureuse histoire avec Silvio. De Vittorio, de Balbo, elle n'avait soufflé mot. Des confidences qu'elle jugeait maintenant indécentes. Elle ignorait tout ou presque de Tara. La Londonienne avait juste évoqué son chien et sa maison dans le quartier de Chelsea.

La pendule indiquait 18 h 30. Trop tard pour se décommander. Giulia se résigna à se préparer.

En peignoir, la tête mouillée, elle sortait de la salle de bains quand des coups ébranlèrent la porte d'entrée.

Elle n'attendait personne. Elle se servait dans une autre épicerie et Nello n'osait plus venir.

— Qui est là ?

— Je te conseille d'ouvrir. Et vite.

La voix de Balbo. S'astreignant au calme, elle tourna la clé. D'une main puissante, il rabattit Giulia à l'intérieur et referma la porte derrière lui. Il faisait peur à voir.

— Où sont les documents ?

Adossée au mur, elle soutint son regard.

— De quoi parles-tu ?

— Tu le sais parfaitement. Pour le compte de qui les as-tu volés ?

— J'ignore ce dont tu m'acc...

Balbo bondit sur elle et la saisit à la gorge. Il en faisait presque le tour d'une seule main.

— Arrête de mentir ou je t'étrangle. Tu crains le manque d'air, n'est-ce pas ? C'est ce qu'indiquait le rapport de police sur toi !

Elle secoua la tête pour se dégager mais il la tenait bien. Elle tenta de le repousser. Il lui bloqua les mains dans le dos. Elle était à sa merci. Il n'avait qu'à serrer un peu plus pour en finir avec elle.

Pas ça ! Pas étouffée ! Elle se tordait dans tous les sens, totalement paniquée. Pour la maîtriser, Balbo se plaqua contre elle. À travers le peignoir, il sentit son corps tiède. Dessous, elle était nue. Le trouble fut instantané.

— Dis-moi que ce n'est pas toi ! Dis-le-moi ! fit-il entre ses dents avec une rage douloureuse.

Elle chercha l'air, à la limite de l'asphyxie. Il comprit qu'il la tuait pour de bon et desserra l'étau. Il était blême et transpirait. Giulia eut du mal à reprendre sa respiration.

— Je ne sais pas ce que tu me veux, souffla-t-elle d'un timbre altéré. Tout ce qu'on peut me reprocher, c'est d'avoir couché avec un homme marié. Pour le reste, tu peux fouiller cet appartement de fond en comble, tu n'y trouveras rien qui t'appartienne. Je ne suis pas une voleuse.

En parlant, elle se massait la gorge. Quand elle ôta sa main, Balbo avisa des traces bleutées sur son cou. Des hommes, il en avait tué beaucoup. Jamais une femme qu'il désirait comme un forcené.

— Ose affirmer que tu n'as pas quitté le lit pendant que je m'assoupissais.

— Bien sur que je l'affirme ! Où voulais-tu que j'aille ?

Elle retrouvait ses couleurs. Il ne put rien lire dans son regard. Elle était si belle qu'il en avait mal.

— Pourquoi as-tu couché avec moi ? Pourquoi ?

Il était de nouveau contre elle, les lèvres dans ses cheveux humides, le sexe dur. Il glissa vers sa bouche. Giulia serra les dents et baissa la tête, à la torture. De quoi devenir folle ! Elle le savait criminel et violent mais, dès qu'il la touchait, elle ne maîtrisait plus rien. Qu'il parte ! Qu'il parte vite !

— Je ne sais pas... ! Va-t'en, je t'en supplie, va-t'en !

— Non !

Les yeux de Giulia rencontrèrent le portrait. Ce fut l'électrochoc. Elle se rejeta en arrière.

— Va-t'en ! répéta-t-elle cette fois d'une voix nette. Je ne suis qu'une fille stupide à la dérive ! Oublie ce qu'on a fait ! Oublie-moi ! Sors d'ici !

Balbo ne l'entendit pas ainsi. C'était toujours lui qui congédiait et il ne voulait plus qu'une chose : glisser la main sous ce peignoir.

— Non ! hurla-t-elle, à la limite de l'hystérie, le repoussant à deux mains. *Dio Santo,* tu vas partir ? Laisse-moi ! Fiche le camp ! Tu me dégoûtes !

La porte claqua si fort que les verres tintèrent dans le placard de la cuisine. Elle glissa sur le sol et se mit à pleurer. C'était elle qui se dégoûtait. Elle avait bien failli lui céder encore. Et cette fois sans raison.

6.

1933, LE TOURNANT

« Édition du 31 janvier ! En Allemagne, Hitler nommé chancelier ! Édition du 31 janvier ! En Allem... Merci *signorina.* »

Le jeune vendeur s'éloigna dans la rue, faisant disparaître la monnaie dans sa poche.

En poursuivant son chemin, Giulia lut les titres. La presse italienne saluait haut et fort l'arrivée de Hitler à la chancellerie du IIIe Reich, rappelant l'admiration de celui-ci pour le Duce qui, disait-il, lui avait toujours servi de modèle : « À présent, national-socialisme et fascisme pourront unir leurs forces. Mon désir le plus cher est de voir l'Allemagne et l'Italie s'engager vers une amitié étroite. » Cela augurait du pire. Mais que fallait-il attendre de bon en Italie et dans le reste de l'Europe en cette année 1933 ?

Giulia replia son journal et pressa le pas. Elle avait fixé rendez-vous à Tara devant *Gerarchia.* Juste le temps d'arriver. Elle regrettait le départ prochain de l'anthropologue. Son amitié lui avait été d'un grand secours ces dernières semaines. Si Giulia refaisait surface, elle le lui devait en partie. Silvio resterait sa blessure, son grand amour. Jamais elle ne pardonnerait à Balbo ce qu'il avait fait. Mais la violence qui l'habitait à son encontre ne l'empêchait plus de trouver le sommeil. Subsistait une intense impression de vide et d'inutilité.

Tara l'attendait en faisant les cents pas. Avant de repartir pour Londres préparer son mémoire sur les grandes manifestations de masse dans l'Italie fasciste, elle avait prié Giulia de lui obtenir une entrevue avec une Margherita Sarfatti à l'emploi du temps toujours aussi surchargé. Elle tenait à connaître l'avis de la directrice de *Gerarchia* sur le sujet.

— Tu t'intéresses aux nouvelles de l'étranger, je vois, remarqua-t-elle, désignant le journal de Giulia. Elles concernent, il est vrai, fortement l'Italie.

Après avoir laissé son amie dans le bureau de Margherita, Giulia se rendit dans le sien. Elle avait obtenu l'accord de Maria pour s'installer dans une pièce minuscule attenante à celle qu'elles occupaient à trois. Elle y travaillait en paix.

Comme tous les jours, elle attaqua par la lecture du journal. Elle traquait toute allusion à l'Éthiopie. Cela tournait à l'obsession de savoir si ce dossier volé avait servi à quelque chose. Ne rien trouver sur la question la rassurait. Ce silence signifiait peut-être que Vittorio et ses amis avaient réussi à bloquer ce projet d'invasion en alertant les instances concernées.

Ce matin-là, dans les pages étrangères, il n'y en avait que pour Hitler et l'Allemagne. Par voie de presse, le pouvoir fasciste se réjouissait du succès des nazis. Tout comme, en novembre, il avait salué l'arrivée de Franklin Roosevelt à la présidence des États-Unis ; Roosevelt qui, dans le corporatisme fasciste, voyait une solution à la grave crise économique de son pays.

Giulia renonça à poursuivre. Fallait-il rire ou pleurer à la lecture de cette presse sous contrôle ? Qu'en retirer sinon le sentiment d'une montée en pression permanente sur la scène internationale ? Les propos racistes du nazi qui partageait sa table au palais Lornesi valaient tous les discours. Le mal s'aggravait.

Des éclats de voix la ramenèrent au présent. Margherita fit irruption dans son bureau, très en colère.

— Soit ton amie est la reine du hors sujet, soit elle s'est moquée de toi et de moi ! Un tel mémoire ne requiert en aucun cas les informations qu'elle a tenté de m'arracher ! Ne me demande plus de passe-droit pour quiconque ! J'ai autre chose à faire que de recevoir des petites intrigantes de cette espèce !

Giulia resta interloquée. Qu'avait pu lui dire Tara pour la mettre dans un état pareil ?

— Je suis désolée, *signora.* J'ignorais...

— N'en parlons plus. Le Duce nous demande de nous intéresser de près à tout ce qui concerne la culture naz... allemande. Il tient à ce que nous resserrions nos liens avec l'ambassade de ce pays et désire des articles sur leurs artistes, écrivains, musiciens, etc. Tu maîtrises parfaitement la langue. Je te charge donc de ces relations. Dieter Peiler, c'est le nom de l'attaché culturel de l'ambassade d'Allemagne que tu dois contacter. Je veux un point précis d'ici fin février. Jusqu'à l'été, plusieurs expositions coupleront à Rome des œuvres italiennes et allemandes. Nous les couvrirons ensemble.

— Mais vous serez aux États-Unis à ce moment-là, *signora* ?

— J'ai reculé mon voyage d'un an.

Giulia en fut surprise. Margherita tenait énormément à ce projet. Depuis l'élection de Roosevelt, Mussolini multipliait les relations avec les États-Unis et la sollicitait de nouveau. Il avait vite pris la mesure du parti à tirer des amitiés américaines de son ancienne maîtresse, parmi lesquelles Theodore Roosevelt, cousin du président. À elle et à Thomas Morgan, il avait demandé de rédiger dans *Gerarchia* des articles destinés à donner au nouveau président des conseils pour ouvrir le marché américain aux marchandises italiennes, pour effacer les dettes de guerre et adopter le système économique fasciste.

Invitée par le Conseil national des femmes, Margherita devait se rendre à Chicago, mi-juillet, à la tête de la délégation italienne pour assister au Conclave international des femmes écrivains. Elle comptait faire auparavant un cycle de conférences à travers les États-Unis. Pourquoi annulait-elle soudain son départ ? Fallait-il y voir la cause réelle de sa mauvaise humeur ? En priorité, Giulia décida d'éclaircir certaines choses avec Tara. Elle n'aimait pas ce qu'elle venait d'entendre.

De retour dans son bureau, Margherita appela un ami anglais qui connaissait chaque ressortissant de son pays à Rome. Les politesses d'usage balayées, elle attaqua :

— J'aimerais quelques renseignements sur Tara Welch. Qui est-elle réellement ?

La réponse la figea.

— Non. Pas d'autres questions. Ça ira. Merci.

* * *

Giulia dut attendre le soir pour rejoindre son amie. Elle savait où la retrouver.

Tara démarrait son cinquième tour de piste lorsque Giulia déboula dans le stade.

— Que s'est-il passé ? questionna-t-elle sans préambule.

Arrêtée net, Tara fléchit le buste à plusieurs reprises pour reprendre son souffle. Ses jambes et ses bras aux muscles déliés étaient luisants de sueur. Chaque soir, quel que fût le temps, elle s'adonnait à ce sport. « Après une journée d'études, c'est pour moi une soupape ! » disait-elle à Giulia.

— Continuons à marcher, si tu veux bien ! Ça m'évitera de me refroidir trop vite !

— Quel type de questions as-tu posées à Margherita pour la mettre dans un fureur pareille ? insista sèchement Giulia.

Dans les yeux clairs passa comme un orage. La lumière y revint aussitôt. De même que le sourire.

— Désolée de t'avoir mise dans l'embarras. Mais ce n'est pas tous les jours que je peux avoir l'opinion sur Hitler d'une intellectuelle juive, fasciste et proche de Mussolini.

— Et tu croyais qu'elle allait te la donner, son opinion ? À toi qu'elle ne connaît pas ?

— Elle me l'a donnée... en s'emportant. C'est la réponse qu'on fait quand on a peur.

— Pourquoi tenais-tu autant à la connaître ?

— Parce que la doctrine de ces nazis ne prête pas à équivoque. Si un rapprochement s'opère entre l'Italie et l'Allemagne, plus rien n'arrêtera le délire de Hitler. Et aussi parce qu'avant d'être anglaise, je suis juive.

* * *

4 mars, Rocca Delle Caminate

Mussolini but son lait en grimaçant et reposa bruyament son verre sur le bureau. Autant avaler du plâtre ! Rien n'y faisait. Ses brûlures d'estomac s'avéraient désormais chroniques. Un méchant acide lui travaillait le corps. Les médecins avouaient leur impuissance. Lui, savait qu'il ne vivrait pas vieux. Dans sa famille, on mourait jeune. Son frère Arnaldo venait d'en apporter encore la preuve, deux ans plus tôt, à seulement quarante-six ans. Dieu qu'il lui manquait ! Pourvu que lui, Benito, ait le temps d'accomplir son dessein ! Les événements s'y prêtaient. Il tenait l'Europe sous sa semelle. La France et l'Angleterre le courtisaient par crainte de le voir soutenir l'Allemagne. Les plus grandes puissances avaient les yeux braqués sur l'Italie. À lui de redistribuer les cartes. Enfin !

Il quitta son bureau et remit une bûche dans la cheminée. Il aimait la paix de cette vieille maison. À la Rocca Delle Caminate, il pouvait lâcher prise et se sentir lui-même. Il y venait trop peu. Et encore s'enfermait-il la plupart du temps dans ce bureau pour réfléchir. Ce qu'il faisait en ce samedi ensoleillé tandis que sa sœur Edwige, Rachelle son épouse et leurs plus jeunes enfants étaient partis se promener dans la campagne. Le lendemain, Edda, leur fille aînée, les rejoindrait pour le repas dominical, avec son époux le comte Ciano et leur progéniture. Il n'avait pas aimé les rumeurs qui circulaient sur les frasques d'Edda et ses dettes de jeu en Asie et il s'était empressé de rappeler Ciano de son poste diplomatique à Shanghai.

Il retourna s'asseoir devant sa table et alluma la lampe pour se relire. Le jour baissait. Les grandes lignes de ce qu'il prévoyait y étaient. Ne restait plus qu'à développer et à y mettre les formes. Ce Pacte à quatre qu'il comptait proposer à la France, à l'Angleterre et à l'Allemagne allait soulever bien des polémiques parmi ses hiérarques. Deux blocs s'opposaient : l'un voulait voir l'Italie se rapprocher de Hitler, l'autre refusait d'en entendre parler. Starace, Farinacci, Teruzzi se montraient favorables à une alliance. Balbo, lui, la rejetait et avec lui, Arpinati, Turati, Giuliano, Marconi. Comme par hasard, des amis de Margherita. Certains comme Bottai et Grandi restaient indécis.

Dans tous les cas, le dernier mot serait pour lui, le Duce. Il se méfiait comme de la peste de ce Hitler dont les visées expansionnistes menaçaient l'Autriche et des régions comme le Haut-Adige et le bassin du Danube, sous influence italienne. Il fallait le brider. Sous couvert de certains articles de la Société des nations, il pouvait le faire en incluant dans son Pacte à quatre une révision des traités « devenus inacceptables ». La perspective d'une égalité des droits en matière d'armement calmerait les nazis.

Quant à lui, Mussolini, il en profiterait pour avancer ses pions vers l'Éthiopie. Trop heureux de ne pas le voir se ranger aux côtés de Hitler, Anglais et Français fermeraient les yeux sur une invasion. C'était le prix à payer.

Il s'empara du téléphone et appela son secrétaire particulier.

— Convoque le Grand Conseil pour le 9.

En reposant l'appareil, il eut la certitude qu'il venait de prendre la bonne décision. Son chien se coucha à ses pieds, avec un soupir d'aise. Mussolini se pencha et lui flatta le dos. Ses traits se détendirent. Quelles que fussent les résistances de ses hiérarques, le Pacte à quatre se ferait. Il lui ouvrirait le chemin vers l'empire.

* * *

Genève, quinze jours plus tard

Autour des tables basses, la plupart des fauteuils étaient inoccupés. Son plateau en métal sur la paume, sa serviette blanche autour du bras, un serveur attendait les désirs des rares clients, en soulageant discrètement son coude sur le comptoir.

Lars Norblöm, diplomate suédois, regarda tour à tour ses homologues français et anglais. Pour être tranquille, il leur avait fixé rendez-vous à une heure creuse, dans le salon de son hôtel.

— J'ai, messieurs, des renseignements de première importance à vous communiquer concernant l'Italie.

Il sortit de sa mallette le dossier dérobé dans le bureau d'Italo Balbo et le tendit aux deux hommes. Ils en prirent rapidement connaissance. Le Français réagit le premier.

— D'où tenez-vous ceci ?

— D'un ami italien. Je ne peux vous en dire davantage.

L'Anglais se cala contre le dossier du fauteuil et croisa les jambes. Il commanda un whisky et alluma une cigarette.

— Avez-vous vu, mon cher, la date inscrite sur le document ? Cette requête de De Bono remonte à la fin de l'année dernière. Bien des choses se sont passées depuis ! Avec son projet d'un Pacte à quatre, Mussolini semble plus disposé à jouer la carte de la paix que celle de la guerre. Dans une telle perspective, s'en prendre à un pays membre de la Société des nations tiendrait de l'inconscience !

— Pour Henry de Jouvenel, notre nouvel ambassadeur à Rome, renchérit le Français, il n'aurait plus qu'une obsession : empêcher Hitler d'annexer l'Autriche.

Leur assurance stupéfia Lars.

— Mussolini veut l'Éthiopie, articula-t-il, martelant chaque syllabe.

L'Anglais posa sa cigarette en souriant et avala une gorgée d'alcool. La naïveté de ce Suédois s'avérait confondante.

— Nul n'ignore, mon cher, son utopie impérialiste. Libre à lui de rêver.

— Que comptez-vous lui laisser espérer exactement ? Ce Pacte à quatre comporte des clauses inquiétantes, notamment celle concernant la révision des traités. Mussolini convoite les territoires italophones appartenant à des pays de la Petite Entente. L'Albanie et la Bulgarie lui sont acquises. Sa politique d'encerclement de la Yougoslavie est évidente !

— Certes, mon ami ! intervint le Français. Mais ce serait compter sans notre vigilance. Paris et Londres ne signeront qu'après avoir fait subir à ce pacte quelques modifications.

Le Suédois était effaré.

— Pensez-vous que cela suffira à garantir la paix ? Ce dossier sur l'Éthiopie prouve que votre grand pacificateur ne fait pas que rêver à la guerre. Il la prépare. Ses prétentions coloniales...

— Resteront telles ! l'interrompit l'Anglais. Il n'a pas les moyens de s'offrir un conflit ni un embargo !

— L'Allemagne est la première puissance industrielle du monde. Hitler se fera un plaisir de lui payer la logistique qui lui manque !

— Mussolini ne veut pas de Hitler ! lui retourna encore le Britannique. Et nous aurons toujours moyen de le contenter avec un petit intéressement économique en Afrique !

— Il ne veut pas de vos miettes non plus ! Un tel marché de dupe risque de nous coûter cher ! Plaise à Dieu que je me trompe. Messieurs.

Il les salua froidement et sortit. Vittorio avait raison. Sa démarche auprès de ces diplomates avait été vaine. Pour empêcher le pire, il fallait faire éclater au plus tôt cette affaire devant la Société des nations.

Le lendemain matin, quand Lars Norblöm ouvrit sa mallette, le document avait disparu.

Début avril

— Ça ne vous ferait rien la prochaine fois de me rendre ma documentation sans tache de café ?

— Ah ! ça vous perturbe ? Veuillez m'excuser.

— Ce n'est pas que ça me perturbe mais j'aimerais revoir autre chose que des torchons quand je vous prête des dossiers ! Voyez-vous, ils appartiennent à l'ambassade et nous, les germaniques...

— Vous aimez la rigueur et l'ordre, je sais.

Giulia ne se laissait plus émouvoir par les remarques de l'attaché culturel de l'ambassade d'Allemagne. Dieter respirait la méthode, comme Tara, la santé. Ses cheveux très blonds, séparés par une raie sur le côté, semblaient impossibles à décoiffer. Derrière ses minces lunettes cerclées de métal, ses yeux bleus gardaient un sérieux d'enfant sage. Grand, mince, il se déplaçait avec une raideur martiale. Ces Allemands semblaient faits pour la valse viennoise, les cols durs et les ciels bas. Tout ce que détestait Giulia. Mais la vulnérabilité qu'elle percevait chez celui-ci l'incitait à se montrer patiente.

Cela faisait deux mois qu'ils étaient en relation de travail et elle ne savait toujours rien de lui. Cela ne la gênait guère. Elle n'éprouvait aucune curiosité pour ce garçon ni pour quiconque. Après le départ de Tara pour l'Angleterre deux mois plus tôt, elle s'était enfermée dans une routine et une solitude qui ressemblaient à de l'indifférence. Même son travail ne l'intéressait plus.

Depuis qu'elle était entrée dans le bureau de Dieter, cet après-midi-là, il s'était montré franchement désagréable. Claquant le dossier sur la table, il considéra l'Italienne avec colère. L'apathie de celle-ci l'énervait.

— Rien ne vous atteint vraiment jamais ?

— Vous en êtes encore à votre tache de café ? Si j'avais su que ça vous mettrait dans un tel état... Mais rassurez-vous, pour quelques jours, je n'ai plus besoin de votre précieuse documentation. Vous avez une pellicule sur l'épaule gauche et votre règle n'est pas droite sur votre bureau ! Savez-vous, Dieter, pourquoi j'ai appris l'allemand ?

— ?

— Parce qu'on m'y a forcée. J'ai toujours détesté cette langue de l'ordre. Ma gouvernante s'appelait Ulla. Elle avait le nez rouge dès qu'il faisait froid, nous forçait à mâcher avec la lenteur d'une vache et souriait chaque fois qu'il lui tombait un œil ; comme vous, Dieter. Mais vous avez vu juste : rien ne m'atteint plus. Ça vaut mieux, à Rome, en ce moment.

— À Berlin, aussi. Mais moi je n'ai pas votre force.

Contre toute attente, les yeux de l'Allemand s'embuèrent. Il se leva en se raclant la gorge.

— Puis-je vous offrir un café pour me faire pardonner ?

— Pour que je tache votre veste ? Merci mais j'ai encore à faire au journal.

— Alors, permettez-moi de vous raccompagner. Il faut que je marche un peu. J'ai... je ne me sens pas très bien.

Il attendit de se trouver hors du bâtiment pour parler.

— Veuillez excuser mon humeur exécrable mais je viens de recevoir de très mauvaises nouvelles d'Allemagne. Et... à l'intérieur de l'ambassade, il est dangereux d'en discuter.

Ils marchèrent un moment en silence. Dieter paraissait de plus en plus nerveux.

Giulia comprit qu'il cherchait à se livrer, un exercice qui lui était visiblement étranger. Des chemises noires les dépassèrent. Il les désigna de la tête.

— Les nazis sont pires qu'eux. Mais... je vous choque, peut-être ?

— Rassurez-vous. Je ne suis pas fasciste. Je me sens simplement... fatiguée.

Ils arrivaient en vue de *Gerarchia*. Dieter tourna vers Giulia un regard désespéré. La digue céda d'un coup. Il se livra :

— À Berlin et dans toute l'Allemagne, en réponse, selon nos journaux, aux « horribles menées du judaïsme international », s'est déroulé un gigantesque saccage des magasins juifs. Je suis homosexuel, Giulia. Et mon ami est juif. Avec son père, ils ont tenté de s'interposer contre la destruction de leur librairie. Son père a reçu une balle dans la tête et mon ami a eu les deux jambes cassées à coups de barres de fer… Les nazis lui ont dit qu'il subirait le même sort que son père s'il rouvrait son commerce.

Les larmes glissèrent sur les joues glabres.

— Avec Nathan, nous aimons la musique, la nature et les mots. L'affreuse doctrine de Hitler détruit tout. Désormais, dans mon pays, on brûle les livres. Au nom de la race, on empêche les handicapés de se marier pour « éviter la transmission des tares héréditaires ». Bientôt, ceux qui sont comme Nathan et moi deviendront des proscrits, puis ce sera le tour des Gitans, des Noirs, que sais-je ! Giulia, ce qui se passe est affreux ! J'étais fier de mon peuple et de ma culture. Maintenant, j'ai honte d'être allemand ! Et j'ai peur !

Sa détresse bouleversa Giulia. Spontanément, elle l'étreignit et le serra contre elle. Il se laissa faire et enroula à son tour ses bras autour d'elle. Ils ressemblaient à deux naufragés. L'Allemagne, l'Italie coulaient, et bientôt ce serait le monde.

Devant la fenêtre de Margherita, Giulia aperçut l'ombre d'un homme à contre-jour. Elle ferma les yeux. La souffrance de Dieter rejoignait la sienne. Que lui importait qu'on les voie ensemble.

* * *

Depuis sa sortie du palazzo Venezia, Italo Balbo ne décolérait pas. Il ne comprenait plus rien au comportement du Duce. Pourquoi, après avoir condamné les violences antisémites en Allemagne et reçu en visite officielle le grand rabbin de Rome, faisait-il cela ? Non seulement ce Hitler discréditait le fascisme avec ses agissements, mais en plus il allait faire exploser l'Europe, en commençant par l'Autriche. L'agressivité de plus en plus manifeste des nazis autrichiens à l'encontre du chancelier Dollfuss ne devait rien au hasard. Même Roosevelt se montrait inquiet. Pour lui, l'équilibre du vieux continent, voire du monde, reposait désormais sur Mussolini.

Italo prit le verre de whisky que lui tendait Margherita. Il n'arrivait pas à se calmer. S'il n'avait pas promis à son amie de passer la voir, il serait retourné s'enfermer dans son ministère. L'éclat entre lui et Benito avait été bref et violent. Celui-ci avait reçu Göring, venu à Rome rassurer l'État italien et le Vatican sur les intentions de l'Allemagne : Hitler s'engageait à respecter l'indépendance de l'Autriche et à s'aligner sur la politique du Duce quelle qu'elle fût. En retour, il demandait à ce dernier une aide secrète pour renforcer son aviation, ce qui constituait une violation du traité de Versailles. Et Mussolini avait accepté. La charge en incombait à Balbo dont l'homologue allemand n'était autre que Göring. Les protestations d'Italo s'étaient heurtées à un mur : Paris et Londres étaient autant à craindre que Berlin. Il fallait tous les tenir à distance. La signature du Pacte à quatre, prévue dans le courant de l'été, devait aussi servir à cela. Il n'y avait pas à discuter.

« Une pure folie de les aider », songea Balbo en avalant l'alcool d'un coup. Ces nazis étaient dangereux.

— Quelque chose me dit que tu sors de chez Benito, dit Margherita en souriant. Moi aussi, il m'arrive d'être souvent en colère ces derniers temps. Mais fais-lui confiance. Il se méfie même de son souffle, la nuit. À plus forte raison des Allemands. Venons-en à ce qui m'intéresse ! Je veux faire un grand article sur ta nouvelle transocéanique. Toujours prévue pour août ?

— Non, le 1er juillet. C'est Benito qui te demande ce papier ?

Margherita fit non de la tête. Le sens de la question ne lui échappait pas. Italo se dépensait sans compter pour l'armée aérienne sans recevoir aucun encouragement du Duce. Ce dernier ne voyait plus en lui qu'un rival.

— Écoute, Margherita, j'apprécie ton intérêt mais je n'ai pas besoin de cela pour qu'on en parle jusqu'en Amérique, de mes hydravions. Ne va pas te créer des problèmes.

— Il n'y en aura aucun. C'est toi qui m'obligerais en me permettant de l'annoncer la première dans *Gerarchia.* J'ai toujours fait ce que j'ai voulu, tu sais !

Le téléphone les interrompit. Par discrétion, Italo s'éloigna vers la fenêtre. Sur le trottoir d'en face, un couple s'étreignait avec force.

Balbo tressaillit. La jeune femme n'était autre que Giulia. Il serra les mâchoires. En venant, il avait espéré la croiser à *Gerarchia.* La jalousie le prit à la gorge. Margherita raccrocha et s'approcha de lui.

— Qui est cet homme ? demanda-t-il, en désignant la rue.

Elle suivit son regard et plissa les yeux :

— Dieter Peiler. Attaché culturel de l'ambassade d'Allemagne. J'ignorais qu'ils étaient en si bons termes.

Balbo ricana. Après les antifascistes, Giulia s'attaquait aux nazis.

Margherita repartit s'asseoir. Son ami restait figé devant la fenêtre.

— Alors, Italo, dit-elle, pour détourner son attention, si l'on prenait rendez-vous pour cet article ?

— À une condition : c'est Giulia qui le fait.

* * *

Margherita attendit le dernier moment pour lui parler de l'interview de Balbo. Giulia lui opposa un refus catégorique. Le ton monta. La jeune femme lui jeta à la face ce qu'elle savait du ministre à propos de Silvio.

— Machiavel a dit : « La fin justifie les moyens », lui retourna Margherita.

— C'est tout ce que vous trouvez à dire ? s'insurgea Giulia. Vous savez aussi bien que moi pourquoi il veut me voir !

Margherita se leva, lui signifiant la fin de l'entrevue :

— Tu es grande, n'est-ce pas ? À toi de le maintenir à distance et de revenir avec ton article.

Giulia lui lança sur la table le dossier qu'elle était venue lui porter.

— Vous l'aurez, votre satané article ! Mais commencez dès maintenant à chercher quelqu'un d'autre pour jouer les putains à ma place !

— Giulia !

Durant le trajet en taxi, elle garda les yeux obstinément baissés. Ne plus rien voir, ne plus rien entendre, elle avait beau essayer, elle n'y parvenait pas. L'histoire de Dieter l'avait marquée. L'attitude de Margherita la bouleversait. Après Vittorio, c'était trop. Tous les gens qu'elle aimait se servaient d'elle. Balbo l'avait certainement réclamée pour l'interview. Mais elle eût espéré une autre réaction de la part de la mère de Fiammetta. Celle-ci avait son âge et allait se marier en octobre.

* * *

Tandis que les hydravions survolaient pour la énième fois la base, Giulia trépignait. Elle regarda sa montre : 17 heures. Pourquoi lui avait-il fixé rendez-vous à 15 heures, sachant qu'il serait en vol ? Certainement pour qu'elle admirât ses évolutions dans le ciel. Non seulement elle s'en moquait mais depuis deux heures qu'elle prenait racine, elle le maudissait encore davantage. Jusqu'à quand devrait-elle attendre que monsieur le ministre voulût bien redescendre ?

— Pour combien de temps en a-t-il encore ? demanda-t-elle au mécanicien qui, près d'elle, suivait le vol, une main en visière.

Il fit mine de ne pas l'entendre. Au moins dix fois qu'elle lui posait la question.

— Bon ! *basta* ! je m'en vais !

Il se tourna enfin vers elle.

— Et pour aller où ?

— À Rome ou au Diable ! J'hésite !

— Avec ces talons fins comme des spaghettis ? *Ragazza mia*, vous ne doutez de rien !

— Je n'ai jamais dit que j'y allais à pied !

— Et comment, alors ? en avion ?

— Le taxi qui m'a amenée, je vais le rappeler.

— Tant que les avions ne sont pas rentrés, la base reste fermée aux véhicules civils.

— J'ai un laissez-passer signé du ministre. Je ne vois pas ce qui m'empêcherait de partir !

Avec ses ongles noirs, le mécanicien se gratta la crinière. Les femmes, c'était bien à la maison, avec les enfants. Dès qu'elles travaillaient dehors, elles devenaient emmerdantes.

— Vous, vous avez une autorisation, votre taxi, non. Dites, *signorina,* ça ne vous ferait rien de me laisser observer ce qui se passe là-haut ? Nous sommes en plein exercice, nous !

Giulia haussa les épaules et s'éloigna du groupe. Devant elle, il n'y avait que les bâtiments de la base. Le mécanicien avait raison, elle n'était pas habillée pour une longue marche. Ignorant ce qui l'attendait au journal, elle s'était vêtue d'une robe blanche à fleurs bleues, cintrée à la taille et étroite jusqu'aux genoux. Cela lui valait les regards appuyés du personnel exclusivement masculin de la base, rassemblé près du plan d'eau. Elle s'était réfugiée à côté du mécanicien le plus âgé, sans prévoir qu'il se montrerait aussi désagréable.

Le soleil, le vent et la poussière avaient desséché la gorge de Giulia. Elle mourait de soif, ce qui n'arrangeait pas son humeur. Dans un bruit épouvantable, les hydravions piquèrent enfin vers l'étendue d'eau. Vingt-quatre amerrissages successifs et parfaits. Les appareils se rangèrent les uns après les autres. En combinaison blanche, Balbo émergea du premier sous les ovations du personnel et sauta à terre. Les autres aviateurs le rejoignirent. Tous se congratulèrent avec force rires et claques viriles. Le vol d'entraînement s'était déroulé à merveille. Les engins fonctionnaient bien. Chacun connaissait sa place au sein de la formation. Tout et tous étaient fin prêts pour la transocéanique.

En voyant Giulia devant la porte du bâtiment principal, Balbo cessa de sourire. Elle était venue ! Une silhouette à damner les dieux avec sa taille si joliment prise dans sa robe fleurie. Il laissa son équipe et s'avança vers elle en roulant des épaules, cambré comme un matador. D'une main, il rabattit ses cheveux en arrière.

« Tu ne veux pas un peigne, aussi ? » remarqua Giulia, en son for intérieur, les nerfs à vif. Plus il approchait, plus elle paniquait.

— Pardonnez-moi de vous avoir fait attendre, *signorina* !

— Ce n'est rien, *Eccellenza.* Je n'ai fait que cuire deux heures au soleil ! Où pouvons-nous nous installer ?

Il lui jeta un bref regard et désigna le bâtiment. La petite pièce où il la conduisit était meublée d'un bureau, de quelques sièges et d'une armoire. Rien n'y indiquait une présence particulière. Elle devait servir à tous. Tandis qu'elle sortait carnet et crayon, du coin de l'œil, il la détaillait : ses pommettes hautes, rosies par le soleil, ses petites oreilles aux lobes bien dessinés, sa bouche qu'il savait si douce et si dure à la fois. Ses seins bombés aux pointes dressées sous le tissu léger... Et son parfum qu'il respirait depuis sa place... Il s'arrêta de peur de sombrer dans le ridicule par une érection intempestive. Il rêvait d'elle depuis des mois. Pire que s'il ne l'avait jamais touchée. Lui adressant son sourire le plus neutre, il se tapa les genoux de la paume.

— Bon ! alors, que voulez-vous savoir ?

— Moi, rien ! C'est vous, *Eccellenza* qui m'avez fait venir. Je vous écoute.

En parlant, elle évitait de le regarder. « Pense à Silvio ! » se répétait-elle en fixant la vitre sale.

— Tu vas me faire ça longtemps ?

— Vous faire quoi, *Eccellenza* ?

— Cesse de me donner de l'*Eccellenza* et de me provoquer, bordel ! Je suis ministre de l'Aéronautique, général, et je n'ai pas...

— C'est pour cela que vous pouvez tout vous permettre, *Eccellenza* ! Il vous suffit de claquer des doigts et on accourt !

Sous le feu des yeux sombres, il se sentit misérable, lui, le numéro deux du régime ! Dieu le punirait en le faisant crever d'une maladie vénérienne ! Non en vol, comme il l'espérait ! Pourquoi avoir fait venir cette fille ? À quoi s'attendait-il ?

— Cet Allemand ? Qui est-ce ?

La question lui avait échappé. Il se serait coupé la langue. À force, il devenait aussi incohérent qu'elle. Giulia baissa le nez sur son carnet. Les lignes se mirent à danser. Il lui avait tout pris et la harcelait encore !

— Vous m'espionnez ? Eh bien soit ! Dieter est un ami, mais tous les Allemands le sont, n'est-ce pas ? Nazis, fascistes, même combat, non ? Pourquoi ? Désirez-vous le tuer, lui aussi ?

Il voulut répliquer mais avala de travers et fut pris d'une violente quinte. Ainsi, elle savait. Le dossier !

Ça ne pouvait être qu'elle ! Même s'il avait refusé de pousser plus loin l'enquête, il l'avait toujours su.

La toux ramena Giulia à Scipione dont elle avait appris, avec chagrin, la mort récente. Scipione, Silvio... et ce démon furieux qui, à deux mètres d'elle, virait au grenat en s'étouffant. Il se leva pour reprendre son souffle. Lorsqu'il se rassit face à elle, il avait recouvré sa maîtrise. Leurs regards se croisèrent. Il lut en elle une intense souffrance. Giulia se détourna la première. Comme toujours. Même avec les yeux, il la caressait.

— Je vous écoute, répéta-t-elle.

À bout de ressource, il lui donna les renseignements que le dernier employé de la base aurait pu lui fournir : le type d'hydravion, des Savoia-Marchetti SM-55. Le départ des vingt-quatre appareils était prévu le 1er juillet d'Orbetello. Un vol de dix-neuf mille kilomètres en formation. Autant dire un exploit. Les escales seraient Amsterdam, Londonderry, Reykjavik, Cartwright, Shédiac, Montréal, pour finir par Chicago.

Giulia prenait note en silence. Il parlait en fixant sa nuque inclinée. Ses cheveux brillaient comme une écorce de châtaigne. Il aurait tant aimé y glisser les doigts.

— Tu ne me demandes pas dans quel état d'esprit je suis, à quelques mois du départ ?

Elle rangea crayon et carnet dans son sac et se leva :

— Inutile. Vous respirez le contentement de soi, *Eccellenza* ! Puis-je maintenant appeler un taxi ?

* * *

« *Italo Balbo nei cieli d'Italia*[1] *!* »

En voyant le titre, Margherita manqua renverser sa tasse de thé sur la feuille. Qu'est-ce que c'était que ça ?

L'article la fit blêmir. Un ton mordant, des propos à double sens, un tir groupé de superlatifs, Giulia encensait Balbo jusqu'à l'indigestion, jusqu'au grotesque. En substance, elle relatait l'admirable prestation du ministre de l'Aéronautique qui avait passé deux heures à décrire des cercles parfaits dans l'azur sous le regard vigilant de ses mécaniciens. Lorsqu'il décollerait pour l'Amérique, toute la Péninsule retiendrait son souffle, le bras dressé pour le salut fasciste. Balbo était grand et fort, un héros, un croisé des nues qu'enviaient l'Europe entière et les États-Unis. Sous ses ailes, l'Italie vivrait ce nouvel exploit avec une émotion incommensurable. En Sicile, dans leurs plantations de citronniers et leurs champs de melons, les paysans travailleraient avec une ferveur accrue, les pêcheurs de sardines remonteraient leurs filets en guettant son avion et, dans les Pouilles, on ne craindrait plus les invasions de sauterelles puisque désormais, les hydravions de Balbo protégeraient le ciel.

« *Forza Italia ! Forza Balbo*[2] *!* »

Pour couronner le tout, au bas de la page, Giulia avait croqué à l'encre un avion dressé, portant la Terre au bout du cockpit. L'ensemble évoquait une otarie avec un ballon en équilibre sur le museau. Autour, le ciel ressemblait à la piste d'un cirque.

---

1. « Italo Balbo dans les cieux d'Italie ! »
2. « Allez l'Italie ! Allez Balbo ! »

Jetant le papier sur la table, Margherita fit appeler Giulia.

— Non mais, qu'est-ce qui te prend ? *Che cosa è questa barzelletta*[1] ? Tu crois qu'on te paie pour ça ? Tu fais tout pour me rendre folle ! *Gerarchia* est un journal sérieux et Italo Balbo...

— Un grand héros fasciste, je sais !

— C'est surtout quelqu'un de compétent qui se bat pour notre armée aérienne avec une énergie peu commune !

— Vous m'en voyez heureuse, *signora* !

— Cesse tes impertinences !

— Vous n'aurez plus à les subir !

— Dès qu'on te perturbe, tu fiches le camp ! Tu es partie de chez tes parents, de l'université, et maintenant tu veux quitter le journal ! Pour aller où ? Quoi faire ? Vendre des châtaignes ? Faire des ménages ? Élever des poules à la campagne ? Balbo ne t'a pas violée, que je sache ! Même si tu le hais, tu peux te comporter en adulte et oublier tes ressentiments pour faire ton travail. Sais-tu à combien de personnes que je croise j'ai envie de cracher à la face ?

— Moi, c'est de vomir que j'ai envie et cela, depuis des années ! J'aimais l'art, la beauté et je ne vois que laideur et violence !

— Pauvre petite fille qui découvre la vie ! L'art, la beauté ! On aimerait tous que ça fasse tourner le monde !

— Vous, vous savez pourquoi vous vous battez ! Moi, pas ! Si vous n'y voyez pas d'objection, je préfère partir tout de suite !

---

1. C'est quoi cette plaisanterie ?

Margherita bondit, les mains plaquées sur son bureau.

— Très bien, si tu veux partir, va-t'en ! J'en ai plus qu'assez de toi ! Mais avant, tu vas me pondre un article correct et cohérent ! J'ai promis un papier à Italo...

— Il a copie de celui-ci. Je le lui ai envoyé hier.

— Tu n'as pas fait ça ?

Le téléphone les fit sursauter toutes deux. Le « *Pronto*[1] » de Margherita fut tel qu'à l'autre bout du fil, il y eut un blanc.

— Je vous l'envoie tout de suite, fit-elle avant de raccrocher.

Elle leva vers Giulia un visage glacial.

— C'était la secrétaire d'Italo Balbo. Il veut te voir sur-le-champ. Tu m'as mise dans une situation impossible ! C'est moi qui ai demandé cet interview ! À toi de réparer ! Après, tu peux t'en aller au diable !

* * *

Il l'attendait, les coudes appuyés sur son bureau, les doigts croisés. D'un calme impressionnant. Sans qu'il l'y invitât, Giulia prit place face à lui et le défia des yeux.

— Choisis-moi un *confino* « définitif ». Comme pour Silvio. Ce sera plus simple.

Négligeant de répondre, il fit glisser vers elle un dossier sur la table vernie.

— Lis.

---

1. « Allô. »

Dessus était écrit : « Copie du rapport de police. Interpellé : Silvio Gazzo. »

D'une main tremblante, elle l'ouvrit. Chaque interrogatoire était consigné. Trois, au total. Sous les mots tapés à l'encre violette, Giulia retrouvait Silvio, ses paroles, ses provocations. À travers sa vue qui se brouillait, elle ne put s'empêcher de sourire. Jouant les hallucinés, il avait reproché à celui qui l'interrogeait de le menacer avec un poulpe effrayant sur la tête. Puis, il s'était roulé par terre, en hurlant : « *Vaffanculo Mussolini ! Re dei fessi ! Figlio di puttana ! Scimunito ! Delinquente ! Farabutto ! Minchione ! E fottuto l'Italie ! Viva Napoleone, la Francia e l'Inghilterra*[1] *!* » Il n'en avait plus démordu durant les deux autres séances. Tel que le connaissait Giulia, il avait dû éprouver une jouissance désespérée à hurler ces injures dans les locaux de la Milice. À la lecture de la dernière page, Giulia ferma les yeux et laissa échapper un gémissement. Venant de lui, c'était impossible. Ça ne lui correspondait pas. Les pages lui glissèrent des mains.

— Je n'y crois pas ! sanglota-t-elle. C'est toi qui l'as fait tuer ! Jamais il n'aurait fait ça ! Il aimait trop la vie !

Italo se fit violence pour garder son sang-froid. La voir pleurer pour l'autre lui était insupportable.

— Jamais je n'ai tué un homme pour une femme, dit-il lentement. Pour toi, je l'aurais fait. Il ne m'en a pas laissé le temps : les gardiens l'ont retrouvé mort

---

1. « Va te faire... Mussolini ! Roi des cons ! Fils de pute ! Abruti ! Délinquant ! Salaud ! L'Italie est foutue ! Vive Napoléon, la France et l'Angleterre ! »

dans sa cellule. Vu son état de démence, on l'avait attaché. Il s'est étranglé avec sa corde.

— Faux ! Tu avoues ! Tu voulais le faire disparaître ! Pourquoi ? Pourquoi ?

Il n'avait plus rien à perdre.

— Lui vivant, je ne t'aurais jamais eue !

— Tu appelles ça m'avoir ? Qu'est-ce que tu as eu, à part mon corps ? Lui, je l'aimais, tu comprends ça ?

Elle ignorait qu'il lui restait autant de larmes. Elles jaillissaient de ses yeux, lui noyaient le visage, lui brûlaient la gorge.

Il la laissa se calmer et parla en détachant ses mots.

— Ce rapport est confidentiel. Je n'en ai connu la teneur qu'un mois après la mort de ton Gazzo ! On t'a mal renseignée. Je te le redis : je ne suis pour rien dans ce qui est arrivé !

— Puis-je partir ?

— Non.

Il lui tendit l'article qu'elle avait fait sur lui.

— Jette-moi ça avant que la Milice tombe dessus.

Quand elle fut sortie, il resta un moment sans réaction à fixer le vide. Jamais il n'avait autant pardonné à quiconque ni pris la peine de se disculper pour quoi que ce fût. Jamais, jusqu'à elle.

* * *

La Troisième salle du café Aragno était presque vide en ce début d'après-midi de mai. Giulia et Michela buvaient leur cappuccino en silence. Depuis quelques jours, la première avait tout son temps. Elle ne travaillait plus à *Gerarchia*. Margherita avait accepté sa démission, lui accordant un mois de salaire.

— Tu en as donc fini avec le journal des fascistes ! Que comptes-tu faire ?

Giulia haussa les épaules. Elle l'ignorait. Ses chiches économies ne lui permettraient pas d'aller loin. Michela la regarda par en dessous. Les cernes de celle qui était devenue une amie après la mort de Silvio parlaient pour elle.

— Si tu acceptais de poser nue, tu n'aurais aucun problème pour trouver de l'emploi. Avec ton visage de madone, tes seins magnifiques et tes hanches en amphore, je te garantis un succès bien plus grand que le mien. La pulpe, ils aiment ça, les artistes ! Moi, je suis trop maigre. Si seulement tu oubliais ton éducation !

Giulia songea à la tête de ses parents s'ils tombaient devant un nu d'elle. De quoi les faire mourir d'apoplexie ! Elle eut un petit sourire. Ils continuaient à l'oublier et ne lui manquaient pas.

— Mon éducation n'a rien à avoir là-dedans. Disons que je m'accepte moins que toi, c'est tout.

Michela alluma une autre cigarette à l'herbe. Elle avait encore maigri et les os de ses épaules saillaient sous son chemisier. Ses cheveux blonds et courts, son visage anguleux lui donnaient plus que jamais un air androgyne.

— Qui te dit que je m'accepte ? Il n'y a pas lieu d'être très fière de ce que je suis devenue.

Elle laissa passer un temps et reprit :

— J'aurais peut-être quelque chose pour toi. Tu parles allemand, n'est-ce pas ? Le comte Alessandro Bondini, tu connais ?

— Vaguement. C'est un marchand d'art, non ?

— Appelons-le ainsi. Son titre de comte de la Maison royale ne date que de cinq ans. C'est l'un des plus grands faussaires que compte Rome et peut-être l'Italie. Durant la guerre, il a échappé au service en fuyant à Rio de Janeiro où il a ouvert un bordel de luxe. À la fin du conflit, il est rentré et a investi ses économies dans une petite collection de tableaux. Il s'est choisi deux acolytes : Jacques Terenson, un expert en art aussi douteux que lui, et lord Dawin, marchand d'art pas très honnête non plus. Les trois associés ont fait fortune en peu de temps. Leur méthode consiste à acquérir des toiles mineures et à les « restaurer » pour en faire d'inestimables chefs-d'œuvre de la peinture italienne. Leur clientèle est étrangère. Sais-tu quel est le meilleur client de Bondini ? Göring, le bras droit de Hitler. C'est ta Margherita qui le lui a présenté. À mon avis, elle n'ignore rien de ce qui se passe ; une façon subtile de se venger de ces nazis qu'elle exècre. Göring dépense des sommes folles pour des tableaux de la Renaissance qui doivent encore sentir la peinture de retape.

Giulia ne cessait d'être étonnée des informations que détenait cette fille à l'air évanescent. Michela connaissait le milieu artistique de Rome mieux que quiconque.

— En quoi cela me concerne-t-il ?

— Bondini recherche une personne parlant l'allemand pour traiter ses affaires avec Göring et ses autres clients germaniques, tous des nazis de première. Si cela ne te gêne pas de travailler pour quelqu'un comme lui, je peux lui parler de toi. Avec ses collaborateurs, il se montre correct.

Giulia cessa de tourner sa cuiller et la reposa sur la table. L'idée de voler des nazis lui plaisait beaucoup.

— Quand peux-tu me le faire rencontrer ?

* * *

Le comte Alessandro Bondini ne correspondait pas du tout à l'image que Giulia se faisait de lui. Le plus grand faussaire de tableaux d'Italie lui arrivait à hauteur des seins. Son veston clair renforcé aux épaules et les talonnettes que laissait deviner la raideur de son pas ne parvenaient pas à lui donner une allure imposante. Sec, nerveux, le teint hâlé, le cheveu prématurément blanc et fourni, dans son luxueux salon, il avait l'air d'un Sicilien qui a réussi. Quand le regard vert et perçant se posa sur elle, la jeune femme se sentit jaugée, soupesée. Il y avait en lui un mélange de renard et de chat.

— Ainsi, vous parlez allemand ?

— Une gouvernante et beaucoup de punitions m'y ont aidée.

L'homme remplit deux verres de *grappa* et lui en tendit un. Cela faisait moins chic que le whisky. Sous le titre et le costume sur mesure ressortait l'Italien du peuple. La grosse chevalière en or avec un rubis au centre achevait de trahir le parvenu. En voyant Giulia boire sans tiquer, il sourit. Il n'aimait pas les femmes qui s'en tenaient à l'eau.

— Pourquoi avez-vous quitté *Gerarchia* ? Margherita vous a malmenée ?

— C'est plutôt le contraire ! rectifia-t-elle honnêtement. On ne parle pas que d'art dans cette revue.

Il la considéra en silence.

— Vous êtes belle. Un atout dans ce type d'affaires.

La voyant changer de visage, il rectifia :

— Ne vous méprenez pas. J'ai un autre budget pour les soupers fins des clients. Je ne mélange pas les deux. Demain, j'attends un Allemand, justement. Cela me permettra de vous mettre à l'épreuve.

* * *

L'Allemand ajusta ses lunettes et examina sous tous les angles la toile présentée comme une œuvre de Giotto : une madone à l'enfant, dans la plus pure tradition de la première Renaissance florentine. En retrait, Bondini le laissait faire. Il était évident que ce client-ci aimait décider seul. L'homme releva la tête et s'adressa à Giulia, présentée comme la traductrice. Elle lui répondit instantanément. S'instaura entre eux un dialogue auquel Bondini demeura étranger. Comme l'Allemand reprenait son examen, il s'approcha de Giulia, sourcils froncés.

— Pourquoi ne traduisez-vous pas ?

— Il me posait des questions sur Giotto, cette œuvre et les pigments utilisés à l'époque. Je l'ai renseigné.

— Vous avez étudié l'histoire de l'art ?

— Commencé, seulement. Mais je connais bien la Renaissance italienne. Et Giotto en fait partie.

— Quelles questions vous a-t-il posées sur le tableau ?

— Il m'a demandé qui lui avait inspiré ce visage de madone ? « Sa mère », lui ai-je dit.

— Sa mère ? En êtes-vous certaine ?

— Il aura du mal à vérifier.

Bondini resta médusé. Il avait trouvé aussi filou que lui.

Le client interpella de nouveau Giulia. Celle-ci répliqua. Il éclata de rire et la considéra d'un air appréciateur.

— Ça ne vous ferait rien de me dire ce que vous vous racontez ? insista Bondini, agacé de se trouver hors jeu.

— Il voulait savoir s'il pouvait avoir confiance dans l'authenticité de la toile.

— Pourquoi a-t-il ri ?

— Je lui ai dit qu'exception faite des Italiens, il n'y avait ni menteur ni voleur dans cette salle. L'Allemand tendit la main à Bondini en souriant :

— *Wunderbar ! ich kaufe*[1] !

* * *

Les trains populaires étaient pris d'assaut, en ce dimanche d'août. À peu de frais, les Romains fuyaient l'air étouffant de la capitale pour une journée au bord de la mer. Dans la gare, l'affluence était telle qu'ils avaient failli perdre Nello sur le quai, en arrivant à Ostie. Giulia, qui ne cessait de le trouver sur son chemin en rentrant chez elle, avait fini par céder et lui avait à nouveau ouvert sa porte. Fou de joie de ce retour en grâce, le jeune homme lui avait embrassé les mains. Il se serait fait couper en deux pour elle. Apprenant qu'il n'avait jamais vu la mer, elle avait eu l'idée de la lui faire découvrir en compagnie de Dieter.

1. Merveilleux ! j'achète !

Suite aux confidences qu'il lui avait faites, Giulia avait invité ce dernier à dîner chez elle. Elle avait découvert un être délicat, d'une grande culture. Elle se sentait d'autant plus à l'aise avec lui qu'elle n'avait pas à subir ses assiduités. Son manque d'attirance physique pour les femmes en faisait un compagnon des plus agréables. Ils avaient pris peu à peu l'habitude de réunir leur solitude dominicale.

Quand il vit la côte, Nello manifesta une excitation difficilement contrôlable. Ils n'étaient pas trop de deux pour essayer de le calmer. Toutefois, dès qu'ils furent sur la plage, le comportement de Nello changea du tout au tout. Il s'assit sur sa serviette, les bras autour des genoux et, malgré les adjurations des deux jeunes gens, refusa d'en bouger. Renonçant, ils partirent se baigner. Nello aurait au moins vu la mer.

Giulia nagea longtemps. Elle retrouvait dans l'eau des sensations d'enfance. Son corps devenait léger. Sans ce pincement au cœur qui ne la quittait pas depuis la mort de Silvio, elle se serait sentie bien. D'autant que son travail était loin de lui déplaire. Bondini l'avait engagée sitôt après la vente du faux tableau de Giotto. Dans sa vaste maison romaine, il lui avait attribué une pièce près de son propre bureau d'où elle pouvait contacter par téléphone les clients allemands. À partir de ce jour, Giulia avait mis les pieds dans un monde interlope dont elle ne soupçonnait pas l'existence. Ici, la contrefaçon avait grande allure et les clients, beaucoup d'argent. Dans une ville transformée en décor de propagande, faire du faux ne détonnait pas. Et œuvrer à voler des nazis n'allait pas contre la morale de la jeune femme. Enfin, Michela n'avait pas menti : Bondini payait bien ceux qui travaillaient pour lui.

Le plus pittoresque de ses assistants s'appelait Massimo. Elle ne connaissait que son prénom et n'aurait jamais dû le rencontrer. Mais Bondini, sans doute aidé par ses talonnettes, avait un jour raté une marche d'escalier alors qu'il devait apporter une croûte à « restaurer » chez Massimo. Giulia avait été chargée de s'y rendre à sa place. En voyant l'atelier, elle avait très vite compris de quoi il retournait. D'un côté s'entassaient des toiles mineures, de l'autre étaient alignés de purs chefs-d'œuvre de la Renaissance, craquelés et jaunis à souhait pour rendre l'authentique.

— On me surnomme Sandro, à cause de Botticelli, s'était présenté Massimo.

Jamais Giulia n'avait vu quelqu'un affligé d'une bosse pareille : Atlas portant le monde. Et avec ça, des yeux magnifiques, ourlés de longs cils et un sourire plus beau encore. Cet être contrefait d'une quarantaine d'années avait des traits d'archange.

— Voyez-vous, *signorina*, ce qui me plaît dans mon travail, c'est que je fais du beau avec du laid. Une réparation qui compense celle que je ne puis accomplir sur mon propre corps.

Depuis ce jour, Bondini, qui lui avait demandé le secret absolu, envoyait souvent Giulia porter des tableaux à Sandro. Les consignes étaient strictes et, après « réparation », rien n'échappait à son œil. La jeune femme prenait toujours plaisir à discuter avec le faussaire. La veille, elle lui avait confié un tableau immonde destiné à devenir le portrait d'un notable florentin du XVe siècle. Le client potentiel, friand du genre, s'appelait Göring. Giulia se faisait violence pour ne pas en parler à Dieter.

Ils venaient d'achever leur pique-nique. L'Allemand intercepta plusieurs regards masculins sur Giulia. Dans son maillot noir, avec ses cheveux resserrés en chignon banane, elle était ravissante. Elle possédait surtout une sensualité que sa pose révélait. Les coudes sur la serviette, une de ses longues jambes repliée, le dos cambré, tout son corps appelait le soleil et l'été.

« Sans doute formons-nous un beau couple », se dit-il tristement. Celui qu'auraient aimé voir ses parents. Giulia leur aurait sûrement plu. L'idée de leur présenter Nathan en leur disant ce qu'il représentait pour lui ne l'avait jamais effleuré. De quoi tuer ces bons Allemands pratiquants, de la moyenne bourgeoisie.

La douceur du ressac incitait à la sieste. Des gens commençaient à s'y laisser prendre. D'autres nageaient. Des mouettes venaient picorer des miettes sur le sable. Tout était calme. Nello avait fini par se joindre à un groupe d'enfants qui confectionnait un château sur la grève. Dieter le désigna à Giulia. Comme toujours avec elle, il s'exprimait en allemand.

— Tu te rends compte que dans mon pays, ils ne veulent plus d'eux ! Comme s'ils avaient choisi de naître ainsi !

Giulia songea à Massimo, le bossu, et hocha la tête.

— Je termine à Rome dans deux mois, reprit-il. Il y a une chose que tu ignores : je ne rentrerai pas à Berlin. Nathan vient de m'écrire. Il a réussi à fuir et m'attend à New York. Viens avec moi. En Italie, tu n'as plus rien à espérer. Là-bas, mon ami a trouvé du travail. En attendant que tu en aies un, nous t'aiderons. Tu ne seras pas seule.

Sa proposition émut Giulia. Dieter était d'une gentillesse extraordinaire. Sans ce moment où il avait craqué, elle ne s'en serait pas rendu compte. La situation obligeait chacun à se refermer sur son mal-être.

— Merci. Ton offre me va droit au cœur.

— Mais tu ne partiras pas, c'est ça ?

Elle suivit un moment du regard Nello qui s'appliquait, en tirant la langue, sur une tour de son palais des sables.

— Non, reconnut-elle enfin. On part vers quelque chose ou vers quelqu'un. Toi, tu as Nathan.

— On part aussi pour fuir. En ce moment, des milliers d'écrivains et d'hommes de science quittent l'Allemagne : Bertolt Brecht, Erich Maria Remarque, Alfred Döblin, Albert Einstein... Nos plus grands cerveaux gagnent l'étranger, non pour aller quelque part, mais pour ne plus voir ce qui se passe chez nous. Et en Italie, cela a aussi commencé. Tu sais, Giulia, ce Pacte à quatre qu'ils viennent de signer ne résoudra rien. J'ai lu ce qui en était dit. La France et la Grande-Bretagne l'ont tellement édulcoré que cet accord perd toute valeur. Hitler, a-t-on appris à l'ambassade, est entré dans une colère folle en apprenant qu'il n'était plus question d'égalité des droits pour l'Allemagne en matière d'armement. Il va certainement se retirer avec éclat de la conférence sur le désarmement prévue en octobre.

Plus que jamais il a besoin de Mussolini et il fera tout pour se le gagner. Tu verras qu'il réussira.

— Je ne crois pas. Le Duce hait sa politique raciale et protège le chancelier Dollfuss des nazis autrichiens. Il vient encore de recevoir ce dernier à Riccione pour le montrer. Tu sais combien j'exècre ce régime mais je ne pense pas que Mussolini soit assez fou pour suivre Hitler.

— Hitler veut l'Anschluss ! C'est un fanatique ! Quoi que fasse Mussolini, les nazis autrichiens parviendront à tuer Dollfuss. Dans un sens ou un autre, ce sera la guerre.

Cela rejoignait les propos alarmistes de Manelli dans le stade.

Soudain l'hymne fasciste éclata. Des haut-parleurs étaient installés le long de la plage, sur des poteaux. La musique s'arrêta et la voix du commentateur s'éleva :

« Rome vit des heures grandissimes ! Après son fabuleux exploit à travers l'océan, après son accueil triomphal en Amérique, après avoir défilé à la tête de ses équipages sous les arcs de Titus et de Constantin devant une foule délirante, notre immense héros de l'aviation, le général Italo Balbo, va recevoir des mains du Duce le bâton de maréchal de l'Air... » Giulia bondit sur ses pieds et tendit la main à Dieter.

— Viens ! Allons nous baigner.

* * *

— Hé, Italo, qu'est-ce qu'il va pouvoir te donner, le Duce, après le bâton de maréchal ?

— Que veux-tu qu'il me donne, Mario ?

— Il faudra bien tôt ou tard qu'il désigne un successeur ! Tu es plus jeune que lui et de tous ses hiérarques, tu es le plus populaire !

Balbo s'essuya le coin des lèvres et but une gorgée de vin. Pour fêter sa transocéanique, il avait réuni dans le salon particulier d'un restaurant ses amis de toujours, ainsi que des femmes avec lesquelles ils achèveraient la soirée, toutes belles et sottes à souhait.

— Calme-toi, Mario ! À sa droite, il est en train d'asseoir son gendre ! Bientôt, Ciano sera au Grand Conseil, tu verras !

— Ciano ! Il préférerait Ciano à toi, son ombre de la première heure ?

— Italo, j'ai soif ! minauda la jolie brune près de lui.

Il prit la bouteille avec un sourire contraint. Cette beauté lui pesait déjà. Pourtant, Renata – il n'était pas certain de se souvenir du prénom – correspondait au type qu'il recherchait : des pommettes hautes, de grands yeux noirs étirés vers les tempes, une poitrine arrogante, un corps élancé. Il avait obtenu qu'elle se coiffât d'un chignon banane et qu'elle portât une robe du même rouge... Mais la ressemblance s'arrêtait là. Sitôt qu'elle se tournait vers lui, qu'elle lui parlait en riant tous les trois mots, il se demandait pourquoi il l'avait fait venir.

— Tu es le numéro deux, Italo, assura un autre. Le dauphin, c'est toi, tout le monde le sait ! Tu as vu cette foule venue t'applaudir quand tu as défilé ? Ça ne trompe pas ! Pour eux, tu incarnes l'homme fasciste, celui qui sait *vivere pericolosamente*[1], celui

1. Vivre dangereusement.

qui tient les commandes de son ministère depuis sa cabine de pilotage ! Ils sont combien comme toi ?

Italo se tourna vers Bottai.

— Tu ne dis rien, Giuseppe ?

— Je vous écoute.

Mieux valait qu'il se tût. L'instant se prêtait à la fête, pas à la lucidité. Et puis, il renonçait à tenter de réveiller l'ami Balbo. Ils étaient peu à être aimés du Duce. Bottai ne l'était pas et le savait. Trop intellectuel, selon Benito. Mais pour Italo, le problème s'avérait plus grave. Il le prenait vraiment en grippe. Il jalousait ses talents d'aviateur, sa séduction et le reste. Il suffisait de voir le masque qu'il avait affiché en lui remettant le bâton de maréchal de l'Air. La vigilance s'imposait. Ceux qui s'étaient crus à l'abri le payaient. Le dernier en date s'appelait Arpinati. Cinq mois plus tôt, celui-ci s'était fait limoger en deux temps, à la satisfaction de Starace qui avait dû nettement contribuer à l'affaire. Tous se trouvaient sur des sièges éjectables. Seul Italo se croyait intouchable.

Renata partit d'un nouvel accès de rire. Balbo rabattit sa serviette sur la table.

— Je te commande un taxi ! lui jeta-t-il sans ambages.

Son agacement était si visible que la fille se leva docilement et alla chercher son manteau. Toutes les « locataires » de la maison de Raffaella savaient qu'il ne faisait pas bon contrarier le ministre. Craignant de subir le même sort, les autres femmes de la table s'étaient tues.

— *Madonna,* Italo ! Pourquoi l'as-tu virée ? Elle est pourtant appétissante, Renata ?

Balbo reposa son verre :

— Disons que je n'ai plus faim.

* * *

— Que dirais-tu d'un cappuccino pris en terrasse ? proposa Dieter en souriant. Regarde ce soleil ! On ne se croirait jamais en octobre !

Giulia s'empressa d'accepter. Le départ approchant, son ami lui avait demandé de l'accompagner pour acheter des cadeaux destinés à Nathan. Ils venaient d'écumer un nombre incalculable de magasins et elle avait la plante des pieds brûlante. Comme ils atteignaient une place, ils se retrouvèrent bloqués par la foule. Un mariage sortait de l'église. Certainement quelqu'un de connu, pour attirer autant de monde. Elle allait s'en détourner quand elle reconnut la mariée. Fiammetta ! Avec son époux, le comte Livio Gaetani, entourés de leurs familles et amis !

Les rapports de Giulia avec la fille de Margherita avaient toujours été cordiaux. Cela ne lui donnait pas pour autant envie de s'ajouter au nombre des badauds. Elle fuyait désormais tout ce qui de près ou de loin se rapportait à *Gerarchia* et à la haute hiérarchie fasciste. Elle tenait surtout à ne pas voir quelqu'un qui devait être immanquablement présent à cette cérémonie. Après maints efforts pour battre en retraite, comprenant qu'en forçant le chemin ils risquaient d'abîmer leurs achats, avec Dieter, ils se résignèrent à patienter. Les mariés partis, la place se viderait.

Giulia leva les yeux vers le parvis et remarqua Amadeo, le frère de Fiammetta, qui affichait un visage fermé. C'était la première fois qu'elle le voyait. Il ne venait jamais à *Gerarchia* et ne faisait pas parler de lui. Elle l'avait reconnu grâce aux photos qui trônaient dans le bureau de Margherita, auprès de celles de Roberto, son défunt frère. Elle savait seulement qu'il travaillait dans le milieu bancaire. D'une nature réservée, il détestait, disait-on, la publicité faite autour de la relation de sa mère avec Mussolini et ne portait pas ce dernier dans son cœur. Il fallait une occasion comme les noces de sa sœur pour qu'on le vît apparaître en public.

Giulia fut propulsée en avant par des gens qui cherchaient à se rapprocher. Elle se retourna vivement pour protester et comprit que c'était inutile. Ils étaient des dizaines à jouer des coudes pour voir de près la fille de l'ancienne maîtresse du Duce et le cortège. Celui-ci comptait beaucoup d'écrivains, d'artistes, d'architectes, de journalistes italiens et étrangers, notamment américains, mais aussi des ministres comme Bottai.

Les mariés montèrent enfin dans la voiture qui commença à manœuvrer pour partir. Derrière eux, Margherita gérait le ballet des voitures restantes pour y placer famille et amis. La place allait se dégager. Giulia tira Dieter par le coude pour lui signifier qu'ils pouvaient essayer de partir. Elle se trompait. Non seulement les gens restaient, mais s'y ajoutait maintenant le flot des invités que ne cessait de dégorger l'église. Des miliciens chargés de la sécurité des personnalités présentes achevaient de mettre la pagaille. Impossible de bouger de ce maudit endroit. Dieter prit son amie par l'épaule.

— Viens, essayons par là.

Par là, c'était aussi bouché qu'ailleurs.

Soudain, Giulia se retrouva face à Margherita. Elle ne l'avait plus revue depuis son départ du journal. Celle-ci ne se détourna pas.

— Giulia ! Tiens donc ! Heureuse chez Bondini ? ironisa-t-elle.

La jeune femme se raidit. Ainsi, elle savait. Par chance, quelqu'un happa Margherita au passage. Giulia et Dieter parvinrent à s'extirper de la masse.

— Heureux de ne jamais connaître cela pour moi-même ! fit l'Allemand en se rajustant.

La main de son ami toujours sur son épaule, Giulia jeta un dernier coup d'œil derrière elle. Que cherchait-elle ? Elle l'aperçut soudain parmi les groupes d'invités qui attendaient leur véhicule en discutant au bas des marches. Son immobilité tranchait avec l'effervescence de son entourage. Balbo ! Il était blême en fixant le couple qu'elle formait avec Dieter.

— Italo ! S'il te plaît, cela fait trois fois que je t'appelle ! Margherita nous propose de partager sa voiture.

Balbo tourna vers son épouse un visage égaré et opina. Il n'y put tenir et regarda encore derrière lui. Giulia et son Allemand avaient disparu.

— Cela ne t'a donc pas passé ? lui glissa Margherita qui décidément voyait tout.

En guise de réponse, il s'engouffra dans l'automobile. Margherita secoua la tête avant de le suivre. Jamais elle n'aurait cru qu'un jour le bel Italo s'y laisserait prendre. À voir la rapidité avec laquelle Giulia avait fui, il ne la laissait pas non plus indifférente. Mieux valait qu'elle ait quitté le journal. Margherita était bien placée pour savoir où conduisait ce genre d'histoire.

* * *

Dieter acheva de vider ses tiroirs. Il ne laissa sur son bureau que le presse-papier, l'encrier et le pot à crayons trouvés dix mois plus tôt lors de son arrivée. Giulia avait raison de le traiter de maniaque de l'ordre. Il avait rangé, étiqueté, placé par ordre alphabétique chaque dossier, laissé à l'intérieur de ceux qui restaient en cours un état de leur avancement. N'importe quel rond-de-cuir berlinois parachuté dans ce service s'y retrouverait.

Après un dernier coup d'œil à ce qui avait été son univers quotidien durant presque une année, il enfila son pardessus et quitta l'ambassade. Dans moins d'une semaine, si tout allait bien, il aurait rejoint Nathan, à New York et une nouvelle vie commencerait pour eux. Mais quitter Giulia l'attristait. Cette amitié née d'une dispute lui manquerait. Laisser la jeune femme dans cette Italie que le fascisme conduisait à sa perte le rendait soucieux. Comme lui, elle n'était pas de taille contre ce fléau. De plus, il la savait très seule.

La nuit tombait sur Rome. Une rafale de vent fouetta son visage. Il remonta son col et rabattit son chapeau sur son front. Au tram, il préférait la marche qui permettait de réfléchir. Et avec les derniers événements, il avait de quoi faire. Il aurait aimé s'être trompé dans ses prévisions mais, hélas, Hitler s'était bien retiré de la conférence sur le désarmement, puis, cinq jours plus tard, de la Société des nations. À cela s'ajoutait l'agression dont le chancelier autrichien Dollfuss venait d'être victime. Il s'en tirait avec une blessure et l'assurance que le Duce le protégeait plus que jamais des nazis. Mais Dieter savait que les émules autrichiens de Hitler ne renonceraient pas à l'abattre.

En arrivant devant une librairie, il eut l'idée d'un cadeau pour Giulia. Il passa une heure à lui choisir des livres de grands auteurs allemands qu'il tenait à lui faire connaître avant de partir. Pour une fois, il intervertissait les rôles. Durant ces derniers mois, c'était elle qui l'avait entraîné à la découverte des monuments de Rome. À voir son visage radieux quand elle lui avait montré ce tableau du Caravage niché dans l'un des transepts d'une petite église, il s'était demandé lequel des deux appréciait le plus ces moments de partage.

Lorsqu'il ressortit du magasin, chargé d'un grand sac de livres, l'obscurité était totale. Le lendemain, il inviterait Giulia dans un restaurant d'une rue adjacente à la piazza Navona, qu'il avait repéré. On y cuisinait des beignets de mozzarella et des artichauts frits comme elle les aimait. Ils arroseraient le tout d'un Montalcino rouge et finiraient la soirée au cinéma. Durant ses derniers jours à Rome, il comptait profiter au maximum de sa présence. Nathan aurait autant aimé que lui la jeune femme.

Il quitta les artères principales pour s'enfoncer dans des quartiers moins fréquentés. Son appartement assez éloigné de l'ambassade lui avait plu à cause de sa tranquillité. Ses fenêtres donnaient sur le jardin d'une maison ancienne dont les glycines grimpaient jusqu'à sa chambre. Il remontait une ruelle déserte et peu éclairée quand, derrière lui, des pas précipités l'alertèrent. Il se retourna. Personne. Instinctivement, il pressa l'allure.

Le choc dans son dos fut si violent qu'il tomba en avant et se brisa une côte contre l'arête du trottoir. Le souffle coupé par la douleur atroce, il voulut prendre appui pour se redresser. Un second coup l'atteignit dans les reins, lui arrachant un cri. Dans un éclair, il vit trois ou quatre chemises noires brandir leur *manganello* et tenta de se protéger avec ses bras. Les coups se mirent à pleuvoir. Quand l'os du coude céda, il crut que son cœur s'arrêtait. La souffrance l'empêchait désormais de crier. Il suffoquait, en proie à la panique, au mal, à l'horreur. Du sang emplit sa bouche. Ils allaient le tuer. Jamais il ne reverrait Nathan. Cette idée acheva de le briser. L'un des hommes l'empoigna par les cheveux et lui tira la tête en arrière. Puis, il lui souffla à l'oreille :

— Voilà ce qui arrive en Italie quand on approche de trop près la maîtresse d'un ministre fasciste !

* * *

Des élancements l'arrachèrent à son brouillard. La chambre aux murs vert pâle tangua un moment, puis se stabilisa. Où se trouvait-il ? D'où provenaient ces gémissements, ces sons inarticulés ? Il comprit que c'était lui qui les émettait. Il passa sa langue sur ses lèvres desséchées : elles paraissaient énormes. Chaque inspiration soulevait en lui une souffrance proche de la nausée. Sans doute, des côtes cassées. Il sentit des bandages autour de son torse. D'autres lui enserraient un bras, une jambe et même la tête.

Se contraignant à l'immobilité, il tenta de comprendre. La mémoire lui revint, et, avec elle, le souvenir de l'agression et des coups. Pourquoi ?

Qu'avait-il fait pour mériter cela ? Savaient-ils qu'il était homosexuel ? Que lui avait dit le milicien ?

La phrase ressurgit d'un coup, sibylline. Il ne connaissait aucune maîtresse de ministre et ne risquait pas de susciter la jalousie d'un homme sur ce terrain-là. Une erreur ? Un acte gratuit ? Il n'y crut pas. L'homme avait parlé de l'Italie. Il savait donc qu'il avait affaire à un étranger.

— Comment vous sentez-vous ?

Au prix de mille difficultés, Dieter tourna la tête vers l'endroit d'où venait la voix. Une ombre était assise sur une chaise près de son lit. Comme le reste, elle se précisa. Il croisa un regard clair et froid qui lui rappela celui de Göring.

— Comment vous sentez-vous ? répéta l'inconnu d'un ton qui se voulait affable.

Il enchaîna :

— Stefano Marchiani. J'appartiens à l'OVRA, la police qui lutte contre les antifascistes. Je veux savoir qui vous a mis dans cet état et pourquoi.

* * *

Giulia sortait de chez elle quand Marchiani vint à sa rencontre.

— Heureux de vous trouver avant votre départ pour la casa Bondini. Vous me reconnaissez ?

Comment ne pas le reconnaître ! Ils n'étaient pas dix dans Rome à avoir ce regard et à être si bien renseignés.

— Que me voulez-vous ? Je ne cache personne sous mon lit et n'imprime pas de tracts antifascistes dans ma cave ! Excepté mon absence à la messe le dimanche, je ne vois pas ce que vous pourriez me reprocher ! Maintenant, s'il vous plaît, laissez-moi passer. Dans une demi-heure, je dois être chez Bondini.

— Il attendra. Dieter Peiler, ça vous dit quelque chose ? Il a été agressé hier soir par quatre chemises noires.

Le sang se retira du visage de Giulia.

— Il... il est... ?

— Non mais bien abîmé.

Il lui rapporta les faits et la menace verbale.

— Balbo ! Ce salaud a osé ?

— Une autre injure de cet acabit et je vous boucle. Rien ne prouve que son *Eccellenza* Balbo soit pour quelque chose là-dedans. Beaucoup ont intérêt à le laisser croire.

— Star... !

— Gardez vos impressions pour vous. C'est mon travail de savoir. En attendant, je vous ordonne de ne plus approcher cet Allemand jusqu'à son départ. Je ne veux pas risquer un incident diplomatique à cause de vos fesses !

— Appartenir à l'OVRA ne vous empêche pas de rester poli ! Dieter est mon ami et je tiens à le voir !

— Il y a une chose que vous n'avez pas encore compris, *signorina* Diacalone : à Rome, désormais, on se tait et on exécute, ou on est déporté.

* * *

À part quelques fleurs faméliques arrachées à un parterre de l'établissement pour en faire un bouquet, Nello suivit les consignes de Giulia sans velléité d'interprétation. En demandant le numéro de la chambre de Dieter, il n'éveilla aucun soupçon. Deux miliciens surveillaient la porte de celui-ci. Après avoir fouillé le visiteur, noté son nom et son adresse, ils le laissèrent entrer. L'interdiction d'accès se bornait à des hommes armés et à une jeune femme. « Pas plus de dix minutes », précisèrent-ils.

Par chance, on avait mis l'Allemand au rez-de-chaussée. Une fois à l'intérieur, après avoir fait signe à celui-ci de se taire, Nello alla ouvrir silencieusement la fenêtre. Dans les jardins de l'hôpital, en ce frileux crépuscule d'automne, personne ne s'attardait. Giulia qui attendait dans un angle du péristyle, accourut et enjamba le rebord de la fenêtre. Là aussi, ils avaient de la chance : avec des barreaux, c'eût été fichu.

Le premier moment de surprise passé, Dieter s'éclaira en la voyant. Il savait qu'on lui avait interdit d'approcher et désespérait de la revoir. Nello resta quelques minutes avec eux et sortit par la porte.

Giulia prit la main valide de son ami. Ces monstres avaient massacré Dieter. Son visage tuméfié était méconnaissable et l'épaisseur des bandages laissait deviner de multiples fractures. Il tenta de plaisanter.

— Nathan va me trouver bien changé, n'est-ce pas ? dit-il à mi-voix pour ne pas être entendu des gardes.

Elle pressa sa main. Pourquoi s'en prendre à lui ?

— Pourrais-tu m'expliquer qui est cette maîtresse de ministre que je suis censé fréquenter ?

— Moi.

En quelques phrases, en chuchotant, elle lui résuma son aventure avec Balbo sans rien cacher de l'attraction folle qu'elle éprouvait pour cet homme qui représentait tout ce qu'elle exécrait. C'était la première fois qu'elle se livrait aussi complètement. Mais Dieter pouvait comprendre. Les yeux clos pour ne rien perdre de ce qu'elle disait en dépit des calmants, il l'écouta jusqu'au bout.

— Après s'en être pris à Silvio, Balbo s'attaque à toi, acheva-t-elle avec haine.

Dieter analysa méthodiquement ce qu'il venait d'entendre.

— Je ne crois pas, conclut-il. Tu ne peux lui imputer la mort de ton ami. Pour moi, je suis persuadé que ce n'est pas lui non plus. Balbo est un pourri de fasciste mais pas un imbécile ! Il n'y a qu'à voir ce qu'il fait pour l'aviation italienne. À son niveau, on ne joue pas les amants jaloux en faisant donner du bâton sur un rival dans les rues de Rome. Ou si on le fait, on prend des exécutants qui ne portent pas la chemises noires. De toute évidence, on cherche à le perdre.

Il disait clairement ce que Marchiani sous-entendait.

Dans le lit, il ne trouvait plus une position de bonne. Tant bien que mal, il tenta de s'asseoir. Giulia remonta ses coussins et l'aida à s'installer. À tout instant, les miliciens pouvaient surgir. Conscient du danger, Dieter essaya de faire court.

— Dans deux jours, avec des cannes, je serai sur pied et je partirai. D'ici là, on ne se reverra plus, Giulia. C'est trop dangereux pour toi. Si cette agression te fait prendre conscience de ce que tu risques, ici, en ce moment, elle n'aura pas été inutile. Rome est une nasse. Quand bon leur semble, ils la remontent. Pour la dernière fois, je te conjure de fuir. Demande un visa pour les États-Unis sous un prétexte quelconque. Prends le paquebot *Rex* à Gênes : il te conduira tout droit à New York. Nous t'aiderons à payer le billet. Viens nous rejoindre avant qu'il soit trop tard. D'ici peu, avec Hitler, l'Europe sera en feu.

* * *

— Quoi ?

De sa main libre, Balbo agrippa le rebord de sa table. Ce que racontait Arturo Bocchini au téléphone le rendait fou.

— L'affaire s'arrêterait là s'il ne s'agissait pas d'un ressortissant allemand. Le rapport va forcément atterrir sur le bureau du Duce.

— Qu'il atterrisse au Diable ! Je m'en fiche ! Je n'ai rien à voir avec cette histoire ! Tu le connais aussi bien que moi, le coupable ! Ils ne sont pas cinquante à avoir l'idée d'un coup tordu aussi stupide !

— Tu devrais te montrer prudent, Italo. Des propos tenus par tes amis en ta présence dans un restaurant de Rome concernant la succession du Duce sont arrivés à nos oreilles et certainement aux siennes.

— Qu'essaies-tu de me dire, Arturo ?

Avec les téléphones sur écoute, le chef de la police ne pouvait se permettre d'en dire davantage.

— Rien que ce que je t'ai dit.

Balbo lui raccrocha au nez et alla se servir un verre de cherry-brandy pour se calmer. Cette fois, par le biais de Giulia, Starace l'attaquait de front en sachant qu'il ne pouvait pas répliquer. Les agresseurs appartenaient à la Milice. La belle affaire ! Des miliciens, il y en avait dans chaque ministère pour assurer la sécurité, et Balbo en comptait des dizaines dans le sien. En s'en prenant à ce Peiler, Starace avait bien fait son coup. Chaque fois qu'on parlait de Hitler au Grand Conseil, Mussolini fulminait. Les retraits du nazi de la conférence sur le désarmement et de la SDN finissaient d'anéantir son Pacte à quatre et toute possibilité de paix. Sans parler de l'attentat contre Dollfuss. Il ne voulait plus avoir affaire aux Allemands. Cette bastonnade, qui allait certainement soulever des problèmes avec eux, ne lui plaisait pas.

Ça ne se passerait pas comme ça ! Balbo arracha plus qu'il n'ouvrit la porte de sa secrétaire.

— Demandez le Duce ! Je dois lui parler !

Elle frappa un instant plus tard.

— Désolée *Eccellenza* mais le Duce est injoignable jusqu'à nouvel ordre.

Le lendemain, une missive arriva en provenance du palazzo Venezia.

Balbo l'ouvrit avec un pressentiment. La lettre était écrite de la main de Mussolini. Dès les premiers mots, il comprit :

Je tiens à t'exprimer ma satisfaction et mon approbation pour l'œuvre que tu as accomplie durant ces années... Tu as donné à l'Italie cette force aérienne indispensable à sa défense et à ses capacités offensives...

Après le miel venait l'acide : sous couvert d'une « relève nécessaire de la garde », Benito exprimait sa volonté de regrouper sous sa seule responsabilité les ministères de la Guerre, de la Marine et de l'Aéronautique. Il nommait Italo gouverneur de Libye.

Balbo s'effondra sur son siège. Le Duce lui déchirait les bottes, le dévalisait, l'écartait des commandes, le limogeait par courrier comme un malpropre après tant d'années à lutter côte à côte pour le fascisme et l'Italie. Il lui ôtait l'aéronautique, son enfant, sa création. Ce qu'il refusait de voir depuis des mois lui parut soudain évident. Mussolini l'éloignait pour ne pas être acculé à faire de lui le chef d'état-major général des armées, poste qu'il aurait dû lui concéder tôt ou tard et qui aurait fait officiellement de lui, Italo, le numéro deux du régime. Benito avait peur de lui.

Quand Balbo se leva de son siège, deux heures s'étaient écoulées. Cent vingt minutes passées dans un état cataleptique. En janvier, il serait à Tripoli. Pour Grandi, cela avait été Londres. Arpinati, lui, n'avait même pas obtenu d'ambassade.

Il remonta en arrière : la Marche sur Rome, les luttes contre les socialistes, les libéraux, l'assassinat de Matteotti... Jamais il ne l'avait lâché. De tous, c'était à lui que Mussolini devait le plus. Il sentit ses mains devenir poisseuses. Du sang ! Deux heures qu'il enfonçait ses ongles dans ses paumes pour contenir sa rage et sa peine. L'humiliation ne venait que bien après. Il revécut la scène lors de laquelle il avait arraché Giulia aux mains de Starace. Déjà, l'autre le détestait. Il aurait dû s'en méfier davantage, ne pas sous-estimer sa rancune.

Benito avait-il cru à cette histoire d'Allemand agressé par jalousie ? Sans doute pas mais jouer les dupes l'arrangeait. Et Starace le savait. Ce Dieter Peiler tombait à point nommé pour faire office de déclencheur. « Quand on ne veut plus de son chien, on dit qu'il a la rage », disait le proverbe. Benito ne voulait plus de lui à Rome. À force de se couper de sa vieille garde la plus fidèle, il finirait par se retrouver seul avec des Starace, des Ciano qui allaient tout mettre en œuvre pour concrétiser un rapprochement avec Hitler. Et Arpinati, Grandi, lui et d'autres ne seraient plus là pour s'y opposer.

* * *

Elle n'irait pas aux États-Unis. Le service des passeports et des visas avait mis deux mois pour rejeter sa demande. Aucune raison n'était invoquée dans la lettre. Giulia, qui venait de rentrer, portait encore son manteau. La nouvelle lui fit l'effet d'un coup sur la nuque. Sans se l'avouer, elle s'y attendait. Qu'espérer de bon de ce gouvernement pourri ? Jetant le papier dans son sac, elle ressortit.

Décembre sous la neige, c'était exceptionnel à Rome. Les cristaux glacés étouffaient les bruits. Dans cette atmosphère inhabituelle, les gens parlaient moins fort.

Giulia repartit au pas de charge sous les flocons. C'était trop injuste ! De ce voyage décidé sur une impulsion, elle avait fini par rêver. Il représentait l'issue, la délivrance, une vie sans chemises noires, sans risque de tomber sur un membre de sa famille au détour d'une rue. Entre elle et l'Italie, il y aurait l'océan. Dieter et Nathan l'attendaient pour les fêtes de fin d'année. Ils passeraient Noël à ébaucher ensemble leur nouvelle existence. Et voilà que, par ce papier, le couperet tombait. C'était non ! On ne la laissait pas partir. On ne lui accordait pas le droit du choix et ce, dans une Italie surpeuplée par la politique nataliste du Duce. Inutile d'aller pleurer au guichet du service des visas, il ne faisait qu'exécuter les ordres. Mieux valait s'adresser à qui savait. « Calme-toi ! Calme-toi ! » ne cessait de répéter une voix intérieure tandis qu'elle marchait. « Prudence ! Explique-toi sans agressivité. Par la colère, tu n'obtiendras rien. »

Tous les Romains connaissaient ce bâtiment et formaient le vœu de ne jamais devoir y entrer. Giulia manifestait une telle assurance en poussant la porte que les deux miliciens en faction ne songèrent pas à l'arrêter.

— Pourrais-je parler à Stefano Marchiani, s'il vous plaît ?

La secrétaire au teint blafard leva les yeux pardessus ses lunettes. Rien de beau ni de laid dans ses traits. L'un de ces visages que l'on oublie sitôt croisé. Seuls ses cheveux retenaient l'attention. Ses boucles courtes, d'un blond fade, étaient si impeccablement coiffées qu'elle semblait avoir dormi la tête sur la table de nuit. À moins que ce fût une perruque.

— Même pas *signora* ! remarqua-t-elle sans aménité.

Se rappelant ce que lui soufflait sa petite voix, Giulia grimaça un sourire.

— Pardon *signora.* Puis-je parler au *signore* Marchiani ?

— Repassez demain.

La femme se replongea dans sa paperasse.

— Demain ? Et pourquoi demain ?

— Parce qu'aujourd'hui, c'est trop tard.

— Il me recevra demain ?

— Aucune idée.

— Vous voulez que je revienne sans savoir ?

— Moi, je ne veux rien. C'est vous qui voulez quelque chose !

— Et vous n'en avez rien à faire que ce soit important ?

— Nous ne sommes pas sur le *campo de' Fiori, signorina,* mais dans les locaux de l'OVRA ! Ici, on est poli et on baisse d'un ton !

Giulia plaqua ses deux mains sur le bureau.

— Si je veux crier, je crierai ! Quand il n'épie pas la terre entière, c'est bien ici qu'il rentre, Marchiani ?

Elle se serait battue de se montrer aussi maladroite avec cette *vespa*[1] mais c'était plus fort qu'elle. Pourquoi plaçait-on toujours dans les entrées des ministères et des administrations des repoussoirs, des gorgones qui auraient dégoûté l'homme de se reproduire ?

Derrière la porte vitrée, les miliciens avaient perçu l'attitude agressive de Giulia. D'un regard, la secrétaire leur confirma qu'il était temps d'intervenir. À l'OVRA, les visiteurs se divisaient en deux parties : les délateurs et les excités à tendance violente qui venaient demander en vain des nouvelles d'un proche. La jeune femme faisait visiblement partie de la deuxième catégorie. Le manteau bien taillé, les gants et les chaussures de cuir souple, sans parler du physique de Giulia, modérèrent les gardes.

— Allez, *signorina,* la pria l'un d'eux. Mieux vaut partir !

1. Guêpe.

— Tenez-lui la porte tant que vous y êtes ! explosa la secrétaire.

Avec tout ces fous qui la prenaient quotidiennement pour cible, ses nerfs lâchaient. Des mois qu'elle demandait sa mutation !

Giulia darda sur elle des yeux d'orage.

— Écoutez, tête de *bocconcini,* tout ce que je veux, c'est voir votre chef ? Ça doit être possible, non ?

— J'espère que vous avez une bonne raison pour faire autant de bruit !

Marchiani se dressait devant elle, plus glacial que jamais.

Giulia se retrouva dans une pièce aussi froide et impersonnelle que celui qui l'occupait. Tout y était gris, neutre, sans photo ni affiche pour égayer les murs. Échauffée par la secrétaire, oubliant ses prudentes résolutions, la jeune femme brandit la lettre.

— À qui dois-je encore ça ?

— Pourquoi voulez-vous partir ?

— Pourquoi ? Vous osez me demander pourquoi ? Justifier tout ! toujours ! Mais qu'est-ce que ça peut vous faire que j'aille aux Indes ou en Laponie ! Ne croyez-vous pas qu'ici j'ai eu mon compte ? Ça ferait juste une indésirable de plus !

— Ce n'est pas à moi qu'il faut le dire mais à Achille Starace. C'est lui qui a mis son veto à votre départ.

— Starace ? Pourquoi ?

— Parce qu'il a de la mémoire !

Starace ! En apprenant le limogeage de Balbo, elle avait aussitôt pensé à lui ! Maintenant, il s'attaquait à elle ! En quoi le gênait-elle ? Était-il possible qu'il se vengeât de cet interrogatoire où Italo la lui avait retirée des mains ?

Marchiani se leva, lui signifiant la fin de l'entretien. Giulia ignora la consigne.

— Pour vous c'est terminé ? L'affaire est entendue ?

— Il n'y a pas d'affaire, juste un refus ! Vous ne sortirez pas d'Italie, point ! À présent que vous savez ce qui vous intéresse, je vous demande de sortir ! Vous m'avez fait perdre assez de temps ! Ne remettez plus les pieds ici !

* * *

Fait rarissime à Rome, non seulement la neige ne fondait pas en touchant le sol, mais elle tombait encore plus dru. Un enfant riait en faisant des boules. Un vieil homme grommelait en tentant de déblayer au balai la pellicule blanche devant chez lui. Une dame avec des talons manqua déraper en traversant. Nul ne savait comment s'y prendre avec ce caprice du ciel. Giulia regardait tout cela sans le voir. En sortant de l'OVRA, elle s'était immobilisée quelques pas plus loin, incapable d'avancer. Ils cherchaient à la détruire et ils y arrivaient. Elle n'avait plus d'issue.

— *Signorina*, vous allez geler sur pied si vous restez comme ça ! dit obligeamment un jeune homme.

Elle s'éloigna lentement. Pourquoi cette impression au fond d'elle d'oublier quelque chose ? De ne pas voir qu'il subsistait encore une chance ? Elle était trop perturbée, trop en colère pour réfléchir. « Fouille ! Fouille dans ta mémoire ! » lui soufflait la petite voix. Ce qu'elle cherchait lui apparut d'un coup. 245, via del Velabro ! L'homme au perroquet et aux chats ! Le contact d'Ettore ! « N'hésitez pas à venir me voir en cas de problème », lui avait-il dit. Il pourrait certainement lui fournir de faux papiers. Sachant ce qu'elle avait fait pour les antifascistes, il l'aiderait à passer en France. De là, elle pourrait prendre un bateau pour l'Amérique. Tout n'était pas perdu. Chassant d'un revers de main la neige accumulée sur ses épaules, elle attaqua par le chemin le plus court.

La via del Velabro souffrait d'un manque absolu d'éclairage. Giulia dut combattre sa peur du noir pour s'y enfoncer. Il était tard. Elle ne croisa qu'un chat. « Peut-être l'un des siens », songea-t-elle. En arrivant à la hauteur du 245, quelque chose lui parut insolite. Elle allait frapper quand elle s'écarta et se rencogna sous un porche voisin, le cœur en déroute.

« S'il manque une partie du heurtoir à la porte, avait ajouté l'homme, à la fin, passez votre chemin sans vous arrêter et oubliez à jamais cette adresse. »

Il manquait une partie du heurtoir.

* * *

« Le Duce déclare vouloir régler le problème éthiopien dans un délai de trois ans... À défaut de révision par le Pacte à quatre, c'est Sa Majesté le canon qui parlera... »

Giulia tourna le bouton de son poste radio. Le silence revint. L'Éthiopie ! Le canon ! Vittorio avait échoué avec ses documents. Qu'importait ! Quoi que l'on fît, Mussolini voulait sa guerre !

« 31 décembre 1933 », nota Giulia sur une enveloppe qui traînait. « Le vide. Partir loin, loin... Que fait l'oiseau lorsqu'on lui coupe les ailes ? »

Elle regarda la pendule : 20 heures. Massimo le génial faussaire de Bondini l'avait invitée à partager sa solitude pour cette ultime soirée de l'année. Elle avait refusé. Elle n'irait nulle part, ne verrait personne. Ottavia, Tara, Dieter, Vittorio, Silvio, elle resterait avec eux, ses fantômes. D'une façon ou d'une autre, elle les avait tous perdus. Sans parler de sa famille dont elle avait définitivement fait le deuil.

Assise dans le fauteuil de la cuisine, elle ramena ses genoux contre elle et enroula ses bras autour, pour sentir la chaleur de la longue chemise en flanelle de Manelli. Elle était allée la chercher dans ses affaires. Avec, elle avait moins froid. Sur le buffet, les cartes postales de ses amis prenaient la poussière. Tara lui en avait envoyé une seule de Londres, lui disant qu'elle reviendrait probablement en Italie l'année suivante. Ottavia lui avait écrit de Paris pour la remercier de lui avoir ouvert le chemin de la liberté. Elle se disait apaisée. Son courrier était arrivé deux jours après le refus de visa de Giulia. À défaut d'être libre elle-même, du moins avait-elle aidé la fille de Rosetta à s'échapper.

Les cartes de Dieter avaient été les plus douloureuses à lire. Il y joignait de longues lettres dans lesquelles sa sensibilité affleurait à chaque mot. Tôt ou tard, son amie viendrait. Il s'y était engagé devant Dieu. C'était juste une affaire de temps. Quand la Terre se mettait à trembler, chacun courait s'abriter où il pouvait. Bientôt, en Europe, sous les secousses de Hitler et de Mussolini, plus personne ne s'occuperait de savoir qui fuyait. Et Giulia pourrait prendre le flambant neuf paquebot *Rex* qui faisait l'orgueil du régime fasciste. Comme Dieter le lui avait promis sur son lit d'hôpital, il l'aiderait à payer son billet. D'autres courriers de cette veine avaient suivi. Dans chacun, l'Allemand assurait la jeune femme de son indéfectible amitié.

Le vague à l'âme plus fort que jamais, elle mit les cartes sur la table et déposa à côté six verres à *grappa* qu'elle remplit : cinq pour les absents, un pour elle. Saluant les places vides avec le sien, elle l'avala d'un coup. Un torrent de feu incendia sa gorge, lui arrachant des larmes et une quinte de toux. La brûlure s'apaisa. Elle se sentit mieux. Quand elle les aurait tous bus, elle s'envolerait. Partir d'un coma éthylique, c'était partir quand même. Avec les fêtes, Nello ne s'inquiéterait pas d'elle avant deux jours. Il pleurerait un peu et l'oublierait. Tout serait bien ainsi.

Elle s'apprêtait à vider le troisième verre quand elle entendit la porte d'entrée du bas s'ouvrir. Une fois de plus, elle avait oublié de la fermer à clé et Nello en profitait. Elle tendit l'oreille. Ce n'était point l'habituelle cavalcade. L'homme qui montait les marches se déplaçait lentement. Giulia n'avait pas assez bu pour perdre toute conscience. Mourir oui. Par un exécutant de ce pourri de Starace, non. Elle fonça dans sa chambre. Le *manganello* que Manelli lui avait offert, un jour, par dérision était toujours près de l'armoire.

En revenant, son équilibre n'était pas des meilleurs. À peine fut-elle postée près de la porte que le loquet tourna. Elle vit avec horreur le battant s'ouvrir. Celui-là aussi elle avait oublié de le verrouiller. Glacée, elle attendit jambes écartées, son gourdin levé derrière la tête.

— Giulia ?

Devant la jeune femme en chemise de nuit d'homme, trop grande, qui brandissait son arme avec des yeux hallucinés, Balbo resta stupéfait. Costume sombre, chemise à col cassé, il était d'une extrême élégance.

Giulia laissa retomber son bras. Il restait là à la manger des yeux. Et elle, se sentait terriblement ridicule.

— Il faut que je te parle. Puis-je entrer ?

Il quémandait ! Lui, le fier Balbo !

Elle laissa la porte ouverte et alla s'adosser au buffet. Elle n'avait plus de jambes. Devant les verres sur la table, il marqua un temps.

— Tu attendais des amis ?

— Non. Je trinquais avec des fantômes.

Il avisa les cartes en provenance de l'étranger et comprit.

— Parmi eux, il y a cet Allemand ?

— Celui que tes amis ont massacré ? Oui.

— Ce ne sont pas mes amis. Tu l'aimes ?

Il attendait. Sous ce regard qui la fouillait, elle se sentait de plus en plus mal.

— Qu'est-ce que ça peut te faire ? Oui, je l'aime ! Comme un frère ! Dieter est homosexuel ! Un vice qui vaut quelques années de *confino*, non ? Lui, il a déjà payé ! Il a eu droit aux persécutions nazies et aux coups de la part des fascistes !

Elle se tut pour ne pas s'emporter davantage et le laissa parler. Il n'en avait plus envie. Même dans cette chemise d'homme, elle était femme jusqu'au bout des ongles. Et si belle !

— Dans deux heures, je dois me rendre à un dîner d'adieu, fit-il d'une voix enrouée. Je... je pars demain pour Tripoli. Je ne pouvais pas quitter Rome sans te revoir.

Comment se retrouvèrent-ils dans les bras l'un de l'autre ? Il la serra à l'étouffer. Ses mains parcouraient le dos de Giulia. Il murmurait des mots incohérents, l'étreignait encore. Pourquoi avoir perdu tout ce temps ! Maintenant que l'échéance était là, il ne supportait plus l'idée de s'éloigner d'elle. Il s'était enfui pour elle, à deux heures d'une réception grandiose en son honneur, sous prétexte de régler une dernière affaire. Elle sentait l'alcool. L'excès en tout. Toujours. Rien que pour cela, il en était fou. Quand il voulut la soulever de terre pour la porter dans la chambre, elle se raidit et le repoussa.

— Pas ça !

Ça ! C'était Silvio qui l'avait fait comme un époux le soir des noces ! Elle ne l'accepterait d'aucun autre !

— Pardon !

Il ne savait pas de quoi il s'excusait mais il le faisait, pour elle, parce qu'elle était à vif ; parce qu'il avait peur qu'elle le rejette sous le coup d'une émotion quelconque. Contre des fantômes, il ignorait comment lutter.

La *grappa* aidant, Giulia n'était plus à même de résister. Italo la dénuda, arracha ses propres vêtements. Elle se laissa faire. Cet homme était sa fièvre, sa maladie honteuse. Tout ce qu'elle savait sur lui, sur les horreurs qu'il avait commises, ne servait à rien.

Elle recherchait sa bouche, ses mains. Pire qu'une putain ! Celle-ci avait au moins l'excuse de l'argent...

Quand le corps massif de Balbo écrasa le sien, Giulia émit une longue plainte. Leurs sexes se joignirent. Les amants entrèrent en fusion. Les instants qui suivirent firent voler en éclats des mois de résolutions. Lutter n'avait servi à rien. Lorsque la jouissance les emporta, ils s'arc-boutèrent en criant et restèrent ainsi, pétrifiés comme ces gens pris dans la lave à Pompéi pour l'éternité.

Des brûlures sur le torse ramenèrent Balbo sur terre. Les ongles de Giulia l'avaient lacéré. Il garderait ainsi sur sa peau des traces d'elle quelque temps. Son épouse ne les verrait pas. Dès son arrivée en Libye, il entamerait, sans elle, une tournée du pays qui prendrait plusieurs semaines. Cela le rappela au présent. Il regarda sa montre : 22 h 30. Sa femme devait être dans tous ses états. Il voulut se redresser mais en fut incapable. Se lever et partir signifiait la quitter. Et il ne pouvait s'y résoudre. Comprenant ce qui se passait, elle le fit pour lui.

— À présent que tu as eu ce que tu voulais, va-t'en et bon voyage, *governatore* !

L'âpreté du ton le cingla. Il se releva et sans mot dire se rhabilla tandis qu'elle restait allongée et absente.

Sur le seuil, il s'arrêta et attendit. Elle ne pouvait le laisser partir sans l'embrasser une dernière fois ! Rien ne vint. Une fureur douloureuse le prit. Il ne se rabaisserait pas davantage.

La porte claqua. Elle sursauta et rabattit le drap sur son visage. Elle ne savait pas ce qui lui faisait le plus mal.

* * *

— Y'a plus personne dans cette putain de ville ?

Giulia sursauta, arrachée brutalement au sommeil. Qui criait ainsi ? Était-ce un cauchemar ?

— Quelqu'un, je vous en supplie ! À l'aide !

Elle ne rêvait pas. Dehors, un homme appelait. Renfilant rapidement la chemise de Manelli, elle entrebâilla la fenêtre. Une ombre s'agitait au milieu de la rue, en proie à la panique. En entendant ouvrir, elle pivota sur elle-même.

— *Signora,* je vous en prie ! Ma femme a les douleurs, elle va accoucher ! Les petits, ils s'affolent et ils pleurent ! Venez, je vous en supplie ! Il faut que quelqu'un reste avec eux pendant que je cherche un docteur ! Ils sont tous partis faire la fête ! Si Dieu, il m'aide pas, ma femme, elle va mourir !

— J'arrive !

Giulia attrapa son manteau et descendit le rejoindre.

Un instant plus tard, ils parvinrent dans un minuscule appartement, très propre et très modeste. Dès le seuil, les gémissements de la femme donnèrent à Giulia des sueurs froides. Elle n'avait jamais assisté une femme sur le point de mettre un enfant au monde et la fausse couche d'Ottavia lui laissait un horrible souvenir.

— Michela *mia,* cette jeune fille, elle va rester avec toi et les *bambini* pendant que je trouve le docteur, d'accord ?

Michela ! Comme l'amie de Silvio. Elles n'avaient que cela en commun. La malheureuse qui se tordait sur son lit devant deux garçonnets apeurés d'environ trois, quatre ans, était une petite femme brune et frisée, aux membres courts.

Sans âge. Sur son corps menu, le ventre paraissait énorme. Comment parviendrait-elle à accoucher sans encombre ?

— *Per favore, signorina*[1], restez avec eux. Je n'en ai pas pour longtemps.

Avant qu'elle ait réagi, l'homme était parti. Elle se retrouva seule avec la femme qui se plaignait de plus en plus.

— Je... je vais chercher de l'eau.

La femme secoua la tête et désigna les deux enfants.

— Occupez-vous d'eux... Ah ! *Madonna* celui-là, il me tue !

— Non *mamma* ! non !

Voyant son aîné se mettre à pleurer, le plus jeune embraya. Giulia tenta d'éloigner les petits qui s'accrochaient à l'édredon en sanglotant. En vain.

— *Dio mio*, il descend ! Il arriiiive !

— Non ! Non ! Serrez les cuisses ! Attendez le médecin ! Il va venir !

Mais la femme secouait la tête de plus en plus vite en agrippant les barreaux de son lit. Elle se mit à crier. Les enfants que Giulia tentait de calmer contre elle devinrent incontrôlables. Leur voix grimpa dans les aigus et gagna en décibels.

— Ça suffit !

Son hurlement les fit taire d'un coup. Les oreilles vrillées, elle les entraîna dans la cuisinc où rcstaient les reliefs du repas. Les douleurs avaient dû survenir à la fin du dîner.

1. S'il vous plaît, mademoiselle.

— Ne bougez pas d'ici ! Moi, je m'occupe de votre maman !

Ils se turent, soudain craintifs. Par chance, quelqu'un avait songé à mettre de l'eau à bouillir. Avec un torchon, Giulia empoigna la marmite et fonça dans la chambre. La future mère avait maintenant les yeux exorbités. Que faire ? La nettoyer ? Avec cette eau brûlante ? Impossible.

— Il vient... Il vient !

— Ça va aller. Ça va...

Giulia souleva la chemise de la femme et resta horrifiée. On voyait la tête. Il venait pour de bon ! Jamais elle n'avait tant désiré être ailleurs ! Pourquoi avait-elle ouvert sa fenêtre ? Après un début de suicide à l'alcool, après les bras de Balbo, elle se retrouvait en chemise de flanelle devant une femme coupée en deux par les douleurs sur le point d'accoucher.

Sans plus réfléchir, elle se lava les mains en hâte et respira un grand coup. À présent, la tête entière du bébé sortait. Les épaules, il fallait que les épaules sortent pour qu'elle puisse le saisir.

— Poussez ! Poussez ! Ça y est presque !

— Aaaahhh !

— Encore !

— Aaaaaahhhhhh !

— Je l'ai ! Je l'ai ! C'est un garçon ! s'écria Giulia en tenant le paquet vagissant et sanguinolant.

La femme retomba, épuisée. Le mari surgit avec le médecin.

— *Madonna !* C'est fait !

— Un beau garçon, renchérit le docteur en coupant le cordon. Bravo, *signorina* !

— Merci beaucoup ! fit le père en secouant la main de Giulia.

— Comment allez-vous l'appeler ? s'enquit-elle.

L'homme bomba le torse.

— Italo.

7.

FACE AUX NAZIS

— Voici Carlo Cerruti, le meilleur analyste du cabinet Jung[1] et le plus averti en matière de spéculation. D'ici deux heures, vous me remercierez de vous l'avoir présenté. Mais où est mon filleul ?

Valeria se leva et partit chercher le petit Giancarlo. Recevoir Achille Starace, c'était recevoir Dieu. Pour l'occasion, elle invitait chaque fois ses parents, son oncle et sa tante. Ni son époux ni elle ne connaissaient ce Carlo Cerruti qu'il avait tenu à amener avec lui. Mais refusait-on quelque chose au secrétaire général du PNF ?

1. Guido Jung : banquier et ministre des Finances de 1932 à 1935.

Tous les amis du couple savaient déjà que ce dernier dînait chez eux ce soir-là. Valeria se ferait ensuite un plaisir de satisfaire leur curiosité, gardant juste une part de mystère pour susciter leur envie. De même, elle racontait à qui voulait l'entendre ses récentes retrouvailles avec Claretta Petacci. L'ancienne camarade connue chez les *Balillà* ne se contentait plus de rêver devant les photos du Duce et de lui envoyer des lettres enflammées. Bien que mariée, elle était devenue sa « tendre amie de cœur ». De telles relations méritaient des égards. Claretta et son conciliant époux venaient régulièrement à la maison. Ainsi, Valeria pouvait s'enorgueillir de compter à sa table des hôtes de marque. La situation de Marcello à la banque s'en ressentait. Grâce à Starace et à ses affidés, il grimpait dans la hiérarchie et se rapprochait de la direction.

Durant une bonne partie du repas, Cerruti laissa Starace monopoliser l'attention. Dans ce genre d'affaires, toute précipitation risquait de paraître suspecte. Aussi prenait-il le temps d'étudier chaque membre de la famille. Achille lui avait rapporté leur histoire mais rien ne remplaçait sa propre opinion. Très vite, il capta la sottise de Marta, la tante, et l'opportunisme sans détour de l'oncle Costanzo. « Cassés par l'assassinat de leur fils unique », conclut-il. Mais tandis que sa femme dodelinait de la tête d'un air absent, Costanzo restait attentif aux propos du numéro un du Parti.

Plus complexes lui parurent les parents de Valeria. Impossible de cerner ce notaire aux traits inexpressifs, de savoir ce qu'il pensait des fanfaronnades de Starace. Quant à son épouse, elle était froide et lisse comme un marbre antique. Ni joie ni peine ne devaient avoir prise sur eux. Que trouvaient-ils à se dire devant le potage du soir ? Celui qu'il fallait absolument persuader semblait le moins évident de tous. Cerruti le cernait bien. Marcello était un faible, un froussard qui tenait à son image d'homme respectable, de banquier chez lequel on dépose en confiance son argent. Pour le convaincre de prendre des risques, Carlo devrait déployer tout son art et se gagner des alliés dans la famille.

Après une observation poussée des uns et des autres, il en vit deux : Costanzo et Valeria. Le premier, petit et gros, le geste vif, gardait l'allure d'un fonceur en dépit de son deuil. Il pousserait dans le sens de l'affaire s'il la jugeait lucrative. La seconde était le type même de l'épouse qui ne se souvient plus quand elle a frémi au lit pour la dernière fois. Grasse, serrée dans un tailleur strict, la jeune matrone ne jouissait plus que de sa position sociale. Carlo décida de commencer par elle.

Valeria reprenait de la viande dans le plat que lui tendait la servante quand elle croisa le regard du *signore* Cerruti. Elle s'inquiéta : lui manquait-il quelque chose ? L'avait-on resservi ? Se trouvait-il incommodé ? Mais non. Il détourna la tête et sourit au discours d'un Starace qui se voulait truculent et ne parlait qu'à la première personne.

Quand cela se reproduisit, elle fut persuadée qu'elle s'était maculée de sauce. Discrètement, elle inspecta son corsage blanc et ne vit rien. Si elle en avait autour de la bouche, elle mourrait de honte. Malgré l'auguste présence de Starace, elle n'avait pu s'empêcher de s'empiffrer avec une précipitation non dénuée de risques. D'un air dégagé, elle s'essuya les lèvres. À part le rouge, aucune trace. Du coin de l'œil, elle se mit à observer l'invité et le jugea bel homme avec ses fines moustaches et ses cheveux noirs ramenés en arrière. Son regard brun lui parut rêveur. « Un romantique », pensa-t-elle, quelque peu chamboulée.

Au manège des yeux s'ajouta bientôt celui des lèvres. Un sourire à peine esquissé qui lui disait à elle, Valeria, qu'elle était encore désirable. Son trouble tourna à l'émoi et elle eut toutes les peines du monde à diriger le service. Nul ne s'en aperçut. Dans la famille, hormis Giulia qui n'avait jamais su se comporter décemment en société, les femmes restaient à leur place en présence des hommes et donc silencieuses, surtout quand on abordait des sujets politiques comme cela devenait le cas.

— Ce dont nous comptons vous parler ce soir, attaqua Starace, n'est un secret pour personne : un conflit se prépare contre l'Éthiopie. Dans ce but, le Duce élabore un mémorandum avec les ministères de la Défense, des Affaires étrangères et des Finances à l'intention des militaires. Dans un an, deux tout au plus, cette guerre aura lieu. Cerruti, je te laisse expliquer la suite. Moi, je dois partir. Il est évident que c'est par amitié pour toi, Marcello, que j'ai invité notre ami à te parler de ce qui va suivre. Je vois là une affaire dont tu récolteras les lauriers. J'attends de votre part une discrétion absolue sur ce qu'il va vous dire.

Le couple et l'oncle Costanzo opinèrent. Tante Marta continua à dodeliner du chef. Pietro et Chiara restèrent immobiles.

— Cette guerre nécessitera, enchaîna Cerruti dès qu'on eût reconduit Starace, des cargos pour le transport des troupes, du matériel et du carburant. Navires qu'il faudra louer à des compagnies privées. En raison de ce qui s'annonce, celles-ci chercheront, sous peu, à augmenter la capacité de leur flotte.

Il laissa passer une minute pour que les esprits s'imprègnent de ses propos et poursuivit sans s'attarder, pour ne pas lasser son auditoire :

— Étant de mère grecque, je me rends souvent à Athènes où il me reste de la famille. Un vieil armateur de mes amis désire se débarrasser de son affaire. Malade, richissime, sans descendance et grand admirateur du Duce, il privilégiera un acheteur italien et ne cherchera point le bénéfice. Ses bateaux, il les vendra aux fascistes à prix coûtant. Il m'a chargé de lui trouver un acquéreur qui ne lui pose aucun problème. Et j'ai aussitôt songé à une banque. Les navires sont en bon état. C'est un placement sans risque, Marcello, et qui rapportera beaucoup. Que cette vente vienne à se savoir et les compagnies se jetteront dessus. Voici pourquoi la discrétion et la rapidité s'imposent.

La réaction vint d'où nul ne l'attendait :

— Un mémorandum traduit une intention, non une action, fit le père de Giulia et de Valeria, glacial. Aujourd'hui, le seul souci de Mussolini est d'éviter de voir Hitler annexer l'Autriche. Pour preuve, le protocole de Rome signé en mars avec ce pays et la Hongrie, leur garantissant la protection de l'Italie.

— Vous avez raison d'évoquer les inquiétudes du Duce, *signore*, répartit calmement l'interpellé qui sentait se confirmer ses craintes à propos du notaire.

Mais permettez-moi de vous reprendre quant au peu de valeur que vous accordez à ce mémorandum. La cabinet Jung est suffisamment proche du pouvoir pour savoir que l'action se prépare. Les fonds qu'on nous demande de débloquer en ce moment pour l'armement le démontrent.

— Qui vous prouve qu'ils ne sont pas destinés à nous prémunir contre Hitler ! explosa le notaire. Vous nous parlez de spéculer sur l'Éthiopie alors que toute l'Europe a les yeux rivés sur la frontière du Brenner ! Savez-vous ce qui se passera si les nazis autrichiens assassinent Dollfuss ?

Autour de la table, ce fut la stupeur et le silence. L'éclat de Pietro, d'ordinaire si mesuré, les prenait de court. Mortifiée, Valeria se fit violence pour ne pas intervenir. Seule la peur de paraître incongrue l'en empêcha. Elle chercha de l'aide du côté de Marcello. Il se contenta de vider lentement son verre. Une fois de plus, il ne bougeait pas ! Le lâche ! Elle ne le supportait plus. Même l'oncle Costanzo se taisait.

Cerruti hésita à aller plus loin. Ce vieil excité sabotait tout avec son analyse. Restait l'argument imparable.

— Hitler et Mussolini doivent se rencontrer pour la première fois, mi-juin, aux environs de Venise. Tout laisse supposer que la tension entre eux tournera à l'entente cordiale.

— Entente cordiale ! Vous comptez nous réciter la presse de propagande ? Hitler a sollicité cette rencontre pour parler de la répression que Dollfuss inflige aux nazis autrichiens, voilà la vérité ! Le Duce le sait et s'y rend en traînant les pieds ! Il n'a aucune envie de débattre avec ce fou qui parle de race pure et fait la chasse aux Juifs !

Cette fois, le notaire avait crié. Il rabattit sa serviette sur la table et se leva.

— Merci, mes enfants, pour ce repas mais j'en ai assez entendu pour ce soir !

— Restez, *signore*, je vous en prie, c'est à moi de partir. Désolé d'avoir gâché votre dîner. Ce n'était point le but.

Consternés, Marcello et Valeria raccompagnèrent Cerruti. En serrant la main du premier, le financier lui glissa sa carte de visite.

— N'hésitez pas à me contacter si vous changez d'avis, lui glissa-t-il. Mais faites vite.

L'élégant baise main qu'il fit, ensuite, à Valeria, arracha un frisson à la jeune femme.

Lorsqu'ils retournèrent dans la salle, Costanzo entreprit son beau-frère.

— Je ne comprends pas ta réaction, Pietro. Tu tiens presque des propos antifascistes ! Si cette affaire est rentable, elle peut propulser Marcello à la direction de la banque !

Le notaire se passa une main sur le front pour retrouver son calme. Il lui prenait des sueurs froides. Son cœur s'emballait.

— Antifasciste, je le deviens avec ce que j'entends ! Tu ne comprends pas ? Eh bien, je vais t'expliquer ! Les Cerruti, je les connais pour m'être occupé de la liquidation des biens de leurs victimes ! Beaucoup de brillants universitaires, dans la famille ! Mais qui traînent des casseroles financières pour avoir monté des « coups juteux et sans risque » ! Sais-tu combien de personnes ils ont embarquées dans leurs histoires et acculées à la faillite ? Si le secret professionnel ne me l'interdisait, je te citerais quelques noms ! En aucun cas il ne faut suivre cet individu !

— Mais père ! s'en mêla Valeria n'y tenant plus, il y a quand même la caution d'Achille ! Nul n'oserait impliquer un ami du secrétaire du PNF et sa banque dans une aventure douteuse !

Cette remarque acheva de mettre le notaire en fureur.

— Starace ! Tu parles d'une caution ! Il n'y a que toi, ma fille, pour ne pas voir ce que vaut ton Star...

Il s'arrêta, la bouche ouverte, une main crispée sur sa poitrine et s'écroula sous les yeux horrifiés des siens.

Quand le médecin arriva, il n'avait pas repris connaissance.

— Qu'est-ce que vous attendez pour appeler une ambulance ! jeta le praticien en commençant un massage cardiaque ! Vous ne voyez pas qu'il a fait une attaque ?

Pendant que Marcello se précipitait vers le téléphone, Chiara demanda d'une voix mal assurée :

— Croyez-vous, docteur, qu'il va vivre ?

L'homme ne répondit pas. L'ambulance arrivait. Tandis qu'on emportait Pietro, Rosetta saisit Chiara par le bras.

— Que fait-on pour Giulia, *signora* ? Dois-je la prévenir ?

— Hors de question que la putain de Balbo débarque à l'hôpital, tu as compris ? lâcha Valeria d'une voix terrible.

— *Signora* ? insista Rosetta à l'adresse de sa maîtresse.

Chiara baissa la tête et garda le silence.

* * *

Giulia ouvrit la fenêtre pour mieux entendre les oiseaux dans le jardin de Bondini. L'air embaumait le lilas. Elle cligna des yeux. Mai se terminait sous un soleil presque estival. Il faisait meilleur dehors qu'à l'intérieur. Elle retourna sans enthousiasme à son travail. Il fallait continuer à vivre. Elle évitait juste de penser, de réfléchir, d'ouvrir une revue dans laquelle elle risquait de tomber sur une photo de Balbo en Libye. De lui, elle n'avait aucunes nouvelles. C'était bien ainsi. Elle avait suffisamment souillé le souvenir de Silvio avec cette histoire.

Bondini lui avait donné à traduire plusieurs lettres destinées à des acquéreurs allemands. Dans celle qu'elle rédigeait, il évoquait une affaire « exceptionnelle » : une statuette en bois recouverte d'or datant du XVIIIe siècle qu'il venait d'acheter aux héritiers d'une vieille comtesse napolitaine.

Giulia achevait son courrier quand Bondini déboula dans la pièce. Il semblait d'excellente humeur.

— Il y a de fortes chances pour que les 14 et 15 juin, vous soyez bigrement occupée ! Si tout va bien, vous m'accompagnez à Venise !

— À Venise ? Mais c'est la date de...

— La rencontre du Duce avec Hitler, je sais ! C'est même pour cela qu'on risque de s'y rendre ! Pour Göring !

— Göring ! Le bras droit du « dieu » nazi ?

— Lui-même. Dans sa dernière lettre, vous l'avez lue, il me demandait de lui trouver un triptyque Renaissance. C'est fait : école florentine du XVe siècle. L'affaire de ma vie ! Vous allez m'être très précieuse, Giulia ! Si ça marche, il y aura un bel intéressement pour vous ! On va commencer par téléphoner...

— Attendez, *signore*, tant pis si je perds ma place mais je refuse de m'adresser directement à un responsable nazi !

— Et pour le berner, vous accepteriez ? Jamais Massimo n'a accompli un travail pareil ! J'ai touché sa bosse en le voyant !

Le soleil était encore haut quand elle quitta la villa du marchand d'art. Son garde-manger étant vide, elle décida de faire quelques courses avant de rentrer. Elle arrivait à hauteur de l'hôpital quand elle aperçut Rosetta qui se hâtait vers l'entrée, chargée d'un panier. En quelques enjambées, elle la rattrapa.

— Rosetta ! Qui est malade ?

Non seulement la cuisinière ne lui sauta pas au cou comme elle l'eût fait d'ordinaire, mais elle évita son regard.

— Personne que tu connaisses ! fit-elle, embarrassée. J'allais juste voir une amie.

— Tu mens mal, Rosetta ! Qui est là ?

La femme baissa la tête.

— Ton père. Une attaque, il y a une semaine. Ils m'ont interdit de te prévenir.

Giulia encaissa la nouvelle sans ciller.

— Ils ou elles ? Oh, après tout, ça m'est égal ! Mon père ? Comment va-t-il ?

— Pas très bien, Giulia.

— Donne-moi le numéro de sa chambre.

— Je t'en prie, n'y va pas ! Ils ne veulent pas que...

— Je te demande le numéro de sa chambre. Si tu refuses de me l'indiquer, je le demanderai à l'accueil.

À la torture, la cuisinière se tordait les mains dans tous les sens. Elle détestait de plus en plus Valeria et sa méchanceté.

— La 38, au premier étage. Je t'en prie, ne leur dis pas que tu m'as vue. Je... je reviendrai plus tard. Je t'aime, ma *bambola*[1].

— Ne t'inquiète pas. Moi aussi, je t'aime, Rosetta, dit Giulia, l'étreignant avec émotion.

Dès que la lourde silhouette s'éloigna, elle pivota et s'engouffra dans l'hôpital. Depuis qu'elle avait rompu avec sa famille, elle savait qu'un jour pareil viendrait. Là, elle y était et l'épreuve s'avérait terrible. Devant la porte, elle manqua faire demi-tour et s'enfuir.

À cet instant, le battant s'ouvrit sur une infirmière qui sortait avec un plateau de médicaments. Devant la jeune femme, elle sourit et s'effaça pour la laisser entrer. Giulia ne pouvait plus reculer. Elle ne le voulait plus. Du seuil, elle voyait son père allongé. Son père ! Ce gisant au teint cadavérique, méconnaissable.

— Sors d'ici ou j'appelle !

Elle l'entendit avant de la voir. Un jet d'acide. Assise sur une chaise, dans un coin, Valeria la fixait avec une haine incroyable. Près d'elle se tenait leur mère qui s'était dressée en voyant sa fille aînée.

1. Poupée.

Giulia les ignora et s'avança vers le lit. Pietro tourna les yeux vers elle. Un rictus déformait sa bouche.

« Hémiplégique ! » réalisa-t-elle, glacée.

Une larme glissa des paupières du notaire. Giulia se précipita à son chevet et lui prit la main. Il lui sembla ressentir une légère crispation des doigts.

— Tu veux qu'il refasse une attaque ! siffla Valeria. Pour la dernière fois, sors d'ici ou je fais appeler pour qu'on te chasse !

Giulia lâcha son père et se tourna vers sa cadette. Bouffie, engoncée dans une robe brune, avec ses boucles artificielles, elle paraissait vingt ans de plus. Ses yeux bleus étaient si mauvais qu'elle en devenait laide.

— Ma pauvre fille ! fit Giulia, consternée par la virulence de l'assaut. Tu t'empoisonnes seule !

— C'est toi qui nous empoisonne par ta présence ! Une putain n'a rien à faire dans cette chambre !

— Une putain ?

— Tu veux qu'on parle de Balbo ?

Starace ! Bien sûr ! Encore lui !

— Toi aussi, tu as de belles fréquentations, ma sœur ! Elles te rapportent, au moins ?

— Mère, si tu ne la fais pas sortir, c'est moi qui pars.

Chiara regarda Giulia. À aucun moment, elle n'avait perdu sa raideur.

— Il vaut mieux que tu partes. Fais-le pour lui.

Giulia l'ignora et se tourna vers son père. D'autres larmes s'échappaient de ses yeux. Se mordant les lèvres pour ne pas pleurer à son tour, elle lui reprit la main et la serra une dernière fois. Elle savait qu'elle ne le reverrait plus.

* * *

Venise, 15 juin 1934

— Vous ne savez pas ! Vous ne savez pas ! Vous avez intérêt à les retrouver immédiatement ou je fais un scandale !

Giulia, qui achevait de se coiffer, resta le bras en l'air. Pourquoi Bondini criait-il dans le hall de l'étage ? Elle reposa sa brosse et sortit. Elle le trouva, gesticulant devant une femme de chambre qui secouait la tête en signe d'impuissance.

— Je vous dis que ce n'est pas moi qui m'occupe de ça, *signore.*

— Qui, alors ? Qui ? Vous êtes la troisième personne à qui je pose la question ! C'est bien la peine d'avoir un bataillon de personnel si nul ne peut me renseigner ! Qu'est-ce que je dois faire ? Mettre un cierge à la Madone ? Prévenez tout de suite le directeur avant que je me fâche pour de bon !

La malheureuse s'éloigna avec soulagement.

Giulia s'approcha. Le marchand d'art lui parut plus petit que d'ordinaire. Dès qu'il la vit, il la prit à témoin.

— Il faut venir dans un hôtel de luxe pour se faire voler ses chaussures ! Un comble ! Mais pourquoi cela m'arrive-t-il un jour pareil ?

— Vos chaussures ? Volées ? Où ?

— Quelle question !

D'un geste ample, il désigna l'enfilade de souliers à cirer déposés la veille devant les chambres par les clients.

— J'avais laissé deux paires ! Voyez ce que j'ai à la place !

Leur propriétaire devait faire trois pointures de plus que Bondini et manifestait un goût prononcé pour les semelles plates. Elle comprit alors ce qui l'avait choquée. En pantoufles, sans ses talonnettes, le marchand d'art avait perdu au moins cinq centimètres. Du coup, le bas de son pantalon traînait par terre.

Alerté par les cris du Romain, un voisin sortit de sa chambre, l'air hagard.

— Ça vous ferait rien, *signore*, de faire moins de bruit ?

— Ce sont les vôtres ? l'interpella Bondini en brandissant les chaussures mises à la place des siennes.

— Non. Les miennes sont... mais qui m'a mis ça ? Où sont les miennes ? *Un'scherzo*[1] ?

Quelques minutes plus tard, le directeur de l'hôtel manquait se faire lyncher par tout l'étage. Il leva la main pour obtenir le silence.

— Permettez, *signori* ! Il s'agit certainement d'une mauvaise plaisanterie ! En attendant de trouver le coupable, nous allons rassembler les chaussures dans la lingerie au fond du hall et chacun pourra venir récupérer les siennes d'ici une heure. Pour nous faire pardonner, *signore*, *signori*, le petit déjeuner vous est offert. En cas de perte, vous serez, bien entendu, dédommagés.

— Je n'y crois pas ! grinça Bondini. Dans deux heures, nous devons être au Lido ! Je vais rater l'affaire de ma vie parce qu'un abruti insomniaque a joué au con avec mes souliers ! Il y a cent trente

1. Une plaisanterie ?

chambres, ici ! Imaginez qu'il ait fait ça à tous les étages ?

— C'est, hélas, le cas ! avoua le directeur en s'essuyant le front avec un mouchoir. Nous avons le même problème au premier et au troisième. Sans doute la vengeance d'un cuisinier renvoyé hier.

— Pardonnez-moi mais je me fous de vos problèmes d'intendance, *direttore* ! Dans cent vingt minutes, je dois rencontrer le bras droit de Hitler au Lido, vous comprenez ça ?

L'homme cessa de s'éponger et le regarda.

— Venez avec moi.

L'étalage de chaussures, qui ne cessait de grossir, atteignait la porte de la lingerie. Bondini manqua avoir un coup de sang.

— Calmez-vous, *signore*, le tempéra Giulia. Il n'y en a pas pour longtemps.

En effet. Il ne fallut à Bondini que trois minutes pour se rendre compte que ses chaussures en chevreau confectionnées sur mesure n'étaient pas du nombre. Impossible de perdre plus de temps.

— Si vous ne faites pas quelque chose sur-le-champ, explosa-t-il, je fais fermer votre établissement !

Le directeur s'essuya une nouvelle fois le visage. Vu la rencontre qui l'attendait, son client devait être un personnage important. Il fallait vite trouver une solution.

— Il est trop tôt pour que les chausseurs aient ouvert. Voilà ce que nous allons faire. Choisissez dans le lot quelque chose à votre taille et à votre convenance que vous me rendrez ce soir. D'ici là, j'aurai moi-même acheté deux paires à votre goût.

La pointure de Bondini s'avérait si petite qu'une seule convenait : vernies et bicolores, jaunes à bout noir.

— Dites-moi, *direttore*, elles appartiennent à un clown ?

* * *

Göring faisait savoir qu'il ne pouvait honorer son rendez-vous. Il le reportait à 15 heures, au même endroit. C'était pourtant lui qui avait tenu à avancer la rencontre, prévue au départ pour le soir.

En apprenant que sa hâte avait été inutile, l'humeur de Bondini ne s'améliora pas. Il aurait eu largement le temps de se chausser décemment. Son encombrant triptyque sous le bras, il regarda la plage avec accablement. Pour atteindre le Lido, il avait dû sortir huit fois le laissez-passer du ministre nazi, tant la sécurité s'avérait grande autour des dictateurs. Des unités entières de la Milice quadrillaient l'île. Sur environ deux cents mètres, il dénombra cinq tireurs d'élite embusqués. Que se passerait-il si, à proximité de l'hôtel où déjeunaient Hitler et Mussolini, il portait brusquement la main à la poche intérieure de son veston ?

Giulia, elle, n'avait rien remarqué. Elle avait beau vouloir éviter de regarder les chaussures du marchand d'art, c'était plus fort qu'elle. Dire qu'elles juraient avec l'élégant costume en lin écru tenait de l'euphémisme. Heureusement que le pantalon devenu trop long sans les talonnettes les dissimulait quelque peu.

Ils durent attendre 16 heures pour pouvoir pénétrer dans la place après avoir subi une fouille minutieuse. Chemises brunes et chemises noires gardaient toutes les issues du hall et surveillaient le comportement de chacun. Un frisson désagréable parcourut Giulia. Pour l'occasion, le palace avait été réquisitionné. Tous les fauteuils du salon étaient occupés par les membres des deux délégations. Celles-ci ne se mélangeaient pas et parlaient à voix basse autour de digestifs. Point de Hermann Göring en vue.

Par le biais de Giulia, Bondini s'adressa à un garde SS qui lui-même demanda à un autre. On les pria d'attendre. Ils n'étaient plus à cela près. Enfin, au bout d'un quart d'heure, on les invita à entrer dans la salle à manger. Les hommes qui s'y trouvaient leur tournaient le dos et suivaient, par les baies vitrées, l'entretien de Hitler et de Mussolini sur la terrasse. Leur tension était manifeste. Parmi eux, Giulia nota la présence de Ciano, le gendre du Duce, et sursauta en voyant Starace non loin de lui. Ce dernier ne la vit pas. Comme les autres, il gardait les yeux rivés sur les deux dictateurs. Ceux-ci étaient seuls, sans interprète. En quelle langue s'exprimaient-ils ?

Giulia en oublia la raison de sa présence. Face à Mussolini en tenue d'apparat, toutes médailles dehors, était assis un petit homme brun, à moustaches, en redingote sombre et pantalon rayé, insignifiant, presque intimidé. Hitler ? Comment croire que ces deux individus faisaient trembler les plus grandes puissances ?

Un SS parla à l'oreille de Göring. Celui-ci se détourna et vint rejoindre les arrivants. Il paraissait soucieux. Le regard clair effleura Giulia avant de s'arrêter sur Bondini qui lui arrivait à hauteur d'épaule et devait faire la moitié de son poids. En voyant les chaussures, il fronça les sourcils mais garda sa raideur d'officier.

— Je n'ai que peu de temps, dit-il, les entraînant dans un renfoncement d'où il pouvait tout voir sans être vu.

Giulia traduisit. Bondini se hâta de sortir le triptyque et d'ouvrir les panneaux. Les yeux glacés s'animèrent.

— L'époque ? De qui ? Combien ?

Le marchand d'art fit un historique rapide de « l'œuvre ». Mieux valait dans ces cas-là en dire le minimum.

Soudain, sur la terrasse, les deux protagonistes s'animèrent et Göring fit signe à Bondini de se taire pour écouter.

Giulia remarqua alors que la baie vitrée n'étaient pas fermée jusqu'en haut. Dans le feu du discours, Hitler avait perdu sa réserve face à son idole. D'un débit précipité et agressif dont il ne semblait pas maître, il se mit à parler de l'Autriche. Il affirmait ne pas vouloir l'annexer « dans l'immédiat » mais exigeait la démission du chancelier Dollfuss, son remplacement par un politicien « indépendant », de nouvelles élections et une représentation des nazis dans le futur gouvernement. Dans son élan, il attaqua sur la supériorité des races nordiques et évoqua les origines « négroïdes » des peuples méditerranéens. Sa voix tournait à l'aigu.

« Ce type est complètement fou ! » songea Mussolini, atterré et furieux.

Il voulut répondre. Mais son allemand approximatif ne lui permettait pas d'opposer les bons arguments. Il manquait de vocabulaire. Tandis qu'il cherchait ses mots et sa syntaxe, Hitler en profita pour reprendre la parole et avancer ses théories développées dans *Mein Kampf*[1].

Mussolini ne désirait plus qu'une chose : qu'il se taise. Il éleva la voix mais s'embrouilla dans son allemand, donnant un mot pour un autre, à la stupeur de tous, à commencer par Hitler qui ne comprenait rien. Le quiproquo était inévitable. Hors de lui, le nazi se leva et tapa du poing sur la table pour se faire entendre. Écarlate, Mussolini se dressa à son tour et se mit à hurler. Leurs vociférations traversaient les minces parois vitrées. L'allemand du Duce devenait de plus en plus laborieux : il y mêlait de l'italien puis, à la rage de Hitler quelques mots de français. Cela donna l'occasion au chancelier de parler de la politique inqualifiable du Quai d'Orsay vis-à-vis de Berlin, puis du pacte sur le désarmement. Le Duce devait se méfier. Comme on cherchait à berner l'Allemagne, on bernerait l'Italie ! Il n'y avait qu'à voir ce qu'Anglais et Français avaient fait du Pacte à quatre ! Lui, Hitler, ne se laisserait pas manipuler ! Désormais les nazis étaient là ! Et bientôt le traité de Versailles ne vaudrait plus rien !

— Laissez-moi au moins vous répondre au lieu de vous arracher la gorge ! tonna Mussolini. Je ne veux pas qu'on touche à Dollfuss, vous m'entendez !

1. *Mon combat :* ouvrage politique écrit par Hitler.

Depuis les salons, on devait l'entendre. En quelques minutes, la rencontre des deux chefs d'un « fascisme frère » avait pris la tournure d'un échec retentissant. Derrière la vitre, les responsables des deux délégations affichaient des mines catastrophées.

— *Mein Gott*[1] *!* Ça recommence comme hier ! Pourquoi refuse-t-il un interprète ? pesta Göring mâchoires serrées.

Son triptyque à bout de bras, Bondini qui n'y comprenait rien questionna Giulia du regard. Sur la terrasse, les deux responsables s'étaient rassis. L'estomac en feu, Mussolini s'empara du verre de lait posé devant lui. Hitler n'avait pas touché à son verre d'eau. Chacun tentait de recouvrer son calme.

Giulia fixait le dos de Starace avec haine. Dieter avait raison. Hitler, Mussolini ! Des fous entourés de forcenés de la violence ! Ils allaient faire exploser le monde.

Après l'assaut verbal des deux dictateurs, Bondini attendait que Göring redevînt disponible. Giulia, elle, n'en pouvait plus. Elle se tourna vers l'Allemand.

— Mieux vaut que nous vous libérions ! improvisa-t-elle. Dites-nous seulement si vous voulez cette œuvre ou si nous pouvons la proposer à l'autre acheteur.

Göring se tourna vers elle, surpris.

— De quel autre acheteur parlez-vous ?

— Un riche collectionneur anglais. Nous sommes tenus à la discrétion.

---

1. Mon Dieu !

— Combien en voulez-vous ? s'enquit-il, un œil sur les deux chefs d'État, un autre sur le triptyque.

Giulia demanda à Bondini et annonça le double de son chiffre.

— C'est une folie ! réagit Göring.

— Une œuvre d'art, rectifia-t-elle.

— Que lui avez-vous dit ? s'inquiéta Bondini.

— Je lui ai indiqué le prix.

— Baissez de trente mille, s'il trouve cela trop cher.

— Alors ? demanda Göring.

— Le *signore* Bondini ne baissera pas. De telles pièces ne se trouvent plus que dans les musées. L'Anglais n'hésitera pas.

Göring balança. Mussolini se levait, mettant fin au tête-à-tête.

— D'accord, céda l'Allemand. Mais dites à Bondini qu'il devient trop cher pour moi. Je vous ferai parvenir la somme à votre hôtel par l'un de mes hommes.

— Nous lui remettrons le triptyque emballé pour qu'il ne souffre point du voyage.

Puis à Bondini :

— Il est heureux de conclure cette affaire avec vous.

— À quel prix ?

Elle attendit de se retrouver dans le hall pour le lui annoncer.

Bondini s'arrêta net.

— Vous êtes folle ?

— Vous pourriez au moins me remercier !

— *Madonna !* Vous êtes pire que moi ! Pourquoi avoir fait cela ?

— Pour que vous vous achetiez des chaussures neuves !

* * *

— Dieu que vous êtes belle ! Avec quinze ans de moins et vingt centimètres de plus, je vous ferais la cour !

Bondini avait retrouvé son excellente humeur depuis la conclusion de son affaire avec Göring. Conscient de la part prise par Giulia, il venait de lui offrir un intéressement royal. Giulia le remercia d'un sourire. Elle avait remis la longue robe pourpre portée lors de la soirée offerte par *Gerarchia,* au palais Lornesi, pour les dix ans du régime, et avait laissé ses cheveux libres sur ses épaules nues.

Il y avait foule dans les salons du palais, l'un des plus beaux bordant le Grand Canal. Outre les membres des deux délégations et des diplomates allemands en poste en Italie, se trouvaient là toutes les personnalités de Venise et des alentours. Prétextant la fatigue, Mussolini avait fait dire qu'il ne viendrait pas. Du coup, Hitler était resté dans sa suite royale du Grand Hôtel. Göring le représentait.

Devant le grouillement d'officiers en uniforme SS, Giulia songea à Margherita. Impossible qu'elle, la Juive, vît d'un bon œil la venue de Hitler dans la ville où elle était née. Elle accepta le verre d'alcool que Bondini lui tendait. S'il ne s'était montré si généreux envers elle, jamais elle ne serait venue. Toujours en quête d'une bonne affaire, il ne pouvait passer à côté d'une réception où viendrait une partie de l'état-major de Hitler. En cas de discussions, la présence de Giulia se révélait indispensable. Elle chercha Starace des yeux et constata avec soulagement son absence. « Le chien de garde est resté auprès du maître », se dit-elle.

Ciano était venu. Il discutait en souriant avec Göring et d'autres généraux nazis. Il semblait beaucoup mieux supporter leur contact que son illustre beau-père. Près de lui, Edda, son épouse, la fille aînée et préférée du Duce, levait de temps à autre son menton pointu vers un jeune diplomate allemand qui la dévisageait avec admiration. Blonde, svelte, elle était très élégante dans sa longue robe blanche pailletée de strass. S'agissant de mode, elle faisait référence, beaucoup moins en matière de comportement. « Exécrable » était le mot qui revenait quand on parlait d'elle. Nul n'ignorait ses entorses à la fidélité ni ses dettes de jeu que payait son père après de virulentes leçons de morale dont elle ne tenait aucun compte. Depuis son retour de Shanghai, il fallait songer à ne pas inviter Margherita Sarfatti en même temps qu'elle, lors des soirées. La fois où Edda s'était retrouvée face à l'ancienne maîtresse de son père, elle avait provoqué un esclandre.

— Giulia ! Quelle merveilleuse surprise !

— Tara !

Les jeunes femmes s'étreignirent sous l'œil charmé de leurs voisins. Bondini, que venait d'accrocher au passage une connaissance, s'éloigna.

Dans son visage hâlé, les yeux de l'anthropologue rappelaient un ciel de printemps. Fidèle à son habituelle sobriété vestimentaire, elle portait une robe noire agrémentée d'un mince collier d'or.

— Pourquoi ne pas m'avoir dit que tu venais en Italie ?

— Parce que je ne comptais pas passer par Rome et j'ignorais que tu te rendais aussi à Venise. Que fais-tu au cœur de cet auguste aréopage ? demanda-t-elle avec une ironie acide, en désignant leur entourage.

Giulia s'en expliqua. Par écrit, elle avait raconté à son amie son changement d'emploi sans s'étendre sur le contenu des « œuvres » d'art. De Dieter, elle n'avait rien dit et ne s'était plus épanchée à propos de Balbo. La vie et le contexte lui apprenaient à se taire. Elle s'enquit à son tour sur la présence de l'Anglaise. La réponse ne la surprit pas.

— Quand on passe sa vie à étudier le comportement des foules, on ne peut rater cela ! Le discours du Duce piazza San Marco en fin d'après-midi était un modèle en son genre. On aurait pu l'intituler : « L'art de galvaniser un peuple. » Une vraie démonstration qu'il a faite devant Hitler ! Il aurait demandé aux Vénitiens de se jeter dans la lagune, ceux-ci auraient plongé !

Quelque chose dans le ton sonnait faux. Giulia la regarda de plus près et se jugea stupide ou fatiguée. Tara mordait dans un toast en souriant, égale à elle-même.

Trois étages au-dessus, Helmut Brandt, officier de la Wehrmacht, cherchait un coin où se reposer. Avec l'angoisse qui le rongeait depuis quelque temps, ses migraines devenaient chroniques. Cette journée qui sentait l'échec diplomatique l'avait achevé. Il ne pouvait, hélas, lever le pied avant son général. Et ce dernier ne partirait pas avant au moins deux heures. Traînant de plus en plus sa jambe blessée lors d'une récente chute à moto, il emprunta une enfilade de couloirs. Après une succession de portes verrouillées, il allait renoncer quand l'une s'ouvrit enfin sur ce qu'il espérait : un boudoir désert muni d'un lit de repos.

Posant son couvre-chef sur la tablette voisine, retirant ses bottes en grimaçant, il éteignit la lumière et s'allongea avec soulagement. Sa jambe était en feu. Des tambours martelaient son crâne. Il avait l'impression qu'on lui arrachait les yeux. La douleur lui donnait la nausée. Il devait cesser de réfléchir, ne fût-ce qu'un instant, à ce qui arrivait ! La colère de Mussolini face à Hitler lui redonnait espoir. Si le Duce voyait ce que valait le Führer, il refuserait de s'allier à lui. Mais qui pouvait encore arrêter l'escalade nazie ? Jusqu'à quand l'armée parviendrait-elle à conserver ses prérogatives face aux SS ?

Lui, Helmut, était entré par idéal dans la Wehrmacht. Depuis le traité de Versailles, son pays ne connaissait que misère et humiliation. Il avait grandi avec la volonté de protéger son peuple, de voir renaître la grande, la belle Allemagne. Il ignorait que le danger viendrait de l'intérieur, de cette pieuvre national-socialiste à laquelle ni lui ni ses amis officiers ne s'attendaient. Beaucoup, comme lui, devenaient insomniaques.

Il fermait les yeux quand lui parvint l'écho d'une conversation en allemand. Elle provenait de l'étage inférieur. Il reconnut certaines voix sans pouvoir les identifier. Elles éveillaient en lui un malaise. Sûrement des gens qu'il n'aimait pas. Doucement, il reposa le pied par terre et se redressa. Sa jambe lui parut raide comme du bois. Dans sa tête, les tambours s'emballèrent. Au prix d'une vive souffrance, il se pencha pour écouter. La conversation était indistincte. Il avisa alors un petit carré de lumière à l'angle du plancher et y colla un œil. Il sursauta. C'était bien ce qu'il pensait : une réunion de responsables SS. Autour d'une table, ils discutaient avec un inconnu à l'accent autrichien. Les propos de ce dernier le glacèrent.

— À Vienne, tout est prêt, disait l'homme. Mais nous voulons confirmation de l'aval de Hitler avant d'agir.

— Vous savez que vous l'avez ! Qu'est-ce qui vous a pris de nous contacter ici ? Mussolini est sur le qui-vive à propos de l'Autriche et Venise fourmille d'espions !

— Vous nous obligez à prendre des risques ! Voilà des semaines que nous vous demandons des garanties et que vous vous contentez de réponses vagues ! À un mois de la date prévue pour l'assassinat ! Nous ne pouvons plus attendre. Nous tenons aussi à avoir l'assurance qu'après la mort de Dollfuss, le Führer ne reculera pas devant les pressions italiennes et nous soutiendra jusqu'au bout !

Helmut se mit à transpirer. C'était fait ! Ils l'avaient programmé ! Les nazis autrichiens allaient tuer leur chancelier avec l'appui de leurs homologues allemands ! Ce, dans le dos de la Wehrmacht !

D'une main, il prit appui sur le sol pour se redresser. Sous ses doigts, une latte du plancher craqua. Les nazis levèrent la tête comme un seul homme. Le plus haut gradé réagit instantanément.

— Hans ! Heinrich ! Allez voir ! Vite ! S'il y a quelqu'un, tuez-le ! Dispersion !

Puis à l'Autrichien :

— Quittez immédiatement la ville !

Helmut eut du mal à remettre ses bottes. Ses mains tremblaient. Il se précipita dans le couloir et chercha l'issue la plus proche. Sa jambe le ralentissait. Il tournait à l'angle du couloir lorsqu'il les entendit courir derrière lui. Il ouvrit la première porte et tomba sur un escalier en colimaçon, sans doute à l'usage des domestiques. Il le dévala aussi vite que le lui permettait son handicap et se noya dans la foule des invités.

À l'étage, les nazis avaient perdu sa trace. L'un d'eux revint avec à la main le couvre-chef de Helmut.

— Un officier de la Wehrmacht, tiens donc !

— Il y en a des dizaines dans la salle.

Celui qui l'avait vu tourner à l'angle du couloir prit la parole :

— Ils ne sont pas des dizaines à boiter de la jambe droite.

Dans la salle, Helmut tenta de se frayer un chemin jusqu'à la sortie. Pour se perdre dans le nombre, il avait commis l'erreur de plonger au cœur de la presse. Impossible d'en sortir vite sans jouer des coudes et se faire remarquer. Il attaqua sa progression vers la porte. L'atteindre lui prendrait au moins cinq minutes.

— Helmut Brandt ! C'est bien vous ? Vous ne me reconnaissez pas ? Tara Welch ! Je suis anthropologue comme votre éminent père ! Une sommité ! J'ai suivi à Berlin l'une de ses conférences ! Nous avons dîné ensuite ensemble, vous ne vous souvenez pas ? Je vous présente une amie, Giulia Diacalone.

Helmut l'entendait à peine. L'anglais lui devenait imperméable. Il n'avait d'yeux que pour l'officier SS qui arrivait vers eux.

— Vous avez oublié ceci dans les étages, *herr major*, dit-il, lui tendant son couvre-chef.

— Vous faites erreur ! Le mien est au vestiaire.

Il était devenu blême. Le nazi eut un sourire froid.

— Nous devons discuter. Veuillez me suivre.

— Je n'ai pas à *suivre* un officier SS ! J'appartiens à la Wehrmacht ! Nous discuterons plus tard. Je suis occupé.

L'autre le salua d'un claquement de talon et s'éloigna en faisant un signe à peine perceptible à un autre SS. Aussitôt, des gardes se postèrent devant chaque issue. Tout cela s'était fait si discrètement que nul n'avait remarqué le manège. À l'exception de Stefano Marchiani qui assurait la sécurité.

Helmut saisit le bras de Tara et se pencha vers elle :

— Aidez-moi à atteindre un diplomate italien, fit-il en allemand, oubliant qu'elle ne le parlait pas.

— Giulia, que dit-il ?

Négligeant de répondre, celle-ci s'adressa à Helmut.

— Lequel ?

— N'importe pourvu qu'il ne soit pas aveuglé par Hitler ! Vite ! Faites vite !

Tara suivit son regard qui allait de l'un à l'autre des SS postés près des portes et comprit qu'il était en danger. Giulia fut prise d'une idée subite.

Marchiani ! Pour une fois, il servirait à quelque chose.

— Venez !

Elle l'entraîna à sa suite vers le chef de l'OVRA.

Helmut croisa les yeux de celui qui menait la rencontre avec l'envoyé nazi autrichien. D'un signe du doigt, le responsable SS lui déconseilla de faire quoi que ce fût. Helmut n'en tint pas compte et poursuivit sa progression. De son côté, Marchiani avait deviné un problème et s'avançait au-devant de Giulia. Autour, les invités continuaient à discuter en grignotant des canapés. En fond, un orchestre jouait du Mozart. Comprenant ce qui se passait, l'un des SS fit discrètement basculer un chandelier sur la nappe. Le tissu s'embrasa aussitôt.

— *Feuer ! Feuer*[1] *!*

— Le feu !

Immédiatement, ce fut la panique. Hommes et femmes en tenue de soirée, militaires, diplomates se ruèrent vers les portes, se bousculant, s'écrasant les pieds. Le SS qui avait déclenché l'incendie le regretta. Ses compagnons furent vite débordés par la foule qui tentait de forcer les sorties. Marchiani sauta sur une table pour annoncer que le début d'incendie était maîtrisé. Nul ne l'écouta. Un SS qui surveillait l'une des issues fut projeté contre le mur par la marée humaine. Helmut s'engouffra dans le flot, sous son nez, sans qu'il pût faire quoi que ce soit.

Sur les bords du Grand Canal régnait la confusion. Une détonation retentit, déclenchant une

1. Le feu ! le feu !

seconde vague de panique. Touché dans le dos, Helmut s'écroula à genoux.

— Un attentat ! hurla quelqu'un.

Les gens se mirent à courir en hurlant. Certains regagnaient le palais, d'autres essayaient de le contourner pour s'enfuir par l'arrière. Les femmes s'empêtraient dans leur robe longue. Les hommes se heurtaient, s'invectivaient dans un désordre complet.

— La fille du Duce ! lança un homme. Protégez la fille et le gendre du Duce !

Paralysée, Giulia fixait la poitrine de l'Allemand qui se couvrait de sang. Il leva la tête vers elle.

— Dollfuss ! souffla-t-il, les yeux écarquillés. Les nazis... ils vont le tuer... prévenir vite... gouvernements... italien et ang...

Un flot pourpre s'échappa de sa bouche. Son regard se figea. Il bascula en avant.

— Vous tenez à vous faire tuer aussi ?

Marchiani empoigna Giulia par le bras et l'écarta du cadavre.

— Mets-la en bas pendant que je règle ça, ordonna-t-il à l'un de ses hommes.

En bas, c'était l'entresol du palais. Avec ses talons, Giulia dérapait en descendant les marches glissantes. Ses jambes ne la portaient plus. Ils se retrouvèrent dans une salle basse qui empestait le salpêtre et l'eau croupie. Quelque chose qui courait sur un mur la fit sursauter. Un rat ! Ils devaient grouiller, ici, au ras de l'eau. À travers la grille, celle-ci apparaissait, glauque et noire.

Quelques minutes après, Marchiani fit irruption. Son nœud papillon jurait autant que sa robe du soir dans cet endroit rempli de rouleaux de cordages. Il congédia le garde et porta sur Giulia un regard terrible.

— Je vous dis que je ne veux plus vous voir et je vous retrouve avec un gradé de la Wehrmacht qui se fait descendre en pleine réception officielle ! Que fichez-vous, ici, dans cette histoire ? D'où connaissiez-vous cet officier allemand ? Que vous a-t-il dit ?

— Dollfuss, bredouilla-t-elle. Les nazis vont l'assassiner ! Voilà ce qu'il m'a dit ! Ce type, croyez-moi, j'aurais préféré ne jamais le croiser !

Elle lui résuma Bondini et le triptyque, Tara, l'arrivée de l'Allemand, sa peur des SS, puis la fuite et la fin.

— Il voulait alerter les gouvernements italien et anglais, acheva-t-elle.

— L'imbécile ! Comme si ceux-ci ignoraient que Dollfuss est en sursis ! Que croyait-il qu'ils feraient ? Tous ont intérêt à ce que cet assassinat ait lieu pour que le Duce s'écarte de Hitler !

Regrettant de s'être laissé aller à exprimer sa pensée, il se reprit :

— Maintenant, oubliez ce règlement de comptes entre Allemands et partez !

Le corps glacé, la tête en feu, Giulia n'attendait que cela.

— Un dernier conseil, lança Marchiani dans son dos, choisissez mieux vos amies. Votre Tara Welch est une informatrice anglaise ! Mieux, elle appartient à la Haganah, une organisation paramilitaire juive de Palestine qui a la bénédiction des Britanniques. Voilà pourquoi elle est si sportive, l'intellectuelle ! Elle est capable de poser des bombes !

— Impossible !

— Impossible ? Croyez-vous l'avoir semée, la championne de course à pied ? À cette heure, elle a déjà quitté Venise !

— Si elle espionne, pourquoi ne l'arrêtez-vous pas ?

— Pour qu'ils la remplacent par quelqu'un que nous ne connaîtrions pas ?

— Les espions, les cadavres ! Je m'en fous ! Cet Allemand, je ne l'ai pas cherché !

— Alors effacez de votre esprit ce que vous avez vu et rentrez à Rome !

* * *

Rome, fin juillet

Après le meurtre des généraux SA[1] *en Allemagne, fin juin, par les SS, Dollfuss, assassiné à Vienne, le 25 juillet... Le chancelier autrichien frappé par les nazis... La fureur du Duce contre Hitler et « ce peuple d'assassins »... Le chancelier allemand avait promis de respecter l'indépendance de l'Autriche... L'envoi, au secours de ce pays, de quatre divisions blindées italiennes pour empêcher une intervention armée de l'Allemagne... Le Duce, déçu de l'apathie, de la lâcheté de la France et de la Grande-Bretagne devant « la barbarie sauvage du national-socialisme » : « Il a suffi que je montre les dents pour que Hitler désavoue la tentative de putsch nazi. Mais je ne suis pas dupe : Hitler est une menace pour la paix. »*

1. Sections d'assaut.

— Très mauvais pour nos affaires, tout ça ! lâcha Bondini sombrement, en repoussant les différents journaux qu'il venait d'éplucher. Si on continue à les descendre par presse interposée, les Allemands ne voudront plus entendre parler de nos tableaux !

Giulia, qui répertoriait les œuvres en vue d'un catalogue pour l'étranger, resta silencieuse. Elle pensait à cet officier de la Wehrmacht tué par sa propre naïveté. Marchiani avait vu juste : la mort de Dollfuss, la France et l'Angleterre n'attendaient que cela. Le Duce avait aussitôt réagi contre Hitler. L'« entente cordiale » des deux dictateurs n'avait pas dépassé le milieu de l'été.

Bondini se leva brusquement.

— Venez ! Il fait beau dehors ! Allons manger quelque part ! Je vous invite. Nous parlerons de nos affaires devant une assiette.

Un instant plus tard, ils déjeunaient à la terrasse ombragée d'un restaurant, dans un quartier calme. Après des gnocchi aériens, ils dégustaient des calamars grillés qui fondaient sur la langue. Soudain, Giulia resta la fourchette l'air. De l'autre côté de la rue, après avoir jeté des regards à droite, à gauche, sa sœur Valeria sortait d'un hôtel avec un homme. Ils se séparèrent aussitôt.

— Vous connaissez Carlo Cerruti ? demanda Bondini qui avait suivi le regard de Giulia.

Devant son signe de tête négatif, il expliqua :

— Un escroc de méchante envergure, celui-là ! M'est avis que pour coucher avec cette truie, il doit avoir une bonne raison !

* * *

En raison de l'urgence, la réunion du Grand Conseil avait eu lieu de jour. Balbo quitta le palazzo Venezia harassé. Il était arrivé le matin de Tripoli pour cette réunion extraordinaire et reprenait maintenant le chemin de l'aéroport. Dans le taxi, il se concentra sur ce qui venait de se dire. Le meurtre de son ami Dollfuss avait mis le Duce dans un état de fureur indescriptible. Le climat était mauvais entre les hiérarques. Ceux qui avaient encouragé le rapprochement avec Hitler gardaient profil bas. Les autres épousaient la colère de Mussolini. Lui, Italo, faisait partie de ceux-là et critiquait la passivité de la France et de l'Angleterre qui avaient laissé le Duce marcher seul vers la frontière du Brenner.

« Je me fous de leurs félicitations ! s'était emporté Benito en pleine séance. Ce sont des actes que j'attendais d'eux, pas des mots ! Je ne peux rester seul à lutter contre ce fou de Hitler ! Sans Moreale[1], il réussissait son coup ! »

Unique consolation, Schuschnigg, le nouveau chancelier autrichien, un social chrétien, déplaisait aux nazis.

Balbo se passa les mains sur le visage pour en chasser la fatigue. Il y avait autre chose. Depuis qu'il avait remis les pieds à Rome, elle l'obsédait. La revoir, ne fût-ce que dix minutes. Comprendre pourquoi elle n'avait répondu à aucune de ses lettres. Habitait-elle toujours au même endroit ?

1. Attaché de presse italien en poste à Vienne qui joua un grand rôle dans la répression du putsch nazi en faisant prévenir les autorités.

Il réalisa qu'il ne pouvait repartir sans savoir. Soudain fébrile, il se pencha vers le chauffeur et lui indiqua l'adresse. Avec un peu de chance, vu l'heure, elle serait rentrée.

Devant la maison, il hésita. Les volets étaient ouverts. Il n'y avait pas de lumière, ce qui était normal en cette fin d'après-midi d'été où le soleil était encore haut. Il sauta de la voiture et regarda la boîte à lettres : Diacalone, son nom y figurait toujours. Elle n'avait pas fermé la porte du bas. Comme un adolescent, il gravit les marches deux à deux et frappa. Rien. Le silence. Il recommença plusieurs fois et dut en convenir, elle n'était pas là. Sa déception fut telle qu'il donna un coup de poing dans la porte et ne parvint qu'à se faire mal. Impossible de l'attendre. Il avait juste le temps de gagner l'aéroport et de prendre son avion.

Désespéré, il fouilla dans ses poches et trouva un papier. Le crayon à la main, il hésita. Il voulait tant lui dire et d'un coup, plus rien ne venait. Il se contenta d'un mot et le glissa dans la boîte avant de claquer la portière.

En rentrant, Giulia vit le papier et crut qu'il s'agissait d'un mot de Nello. Il lui gribouillait souvent des dessins maladroits au dos des vieux cahiers de comptes de sa mère. Quand elle l'ouvrit, son cœur fit un bond. Il n'y avait qu'un mot : *Viens.* Signé, *Italo.*

« Sûrement pas ! » Le papier en boule dans sa main, elle pleurait.

8.

1935, L'ÉTHIOPIE

— Je voudrais une douzaine de *cannoli*, huit *monti bianchi*, quatre *cornetti alla crema*[1] et quelques... enfin ça !

— Des *palle del nonno*[2] ! claironna la grosse pâtissière moustachue.

Giulia opina, évitant de regarder le grand-père qui attendait son tour à côté d'elle. Pour fêter son vingt-quatrième anniversaire, elle invitait, ce soir-là, à dîner Massimo, le peintre bossu, Nello et sa mère, l'épicière. Elle n'avait qu'eux et les aimait. Bondini

1. *Canolli :* tubes de pâte fourrés à la ricotta (spécialité sicilienne). *Monti bianchi :* gâteaux aux marrons et à la crème. *Cornetti alla crema :* croissants fourrés à la crème pâtissière.

2. Boules de grand-papa : boulettes feuilletées à la ricotta et au chocolat.

était parti voir un client à Milan. Elle disposait de sa journée.

Pour le repas, au départ, elle avait prévu plusieurs plats qu'elle comptait commander à un restaurant voisin. Après réflexion, elle y avait renoncé : Nello et sa mère seraient gênés. Mieux valait s'en tenir à quelque chose de simple qui mettrait tous le monde à l'aise. En revanche, les sachant gourmands, elle voulait pour eux une profusion de desserts qu'on arroserait d'un vin doux de Sicile. Pour faire plaisir à Massimo, elle avait choisi un *pantelleria*.

Tandis que son épouse emballait les gâteaux, le pâtissier émergea de l'arrière-boutique, ventre en avant sous son tablier enfariné, portant un nouveau plateau de douceurs. Il interpella un client en tenue de milicien.

— Alors, Ivo, toi qui es si bien informé, qu'est-ce que tu en penses, de ces Anglais ?

Le jeune homme en chemises noires eut une moue méprisante :

— C'est riche, ça a des colonies et ça passe son temps à boire de l'eau chaude et à manger de la viande bouillie ! Qu'est-ce que tu veux que j'en pense ? Il te reste des *canolli* ?

— Quatre, répondit pour son mari la pâtissière qui rangeait les gâteaux de Giulia dans une boîte. La *signorina* nous a dévalisés.

Le milicien eut un regard appréciateur pour Giulia, mais le pâtissier n'en avait pas fini avec son analyse politique :

— Dis, Ivo, le Duce, il a pas l'air de les aimer non plus, les Anglais, hé ?

— Qui les aime avec ce qu'ils nous font ? Même quand il y a le feu, ils bougent pas un cil ! Regarde à Stresa, en avril, c'est encore le Duce qui les a réunis, eux et les Français, pour voir comment empêcher Hitler de continuer à emmerder le monde ! Tu les as vus faire quelque chose, toi ?

— C'est vrai qu'ils aident les Allemands à réarmer leur flotte ? Je le tiens de quelqu'un d'un ministère qui a vu passer un papier.

— Ça se murmure. Avec ces faux culs, il faut s'attendre à tout !

— Qu'ils nous fassent pas la leçon pour l'Éthiopie, après ça !

— *Certo ! Signora,* ces *canolli,* je peux en rêver pour quand ? Dans une heure, je prends mon service, moi !

— Ça vient ! ça vient ! Voilà pour vous, *signorina* !

Giulia prit l'énorme boîte, remercia et sortit. De telles conversations, elle en entendait chez le boucher, devant le marchand de journaux, partout dans Rome. Depuis qu'en décembre, un détachement d'Ascaris[1] était tombé dans une embuscade, dans une région de l'Ogaden sous contrôle italien, l'Éthiopie revenait au centre des conversations. Le Duce tenait là *le* motif pour sa guerre de conquête. Et l'Angleterre, qui ne voulait toujours pas voir passer le lac Tana sous contrôle italien, faisait tout pour en éviter le déclenchement.

Giulia songea à la discussion entre ces diplomates anglais, lors de la réception au palais Lornesi

1. Troupes coloniales de l'armée royale italienne.

deux ans plus tôt. Leur morgue et leur ambiguïté l'avaient sidérée.

L'information lâchée par l'employé du ministère au pâtissier était sûrement le fait de la propagande. Rien de tel que la rumeur pour manipuler l'opinion. Mais si cette histoire d'accords passés par les Britanniques pour aider au réarmement naval de l'Allemagne s'avérait exacte, Londres assenait un coup de poignard dans le dos des Français et des Italiens. Après cela, comme l'avait dit le commerçant, les Anglais ne pouvaient faire la morale à Mussolini pour l'Éthiopie. Cette affaire, ajoutée à celle de l'assassinat de Dollfuss, allait encore resserrer le consensus autour de lui. « C'est le moment idéal pour que cette guerre éclate », songea sombrement Giulia.

Elle arrivait dans sa rue quand un homme se détacha du trottoir et vint à sa rencontre. Marcello ! Son beau-frère ! Vêtu de noir, amaigri, voûté, les traits tirés, il paraissait dix ans de plus. Avant qu'il ouvrît la bouche, elle avait compris.

— Ton père, hier soir. Une autre attaque. Il est parti d'un coup, sans souffrance. Nous aimerions t'avoir avec nous auprès de ta mère.

— Qui ça, nous ? souffla Giulia qui n'arrivait plus à déglutir.

— Valeria et moi.

— Ma sœur ! Elle veut auprès d'elle la putain de Balbo ! Tu te fous de moi ?

— Giulia, je t'en prie ! fit-il, embarrassé. Devant la mort, on est tous conciliants !

— Et c'est par mansuétude que vous me prévenez ? Elle en a moins eu, ta femme, quand je me suis rendue à l'hôpital ! Qu'est-ce qui lui prend, d'un coup ? Gagnée par la grâce ? Une révélation ?

Elle retint un sanglot. Son père était mort. Elle croyait l'avoir enterré un an plus tôt en quittant la chambre où on le soignait. Il n'en était rien.

— Si tu veux le revoir une dernière fois...

Le mou, le flasque, le sirupeux Marcello savait trouver les mots. Il avait vraiment mauvaise mine. Était-ce la perte de son beau-père qui l'affectait autant ?

Elle considéra sa propre tenue : une robe d'un bleu assez foncé.

— Tu es très bien ainsi, l'assura-t-il, devinant son souci.

Un instant après, ils arrivaient dans le hall de l'immeuble. Devant la loge, à la place de la concierge alcoolique, il y avait un homme petit et gros d'une cinquantaine d'années qui balayait. Reconnaissant Marcello, il le salua avec des airs de circonstance et lança un regard curieux vers Giulia. Celle-ci monta les marches, gravies tant de fois en courant étant enfant. Des tas de souvenirs refaisaient surface, la plupart liés à son grand-père et à Rosetta, comme si sa mémoire refusait de ressasser le mauvais, le lourd, l'indésirable. Sur le seuil, elle revécut l'angoisse de l'hôpital. Les mêmes personnes qu'elle ne voulait pas voir se trouvaient derrière cette porte. Elle se maudit d'avoir cédé. Par chance, ce fut Rosetta qui ouvrit.

— Ma petite ! C'est bon de te revoir ici dans un tel moment !

Giulia eut juste le temps d'écarter les gâteaux pour la recevoir dans ses bras. Cette femme lui avait toujours témoigné plus d'amour que sa propre mère.

Marcello s'éloigna vers la chambre. De la cuisine arrivèrent des bruits de casseroles heurtées.

— Les petits de Valeria, expliqua Rosetta. Ils font encore des bêtises. Je te laisse.

— Tiens. Prends ça. Des gâteaux.

Avant d'entrer dans la pièce où ils se tenaient tous, elle entendit Valeria questionner :

— Elle est venue ?

Un ton pressant qui n'avait rien d'éploré.

En voyant entrer Giulia, Costanzo et Marta, assis auprès de Valeria et de Chiara, se raidirent et détournèrent la tête. Tous entouraient le lit du défunt. La mère leva vers sa fille aînée un regard éteint. Sa robe noire faisait ressortir sa pâleur. Pas une mèche ne dépassait de son chignon strié de gris. Une veuve digne et froide. Giulia effleura son front d'un baiser. Elle comptait en rester là lorsqu'à sa grande stupeur sa cadette se leva et vint l'embrasser en pleurant. Ce fut au tour de Giulia de se raidir. Elle s'écarta. Si l'autre fut choquée par sa froideur, elle n'en montra rien.

Costanzo se leva, imité par sa femme.

— Chiara, dit-il à voix basse, nous devons partir. Nous reviendrons demain matin.

Ils sortirent sans avoir une seule fois regardé Giulia. Avec effort, celle-ci se tourna vers son père et reçut un choc : en dépit du masque de la mort, on eût dit qu'il souriait. Le rictus qui déformait sa bouche n'était pas seul en cause. Jamais il n'avait paru si humain.

Elle garda les yeux secs. Ce qu'elle ressentait allait bien au-delà du deuil : un bonheur, une souffrance infinis. Elle avait passé sa vie à guetter ce sourire chez lui. En le voyant verser des larmes à l'hôpital, elle avait pressenti, espéré ce changement. Il était arrivé trop tard.

— Il s'est éteint sans douleur, fit Valeria, reprenant les mots de son mari.

Giulia l'ignora. Sans elle, avec son père, ils se seraient enfin compris. Cette garce l'avait empêchée de vivre ces retrouvailles.

— Allons prendre quelque chose au salon, dit sa mère, embarrassée par le silence prolongé de sa fille aînée.

Giulia se résigna à les endurer encore un moment. Mais elle ne renoncerait pas à ses amis ce soir-là pour autant. Plus que jamais, elle les voulait à ses côtés.

Avec sa mère, sa sœur et son beau-frère, ils venaient à peine de s'installer dans les fauteuils qu'une bombe de cinq ans émergea de la cuisine en brandissant quelque chose.

— *Mamma !* des *palle del nonno !* des *palle del nonno !*

Les trois tristes faces manquèrent s'étrangler. La bouche couverte de crème au chocolat, l'enfant montrait à sa mère ses mains pleines de gâteaux. Elle voulut les lui prendre. Le garçonnet referma les poings sur les boules, transformant le feuilleté et son contenu en une purée qui filtra entre ses doigts pour atterrir sur le tapis.

— Bernardo ! Lâche ça tout de suite ! Non ! Ne lâche rien ! Rosetta ! Qu'est-ce... ?

— *Palle del nonno !* protesta le petit, fou de rage.

— Arrête ces grossièretés ! Marcello, qu'est-ce que tu attends ? Rosetta !

Giulia était fascinée. Bernardo, c'était elle, au même âge, jusqu'au physique. D'elle, il tenait ses grands yeux noirs et ses boucles rebelles. On aurait dit son fils plus que celui de Valeria. Hors d'elle, cette dernière tentait d'attraper son diable. En vain, il se débattait comme un possédé. Marcello se leva enfin. Le saisissant, il l'emporta dans la salle de bains.

Rosetta apparut, un enfant blond et pâle, d'un peu plus de deux ans dans les bras. Sans doute Giancarlo, le filleul de Starace. Les mains chocolatées, Valeria montra les restes du gâteau.

— D'où sortent ces saletés ?

— De la boîte que j'ai apportée ! dit posément Giulia.

— Il l'a ouverte et s'est servi dès que j'ai eu le dos tourné, gémit Rosetta qui n'en pouvait plus.

L'éclat auquel Giulia s'attendait ne vint pas. Valeria resta silencieuse. Elle semblait même regretter sa remarque. Leur mère ne bougea pas davantage. Aucune ne lui demanda pourquoi elle avait apporté de tels gâteaux un jour pareil ?

— Bernardo est aussi extravagant que toi, se borna à dire Valeria, avec un sourire d'excuse, en s'essuyant les mains avec un torchon que lui présentait Rosetta.

Elle glissa un regard vers sa mère que Giulia intercepta.

— Je vais me reposer un peu, fit Chiara, d'une voix lasse en se levant.

Puis à Giulia :

— Tu dînes avec nous ?

— Je dois partir.

— Merci d'être venue. Les obsèques auront lieu demain matin. Si tu veux rester auprès de nous pour les condoléances, tu peux.

La jeune femme se demanda si sa mère attendait des remerciements pour une telle bonté d'âme. Après un baiser sans chaleur, celle-ci s'éclipsa. Marcello ne revenait pas. Quand bien même, il était hors de question pour Giulia de rester seule avec sa sœur et son banquier d'époux. Elle se dressa à son tour. Valeria réagit instantanément :

— Il faut que je te parle, lâcha-t-elle, à mi-voix. C'est à propos de Marcello. S'il te plaît, rassieds-toi un instant.

Giulia se prépara à entendre parler de l'amant de l'hôtel. Aussi fut-elle surprise dès les premiers mots.

— Marcello vient d'entraîner sa banque dans une mauvaise opération. Il se trouve au bord du gouffre.

Le menton gras de Valeria se mit à trembler. Mettant sa fierté de côté, elle rapporta l'histoire, depuis la proposition du financier jusqu'à l'achat des cargos qui se révélaient être des épaves flottantes.

— Depuis, cet escroc a disparu. Et Starace est injoignable. À présent, la banque somme Marcello de lui rendre l'argent investi. S'il ne le récupère pas, il est fini.

Elle éclata en sanglots.

— Le nom de ce financier ? s'enquit Giulia pour la forme.

Valeria se moucha bruyamment.

— Cerruti. Carlo Cerruti. Il serait en Libye.

Elle prit la main de sa sœur aînée qui marqua un recul et la retira. L'autre ne s'en offensa point.

— Giulia, tu es notre seul recours. Par Balbo, tu peux savoir s'il est réellement là-bas et le faire arrêter. Il doit encore avoir l'argent. Sans cela, Marcello est fini.

Tout devenait clair.

— Par Balbo ? Et pour quelle raison accepterait-il ?

Valeria s'agita sur son siège, mal à l'aise.

— Parce que tu sembles bien le connaître.

— Là, je ne suis plus sa putain, hein ? Il est mort à point nommé, notre père ! De quel autre prétexte aurais-tu usé pour me contacter ?

Valeria se jeta à ses genoux et lui agrippa la robe.

— Fais-le pour notre mère, pour les petits, je t'en conjure !

Giulia la repoussa et attrapa son sac, dégoûtée.

— Tu peux dire à ton époux de sortir de la salle de bains ! Trouvez-vous une autre putain de Balbo pour régler vos affaires ! Ça ne manque pas !

Quelques semaines plus tard, par un courrier glacial et laconique, Valeria lui annonçait le suicide de son époux.

* * *

Septembre de la même année

— J'ai retrouvé le dossier que vous cherchiez, *signore.* Il s'était perdu dans le rangement de votre secrétaire.

— Merci, Valeria. Vous me devenez indispensable ! Comment peut-on égarer des papiers aussi importants ?

— En les oubliant derrière une plante verte qu'on vient d'arroser, *signore* !

— *Dio !* Elle veut rendre ma femme veuve, celle-là ! Hum ! Veuillez me pardonner, Valeria !

— Ce n'est rien, *signore*, il faut bien que je m'y fasse ! Dans sa clémence, Dieu m'a fait la grâce de travailler sous votre autorité ! Je l'en remercie chaque dimanche, à l'office !

L'homme approuva d'un hochement de tête et se replongea dans ses dossiers. Valeria s'éclipsa sous l'œil courroucé d'une employée du bureau voisin qui avait entendu le dialogue. D'ici quelques minutes, la secrétaire personnelle du responsable serait informée de ce nouveau trait de perfidie.

Depuis que son oncle Costanzo l'avait fait entrer à la banque, la veuve éplorée de Marcello corrompait l'air du secrétariat de la direction. Pas un qui ne détestât son hypocrisie, son arrivisme destructeur. « Pire que son défunt époux ! » disait-on. Et comme cela avait été le cas pour lui, les supérieurs hiérarchiques devant lesquels elle rampait s'y laissaient prendre. Ils trouvaient d'un courage admirable cette femme qui relevait la tête malgré le scandale et le malheur. « Il faut bien que je nourrisse mes enfants, disait-elle, avec un air de crucifiée. Ils n'ont plus que moi. Marcello, hélas, ne nous a rien laissé. »

Elle mentait. Elle avait de quoi vivre quelques années confortablement. Jusqu'à cette histoire, il avait toujours tout prévu sans la concerter, la jugeant sûrement trop sotte. Elle allait prouver qu'elle savait être autre chose que l'ombre d'un époux. Elle prenait enfin sa revanche. Ses pleurs et ses voiles noirs lors de l'enterrement n'avaient été que de façade.

Un vent de liberté soufflait dans sa tête depuis que son mari reposait dans le caveau familial. Elle n'aurait plus à souffrir sa froideur, son mépris et la terne vie qu'ils menaient ensemble. Elle était veuve, indépendante, avait un travail. Elle existait enfin. En jouant des coudes, elle saurait rapidement se rendre indispensable à ceux-là même qui avaient acculé son mari au suicide avec l'aide de Cerruti. Désormais, Chiara et Rosetta vivaient chez elle. Cela réglait le problème des enfants et de l'intendance. En même temps, sa mère ne restait pas seule.

Une surprise l'attendait en rentrant, le soir même. Elle prenait un café avec sa mère quand Rosetta surgit de la cuisine.

— J'allais oublier. Une lettre est arrivée ce matin.

Devant le cachet et l'écriture, Valeria crut défaillir. Tripoli ! La lettre arrivait de Libye ! Elle était de *sa* main ! Pour ne pas éveiller la curiosité de sa mère, elle la glissa dans sa poche et acheva sa tasse. Elle manqua la briser en la reposant trop brusquement.

— Je vais me changer, annonça-t-elle.

Elle s'enferma dans sa chambre et ouvrit le courrier. Il était bien de lui !

Dès que j'ai appris le malheur qui t'a frappée, j'ai cherché à te contacter. Mais ici, les choses ne sont pas aussi simples. Comme ton époux, j'ai été victime dans cette affaire d'une horrible machination. Je compte rester en Libye quelque temps. Voici le numéro de téléphone auquel tu peux me joindre chaque jour à midi, heure de Rome. J'attends ton appel avec impatience. Je t'expliquerai tout. Je t'aime. Carlo.

Valeria resta longtemps à regarder les mots danser devant ses yeux. Au fond, elle n'avait cessé d'espérer une telle lettre. Le ressentiment qu'elle éprouvait à l'encontre de Carlo depuis des mois venait de s'envoler en quelques lignes : « Il m'aime encore », se répétait-elle tandis que les violons jouaient dans sa tête. « Et moi, je l'aime toujours. Dieu que je l'aime ! »

Marcello était mort ! Elle était libre et aimée ! Et vivante, si vivante !

La nuit fut terriblement longue. Elle se retournait sans cesse dans son lit, en proie à des impatiences de jouvencelle.

Le lendemain, elle dut attendre la pose de la mi-journée pour que la banque se vide. Midi. Midi dix. Son chef de service ne partait toujours pas. Carlo devait attendre son appel. Enfin, la porte claqua et le silence se fit. Valeria s'empara d'un dossier dans lequel elle avait dissimulé le numéro où joindre son amant et frappa. Rien. Il n'y avait personne dans le bureau du responsable. Elle sauta sur le téléphone et demanda à l'opératrice le numéro, le cœur battant. Elle dut attendre une bonne dizaine de minutes pour l'obtenir. Quand un homme au bout du fil lui parla en arabe, elle paniqua et bredouilla le nom de Cerruti.

Il y eut un blanc. Valeria crut la communication interrompue, à moins que l'autre n'ait pas compris. Elle allait raccrocher quand elle entendit *sa* voix. La main crispée sur sa poitrine, elle manqua arracher la ligne en s'adossant au mur. Elle exhala un « Pronto ! » d'outre-tombe. Il y eut un grésillement, puis, de nouveau, lui :

— Valeria ? C'est toi, mon amour ?

Le souffle court, elle ferma les yeux. Pour ne pas lui donner l'impression de rendre les armes trop vite, elle avait préparé des phrases destinées à lui faire payer ces mois d'abandon et de tourments. Rien ne sortit. Il dut reposer la question.

— C'est moi, dit-elle enfin.

Elle tenta de se ressaisir :

— J'espère que tu peux m'avancer de bonnes raisons pour m'avoir fait cela ! À cause de toi, Marcello...

— Je sais. Mais tu ne peux m'imputer qu'une faute : celle de m'être mépris sur l'état des bateaux. Pour le reste, j'ai péché par excès de confiance et de naïveté. Qui aurait mis en doute la probité de Starace ? Ce n'est point par bonté d'âme qu'il m'a présenté ton époux. Il devait avoir un pourcentage sur la transaction. Pour lui, j'ai ouvert un compte en Suisse sur lequel j'ai eu le tort d'accepter qu'il ait procuration. Dès que l'argent a été encaissé, il m'a devancé et l'a entièrement empoché. Je n'ai pas obtenu une lire sur l'opération, tu m'entends ? Il nous a tous grugés ! Dans cette affaire, j'ai été autant manipulé que ton mari.

— Je ne te crois pas ! Achille est le parrain de l'un de mes fils !

— As-tu essayé de lui parler ? Est-il seulement venu aux funérailles de ton époux ?

Valeria se mordit la lèvre. L'absence d'Achille l'avait blessée. Cerruti poussa son avantage.

— La perte d'argent n'est rien pour moi en regard du malheur qui te frappe ! Je n'en dors plus la nuit ! Je m'en veux tellement de te savoir impliquée là-dedans ! Heureusement que ton oncle t'a permis d'intégrer la banque.

Comment le savait-il ? Comme s'il devinait sa surprise, il expliqua :

— Je n'ai cessé de m'inquiéter de toi, de me renseigner sur ta vie. Voilà comment j'ai appris pour Marcello. Cela m'a un peu rassuré de savoir que tu avais un travail.

— Carlo, j'appelle de la banque. Les responsables vont arriver. Puis-je te contacter à un autre moment ?

— Juste un instant encore, mon amour ! Cela me fait tant de bien de t'entendre ! Tu me manques tellement ! Écoute, ces salauds de fascistes, on ne va pas les laisser gagner ! Je tiens à ce que tu sois dédommagée pour tout ce que tu as subi. Mais pour cela, tu dois m'aider. La banque a lancé la police à mes trousses. Je ne peux pas rentrer en Italie sans me faire arrêter. Il faut que tu recherches pour moi des renseignements à la banque et que tu me les fasses parvenir au plus vite à Tripoli, sous le nom que je vais t'indiquer, poste restante. Cela fait, lorsque je serai certain que tu ne risques rien, je te ferai venir en Libye. Et nous recommencerons tout ailleurs, ensemble, peut-être en Amérique !

Le gros visage de Valeria était cramoisi d'émotion. Les choses se passaient comme dans son rêve.

Très vite, il lui expliqua ce qu'il attendait d'elle. Quand il eut terminé, elle avait déjà pris sa décision.

— D'accord ! D'accord pour tout ! À une exception près : je n'attendrai pas plus longtemps pour te revoir. C'est moi qui t'amènerai ce que tu me demandes. Je viens à Tripoli.

* * *

Tripoli, quelques jours plus tard

En tenue officielle, Italo Balbo cherchait fébrilement son insigne de maréchal de l'Air. Les incidents à la frontière abyssinienne se multipliaient. La guerre était imminente en Éthiopie. Quatre divisions d'infanterie légère, une division motorisée, différents détachements et de grosses réserves de matériel étaient déjà arrivés d'Italie. Balbo ne touchait plus terre. Dans moins de deux heures, en tant que gouverneur, il accueillerait de nouveaux contingents. En attendant l'offensive, on les massait en Libye, en Somalie, en Érythrée. Il fallait veiller à leur hébergement, au ravitaillement, au stockage des munitions et du carburant, sans compter la remise en état des routes, des ports pour permettre l'accueil de navires de gros tonnage et la création de pistes d'atterrissage sur les plateaux, dans les vallées. Une tâche harassante pour laquelle Balbo se dépensait sans compter depuis des mois et épuisait son monde. Heureusement, il pouvait compter sur un petit noyau de fidèles ferrarais qu'il avait fait venir dès son arrivée, comme l'ami Renzo Chierici devenu sous-commissaire de la fédération fasciste de Tripolitaine, ainsi que des compagnons de l'aéronautique.

Il n'ignorait pas que De Bono, le ministre des Colonies, le traitait d'agité, d'hystérique. Comme celui-ci, beaucoup avaient du mal à supporter son rythme infernal et son impulsivité. Il s'en moquait. Mussolini l'avait envoyé là pour le faire mourir d'ennui aux portes du désert dans un exil doré. Les implications politiques de la guerre qui allait commencer le remettaient sur le devant de la scène. À la Libye, il avait eu du mal à se faire. Mais il avait relevé le gant et s'était plongé dans son travail à corps perdu. Il œuvrait pour l'Italie fasciste mais aussi pour lui-même. Quand Benito le rappellerait à Rome, ce serait pour un poste de haut commandement et pas autre chose.

Il eut beau mettre la révolution dans ses affaires, appeler à l'aide son majordome et une kyrielle de domestiques, son insigne demeurait introuvable. En désespoir de cause, il se rendit dans les appartements de son épouse. Elle prenait un soin maniaque de ses décorations. Peut-être les avait-elle rangées là. Comble de malchance, elle était partie visiter un nouveau dispensaire à une vingtaine de kilomètres de la capitale et ne serait pas de retour avant le soir.

Il se mit à ouvrir les armoires et tomba sur une multitude de toilettes pour toutes les heures de la journée et de la nuit. Le train qu'ils menaient en Libye nécessitait une garde-robe princière. Impossible qu'elle ait mis un insigne aussi petit dans cette débauche de soie et de voiles. Restait la coiffeuse.

Il se pencha et tomba en arrêt devant son reflet dans le miroir. Il avait épaissi : ses traits s'étaient bouffis. Ajoutées aux préparatifs de l'offensive, les réceptions qui se succédaient ne lui réussissaient pas. En un an et demi, il lui semblait en avoir pris dix. Il se détourna et reprit sa quête. Des pots, des flacons de parfum, des fards, c'était fou ce dont les femmes avaient besoin pour s'apprêter. Très vite, il acheva de perdre patience au milieu de cet attirail de beauté. L'heure tournait.

En ouvrant le dernier tiroir, il se figea : noué par un ruban bleu, il y avait un paquet d'enveloppes. Il les prit et les regarda l'une après l'autre. Elles étaient restées cachetées. Aucune des lettres qu'il avait envoyées à Giulia n'était partie. Tout lui revint d'un coup : les lèvres pincées de sa secrétaire chaque fois qu'il lui remettait le courrier destiné à la *signorina* Diacalone, la sympathie et l'admiration de cette employée modèle pour Emmanuella, l'épouse trahie qui avait toujours pour elle un mot gentil. Cette vieille hypocrite avait été bien inspirée de ne pas supporter le climat africain et de se faire rapatrier à Rome. S'il l'avait eue sous la main, à cette heure...

Balbo se laissa tomber sur le siège aux moulures dorées. C'était donc cela ! Voilà pourquoi Giulia n'avait jamais répondu. L'aurait-elle fait pour autant ? Le miroir le confronta de nouveau à lui-même. Sous le gouverneur devant lequel allaient encore défiler des centaines de militaires, il y avait un homme de presque quarante ans, obsédé par une femme. « Un pauvre con ! » se dit-il. C'était bien la peine d'avoir fait une guerre et de se préparer à une autre pour ressembler à cet âne qui se faisait gruger par sa secrétaire pour une histoire de fesses.

Et son épouse ? Que pensait-elle de cela ? Jamais elle n'avait eu l'ombre d'un sous-entendu. Admirable ? Indifférente ? Ou simplement intelligente ? Il fut prit d'un accès de colère, contre lui-même, contre cette imbécile de secrétaire, contre Giulia. Les lettres lui brûlaient les doigts. Il balança sur ce qu'il devait en faire. Le comportement d'Emmanuella lui dicta le sien : elle avait choisi le silence. Il rejeta le paquet dans le tiroir qu'il referma.

Dans la confusion, un espoir émergea. Il en eut honte mais refusa de le chasser : le mot qu'il lui avait déposé chez elle, celui-là, Giulia l'avait reçu.

* * *

À quelques kilomètres du palais du gouverneur, un bouge succédait à l'autre dans ce quartier populaire qui rejoignait le port. À l'intérieur de l'un d'eux, il n'y avait qu'un client. Sur le sol de terre battue, un chien disputait un os à des mouches. Accoudé à la planche en bois qui tenait lieu de comptoir, le propriétaire libyen fixait l'entrée d'un œil vague. Derrière lui, entre une théière, des verres et un pot de menthe, le Duce tendait le poing. La même photo, sans doute offerte par les autorités, se retrouvait dans les tavernes voisines.

Attablé depuis une bonne heure devant un café infect, Carlo Cerruti vit enfin entrer celui qu'il attendait. Un homme grand et sec, tout en muscles et en nerfs, qui se déplaçait comme un chat. Le Somalien vint s'asseoir en face de lui. Sous les lames noires qui le jaugeaient entre les cils, Cerruti éprouva le malaise habituel. Combien d'hommes ce trafiquant d'armes avait-il tués de sa main ? L'Italien lui devinait le couteau facile et savait que dans cette affaire, il jouait sa vie. Il se hâta de lui livrer la bonne nouvelle.

— C'est fait. D'ici quinze jours, trois semaines au plus tard, j'aurai les dates de passage des bateaux en provenance de Naples ainsi que le contenu de leur cargaison. D'après mes sources, plusieurs se composent exclusivement de fusils et de munitions. Pour s'en emparer, ce sera à toi de jouer.

Le trafiquant eut un sourire qui glaça le financier.

— Contente-toi, lâcha-t-il dans un mauvais italien, de me donner ce que je te demande et tout ira bien.

Arraisonner de nuit ces bateaux dès qu'ils approcheraient des côtes somaliennes, tuer l'équipage en silence, au poignard, et voler le chargement tiendrait du jeu d'enfant pour les pirates qu'il employait. Même s'il ne pouvait vendre ces armes à un prix élevé, sur la quantité, l'affaire se révélerait lucrative. Les Éthiopiens attendaient ces moyens de défense avec impatience. À cette heure, ils n'avaient pour lutter que des lances et des vieux fusils pris sur les Italiens morts lors de la bataille d'Adoua, trente ans plus tôt.

— De te donner, le reprit Cerruti, non. Je te rappelle nos accords. De telles informations se monnaient très cher.

Le Somalien opina :

— Tu auras la somme dès que je serai sûr que les Anglais ne bloquent pas le canal de Suez et que j'aurai vérifié le contenu des deux premières cargaisons.

L'homme but son thé sans ajouter un mot. Tout était dit.

De son côté, Cerruti se taisait en achevant son café. Il commençait à y croire. La réussite d'un tel coup lui donnerait son billet de sortie pour l'Amérique. Il allait enfin pouvoir quitter ce trou à rats au milieu du désert. Seul point noir : l'arrivée prochaine de Valeria. Dès qu'il aurait obtenu d'elle la liste des connaissements des navires, il faudrait qu'il s'en débarrasse.

* * *

Dès que la côte fut en vue, Valeria monta sur le pont. Elle, à Tripoli ! En Libye ! Une aventure qu'elle n'aurait même pas osé imaginer quelques mois plus tôt.

Le voyage avait été enchanteur : une mer calme, une lumière magnifique, des bancs de dauphins pour escorte, et le repas du dernier soir à la table du commandant. Un avant-goût de la vie qu'ils mèneraient sous peu avec Carlo, en Amérique. Elle ferait venir ses enfants, ils en auraient d'autres. *Signora* Cerruti ! Ça sonnait bien !

Les yeux fermés, elle inspira l'air iodé. Seule et libre !

Rome était loin derrière. Sa mère et Rosetta s'occupaient de Giancarlo et de Bernardo. Prétextant accuser le contrecoup de la perte de son époux, elle avait obtenu un congé exceptionnel de la banque. Pour tous, elle était partie se reposer chez une amie, dans la campagne milanaise. Un endroit reculé où le premier bureau de poste se trouvait à trente kilomètres. « Idéal pour se remettre », avait-elle assuré. Inutile d'essayer de la joindre. Elle leur téléphonerait d'ici une quinzaine de jours. De ce côté, tout était donc réglé.

En approchant du port, le trafic s'intensifia. Au milieu des cargos amarrés circulaient des barques de pêche. Mouettes et goélands accompagnaient de leurs cris celles qui rentraient les filets pleins.

Accoudée au bastingage, parmi d'autres passagers, Valeria tenta d'apercevoir Carlo sur le quai. Mais l'affluence autour de l'arrivée du bateau était telle que cela se révélait impossible. Il y avait davantage de monde que lors du départ, à Naples. Un débarquement nécessitait-il une main-d'œuvre plus importante ou bien les choses se passaient-elles différemment en Afrique ? Depuis le pont, elle voyait des gens s'affairer, en contrebas, dans un concert d'appels et d'invectives. Dockers, conducteurs d'appareils de levage, douaniers maritimes tentaient de se frayer un chemin au milieu de gens vêtus à l'européenne venus accueillir parents ou amis. En retrait, des hommes en djellabas attendaient, dans l'espoir de trouver un emploi auprès des arrivants.

« Ce sera lui qui me trouvera », décida Valeria.

Il la verrait descendre à terre et se précipiterait pour l'embrasser. Elle inspecta une dernière fois son tailleur bleu vif, rajusta le chapeau assorti, garni d'un superbe camélia, et enfila ses gants cyclamen. Une petite folie, cet ensemble. Payé une fortune ! Jamais elle n'avait tant osé la couleur, une coupe aussi ajustée ni des talons pareils. Mais n'était-elle pas une autre depuis qu'elle avait eu l'audace de traverser la mer pour rejoindre son amant ?

Balayant le quai d'un regard conquérant, elle attaqua la descente. Peu habituée aux escarpins, elle dérapa sur la passerelle humide et manqua se retrouver dans le port. L'un des hommes d'équipage la rattrapa de justesse par la taille. Elle le repoussa. Que dirait Carlo s'il la surprenait d'entrée dans les bras d'un autre ?

Arrivée en bas, elle dut se rendre à l'évidence : il n'était pas là. Sa belle assurance s'effrita. Elle se retrouvait en Afrique, seule et sans autre connaissance que celui qu'elle était venue rejoindre.

— Je peux porter tes bagages et te mener où tu veux, gazelle ?

Le Libyen la salua, une main sur le cœur.

Le premier réflexe de Valeria fut de refuser. Elle n'avait point l'habitude de suivre le premier venu qui, de surcroît, était basané et la tutoyait. Puis elle réfléchit et se ravisa. Autant s'habituer tout de suite aux mœurs de ces sauvages. Elle fouilla dans son sac et en extirpa un bout de papier.

— Je veux aller là, dit-elle à l'homme, montrant l'adresse indiquée dessus.

À sa tête, elle comprit qu'il ne savait pas lire. En écorchant la prononciation, elle lui dicta le nom de l'hôtel et la rue. Il parut surpris mais se garda de tout commentaire.

Quelques instants plus tard, ils s'enfonçaient dans les quartiers populaires du port.

En se tordant les pieds sur le sol inégal, Valeria trouvait des excuses à Carlo. Lui qui était recherché avait dû juger imprudent de se montrer sur le port alors que la police serait forcément là. Pourvu qu'il n'ait point été arrêté ! Elle refusa cette hypothèse. Carlo était intelligent, rusé. Il ne se laisserait pas capturer. Les rues devenaient de plus en plus tortueuses et surpeuplées. Les hommes dévisageaient Valeria avec une insistance qui l'angoissa. Des femmes, elle ne voyait que leurs yeux noirs soulignés de khôl. Le reste de leur visage était dissimulé par des voiles. La plupart portaient un bébé au bras ou tenaient un enfant par la main. Celles qui n'étaient pas voilées prenaient des poses nonchalantes sur le pas de leur porte. Plusieurs interpellèrent le guide de Valeria sur un ton provocant. Toutes regardaient l'étrangère. L'une d'elles vint effleurer ses cheveux. Valeria s'écarta et manqua recevoir un coup de sabot d'un âne chargé de grands paniers d'olives.

— Les Européennes ne viennent jamais dans ce quartier, précisa le Libyen qui avait vu l'incident.

Ils longèrent encore des murs aveugles, passèrent un porche, pénétrèrent dans une ruelle où deux personnes ne pouvaient marcher de front. Le Libyen avançait dans ce dédale sans hésiter. Valeria se demanda s'il ne cherchait pas à la perdre. En la jetant dans un renfoncement, il serait si aisé de la dévaliser et de l'assassiner ! Les gens qu'elle croisait se joindraient sûrement au pillage.

Sans se soucier des difficultés qu'elle éprouvait à le suivre avec ses talons et sa jupe serrée, le Libyen marchait d'un bon pas : ses pieds nus épousaient le sol avec aisance. Malgré les zones d'ombre qu'ils traversaient, il faisait une chaleur accablante. La jeune femme sentait la sueur tremper ses aisselles et son dos. Ses cheveux si bien coiffés sur le bateau lui collaient au front. Qu'en était-il de la poudre sur son visage et du fard autour des yeux ? Si cette « promenade » s'éternisait, elle serait sous peu dans un état lamentable.

Ils débouchèrent sur une place. Des hommes discutaient debout ou assis sur des bancs. Devant cette Européenne aux genoux à peine couverts et aux vêtements moulants, ils firent silence. De plus en plus mal à l'aise, Valeria se tourna vers son guide.

— Sommes-nous encore loin ?

— C'est là.

Il lui désignait un bouge à l'angle de deux ruelles. Un hôtel ? Ça ? Elle savait que Carlo devait mesurer son argent mais n'avait pas imaginé qu'il vivait dans un endroit aussi sordide. Elle paya sans sourciller ce que lui demandait le Libyen et empoigna ses bagages.

Cerruti s'apprêtait à aller l'attendre sur le port. En la voyant entrer dans cette tenue de bourgeoise romaine, grasse et blonde comme les aimaient les Arabes, il sut que ses ennuis commençaient. Avec les agents à la solde des fascistes qui fourmillaient dans la ville, la police serait immédiatement prévenue de la présence incongrue de l'Italienne dans un tel quartier. Dans la taverne, les hommes la mangeaient des yeux. Assis dans un angle de la salle, le trafiquant d'armes leva un œil surpris. Masquant sa colère, Carlo se précipita vers l'arrivante.

Quand il se dressa devant elle, elle manqua défaillir. Avec sa barbe de plusieurs jours et sa chemise retroussée aux manches, elle le trouva encore plus beau. Oubliant le lieu, elle lui sauta au cou.

Devant ce visage luisant comme un pain de saindoux, il détourna la tête et la repoussa le plus doucement possible.

— Valeria, ma chérie, je t'en prie, protesta-t-il avec un rire contraint.

Après un coup d'œil au Somalien, il entraîna sa maîtresse vers la table la plus reculée.

— Nous sommes en pays musulman, lui expliqua-t-il. Ici, les femmes ne perdent jamais leur réserve en présence des hommes. D'ailleurs, elles n'entrent pas dans un endroit pareil. Je m'apprêtais à aller te chercher. Ton bateau est arrivé plus tôt, semble-t-il. La liste ? Où est-elle ?

Refroidie par l'accueil, elle grimaça un pauvre sourire.

— Tu ne me demandes pas si j'ai fait bon voyage ? Es-tu heureux de me voir ?

— Bien sûr ! quelle question, ma gazelle !

— Tu parles comme eux maintenant ?

Il balaya ce détail d'un geste. Cette sotte qui ramenait tout aux sentiments l'agaçait toujours autant.

— As-tu la liste ? répéta-t-il, maîtrisant mal son impatience.

Elle secoua la tête, d'un air futé :

— Avec le risque d'être fouillée à l'arrivée par la police ? Je ne suis pas idiote !

Cerruti sentit le sol se dérober sous lui. Une mauvaise sueur perla à son front. Il crut avoir mal compris.

— Tu n'as pas parcouru tout ce chemin pour rien ?

— Pour rien ? Comptes-tu pour rien le fait de me voir ?

Inquiète du visage qu'il affichait soudain, elle se hâta d'expliquer :

— Avant de partir, je me suis envoyé la liste, ici, poste restante. Nous l'aurons sous une dizaine de jours. Tu es fâché ?

Il l'aurait tuée. Comment expliquer au trafiquant qu'elle n'avait pas les renseignements sur elle ? Il les lui avait promis pour le jour même.

Une table bascula brusquement. Deux individus s'empoignèrent et roulèrent par terre. Le patron accourut et reçut un coup dans le ventre en tentant de les séparer. D'autres hommes s'en mêlèrent. Des lames jaillirent. La rixe tournait à la bagarre générale. Il y aurait des blessés et peut-être des morts. Sachant ce qui allait se passer, Cerruti bondit et se précipita dehors. Le trafiquant d'armes s'élança sur ses talons.

— Carlo ! Carlo ! Attends-moi !

Valeria fonça vers la porte. Sa valise ! Elle revint sur ses pas, tentant d'éviter les coups. Ce retour la perdit. La police venait de surgir, bouclant toutes les issues.

* * *

Quelques chose qui courait sur elle la réveilla en sursaut. Un rat ! Avec un cri, elle le chassa d'un revers de main et s'aperçut que son corsage pullulait de cafards. Un cauchemar ! Une ignominie ! Comment avait-elle pu s'endormir là ? Le souvenir de ce qui s'était passé lui revint. L'abandon de Carlo, puis ces hommes de la police italienne qui l'avaient emmenée malgré ses protestations. Leurs questions l'avaient mise hors d'elle. Comment osaient-ils lui parler de la sorte, à elle dont le fils était le filleul d'Achille Starace et la sœur, la maîtresse du gouverneur Balbo !

Ces salauds lui avaient ri au nez. Une parente de son *Eccellenza* Starace ? Dans ce bouge ? Puisqu'elle le prenait ainsi, ils allaient ouvrir une enquête sur elle. Quand ils l'avaient jetée dans ce trou ignoble, elle s'était meurtri les poings en martelant la porte et avait hurlé une partie de la nuit avant de s'effondrer, épuisée.

L'aube pointait à travers la petite ouverture lorsque la clé tourna dans la serrure. Elle avait eu le temps de réfléchir et de comprendre son erreur. Pour sortir de là, il fallait coopérer. Ils voulaient qu'elle justifie sa présence en Libye ? Elle leur livrerait une partie de la vérité : elle était venue demander des comptes à un amant volage qui avait profité de la panique pour fuir. C'était si vrai, ça lui faisait si mal qu'elle n'aurait pas à feindre sa douleur. Elle avait beau se dire que Carlo avait voulu éviter la police, elle n'y croyait plus. Quelqu'un d'épris n'agissait pas ainsi. Comment avait-elle pu le croire ? C'était seulement la liste qui l'intéressait.

L'homme devant lequel elle se retrouva ne lui laissa pas le temps de parler.

— Un ressortissant italien du nom de Carlo Cerruti vient d'être retrouvé égorgé. Vous le connaissiez, n'est-ce pas ?

* * *

Piazza Venezia, 2 octobre 1935

« Les Alliés n'avaient-ils pas promis un dédommagement pour les 700 000 morts perdus par le pays durant la Grande Guerre ? Ne nous ont-ils pas, ensuite, frustrés d'une légitime récompense coloniale ? Maintenant, après vingt ans de promesses non tenues, nous allons prendre ce qui nous revient ! Nous remporterons la victoire en Afrique orientale et maintiendrons la paix en Europe... Les Italiens n'ont rien contre les Français ni contre les

Anglais mais ils sont décidés à défendre leur honneur et leurs droits... »

Lancée depuis le balcon du palais, la harangue de Mussolini prenait dans les haut-parleurs une puissance incroyable et se répercutait sur les ruines du marché de Trajan. En bas, électrisée, la foule levait le poing. Le Duce avait raison : l'empire, on allait le construire à coups de canon et d'héroïsme. Bientôt, il y aurait des terres pour chacun. Et les autres puissances n'avaient rien à dire. Les Anglais pouvaient masser leur flotte en Méditerranée et menacer Rome de sanctions économiques, les forces fascistes agrandiraient quand même leur territoire dans la corne de l'Afrique. Sous peu, avec la Somalie au trois quarts italienne, et l'Érythrée, l'Éthiopie ne reconnaîtrait plus qu'un chef, le Duce ! Il la délivrerait de l'emprise féodale du négus...

Depuis la fenêtre du palais des Assurances générales, de l'autre côté de la place, Margherita Sarfatti observait la scène. Elle était blême. Le magnétisme de cet homme qu'elle continuait à admirer en dépit de tout lui faisait soudain peur. Était-elle la seule à demeurer lucide sur les implications de cette guerre qui allait éclater ? Une telle agression risquait de déboucher sur un conflit avec les démocraties européennes et de conduire Benito à s'engager définitivement aux côtés de Hitler.

« Duce ! Duce ! » se mit à scander la masse, à la fin du discours.

— Quelque chose ne va pas, Margherita ? s'inquiéta le journaliste Renato Trevisani qui l'accompagnait. Vous ne semblez pas partager la liesse générale ?

— C'est le commencement de la fin, laissa-t-elle tomber.

— Pourquoi dites-vous cela ? s'enquit-il, surpris. Croyez-vous que nous perdrons cette guerre en Afrique ?

— Non Renato, hélas, nous la gagnerons... Et lui, il va perdre la tête.

* * *

18 novembre, journée de l'alliance

— Comment tu me trouves ?

Nello bombait le torse, fier de son équipement de soldat. Dès qu'il l'avait eu sur le dos, il avait foncé chez Giulia pour lui montrer comme il était beau. Sa mère, qui était allée avec lui chercher son barda, l'accompagnait, la mine renfrognée.

La jeune femme secoua la tête, incapable de cacher son inquiétude.

— Vous aussi, Giulia, vous êtes d'accord avec moi ! Je le vois bien ! explosa l'épicière. C'est pas pour lui, cette guerre ! Il ne saura même pas sur qui tirer ! Le temps qu'il comprenne, c'est lui qui se fera tuer ! Il n'a pas plus de jugeote qu'un poisson rouge, mon Nello ! Et en plus, il ne sait même pas nager !

Elle essuya furtivement une larme.

— *Mamma*, où je vais, c'est la montagne !

— Et tu y vas comment, en Éthiopie ? Tu prends bien le bateau, non ? S'il coule, tu feras quoi ? La planche ?

— Je ferai comme les autres, je me tiendrai à mon fusil !

— *Madre mia*, qu'est-ce que je vous disais ? Reste à espérer que le bateau flotte et que là-bas, ils les entraînent un peu avant de leur donner des munitions. Si au moins il avait demandé à travailler aux cuisines !

— Alors, Giulia ? répéta le garçon qui finissait par ne plus entendre les récriminations de sa mère. Je te plais comme ça ?

— Tu es magnifique ! Un vrai soldat !

— Vous avez tort de l'encourager ! Quand on me le ramènera les pieds devant...

L'épicière se moucha.

— Enfin, qu'est-ce qu'on y peut ! Depuis le discours du Duce, il est comme fou ! Il a suffi que je le lâche des yeux deux minutes pour qu'il aille s'enrôler ! En tout cas, l'or de mon alliance, ils l'auront pas aujourd'hui : que la reine Elena ait donné la sienne, et toutes mes clientes, je m'en fous ! Je ne les aiderai pas à payer des fusils avec mon or !

Pour la réconforter, Giulia lui servit un café et en donna un fond de tasse à Nello que le breuvage excitait. Il le but bruyamment, jusqu'à la dernière goutte.

En avalant le sien, la jeune femme regardait la grosse tête du garçon inclinée au-dessus du biscuit qu'il dévorait. Comment avaient-ils osé l'engager, lui qui était sans défense ? Pourquoi pas les aveugles et les paralytiques ? L'Italie entière était prise de folie avec cette guerre. Même des socialistes exilés comme Labriola s'y mettaient, déclarant leur volonté d'aller combattre en Éthiopie et dénonçant, à l'instar du député républicain Mario Bergamo, « l'hypocrisie avide des Anglo-Saxons ».

Giulia étreignit le jeune homme très fort en le quittant. Aux anges, ce dernier attribua cette fougue soudaine à sa tenue de soldat. Lorsque l'épicière et son fils partirent, elle les entendit saluer quelqu'un dans l'escalier et sortit voir.

Sa mère arrivait sur le palier, tenant par la main ses deux petits-enfants. Chiara était décomposée. Elle négligea d'embrasser sa fille qu'elle n'avait pas revue depuis la mort de son époux.

— Je viens de porter mon alliance comme ils l'ont demandé... Peux-tu m'accorder un moment ?

À peine à l'intérieur, elle s'effondra, en larmes devant les enfants effarés. Même pour la mort de son époux, elle n'avait pas pleuré ainsi.

Giulia donna aux garçonnets les biscuits qui restaient et se tourna vers sa mère. Déjà, celle-ci s'était reprise. Tapotant le bord de ses yeux rougis à l'aide d'un mouchoir, elle attaqua :

— Il y a quinze jours, des gens de l'OVRA ont frappé à ma porte.

Elle parut gênée :

— J'ai cru que c'était pour m'annoncer quelque chose te concernant, avoua-t-elle. Ils venaient pour Valeria. Je la croyais chez une amie dans le Milanais. Elle avait prétendu aller s'y reposer. Il n'en était rien...

Elle rapporta ce qu'elle savait : le voyage en Libye, l'assassinat de Cerruti et pour finir, la prison. Elle éclata de nouveau en sanglots et Giulia devina de la honte dans ses pleurs. La rigide, la froide Chiara devait être à la torture de raconter ces horreurs sur sa blanche brebis.

— Elle n'a enfreint aucune loi, termina-t-elle. Elle ne s'est rendue coupable que d'aimer ce... ce truand qui n'a eu que ce qu'il méritait ! On ignore qui l'a tué et pourquoi. On sait seulement qu'il fricotait avec un trafiquant d'armes de là-bas. En ces temps de guerre, rien que cela peut coûter la vie à Valeria.

Elle leva vers sa fille aînée un regard implorant.

— Giulia, je sais qu'avec ta sœur, vous ne vous êtes jamais comprises. Mais là... Cela fait presque deux mois qu'elle croupit dans une prison de Tripoli et je tremble chaque jour de recevoir un papier officiel m'annonçant le pire.

— Fais appel à l'oncle Costanzo, lui retourna Giulia avec aigreur. Il se vante toujours de ses relations !

— Elles n'ont mené nulle part. Il n'arrive pas à savoir pourquoi ils la maintiennent en détention. Il n'y a qu'une personne qui peut la faire libérer...

— Balbo, n'est-ce pas ? Et tu comptes sur moi pour l'approcher ?

Giulia n'avait même plus la force de ressentir de la colère. Chiara redressa le buste et prit une longue inspiration. Elle désigna les deux petits qui émiettaient les biscuits sur la table. S'abaisser à solliciter sa fille aînée lui coûtait terriblement.

— Ils n'ont déjà plus leur père. Si leur mère ne revient pas, ils seront orphelins et moi, je suis trop vieille pour les élever.

— Laisse-moi le temps de réfléchir.

Elle avait dit cela très vite, pour s'en débarrasser, mais durant la nuit blanche qui suivit elle regretta de ne pas avoir refusé tout de suite. Que s'embarrassait-elle des folies de sa peste de cadette ?

Les heures s'égrenèrent dans le silence nocturne sans qu'elle parvînt à trouver le repos.

Elle soupçonnait Valeria de s'être rendue coupable d'autre chose que d'aimer. On ne la retenait pas pour rien. Qu'avait-elle fait que les autorités cherchaient à savoir ?

Au petit matin, elle comprit que ce n'était pas sa sœur qui l'avait tourmentée le restant de la nuit, mais Balbo. Elle n'avait cessé de songer à lui, se laissant aller jusqu'à se souvenir de leurs moments de délire. C'était la première fois qu'elle se l'autorisait. Il lui avait écrit : « Viens. » Elle avait déchiré le papier. Aujourd'hui, tout la ramenait vers cet homme.

* * *

— Désolée, *signora,* mais c'est impossible : en raison de la guerre, tous les aéroports de Libye, d'Érythrée et de Somalie sont fermés aux civils jusqu'à nouvel ordre. À moins de faire partie du corps diplomatique ou médical, ou d'être un journaliste pourvu d'un laissez-passer.

Giulia n'avait pas prévu cela.

— Un laissez-passer ? Qui les délivre ?

L'employé fit un geste vague.

— Il faut le demander aux responsables de presse. Eux savent à qui s'adresser.

En sortant de là, la jeune femme réfléchit à toute allure. Qui pouvait l'aider ? Bondini ? Inutile d'y songer. Il venait de partir pour l'Angleterre rencontrer des clients. Restait... Elle repoussa cette éventualité. Jamais plus elle ne demanderait quoi que ce fût à cette femme.

Deux jours plus tard, après avoir vainement cherché une autre solution, elle se résolut à frapper à sa porte, via dei Villini. Elle savait que Margherita ne travaillait plus à *Gerarchia* dont Vito, neveu de Mussolini, avait repris les rênes. Officiellement, elle se consacrait aux relations du gouvernement avec la presse étrangère et à la rédaction d'articles pour différents journaux américains. Mais Giulia la connaissait assez pour savoir qu'en un tel moment, Margherita devait faire jouer toutes ses relations pour tenter de calmer le jeu contre l'Italie. N'était-elle pas une amie de Long, l'ambassadeur américain à Rome, une pièce maîtresse dans le jeu diplomatique international ?

Giulia éprouva une étrange sensation en se retrouvant dans ce vestibule. Par chance, la propriétaire des lieux était chez elle. Restait à ce qu'elle acceptât de la recevoir.

La servante revint deux minutes plus tard lui annoncer que la *signora* l'attendait. Elle était dans la bibliothèque, assise derrière son bureau. Giulia lui trouva les traits tirés, l'air tendu, inquiet. En voyant entrer la jeune femme, elle reposa sa plume avec un sourire fatigué.

— Giulia la rebelle ! Qu'est-ce qui me vaut ton auguste visite ?

Il n'y avait pas de méchanceté sous l'ironie du ton.

— Laissez-moi d'abord vous dire, *signora*, que si je n'avais pas été acculée à le faire, je ne serais jamais venue vous solliciter.

— Toujours aussi adroite dans tes propos, à ce que je vois ! Dois-je te remercier de venir me déranger chez moi, en plein travail ?

Giulia mesura sa maladresse. Elle maîtrisait toujours parfaitement l'art de se rendre ridicule.

— Ce n'est pas pour moi que je suis ici, mais pour ma sœur.

— Tu veux parler de cette garce qui t'en a fait voir de toutes les couleurs ?

Giulia résuma la situation dans laquelle Valeria s'était mise.

— J'ai besoin d'un laissez-passer pour aller la voir à Tripoli.

— Rien que ça ! Et tu comptes sur moi pour te l'obtenir ?

— Du moins pour me dire à qui le demander.

Giulia était à la torture. Quémander, elle ne savait pas faire. Et la bêtise de Valeria l'y acculait ! Dieu ! pourquoi avait-elle cédé ?

Margherita écarta les papiers devant elle et soupira.

— Une fois que tu auras vu ta sœur, comment espères-tu la faire sortir de prison ?

— Par Balbo ! avoua Giulia.

— Balbo ! Évidemment ! Tu l'imagines restant dans son palais alors que la guerre fait rage et que les Éthiopiens opposent une résistance farouche ? À moins d'avoir beaucoup changé, c'est derrière la ligne de front qu'il se trouve à cette heure, le bel Italo !

Elle avait appuyé sur les deux derniers mots. Giulia soutint son regard.

— Je prends le risque. Dans tous les cas, il faut que je rencontre ma sœur pour savoir ce qu'on lui veut et, surtout, ce qu'elle tait. Vu la situation, elle me parlera.

Margherita émit un nouveau soupir. Elle la connaissait par cœur, cette enfant ! Elle balança sur l'attitude à adopter. Le regard à la fois fier et implorant de Giulia la décida.

— Le risque ne se borne pas au lieu et au contexte, tu le sais. Mieux valait que tu continues à rester loin d'Italo. Tu vas au-devant d'ennuis.

* * *

Décembre 1935, face à la guerre

— Avant la conquête italienne, dans ce pays régnait la pauvreté et la violence. On a mis des années à mater les tribus. Sous l'impulsion du Duce voilà cinq ans, Badoglio, alors gouverneur de Libye, et Graziani, vice-gouverneur de Cyrénaïque, ont employé une méthode radicale : la déportation des sauvages du Djebel vers des camps de concentration le long de la côte. Tout leur bétail a été détruit et on a dressé dans le désert deux cent soixante-dix kilomètres de barbelés à la frontière égyptienne. Après ça, ils pouvaient toujours attendre du ravitaillement de ce côté-là ! Vous voyez, Giulia, dans ces colonies, c'est par la force qu'il faut imposer la civilisation. Ces populations arriérées ignorent que nous agissons pour leur bien, que nous, fascistes, représentons leur salut. En Éthiopie, ils finiront aussi par le comprendre. Il n'y a que les coups que comprennent ces gens. Leur résistance et les sanctions économiques que nous infligent les pays membres de la Société des nations ne nous empêcheront pas de vaincre. De toute façon, on se fout de leur embargo : la France et l'Angleterre continuent à nous fournir en fer, acier, zinc et surtout en pétrole, et l'Allemagne et les États-Unis refusent d'appliquer les sanctions, alors... !

Le nez collé au hublot, Giulia s'absorbait dans la contemplation des côtes libyennes. Elle tentait d'oublier que c'était la première fois qu'elle se retrouvait dans les airs et, surtout, qu'elle y était en compagnie de Raimondo. Ne plus l'entendre. Ne pas répliquer à ses propos révoltants. Elle s'y astreignait depuis le décollage. Ce petit cousin du chef de file du futurisme, Marinetti, incarnait ce que la propagande produisait de pire en matière de journalisme. Quelle information crédible pouvait donner ce pitre ? Elle n'avait pourtant d'autre choix que de le subir jusqu'au bout. Ne passait-elle pas pour son assistante ! Encore devait-elle s'estimer heureuse d'avoir pu partir avec lui !

Margherita avait fait entrer Raimondo dans un journal romain quelque temps plus tôt. En retour, à la demande de sa protectrice, celui-ci s'était débrouillé pour obtenir un billet d'avion à Giulia. À part eux, le reste des passagers se composait de membres du corps diplomatique et d'une employée du ministère des Colonies qui venait prendre son poste dans une administration : une femme mûre, veuve depuis peu, qui ne songeait même pas à regarder le paysage défilant entre les nuages.

Tout cela, Giulia le savait par Raimondo qui paraissait connaître tout et tous. Sans qu'elle lui posât de questions, il s'était lancé à voix basse dans la biographie de chaque personne à bord. Saoulée par ces détails dont elle n'avait que faire, elle s'était demandé s'il connaissait pareillement la vie de l'équipage.

Il se tut enfin. Giulia coula un regard vers lui, n'osant croire qu'il avait épuisé sa réserve de salive. Il préparait son appareil photo. Interceptant son regard, il sourit. Avec ses cheveux bruns, séparés par une raie de côté, son visage carré et ses yeux bleus, il était séduisant. Les femmes ne devaient pas toutes juger son verbe rédhibitoire.

De son côté, absorbé comme il l'était depuis le départ par son propre discours, il n'avait pas encore détaillé Giulia. Le résultat de son examen parut le satisfaire. Il se rendit compte qu'elle ne lui avait rien dit du but de son voyage en Libye. Margherita lui avait vaguement parlé d'une sœur à rencontrer.

— Nous arrivons dans quelques minutes, assura-t-il, soudain plus attentif. Où habite votre sœur ? Que fait-elle en Libye ?

Giulia regretta qu'il n'ait pas poursuivi ses commentaires jusqu'au bout.

— Épouse d'un diplomate. Elle est sur le point d'accoucher, éluda-t-elle. Et vous ? Votre programme ? Qui comptez-vous interviewer ?

L'homme se recala dans son siège. Giulia fut soulagée de voir son naturel reprendre le dessus.

— Je ne reste que quelques heures à Tripoli. Le temps de noter nos effectifs militaires qui y sont cantonnés, et de faire quelques photos. Ensuite, je reprends un avion pour le front éthiopien, qui est le but réel de mon reportage. Nous nous retrouverons comme convenu dans cinq jours, à 10 heures, à l'aéroport, pour regagner l'Italie.

Sitôt descendu de l'avion, Raimondo l'abandonna après un vague salut et fonça vers la sortie.

Giulia refusa d'écouter son angoisse et s'imposa de songer à Italo de façon purement « pratique ». Le sang-froid s'imposait pour l'aborder dans son propre « fief ». Dans le hall, elle nota la présence de nombreux miliciens et policiers en civil qui surveillaient les arrivées et les départs. Aucun ne l'interpella pour vérifier ses papiers. Devant l'entrée stationnaient deux « taxis » en mauvais état mais si bien astiqués qu'on se voyait dans les chromes des pare-chocs. La jeune femme tendit sa valise au propriétaire du premier et monta à l'arrière. Lorsqu'elle indiqua le nom de la prison, l'homme la regarda avec surprise. Avec son strict tailleur gris clair et ses cheveux serrés en chignon au bas de la nuque, il aurait plutôt pris l'étrangère pour une nouvelle employée du ministère. Il démarra le moteur et s'engagea dans la direction demandée.

Tout à son souci, Giulia contemplait à travers la vitre les rues encombrées sans les voir. Dans un autre contexte, elle aurait été enchantée de découvrir la ville et le pays. Mais elle venait y voir deux personnes qu'en temps normal elle aurait fuies.

Le bâtiment décati devant lequel l'homme la déposa la fit frémir.

— Attendez-moi, le pria-t-elle.

Au garde en faction devant l'entrée, elle déclina son identité et celui de la personne qu'elle demandait à voir. Un quart d'heure s'écoula avant qu'il revînt la faire entrer. Un autre garde la conduisit jusqu'à un bureau où elle dut de nouveau indiquer son nom et la raison de sa venue. Le Libyen notait ses réponses sur un cahier. Il portait des vêtements occidentaux et son visage exprimait ennui et lassitude. Enfin, il reposa sa plume.

— Revenez dans trois jours. Le nouveau chef de la police sera rentré. C'est lui qui délivre les autorisations de visite.

Giulia manqua s'étouffer.

— J'ai traversé la mer pour rencontrer ma sœur ! Vous ne croyez pas que...

— Je ne crois rien. Votre sœur est tenue au secret sur ordre du nouveau chef. Il vient d'arriver de Rome et a dû partir aussitôt rencontrer le *governatore* sur le front éthiopien. Dès son retour à Tripoli, il interrogera la prisonnière. En attendant, les ordres sont formels : aucune visite.

Une mouche vint se coller sur un verre à thé vide laissé sur le bureau. L'homme attendait qu'elle sorte. Jouant le tout pour le tout, Giulia sortit de son sac une liasse de billets de banque italiens et la déposa devant l'employé en cherchant son regard. Sans hésiter, il fit glisser l'argent dans un tiroir et se leva :

— Pas plus de dix minutes. Venez.

Devant l'ombre qui s'avança vers elle, Giulia manqua crier. Sale à faire peur, les cheveux mangés de vermine, les yeux hagards, Valeria était méconnaissable dans ses vêtements raidis de crasse. Des pustules couvraient ses jambes, son visage et ses mains. Un traitement indigne d'un humain. Giulia en oublia tous ses griefs. On ne pouvait ressentir que de la pitié face à une telle ignominie. Impulsivement, elle lui prit la main.

— Valeria, c'est moi, Giulia ! Ta sœur !

La malheureuse la regarda. Quelque chose se précisa dans les prunelles bleues.

— Giulia. Ma sœur, répéta-t-elle.

— Valeria, écoute-moi. Je suis venue t'aider à sortir d'ici. Mais pour ça, il faut que je sache ce qui s'est passé. On ne nous laisse que dix minutes. Je t'en prie, parle ! Dis-moi exactement pourquoi tu venais voir Carlo Cerruti.

— Carlo !

Des larmes emplirent les yeux de Valeria. Elle attaqua d'une voix atone :

— Il me disait qu'il m'aimait... et je l'ai cru. Ils l'ont tué... Égorgé comme un porc... Moi aussi, ils vont m'égorger... quand ils sauront pour la liste.

— Quelle liste ?

Avec le même timbre d'outre-tombe, Valeria lui raconta tout.

— Le courrier a dû arriver, acheva-t-elle. Il est à mon nom. S'il n'est pas retiré, au bout d'un certain temps les autorités vont le récupérer et l'ouvrir. C'est pour ça que je vais mourir : quand ils verront la liste, ils m'exécuteront pour trahison. Et ici, c'est le couteau qui leur plaît. Le nouveau chef de la police, il ne m'a vue que quelques minutes mais il a compris que je lui cachais quelque chose. Quand il reviendra d'Éthiopie, il me fera torturer. Peut-être qu'il n'aura pas besoin de le faire s'il a ouvert ma lettre. Même sans ça, il ne me lâchera pas. Si tu voyais son regard...

Déjà, la clé tournait dans la serrure. Le temps imparti était écoulé. Giulia serra un peu plus la main crasseuse.

— Je vais parler à Balbo et te faire libérer. Je te le jure.

Mais Valeria n'écoutait plus. Comprenant que sa sœur allait partir, elle s'était mise à secouer la tête.

Son regard perdait à nouveau sa lucidité. Un regard de démente.

— Non ! non ! hurla-t-elle, en s'accrochant à Giulia.

Deux gardes durent intervenir pour l'emmener.

Giulia se retrouva dehors, hébétée, horrifiée. Jamais elle n'aurait pensé éprouver un jour une telle pitié pour sa cadette. Le taxi était toujours là. Ravalant ses larmes, elle se laissa tomber à l'intérieur.

— Au palais du gouverneur, s'il vous plaît.

Durant la traversée de la ville, elle resta prostrée, les yeux baissés sur ses mains blanches, se souvenant de celles de Valeria, purulentes.

La voiture s'arrêta.

— Le palais du gouverneur, annonça le Libyen.

Au cœur d'une pelouse plantée de palmiers se dressait une bâtisse fastueuse. Une barrière interdisait l'accès à la propriété. Un milicien s'avança vers la voiture. La jeune femme dut de nouveau indiquer son nom. Le garde parut surpris de sa requête.

— Le *governatore* n'est pas en Libye, *signorina.* Il se trouve au QG de la base la plus avancée, en Éthiopie !

Apparemment, elle était la seule à l'ignorer.

— Au QG ? En Éthiopie ? Et comment va-t-on là-bas ?

L'homme eut un sourire condescendant.

— À moins d'être un soldat, on n'y va pas, *signorina.*

« Un soldat ou un journaliste ! » songea-t-elle. Raimondo ! pourvu qu'elle arrive avant que cet imbécile soit parti !

Elle se tourna vers le conducteur :

— À l'aéroport. Le plus vite possible.

* * *

Raimondo dut crier pour couvrir le bruit du moteur.

— Maintenant qu'on est en vol, vous allez peut-être me dire ce que vous lui voulez, à Balbo ? J'en étais resté à votre sœur sur le point d'accoucher, moi !

Tandis que l'appareil décollait, assise sur le mauvais banc qui leur servait de siège, Giulia, en nage, cherchait à reprendre son souffle. Elle était arrivée à l'aéroport alors que Raimondo s'apprêtait à monter dans un petit avion. « Une question de vie ou de mort », avait-elle affirmé. La voyant décomposée, il avait réagi très vite. « Mon assistante, avait-il affirmé au pilote. Toujours en retard ! Cette fois, elle a bien failli louper le départ ! »

Raimondo attendait son explication.

Giulia chercha une position plus confortable et n'en trouva pas. L'avion transportait du matériel et leurs pieds reposaient sur des rouleaux de câble et des dizaines de mètres de corde.

— Il n'y a pas de sœur enceinte mais un frère sur le front, improvisa-t-elle, obligée de hurler, elle aussi. Nello. Il s'est enrôlé à l'insu de notre mère qui se ronge les sangs.

— Elles sont un demi-million à se les ronger !

— Lui, est handicapé mental... Nous ne vivons plus depuis qu'il a un fusil à la main. Avant sa mort, notre père travaillait au ministère de l'Aéronautique. Son *Eccellenza* Balbo l'appréciait. Il ne refusera pas d'envoyer mon frère à l'arrière, dans un service où il ne représentera pas un danger pour ses propres compagnons.

— Mais là où nous nous rendons, c'est risqué pour vous aussi ! Les Éthiopiens opposent une résistance stupéfiante. Avec leurs armes antiques, ils vont jusqu'à prendre l'offensive contre nos forces ! Vous imaginez ?

Giulia fit un signe de croix.

— Je verrai bien ! Nous sommes tous entre les mains de Dieu !

Raimondo se détourna : « Belle mais bigote », jugea-t-il. À partir de là, elle perdit tout intérêt pour lui. Se laissant glisser sur le plancher, le dos calé contre des sacs, il croisa les bras et ferma les yeux pour faire un somme. Giulia, elle, ne dormait pas. Elle réfléchissait. Comment entreprendre Balbo au sujet de Valeria alors qu'il combattait ? Que lui dire ? Et comment le persuader d'agir ? En dessous défilait le désert égyptien et les bandes vertes des cultures de part et d'autre du Nil. La fatigue des dernières heures et ses nerfs mis à rude épreuve finirent par avoir raison d'elle. Elle sombra à son tour.

Une secousse la précipita sur Raimondo qui se réveilla en criant. Pour elle aussi, le réveil avait été brutal. À son état d'engourdissement, elle comprit qu'elle avait dormi profondément.

En marmonnant des excuses, elle se rassit sur le banc et entreprit de se masser la nuque. Elle avait dû prendre en dormant une mauvaise position et son corps était ankylosé. Quant aux vêtements, elle n'avait pas eu le temps d'en changer à Tripoli et son tailleur gris semblait sortir de chez un fripier. Sa tête ne devait pas davantage jouer en sa faveur. Tant bien que mal, elle refit son chignon et se remit du rouge à lèvres. Sans miroir et dans cet avion qui commençait à tressauter comme un cabri, ces simples gestes tenaient de l'exploit.

Elle regarda par le hublot. Le relief devenait accidenté, coupé de gorges vertigineuses et de montagnes abruptes. Raimondo revint auprès d'elle et ouvrit un petit flacon qu'il porta à sa bouche.

— De la *grappa* ! Vous en voulez ? proposa-t-il.

Elle fit non de la tête. Sa gorge sèche réclamait de l'eau.

— Où sommes-nous ?

— Nous venons de survoler l'Érythrée et entrons en Éthiopie. Le QG se trouve au fort Mékélé que nous avons repris, avec Adoua. Une victoire magnifique ! J'y étais ! J'ai rédigé là-dessus un article en or qui me vaut d'y retourner aujourd'hui pour faire le point sur notre avancée.

Sans se préoccuper d'être écouté ou pas, il poursuivit :

— C'est qu'ils se défendent, les bougres ! On n'aurait jamais cru rencontrer une telle résistance ! Certains sont, paraît-il, armés de lances. Maintenant, notre aviation cible le massif de l'Amba Aradam : une horreur percée de cavernes naturelles que ces chiens d'Abyssins ont truffées de mitrailleuses et de canons pour nous bloquer l'unique accès vers l'Enderta. Pour ça, ils en ont, des armes ! Au moindre vrombissement, depuis leurs trous à rats, ils commencent à canarder !

— Ça s'appelle se défendre !

Si elle ne lui avait dû sa place dans cet avion, elle lui aurait dit ce qu'elle pensait de lui et de tout ça ! Aiguillonné par la remarque, avec un grand sourire, Raimondo repartit de plus belle. Le fait d'être obligé de hurler chaque syllabe ne le décourageait pas.

— Se défendre ne leur servira à rien ! Le Duce vient de remplacer le vieux général De Bono par Pietro Badoglio, notre grand stratège de la guerre éclair. Il a opté pour une méthode radicale : le « nettoyage ethnique ». Avec ça, leur négus peut continuer à essayer de nous couper de nos bases de ravitaillement, ça ne nous arrêtera pas ! Tenez, voici un échantillon de ses sujets ! Regardez-moi comme cette grappe de froussards détale ! Encore des paysans qui croient pouvoir nous échapper !

Une colonne d'Éthiopiens courait sur une piste de montagne, la tête levée. L'appareil volait suffisamment bas pour que Giulia identifiât des femmes, des enfants, des vieillards. Aucun homme en état de combattre.

Raimondo pointa soudain un doigt sur la vitre. Des avions de chasse venaient de surgir à côté d'eux. L'un des pilotes salua leur appareil avant de plonger.

— Le nom sur les ailes ! hurla le journaliste, dans un état d'excitation extrême. La *Desperada* ! L'escadrille de Ciano et des fils du Duce ! *Dio !* Le ciel est avec moi ! Des photos, vite !

Giulia vit avec effarement les chasseurs piquer sur les fuyards. Les malheureux s'effondrèrent comme des herbes fauchées. On les mitraillait. Pendant ce temps, Raimondo tentait d'obtenir du pilote qu'il décrivît des cercles au-dessus du « champ des opérations ».

— Ils vont revenir ! exulta-t-il, se préparant à fixer l'exploit sur la pellicule.

Ils revinrent, en effet et se mirent à lâcher des bombes au-dessus des survivants. Après les explosions, il y eut la fumée... et l'horreur : des êtres tordus par d'intenses souffrances, à genoux ou à terre, au milieu des cadavres. Des enfants qui n'avaient plus la force de courir ni de hurler et qui tombaient.

— L'ypérite ! cria le journaliste, en multipliant les clichés. Ils lâchent les gaz toxiques !

Des armes prohibées par la Société des nations ! Les pupilles dilatées, Giulia ne pouvait se détacher de la scène. Brûlés, les voies respiratoires atteintes, les condamnés tentaient de se traîner vers un petit lac voisin. En rampant, une femme tirait avec elle un bébé qui gisait auprès d'elle. Les avions retournèrent, visant cette fois le lac. Ils empoisonnaient l'eau que ces gens essayaient d'atteindre.

Révulsée, Giulia se détourna en sanglotant. Un spasme la souleva. Pendant que l'appareil s'éloignait de la zone contaminée, elle se mit à vomir avec une telle force que du sang se mêla à la bile.

— Pauvre petite ! compatit Raimondo en riant. Une âme délicate !

Elle se laissa retomber sur le banc et ferma les yeux pour ne pas lui sauter au visage.

Ils se posèrent sur la piste peu après les chasseurs. Lorsque Giulia descendit à terre, Vittorio et Bruno Mussolini se congratulaient avec leurs autres amis pilotes. Ciano faisait partie du lot. Raimondo se précipita. Montrant sa carte de presse, il les pria de prendre la pose.

En voyant cette jeune femme chanceler au pied du transporteur, deux chemises noires accoururent, stupéfaits et ravis.

— Balbo, souffla-t-elle, les yeux encore agrandis par l'horreur. Je dois voir Italo Balbo.

— Mais *signorina,* osa l'un d'eux tandis que l'autre restait à la fixer comme une apparition. On ne rencontre pas aussi aisément son *Eccellenza* ! Il est très occupé. Puis-je savoir qui vous êtes ?

— Sa maîtresse.

— Ah !

La bouche du jeune homme s'arrondit. Il ôta son chapeau pour se gratter la tête et regarda de toutes parts en quête d'une solution. Comment présenter l'affaire et à qui ? Passer par l'aide de camp du maréchal s'avérait difficile. D'autant que cette superbe créature d'une pâleur extrême semblait avoir mal supporté le vol. Si son *Eccellenza* apprenait qu'on l'avait laissée languir, il risquait de se mettre en colère et ses colères... Les autres militaires en service autour de la piste se rapprochèrent. Des femmes telles que celle-ci, ils n'en avaient plus vu depuis un moment.

— Par ici, *signorina,* trancha le soldat qui tenait à garder l'avantage de l'avoir aperçue le premier. Nous allons prendre une voiture jusqu'au fort.

Durant le trajet, Giulia ne desserra pas les dents. L'homme tenta au début de la renseigner sur les lieux qu'ils traversaient. Face à son indifférence, il finit par se taire.

Le fort se dressa enfin devant eux : un bloc taillé dans la roche, aussi rude que le paysage dans lequel il s'inscrivait. Ils s'arrêtèrent dans la cour. L'arrivée de Giulia fit sensation. Pour la soustraire à la curiosité générale, le jeune homme se hâta de la faire entrer dans le bâtiment principal. Il s'arrêta devant une porte.

— Attendez-moi là, *signorina*.

Il allait frapper puis se ravisa.

— Pardon mais... j'ignore votre nom.

— Giulia.

Il lui trouva un air si éthéré qu'il se demanda s'il ne devait pas la faire asseoir avant de prévenir le maréchal de sa présence. La porte qui s'ouvrit décida pour lui. Un haut gradé en sortit. Il marqua un temps d'arrêt devant la jeune femme et la salua en s'écartant.

En tenue de général, Balbo se découpait dans l'encadrement. Il avait le nez au-dessus d'une carte. Des militaires l'entouraient. N'entendant pas le battant se refermer, il leva la tête et la vit. Le crayon qu'il tenait à la main lui échappa. Laissant là son état-major, il s'avança vers elle. Giulia sentit alors qu'elle allait tomber et se retint au mur.

— *Signorina* ! Venez vous asse...

— Laisse.

Italo enserra la taille de Giulia et la soutint jusqu'à la pièce voisine. Il rabattit la porte et voulut la faire asseoir. Elle repoussa la main et le siège. Livide, elle avait un regard fixe qu'il ne lui avait jamais vu. Il la trouva changée. En deux années, ses traits s'étaient ciselés. Deux années à rêver de sa peau ! Qu'avait-elle vécu pour avoir ces yeux-là ? Pourquoi se montrait-elle si glacée alors qu'elle le relançait jusqu'en Éthiopie ? La connaissant, il choisit un abord des plus neutres.

— Comment as-tu fait pour arriver jusqu'ici ?

Elle leva vers lui un visage si douloureux qu'il se retint de la prendre contre lui et de la serrer dans ses bras. À la torture, il enfonça ses poings dans ses poches. Dans la salle voisine, ses capitaines l'attendaient pour achever de préparer l'assaut aérien de la zone rouge. Et lui ne voyait plus que cette fille qui n'avait rien à faire là.

— Un ami journaliste de Margherita. Je suis venue avec lui.

Elle s'arrêta et reprit d'une voix presque inaudible :

— Vous les tuez tous comme ça ? Des femmes... des enfants... des vieillards sans défense... tirés comme des lapins... puis gazés... Pourquoi ? Qu'est-ce qu'ils ont fait ?

Il savait que la *Desperada* venait de rentrer et comprit.

— Ils sont au mauvais moment dans le mauvais camp. Ça s'appelle la guerre. Ce n'est pas une affaire de femmes.

— Alors, pourquoi on en tue ?

— Des Éthiopiennes ! fit-il, indiquant d'un geste qu'il les tenait pour quantité négligeable.

Giulia eut l'impression de recevoir un coup dans le ventre. Ce que la mort de Silvio n'était pas parvenue à faire, ce simple mouvement y arriva. Le dégoût chassa tout. Il était comme eux : Farinacci, Starace... Lui aussi devait s'amuser à les mitrailler à ses moments perdus. Un sport sans risque.

— Tu n'as pas fait ce chemin pour me parler de la guerre, je suppose ?

Giulia se redressa. Il fallait au moins qu'elle obtînt ce qu'elle était venue chercher.

— Ma sœur est à Tripoli, dans tes prisons. Elle s'est rendue en Libye pour rejoindre son amant, un escroc italien qui s'est fait égorger. La police la pense complice de ses méfaits. Depuis trois mois, elle croupit dans une cellule au milieu des rats et des cafards. Son époux est mort et deux enfants en bas âge attendent leur mère à Rome. Elle n'est coupable que de crédulité. Je viens te demander sa libération.

— Pourquoi te l'accorderais-je ? Parce que tu me repousses avec répugnance ? Parce que tu te fous de moi depuis le début ? Que t'imagines-tu ? Que tu n'as qu'à paraître pour que je cède ? C'est vrai que j'ai mal en te regardant ! Mais tu es la plus fieffée garce qu'il m'ait été donné de rencontrer ! Les putes font au moins ça pour de l'argent ! Et toi ? Toi ? Pourquoi ?

Il s'était mis à hurler les questions qu'elle-même se posait.

— Je n'en sais rien ! lui jeta-t-elle, sur le même ton. Il y a des gens qui s'automutilent, d'autres qui se flagellent ! Moi, ma brûlure, mon carcan, c'est toi ! Si j'avais pu t'épargner ma visite, je l'aurais fait ! Mais tu es la plus haute autorité du pays qui détient ma sœur, et le seul qui puisse faire quelque chose ! Pour moi, je ne demande rien ! Je ne veux rien ! Je n'aspire qu'à un peu de paix ! Et ce à quoi je viens d'assister ne va pas me la rendre !

Il la fixa avec une telle force qu'elle crut qu'il allait la gifler.

On frappa à la porte. Un soldat se présenta :

— Le général Badoglio vient d'arriver, maréchal. Il vous réclame.

— J'arrive tout de suite.

Dès que l'homme fut sorti, Italo se tourna vers elle.

— Dans deux heures, le nouveau chef de ma police regagne Tripoli. Il viendra te chercher. Entre-temps, je vais donner des ordres pour qu'on te serve un repas. Les hommes sont en manque de femmes. Si tu veux éviter de te faire violer, ne bouge pas d'ici.

Il claqua la porte derrière lui. Combien de fois l'avait-il fait pour ne plus la voir.

Quand cette même porte se rouvrit, une heure plus tard, Giulia manqua crier.

Le nouveau chef de la police de Balbo n'était autre que Stefano Marchiani. Elle comprit la terreur de sa sœur.

Après avoir rencontré le général Badoglio, Balbo était retourné auprès de ses hommes. Il avait du mal à se concentrer. Une règle pointée sur le massif du Chiré, il tentait d'expliquer sa stratégie d'attaque quand il la vit, par la fenêtre, monter dans une voiture. La carte se brouilla devant ses yeux.

— Je suis fatigué. On reprend ce soir !

Il jeta sa règle sur la table et quitta la pièce.

* * *

Ils étaient les seuls passagers. Marchiani restait silencieux. Il ne regardait rien, ne semblait même pas s'apercevoir de la présence de Giulia à ses côtés. Sachant qu'elle se heurterait à un mur, la jeune femme ne cherchait pas à quémander son indulgence. Dès qu'elle baissait les paupières, les images du carnage revenaient la hanter.

— Ça suffit ! ça suffit !

Marchiani la secouait. Elle ouvrit les yeux, hébétée, les joues ruisselantes. Elle comprit qu'elle avait dû crier dans son cauchemar.

Le policier la lâcha et reprit son immobilité. Giulia essuya rageusement ses yeux d'un revers de manche.

— Rien ne vous atteint, n'est-ce pas ? Vous allez laisser moisir ma sœur dans sa prison alors qu'on est en train de faire un massacre en Éthiopie ! On tire sur des colonnes d'enfants, de femmes, de vieillards ! Je n'appelle pas ça une guerre ! C'est tout un peuple qu'on assassine ! Vous n'avez pas vu cela ? Moi, si ! C'était horrible ! Et aucun avion éthiopien ne défendait ces gens !

Il se tourna et elle reçut son regard froid en pleine face.

— Les Éthiopiens n'ont ni défense antiaérienne ni appareil de combat. Maintenant, taisez-vous.

— Non ! Je ne me tairai pas, plus jamais ! Effacer, c'est fini ! Je préfère encore mourir avec ma sœur dans votre prison que regagner Rome ! *Mon* Italie est morte ! La beauté, l'art, vous ne savez plus ce que c'est, vous, les fascistes ! Vous ne comprenez que le sang ! La violence ! De tout ça, je n'en peux plus ! Je renonce ! Même en me traînant par les cheveux, vous ne me ferez pas retourner là-bas !

Marchiani ne répondit pas. Il ne prononça plus un mot jusqu'à l'arrivée. À l'aéroport, il l'attrapa par le bras et l'entraîna dans une petite pièce.

— Ne bougez pas d'ici.

Son absence s'éternisa. Giulia était à bout de résistance. En moins de deux jours, elle avait pris trois fois l'avion, presque pas dormi et accusait des dizaines d'heures de vol. Son épuisement était tel qu'elle ne parvenait plus à maintenir sa tête droite. À diverses reprises, elle manqua glisser de sa chaise. Les murs étouffaient les bruits de l'aéroport. Elle crut qu'il l'avait oubliée et n'avait même plus le courage de se lever. Il allait envoyer quelqu'un pour lui dire de quitter Tripoli et de laisser la justice s'occuper de Valeria. Et que pourrait-elle faire ? Pour sa cadette, elle était allée jusqu'à supplier Balbo qui lui faisait maintenant horreur. Elle n'avait plus aucun recours. Une idée fixe surnageait dans la confusion : après ce qu'elle avait vu, elle ne retournerait pas en Italie. Plutôt mourir dans le désert.

Enfin, il revint. Tirant une chaise à lui, il s'assit face à elle et alluma une cigarette. C'était la première fois qu'elle le voyait fumer. Mais que savait-elle de lui ?

Il tira un moment sur sa cigarette, en silence.

— Je dois attendre que vous l'ayez finie pour entendre la sentence ? réagit-elle, puisant dans le peu de forces qui lui restaient. Vous aimez sentir l'angoisse chez l'autre, hein ?

Il la considéra quelques secondes encore. Pour la première fois depuis qu'elle le connaissait, il affichait un air préoccupé.

— Dans un instant, votre sœur sera libre. Ordre du gouverneur, précisa-t-il.

Giulia douta avoir bien entendu.

Marchiani tira une nouvelle bouffée et reprit :

— Soit vous rentrez à Rome avec elle, soit... un avion décolle pour Paris demain matin.

Elle ne comprit pas.

— Pourquoi Paris ?

Il écrasa sa cigarette et se leva :

— Parce que j'ai assez d'antifascistes à combattre en Italie. Plus nombreux sont-ils hors des frontières, mieux je me porte. J'ai les adresses de vos amis en France.

— Vous... ? Comment les avez-vous eues ?

— C'est mon métier de savoir. Vittorio Manelli, la fille, cette Ottavia qui avait disparu, ils y sont tous. Il n'y a que Silvio Gazzo que je n'ai pu localiser, là-bas.

Le sang se retira du visage de Giulia.

— Silvio ? Silvio est mort !

— Ce qu'a laissé croire le rapport de police. Une idée de mon chef, Arturo Bocchini, pour se débarrasser du général Balbo que vos jupons avaient mis sens dessus dessous. Celui-ci n'aurait pas apprécié d'apprendre la fuite de votre amant.

La jeune femme en eut le souffle coupé, puis se mit à trembler, à claquer des dents. Impossible. Elle rêvait tout cela ; ou bien c'était la fièvre. Elle délirait. Normal, après ce qu'elle venait de vivre.

— Silvio est mort ! répéta-t-elle.

— Vous forcez-vous à ne pas comprendre ? Il est vivant et se trouve en France. Il s'est même offert le luxe de revenir plusieurs fois à Rome. Un as, pour nous filer entre les doigts !

— À Rome ? Mais pourquoi... ?

— ... ne vous a-t-il pas contactée ? Pour ne pas vous mettre en danger... ou parce qu'il a appris votre liaison avec Balbo.

L'idée horrifia Giulia. Pourquoi Marchiani la torturait-il avec ses mensonges ? Qu'essayait-il de lui faire avouer ?

Le cœur de la jeune femme opérait une danse folle.

— Manelli l'aurait su, s'il était vivant !

— Pas au début.

Giulia scrutait les traits de Marchiani. Elle était confrontée à l'être le plus machiavélique de ce régime de pourris. Pire que Starace car bien plus intelligent.

Sous l'examen, le policier ne cilla pas. Il fallait en finir.

— Écoutez, j'ai mieux à faire que tenter de vous persuader ! Si vous ne croyez pas que ce fou de Gazzo est toujours vivant, ça vous regarde ! Alors, Paris ou Rome ? Si vous ne répondez pas, je vous renvoie en Italie.

— Jamais !

— Ce sera donc Paris. Et puis, merde ! J'en ai assez de vous !

Il regarda sa montre et se leva si brusquement que sa chaise bascula en arrière. Une perte de sang-froid inhabituelle chez lui.

Giulia le regardait faire sans comprendre. Comptait-il partir sans rien lui demander ? Sans tenter de monnayer quoi que ce fût ? Se pouvait-il...

Le choc fut tel qu'elle vacilla. Des gerbes d'étincelles explosèrent dans sa tête. Silvio vivant... ? Après l'avoir tant pleuré, tant trahi... On lui disait tout à trac que quelque part, il respirait ! Trop soudain. Trop violent. Elle suffoquait. Oubliant à qui elle avait affaire, elle s'accrocha aux mains de Marchiani. Il ne les retira pas.

D'un coup, une autre vérité s'imposa à Giulia. Les parties du puzzle s'imbriquaient trop bien pour qu'elle se trompe. La disparition d'Ottavia, celle des traces de la mort de Flavio : le professeur les avait imputées à ses amis. Mais les rares compagnons de lutte qu'elle lui connaissait étaient des intellectuels repérables à cent lieues à la ronde. Elle revit les malheureux sur lesquels elle avait renversé les cannellonis brûlants. Ils étaient incapables d'avoir orchestré tout cela. C'était l'œuvre de quelqu'un d'efficace et, surtout, de très bien renseigné, d'un homme dans la place. Manelli avait parlé d'un personnage trop connu pour circuler à l'intérieur du ministère de l'Aéronautique sans se faire remarquer : son mystérieux Ettore. Ils étaient deux à pouvoir tenir le rôle, à savoir et à agir depuis leur poste sans éveiller les soupçons : Arturo Bocchini, chef de la police, et son adjoint, Stefano Marchiani, l'homme debout devant elle. Comment ne pas l'avoir senti plus tôt !

Du coin de l'œil, Marchiani suivait sur le visage de Giulia le cheminement de ses déductions. Cette fille était trop évidente pour dissimuler quoi que ce fût. Il sut qu'elle avait compris. Il l'avait bien cherché.

— Oubliez Rome et ce que vous savez.

— Oublier, jamais ! Autant cesser de respirer ! Quelle que soit l'horreur que nous vivons, je reste italienne. Mais merci. Merci pour tout... Ettore.

Remerciements

Je remercie pour leur concours direct ou indirect :

Arlette Dimeglio qui m'a aidée à traduire textes historiques et autres.

Caterina Costa qui sans me connaître m'a fait confiance.

De même, Yppolita Gaetani d'Aragona qui a patiemment répondu à mes questions et m'a confié des documents personnels concernant Margherita Sarfatti.

Gabriella de Pascalis qui m'a mise en relation avec des personnes pouvant me fournir documents et témoignages de première importance.

Fabio Minitti qui m'a retrouvé des journaux d'époque.

Les documentalistes de la Bibliothèque de Toulon, toujours aussi attentifs à faciliter mes recherches.

Les historiens spécialistes du fascisme parmi lesquels, pour ne citer qu'eux, Pierre Milza, Max Gallo et, bien sûr, Renzo de Felice.

Martine Bertea et Thérèse Binchet pour leur soutien et leur inestimable amitié.

Enfin, ma famille qui m'a « supportée » durant la rédaction de ce roman.

Ce roman vous a plu ? Dites-le-nous !

Rejoignez la communauté Charleston
et échangez sur vos lectures

Retrouvez-nous sur

editionscharleston.fr

et sur

Inscrivez-vous à notre newsletter et recevez
des informations sur nos nouveautés, nos événements,
nos jeux-concours… et des cadeaux !

CHARLESTON
L'ÉDITEUR DU FÉMININ

Cet ouvrage est composé de matériaux issus de forêts gérées durablement certifiées PEFC™.

Le Programme de reconnaissance des certifications forestières (PEFC™) est le plus grand organisme mondial indépendant de contrôle pour une gestion durable des forêts. Pour en savoir plus, consultez le site *www.pefc-france.org*

PEFC™ PEFC/14-38-00277

Achevé d'imprimer en février 2021
par Novoprint
Dépôt légal : mars 2021
Imprimé en Espagne